南勞黨

남로당

中

# 남로당

南勞黨

中

이병주

기파랑

소설 **남로당** (中)

1판 1쇄 발행일  2015년  4월 1일
1판 2쇄 인쇄일  2021년  1월 20일

지은이 | 이병주
펴낸이 | 안병훈
펴낸곳 | 도서출판 기파랑
디자인 | 표지 커뮤니케이션 울력, 내지 조희정
등  록 | 2004년 12월 27일 제300-2004-204호
주  소 | 서울특별시 종로구 대학로8가길 56(동숭동 1-49) 동숭빌딩 301호
전  화 | 02-763-8996(편집부) 02-3288-0077(영업마케팅부)
팩  스 | 02-763-8936
메  일 | info@guiparang.com

ISBN  978-89-6523-871-3  03810

# 차례 中

## 제11장
# 과학적
# 공상가들

3월 18일 미·소 공위의 소련 측 대표들이 서울에 도착했다. 스티코프를 비롯한 차라프킨, 레베테프, 발라사노프, 카클렌케 등이 주된 멤버였다.

스티코프는 붉은 군대의 육군대장. 그는 중(中)러시아의 농민의 아들로 태어나 레닌그라드 기관차 수리공장에서 직공으로 일하는 한편 철도전문학교에 다녔다. 이어 레닌그라드대학 사회학과를 졸업, 1939년부터 1940년에 걸쳐 핀란드와의 전쟁에 참가한 것을 시작으로 제2차 세계대전에 참가, 레닌그라드 공방전에 특히 전공을 세워 소련의 최고위원으로 승진했다.

차라프킨은 직업 외교관이다. 모스크바대학의 역사학과와 국제학원을 졸업한 후 줄곧 외무성에서 근무했다. 베를린 3거두 회담 땐 소련 대표단의 일원으로 활약했고, 모스크바 3상회의에서도 대표단의 한 사람이었다. 그는 이 회의엔 소련의 특명대사 자격으로 참석했다. 차라프킨이 참석했다는 사실로서 소련이 이 회의를 얼마나 중시하고 있었던가를 알 수가 있다.

레베테프는 붉은 군대의 소장, 중부 러시아의 농민의 아들로 태어나 고등학교를 졸업하자 곧바로 붉은 군대에 들어갔다. 군사전문학교와 군사 아카데미를 거쳐 소장으로 승진하여 당시엔 북조선에 주둔한 소련 제25군의 참모이다.

발라사노프는 코카사스의 농민의 아들. 대학 졸업 후 외무성 근무. 일본 도쿄 소련대사관에 근무한 적이 있고 이땐 소련 제25군의 정치 고문이었다.

카클렌케는 붉은 군대의 대령. 우크라이나 출신. 대학 졸업 후 금속 공학의 기사였는데, 2차 대전 초기부터 참전하여 계속 군대에 남게 된 사나이다.

이들을 환영하기 위해 나간 사람들로 서울역전은 붐비고 있었다. 조선공산당, 민전, 중앙인민위원회, 전평, 전농, 여맹, 청총, 문학가동맹, 음악가동맹, 미술가동맹……. 좌익 계열의 모든 단체가 환영위원을 파견한 것이다. 공산당 대표 권오직은 최대의 찬사로써 꾸민 환영사를 낭독했고, 민전 대표 강진은 환영사 도중 울먹이기까지 했다. 중앙인민위원회를 대표한 최익한, 하필원의 환영사도 그에 못지않게 감동적인 문구의 나열이었다. 각 단체는 단체별로 환영 메시지를 이들에게 전달했다.

한편 이강국은 박헌영의 지시를 받아 미모의 여성 접대위원들을 준비하고 있었다. 명월관과 국일관의 일류 기생들 가운데 좌익에 동조하는 여자들을 가려내어 이른바 학습을 시켜놓고 있었던 것이다. 박헌영은 소련 대표들에게 자신의 운명을 걸었다. 그런 만큼 그들의 환대에 정성을 다해야만 했다. 수집할 수 있는 대로 금을 모아선 신라 시대의

금관을 모방한 세공품을 만들어 바칠 준비까지 했다는 것이니 그 정도를 짐작할 만하다. 박헌영은 특히 차라프킨에게 중점을 두었다. 대표단 가운데선 스탈린 가까이에 있는 사람으론 차라프킨을 칠 수 있다고 판단했기 때문이다.

3월 20일 하오 1시 덕수궁에서 미·소 공동위원회 제1차 회의가 열렸다. 미국 측은, 수석위원 아놀드, 위원 랭던, 부스, 브리든, 데이어. 소련 측은, 수석위원 스티코프, 위원 차라프킨, 레베테프, 발라사노프, 카클렌케. 이밖에 러치 군정장관, 포리안스키 소련 영사가 배석하고 내외 신문기자가 적당한 자리를 잡고 앉았다. 먼저 하지 중장의 인사가 있었다.

스티코프 장군, 공동위원 제위, 본 개회식에 참가하신 여러분! 나는 큰 즐거움과 기대를 가지고 모스크바 3상회의에서 결정된 조항을 이행하기 위하여 조선 서울에서 개최되는 미·소 공동위원회 개회식에 참석하신 소련 대표를 환영합니다.

오늘은 조선 역사상 중대한 날입니다. 이날이야말로 전 조선 민족이 조선 국가의 장래를 위하여 큰 희망을 가지고 기다려오던 그 날이요. 또 조선 역사상 신기원의 출발일로 장래에도 경축할 그 날입니다. 진 세계와 조선인의 이목이 이 자리에서 이루어질 우리의 심의를 지켜보고 있습니다. 세계의 2대강국이 압박과 학살을 타파하고 얻은 그 승리를 선용하여 원만한 노력을 해서 오랜 압박을 받아온 불행한 나라를 자유 열국 중의 독립 자주국가로 만들 수 있느냐 없느냐는 이 공동위원회의 능력 여하에 달려 있습니다. 미국을 대표하는 사람으로서 나는 양국의 공동노력이 이 회의에 상정된 정치. 경제. 행정에 관한 모든 조선 문제를 우의적으로 공정하게 해결할 수 있으리라고 희망과 자신을 표명하는 바입니다.

스티코프 장군!

나는 거듭 각하와 각하의 고명하신 동료 대표 제위를 진심으로 환영합니다. 조선을 원조하려는 우리 양국 대표 간의 관계와 협력에서 나와 나의 동료 미국 대표들은 자신을 가지고 기다리고 있습니다. 이제 공동위원회의 미국 대표인 아놀드 장군, 랭던 씨, 데이어 씨, 부스 대령 및 브리튼 대령을 소개합니다.

　이와 같은 하지 장군의 극히 이례적인 인사에 비해 스티코프의 인사는 정치적, 선전적인 내용의 것이었다.

　하지 중장, 그리고 여러분! 미·소 공동위원회는 조선에 관한 모스크바에서의 미, 영, 소 3상회의의 역사적 결정을 실현할 의무를 가졌습니다. 이 역사적 결정은 위대한 연합군들이 조선을 독립국가로 재건시키고 민주주의적 기조 위에서 발전시키기 위한 조건을 수립하는 문제에 대해 모든 수단을 동원하여 원조하고자 하는 위대한 연합국 세력들의 호의와 희망을 나타내주는 것입니다. 위대한 미국, 소련 두 군대는 일본 제국주의를 타도함으로써 조선에서의 일본 세력을 궤멸시킴으로써 조선 민족을 해방시켰습니다. 현하 조선은 자유발전의 도상에서 민족부흥과 독립국가 건설을 도모하고 있습니다.
　여러분!
　조선 민중은 민족적 자의식이 생생하게 표출되고 있는 오랜 고유문화를 지녔고, 또 오랫동안 탄압과 식민지 노예적 천대를 받아왔습니다. 이러한 조선 민족은 가장 우수한 미래를 약속받을 자격을 가졌습니다. 조선 민중은 피와 무한한 고통으로써 독립과 자유로운 생활에 대한 권리를 얻었습니다. 소련 민중은 조선 민중의 이 무한한 권리를 열렬히 지지하고 있습니다. 소련은 모든 민족들이 자율과 자유로운 생존에 관한 권리를 항상 옹호해 왔고 앞으로도 그러할 것입니다.
　우리 모두가 다 알고 있는 바와 같이, 조선 민중은 연합국의 후원 하에 평화를 애호하는 제 국가에 대해 우호적이며 자유롭고 민주적 정부를 수립하려는 갈망과 결심을 보여주었습니다. 민주적 조선 독립국 건설의 위대한 목적은 전 조선 민중으로 하여금 정치적 생활에 막대한 열성을 갖게 했습니다. 조선 민중은 민주적 제 정당과 공공단체 및 민주적 자치정부 기관으로서의 인민위원회를 조직했습니다. 그러나 전 조선 민중의 내부생활을 점차로 민주화시키는 도상에는 많은 난관들이 개재되어 있습니다. 그것은 조선에 민주주의 체제를 건립하는 것을 방해하는 반동적, 반민주주의적 그룹과 그 일파의 완강한 반대로 인하여 생기는 것입니다. 미·소 공동위원회의 임무는 조선 민중들이 나라의 민주화와 재건사업에서 제기되는 여러 과업들을 능히 실행할 수 있는 조선민주주의 임시정부를 수립하는 것을 지원하는 것입니다.

미래 조선민주주의 임시정부는 모스크바 3상회의 결정을 지지하는 모든 민주주의 정당과 사회단체를 망라한 대중 단결의 토대 위에서 수립되어야 할 것입니다. 오직 이러한 정부만이 조선의 경제, 정치 각 부문에 잠복된 과거 일본 통치 잔재요소를 완전히 숙청할 능력을 가질 것이며, 국내 반동적 반민주주의적 분자들과 결정적 투쟁을 할 수 있을 것이며, 경제생활의 부흥을 위해 과감한 조치를 실천할 수 있고, 조선인에게 정치적 자유를 부여하고, 극동의 평화를 위해 싸울 수 있을 것입니다.

소련은 조선이 진실한 민주주의적 독립국가가 되는 데 지대한 관심을 가지고 있습니다. 그리하여 조선이 장차 소련을 공격함에 필요한 기지가 되지 않기를 기대합니다. 조선에 관한 3개국 외상회의의 결정에서 유래한 미·소 공동위원회의 임무는 또한, 조선민주주의 임시정부의 참가와 조선의 민주주의 단체들의 협조를 얻어, 조선 민중의 정치적, 경제적, 사회적 발전과 민주적 자치정부의 발전과 조선의 자주독립을 실현시키기 위한 신탁통치를 원조하고 지원하기 위한 방안을 강구하는 것입니다. 이러한 일시적인 신탁통치는, 가장 신속하게 민족이 부흥하고 조선이 민주주의 원칙에 입각한 독립국가로 재생할 수 있는 조건을 보장하는 것이므로, 조선 민중의 여망에 부응하는 것입니다.

하지 중장!

나는 연설을 마치면서 소련 대표 전원의 이름으로써 당신과 당신의 훌륭한 대표들에게 경의를 표하며, 조선 민중의 이익과 복리를 위하여 미군사령부 대표들과 함께 일할 수 있게 된 것을 대단히 기쁘게 생각합니다. 나는 우리의 공동 작업이 상호이해와 우호 속에서 진행되며, 그리하여 조선에 관한 모스크바 3상회의에서 표명된 자기 정부 의사를 성공적으로, 그리고 영예롭게 성취시킬 수 있을 것을 믿습니다.

(이 연설문은 당시의 국내신문에 보도된 내용과는 다소 어구 상의 차이가 있으나, 위의 글은 미 국무성 외교문서 「Foreign Relations of the United States」, 1946, Ⅷ, 1971에 수록된 영문을 번역한 것이다 ―필자)


이러한 연설이 있은 후 공동위원회는 앞으로의 회의의 의제와 순서를 결정하고 오후 6시 5분에 1차 회의를 끝냈다.

스티코프의 연설은 조선공산당을 기쁘게 했다. 그것은 조선공산당의 주장을 그냥 그대로 대변해주는 것이었기 때문이다. 스티코프의 발언 요지는 "3상회의 결정에 반대하는 정당은 임시정부 수립에서 제외시키겠다."고 하는 것이었다. 소련 측 대표의 태도가 이러할진대 3상회의 결정에 찬동한 미국인들 어떻게 하겠느냐는 것이 공산당의 짐작이었다. 더욱이 공산당은 소련, 즉 스탈린의 만능을 믿고 있었다. 승리는 목전에 있었다. 〈해방일보〉는 다음과 같은 들뜬 논설을 발표했다.


우리의 위대한 맹방 소련의 대표 스티코프 장군의 연설은 그 내용에 있어 양국 공동위원회의 행동강령이라고 할 만한 구체적 조건을 보여주었다. 전체의 정신은 진정한 조선민주주의 진영에 대한 절대적 지지를 표명하였다. 또한 이것을 토대로 하여 조선의 민주주의 건국을 원조한다는 것을 명백히 표명하였다. 그 연설은 현재 조선이 놓여 있는 정세를 명확히 판단한 후의 현명한 결론이며 조선 인민의 여망에 일치하는 것이었다. 오늘 조선에 반동적 반민주주의파의 민주주의 제도를 파괴하는 운동이 지적되었는데, 반동분자들은 간장이 써늘하여질 것이요 낯짝이 화끈할 것이다. 그들이 앞으로 무슨 발악을 할지 모르지만 그 결과는 빤한 일이다. 우리 당에서는 이번 미·소 공동위원회를 도와서 모스크바 3상 결정에 근거하여 조선 문제를 해결하기에 협력할 것이오, 반동적 반민주주의 분자의 책동을 물리치고 모든 민주주의자들과 보조를 같이해 나갈 것을 굳게 맹서한다.

박헌영은 들떠 있었다.

"스티코프의 연설은 민주주의 진영에 큰 힘을 주었다. 우리가 지금까지 주장한 것이 모두 옳았다는 것을 말해준다. 사태를 냉엄하게 관찰할 줄 알면 그러한 결론밖엔 이룰 수 없다는 것이 증명된 것이다. 중간에 서서 좌우익이 다 같이 잘못이 있다면서 덮어놓고 통일을 알선하는 소위 중간파들도 오늘에 와서는 반성하고 자각이 있어야 한다. 한편이 정당하면 한편은 그릇된 것이다. 두 나라 대표 중 한 분이 우연히 우리와 일치된 견해를 가지고 있는 것을 발견하고 우리도 마음든든한 자신을 얻었다."

〈해방일보〉와 박헌영은 이처럼 스티코프의 견해와 자기들의 견해를 우연한 일치처럼 과시하려고 했지만 그것은 속이 들여다보이는 태도였다. 공산당과 박헌영의 견해는 소련의 지령에 의해 만들어진 것이지 결코 그들의 독창일 수 없었기 때문이다.

모스크바 3상회의 결정에 반대하고 있던 우익의 일부는 스티코프의 연설에 적이 당황했다. 스티코프의 말대로라면 앞으로 수립될 임시정부에 반탁 진영은 참가할 수 없게 되기 때문이다. 한민당의 K씨는 아놀드를 찾아가 "도대체 어떻게 되는 것이냐?"고 파고들었다. "공동위원회의 진행과정을 지켜보시오. 그리고 그 결정에 협조하시오."했을 뿐 아놀드는 그 밖의 얘기는 하지 않았다. 3상회의 결정을 실현하기 위해 공동위원회를 만들어 그 위원회 대표자의 한 사람이 되어 있는 그로선 그 이상의 말을 할 수 없었을 것은 당연하다.

"반탁 진영의 정당은 임시정부에서 제외한다는데 그렇게 됩니까?" 하는 집요한 질문에 "소련 측의 의견만으로써 결정되는 일은 아니니 지켜보시오."하는 아놀드의 대답이 있었을 뿐이다. 그런데 이승만은 딴전을 피우고 있었다. 스티코프 연설의 영역문을 입수하자 이승만은 "잘 되었군."하고 중얼거렸다.

"뭣이 잘되었다는 겁니까?"

측근이 놀라서 물었다.

"잘됐어. 이렇게 되어야 하는 거야."하고 이승만은 빙그레 웃었다. 한민당 대표들이 와서 의견을 물었을 땐 이승만이 "여러분들은 뭣 때문에 놀라는 것인가? 스티코프가 이런 말 말고 다른 말을 했어야 놀랄 일이지. 항상 공산당이 하고 있는 말 아닌가? 졸개들이 하는 소리를 우두머리가 했대서 놀란다는 말인가?"하고 면박을 주었다.

"이렇게 되면 다음이 어떻게 되겠습니까?"

"될 대로 되겠지."

"될 대로 된다는 게 곤란하지 않습니까?"

"일이란 될 대로밖엔 안 되는 거야."하고 이승만이 입을 다물어버렸다. 이때 이승만의 복안은 서게 되었다. 이른바 '남한 단독정부'를……. 그러나 그걸 발설할 순 없었다. 발설할 필요도 없었다. 한데 그가 사랑하는 윤치영에게만은 묘한 힌트를 주었다. 〈해방일보〉 기사와 박헌영의 담화문이 실린 신문을 펼쳐들고 앉아 이승만이 옆에 서 있는 윤치영에게 물었다.

"자네 이 기사를 읽었나?"

"예."

"공산주의자들은 공산주의를 과학적 사회주의라고 한다며?"

"예? 그렇습니다."

"그런데 내가 보기엔 조선의 공산주의자들은 과학적 공상가 같아."

"어째서 그렇습니까?"

"미군이 점령하고 있는 지역에 소련 마음대로 소련을 지지하는 정부를 세울 수 있을 것이라고 생각하는 게 공상이 아니고 뭔가?"

"예?"

"스티코프가 고집 세게 나오면 나올수록 우리에게 유리하다는 걸 알아야 해."

"그러나 현재 미군정청은 3상회의의 결정을 실현하려고 애쓰고 있지 않습니까? 그런 과정에서 혹시 미국이 양보할 수도 있지 않겠습니까?"

"군정청 녀석들은 철부지들이야. 본국의 훈령, 그것도 오늘의 훈령에 급급할 뿐이지 내일 무슨 훈령이 있을지도 모르고 덤비는 녀석들이야. 스티코프가 고집 세게 나오기만 하면 미국의 태도가 바꿔질 것이니까 두고보라구. 한국민의 반대를 무릅쓰고 한국민에게 불리한 임시정부가 가능할 까닭이 없지."

"좌익의 동조자도 많지 않습니까?"

"그건 한국민이 아니야. 내가 반대하는 임시정부 따위는 이 땅에 설수가 없어."

"그럼 앞으로의 정세는 어떻게 되겠습니까?"

"또 정세 타령인가? 정세는 내가 만들어."

"미·소 공위에 대해 무슨 태도 표명이 있으셔야 하지 않겠습니까?"

"서두를 것 없네. 협조할 수 있는 데까진 협조해야지. 굳이 내가 반대하지 않더라도 그런 회의가 길게 계속될 순 없을 것이야."하고 이승만은 일어서며 중얼거렸다.

"우리 정부는 우리가 만들어야지!"

이승만은 아직 서리가 밟히는 뜰로 내려섰다.

3월 21일엔 제1호 성명을 발표하고 3월 22일엔 제2호 성명을 발표하여 공동위원회는 민주주의 임시정부 수립 문제를 다루고 이 공위에 민주주의 정당과 사회단체 대표들만 참가할 수 있다는 방침을 밝혔다.

3월 29일에 발표한 공동성명 제3호는 구체적인 내용이었다. 제1단계로 모스크바 3상회의 결정의 제2항, 즉 정당 사회단체와 협의해서 임시정부를 만드는 준비 작업을 한다는 것이고, 제2단계로 모스크바 3상회의 결정의 제3항, 즉 임시정부의 참여 하에 4개국 신탁통치의 협약을 한다는 문제를 다루기로 했다는 것이다.

그리고 제1단계를 위하여 ① 민주주의 제정당 단체와 협의할 조건과 절차. ② 임시정부의 기구 및 조직 원칙과 헌장에 의해 만들어질 각 기관에 관한 제안과 준비. ③ 임시정부의 정강과 법규에 관한 준비와 토의. ④ 임시정부 각원(閣員)에 대한 제안 및 준비와 토의를 한다는 것과 이상 각 항에 준한 3개 분과위원회를 둔다는 것이다.

회의가 열린 지 10일도 채 못 되어 이만한 진척을 보였으므로 공산당은 그 성과를 낙관하고 반탁 정당이 공위에 접근하지 못하도록 하는 공작을 강화하기로 했다.

3월 31일, 조선공산당은 공동위원회 제3호 성명에 대해 다음과 같은 성명을 발표했다.

소·미 공위 제3호 성명은 우리 민주주의 진영에 커다란 성공을 표명해주었다. 그것은 첫째 우리 민족을 위한 민주주의적 임시정부가 확실히 조직된다는 데 양국 대표가 그 의견을 일치한 것이요, 둘째 3상회의 결정이 양국 대표의 일치한 서명으로 말미암아 완전한 법문화(法文化)의 내용과 형식으로 구체적으로 실현됨을 의미한 것이요, 셋째 이로 말미암아 우리 조선도 민주주의적 제 동맹국의 성심과 호의에 의하여 완전한 민주주의적 독립국가로서 성립되고 발전할 것이 확보된 까닭이다.

반동 영향 하에 있던 군중은 불을 보는 것보다 더 명료한 이 역사적 진전을 바로 파악하여, 자기들 눈에 모래를 뿌린 그 반동적 지도자들의 속셈을 용감히 폭로하여 그 지도를 거부하고, 민주주의 민족전선으로 단결하여 이 나라의 위대한 건설과정에 함께 돌진해야 할 것이다.

민주주의 연합국의 호의적 원조에 의하여 우리 민족은 장구한 일본 압박에서 해방되어 비로소 우리의 손으로 우리 정부를 가지고 완전 독립을 성취하게 됨은 우리로 하여금 참된 감사를 연합국에 보내게 한다.

이에 덧붙여 4월 5일엔 공산당 간부 이주하의 라디오 방송을 통한 견해 발표가 있었다.

공동위원회 제3호 성명이야말로 우리 민족이 기다리고 기다리던 민주주의 정부가 확실히 연합국 원조 밑에서 조직된다는 것을 우리에게 알려준 중대한 성명이다. 이 공동성명을 본 결과 우리는 자신을 가지고 다음과 같이 말할 수가 있다. ① 공동위원회는 우리 정부수립을 원조해준다. ② 앞으로 세워질 정부는 민주주의 정부이다. ③ 연합국의 성심과 호의로써 우리 조선엔 완전한 민주주의 국가가 건설된다.

이것으로도 부족해서 박헌영은 산하에 있는 대중단체를 동원해서 제3호 성명에 따르는 임시정부 수립을 촉구하는 결의문을 미·소 공동위원회에 보내도록 지령을 내렸다. 정판사(精版社) 명의로 된 결의문은,

"① 소·미 공위는 반동분자의 파괴음모를 분쇄하면서 성공적으로 진행되고 있다. ② 임시 민주주의 정부 수립은 현실적 문제로 박두했다. ③ 모든 반동분자들을 우리 정부에서 완전히 배제하자."

노조(勞組) 경성지방평의회의 결의문은,

"임시정부 수립에서 3상회의 결정을 반대한 반민주주의 집단을 배제하고 민주주의 정당과 대중단체를 토대로 수립해야 한다."

반일(反日) 운동자 구원회의 결의문은,

"인민의 총의를 반영하는 인민정부 수립을 약속한 공동성명 제3호를 보고 감사를 드리는 동시에 절대 협력할 것을 맹서한다. 반민주 세력은 철저히 배제해야 한다."

서울시 35개소 협동조합의 결의문은,

"소·미 공위의 불성공을 희망하는 반동분자들의 모략과 책동에도 불구하고 임정 수립을 약속한 것은 조선에서도 세계사적 방향인 민주주의가 급속도로 발전할 것이라는 것을 의미한다. 인민정부 수립을 위해 적극 분투할 것을 결의한다."

이밖에 많은 단체를 동원해서, 반탁 진영의 정당이나 단체는 임정수립에 참여시켜선 안 된다는 요지의 결의문을 보내게 했다. 민주주의 민족전선의 외교부는 4월 12일 다음과 같은 내용의 서한을 공동위원회에 보냈다.

① 정당 등록법을 철폐하라. ② 각 행정기구, 경찰, 사법, 교육기관 등 각 기관에서 일제 잔재, 민족 반역자, 파쇼분자 등 비민주적 요소를 배제하라. ③ 일인(日人) 재산 매매령을 철폐하라. ④ 무허가 학교 폐쇄령을 철폐하라. ⑤ 신한공사령(新韓公司令)을 철폐하라. ⑥ 언론, 집회, 결사 허가제를 철폐하라. ⑦ 산업 진흥, 실업구제 대책, 미곡 대책 등을 수립하라. ⑧ 앞으로 수립될 정부의 형태와 이념은 인민위원회의 형태와 민주주의적 이념이어야 한다. ⑨ 비민주주의 정당은 철저히 배제해야 한다.

한편 공산당은 4월 1일부터 4월 7일까지를 '임시정부 수립 촉진 강화 추진 주간'으로 설정하고 민전을 앞장세워 대대적인 선전활동을 전개했다. 서울에선 4월 2일과 3일엔 용산에서, 4일과 5일엔 마포에서, 7일과 8일엔 동대문에서, 8일엔 영등포에서 군중을 모아놓고 영화 상영과 함께 윤경철, 성진용, 박후병 등의 강연회를 열었다. 반탁진영을 제외한 임시정부 수립의 열기를 높이기 위해서였다.

4월 10일엔 서울운동장에서 '소·미 공동위원회 환영 민주정부 수립 촉성 시민대회'를 열었다. 이 대회를 지켜본 어느 방관자는 "떡도 생기기 전에 김칫국부터 마시는 놈들의 수작 같다."는 익살을 부렸다. 또 한 사람은 "아따, 그놈의 민주주의, 말끝마다 들먹이는 민주주의 소리 진절머리가 난다."하고 투덜거렸다. 뜻있는 사람이라면 민전 외교부에서 공동위원회에 제출한 9개 항목을 보고 실소를 터뜨리지 않을 수 없었을 것이다. 그것은 완전히 무정부 상태로 만들자는 제안이었기 때문이다.

4월 18일 공동위원회는 공동성명 제5호를 발표했다. 그 전문(全文)은 다음과 같다.

미·소 공동위원회는 조선민주주의 제 정당 및 사회단체와 협의할 제 조건에 관한 문제를 계속 토의하였다. 서울 덕수궁에서 4월 8, 9, 10, 11, 13일에 진행된 회의에서는 소련 대표단 수석 스티코프 대장이 사회하였고, 4월 17일 회의는 미국 대표단 수석 아놀드 소장이 사회하였다. 소련 대표단과 미국 대표단의 견해를 각 방면으로 연구 분석한 결과 공동위원회는 민주주의 제 정당 및 사회단체와 협의할 조건에 관한 전체 프로그램의 제1항에 의하여 다음과 같은 결정을 수리하였다.

결의문: 공동위원회는 그 목적과 방법에 있어서 진실로 민주주의적이며 또한 다음과 같은 청원서에 서명하는 조선민주주의 제 정당 및 사회단체와 협

의할 것이다. 우리는 조선에 대한 모스크바 3상회의 결정 제1항에 있는 '조선을 독립국으로 부흥시키고 조선이 민주주의 기반 위에서 발전할 제 조건을 지어주며 조선에서 장기간 있은 일본 통치의 악독한 결과를 신속히 청산할 것'이라는 모스크바 결정을 지지하겠다는 것을 성명한다. 우리는 조선민주주의임시정부 구성에 관한 모스크바 협정 제2항을 실현하는 공동위원회의 결정에 따르겠다. 우리는 공동위원회가 조선민주주의 임시정부의 참석으로 모스크바협정 제3항에 예견한 방책에 관하여 제안을 작성하는 데 협조하였다.

당 또는 단체를 대표하는 자의 서명


위와 같은 청원서를 제출한 민주주의 제 정당 및 사회단체를 초대하여 협의하는 순서는 제1공동 분과위원회가 작성한다. 이 순서는 그 세부가 확정하는 데 따라 즉시 출판물에 발표하게 될 것이다.

제2분과위원회는 조선민주주의 제 정당과 사회단체의 의견을 고려하면서 그들과 함께 협의하게 될 것이고, 공동위원회 토의에 내놓기 위하여 조선민주주의 임시정부의 상하 각급 기관의 구성과 조직 원칙에 대한 법규를 준비할 것이다. 이 법규는 정부의 각 기관을 규정하는 것이니 이 정부의 각 기관은 행정권, 입법권, 사법권과 그 임무와 권한을 이행하게 될 것이다.

제3분과 위원회에서는 장래 조선민주주의 임시정부를 위한 정강과 기타 적당한 제 방침을 강구할 지시를 주었다. 이 분과위원회도 조선민주주의 제 정당 및 사회단체와 함께 협의하게 될 것이다. 정강은 정치, 경제, 문화 방면에서의 조선민주주의임시정부의 요망과 최후 목적을 진술하는 문건이 될 것이다. 이 정강은 공업, 농업, 운수업, 재정, 인민교육, 언론과 출판의 자유 등의 문제를 포함할 수 있도록 아주 광범한 것으로 되어야 할 것이다.

1946년 4월 18일<br>미국 수석대표 A. V. 아놀드<br>소련 수석대표 T. F. 스티코프

4월 20일에 발표된 제6호 성명은 이 제5호 성명을 부연하는 내용의 것이었고, 4월 30일에 발표된 제7호 성명은 다음과 같았다.

미·소 공동위원회는 1946년 4월 20일부터 27일까지 소련 수석대표 스티코프의 사회로 서울 덕수궁에서 개최되어, 조선민주주의 정당 및 사회단체와 협의할 방침과 공동위원회 제2, 제3분과위원회에서 기안한 조선민주주의 정당 및 사회단체와 협의할 안을 토의하였다.

공동위원회는 조선민주주의 정당 및 사회단체와 협의할 방침에 관한 제1분과위원회의 보고에 관한 토의는 거의 끝나간다. 공동위원회는 제2, 제3분과위원회에서 작성한 민주주의 정당과 사회단체에 설문할 심문(審問) 항목을 채택하기로 결정하였는데, 그 중요한 설문은 다음과 같다.

① **조선민주주의 임시정부와 지방 행정기구의 조직과 원칙에 관한 건**

　　(가) 인민의 권리 (나) 앞으로 수립될 임시정부의 일반체제와 성질 (다) 중앙정부의 행정 및 입법권 시설 기구 (라) 지방 행정기구 (마) 사법기구 (바) 임시헌장의 변경 및 수정방법

② **조선민주주의 임시정부의 정강에 관한 건**

　　(가) 정치대책 (나) 경제대책

　　공동성명서 제5호에 표시된 선언서 양식을 인쇄한 남조선에 있는 민주주의 정당과 사회단체의 수속의 편의를 도모하는 바, 그 양식용지는 덕수궁에서 제공함. 단 그 용지사용 여부는 수의로 함. 이미 선언서 서명 수속을 완료한 단체는 그 용지에 재차 기입하여 제출할 필요가 없다.

제5호 성명이 발표되자 공산당은 이것 보란 듯이 즉각적으로 지지를 표명했다.

우리는 모스크바 3상회의 결의문 중 조선에 관한 제1조에 밝혀진 바와 같

이 그 결의의 목적을 지지하기로 선언함. 곧 조선의 독립국가로서의 재건설, 조선의 민주주의 원칙으로 발전함에 대한 조건의 설치와 조선에서 일본이 오랫동안 통치함으로써 생긴 손해 등 막대한 결과를 속히 청산할 것. 다음으로 우리는 조선민주주의 임시정부 조직에 관한 3상회의 결의문 제2조 실현에 대한 공동위원회의 결의를 고수하기로 함. 다음으로 우리는 공동위원회가 조선민주주의임시정부와 같이 3상회의 결의문 제3조에 표시한 방책에 관한 제안을 작성하는 데 협의하기로 함.

이와 같은 성명서를 발표함과 동시에 5호 성명에서 제시된 선언서를 공동위원회에 제출했다. 공산당의 조종을 받은 많은 단체가 동조적인 성명서와 아울러 선언서를 공동위원회에 제출했다. 제5호 성명으로 공산당은 한결 더 신바람이 났다. 이들 좌익과는 반대로 반탁으로 일관돼 오던 우익진영은 심각한 딜레마에 빠졌다.

"이 선언서에 서명하는 것은 3상회의 결정을 지지하고 신탁통치를 받겠다는 것을 전제로 하는 것인 만큼 절대로 서명할 수 없다."는 의견과, "법리적 해석은 그러하지만 실제에선 임시정부 수립에 응한 다음 신탁통치 문제가 정식으로 토의될 때 그것을 반대해도 늦지 않으니 우선 임시정부 수립엔 참여해야 한다."는 의견이 맞섰다. 그러자 4월 28일 하지 사령관의 성명이 있었다.

미·소 공동위원회 미국 측 수석대표 아놀드 장군은 공동성명 제5호에 제시된 선언서의 서명에 관하여 나와 좌기의 점에 관해 견해가 일치했다.
① 그 선언서에서 명하는 정당과 사회단체에 신탁의 찬성, 또는 반대하는 의견 표시의 특권을 보장했다. ② 미·소 공동위원회와 협의하기 위하여 선언서에 서명한다고 해서 그 정당이나 사회단체가 신탁을 찬성한다든지, 혹은 신탁지지에 언질을 준다는 것으로는 되지 않는다.

단 선언서에 서명하지 않는 이는 공동위원회의 협의 대상에서 제의되어야 한다.

제5호 성명에 대해 이승만은 지방 순회 중에 백남훈 씨를 통해 민주의원에 전달된 메시지 가운데서 다음과 같이 자기의 소신을 밝히고 있다.

미·소 공동위원회 제5호 성명에 대하여 일반 동포가 의혹을 품지말기를 진심으로 바라나니 나의 이유는 아래와 같다.

① 하지 중장이 4월 26일에 발표한 선언에 밝히어 설명한 바 하지 중장은 절대로 우리의 독립을 위하여 노력하는 친우이므로 우리를 낙망시키지 않을 줄을 내가 확신하며 우리 동포들이 나와 같이 믿으라고 권고하기를 주저치 않는다. ② 우리가 서명하는 것은 신탁을 지지하는 것이 아니요, 다만 신탁에 관한 문제를 해결할 토의에 협동한다는 뜻을 표함이니 그 토의에 참여치 않으면 그 문제가 원만히 타결되기를 바라기 힘들 것이므로 설령 우리가 참가하고도 타협이 못 되면 그때에 우리가 다른 보조를 취하기에 늦지 않을 것이다. ③ 지금 내가 알기에는 임시정부를 먼저 수립하고 그 후 임시정부에서 공동위원회와 협의하여 조처하기로 된 것이니 임정 수립만 충분히 된다면 더 문제될 것이 없는 줄로 안다. ④ 다만 우리가 한 가지 주의할 것은 모스크바 선언에 신탁이라는 것은 정치, 경제, 사회적으로 우리를 도와준다는 의미로 한 것이라 하는 것은 우리가 받겠다고 서명할 수는 없나니, 이는 다름이 아니라 이런 문구에 의거해서 이후에 혹 우리 내정에 간섭하려는 이가 있을까 하는 우려를 막고자 함이다. 그러나 이것도 지금에 문제될 것은 아니오, 이후 임정이 공동위원회와 토의할 때에 우리가 서명하지 않으면 누가 억지로 시킬 것은 없을 것이다.

하지의 성명과 이승만의 이 메시지가 바야흐로 충천하는 좌익의 기세를 꺾어버렸다. 박헌영은 속으로 "누가 있어 그 늙은 능구렁이를 말살하지 못할까?"하고 이를 갈았다. 이승만의 이 메시지는 두 겹 세 겹의 뜻을 포함한 그야말로 책략적인 것이다.

그 하나는 미국 사령관과 소련 측 대표들과를 수습 못할 정도로 이간시켜버리는 효과를 노린 것이고, 또 하나는 공동위원회이고 뭐고 '나 이승만'이 용납하지 않으면 백만 번 시도한들 가망이 없다는 의사 표시이며, 또 다른 하나는 기고만장한 좌익들의 기를 한꺼번에 꺾어버리려는데 있고, 마지막의 의도는 이승만 자신이 미·소 공동위원회에조차도 협력할 용의를 가지고 있었다고 밝힘으로써 그의 원래의 목적을 전면에 내세울 때 "내가 이런 결론을 내리기까진 모든 방책을 골고루 시도하고 하는 데까진 노력했노라."하는 말을 할 수 있는 계기로 삼고자했던 것이다. 이런저런 이유로 해서 미·소 공위가 자기 때문에 결렬하게 되었다는 비난에 대비할 용의는 있어야만 했다.

그러한 이승만의 눈으로 볼 때 공산당은 '과학적인 공상가들의 집단'일 수밖에 없었다. 아니나 다를까, 미·소 공위는 하지의 성명 때문에 결렬하게 되는데, 그 결렬의 책임은 공산당 자체와 소련 측 대표들에게 있었다. 미군이 주둔하고 있는 지역에서 좌익 일색의 임시정부를 세울 수 있을 것이라고 짐작하고 그 짐작이 어긋났다고 해서 공동위원회를 결렬시켰다면 그 책임은 소련에 있는 것이고 공산당에 있는 것이다.

공동성명 제5호를 우리는 전면적으로 지지한다. 반민주주의자, 반탁 운동자를 적극 배재하기 위해 투쟁할 것을 성명한다. 김구, 이승만, 안재홍, 김성수, 장덕수 등의 기만적 지도자에게 속은 인민은 용감하게 그 사상에서 해방되어 민전에 참가하길 요망한다.

이른바 조선과학자동맹이 발표한 이 성명은 공산당의 견해 그대로

인데, 이런 태도로써 밀고 나가 임시정부를 그들에게 전적으로 유리한 방향으로 수립하겠다고 서둘렀다면 전혀 현실감각을 상실한 사람들이었다고 할 수밖에 없다.

5월 6일 미·소 공동위원회는 무기휴회로 들어갔다. 그렇게 되고 보니 공산당과 그 동조자들이 7주일 동안 열광적으로 서두른 행동이 우스꽝스러운 만화처럼 되어버렸다. 4월 20일 견지동 시천교 강당에서 열린 민전 중앙위원회와 4월 23일 열린 인민공화국 중앙인민위원회에선 임시정부의 정권 형태에 관한 구체적인 논의가 있었다. 민전 중앙위원회에선 이여성이 정부 및 행정기구 조직요강을 발표했다.

① 국가의 전 권력은 인민에게 속한다. ② 인민은 법률 앞에 평등하다. ③ 18세 이상 인민은 선거권과 피선거권을 가진다. ④ 정식 선거에 의해 정식 인민대표자대회가 성립될 때까지 잠정 인민대표대회를 소집하여 이것을 최고권력기관으로 한다. ⑤ 잠정 인민대표자대회는 민주주의 정당, 대중단체, 사회단체, 문화단체 등의 대표자, 지방 대표자 및 당해 사회 층을 대표할 만한 무소속 개인으로 구성하되 그 수는 약 6백 명으로 한다. ⑥ 잠정 인민대표대회는 국가의 최고의사와 정책을 결정하며 대통령, 부통령, 중앙인민위원, 대법원장, 검찰총장, 군사위원, 회계검사원장 등을 선임 또는 파면한다. ⑦ 잠정 인민대표대회에서는 그 속에서 약 2백 명을 선출하여 잠정 인민의회를 구성, 입법기관으로서의 기능을 가지며 잠정 대표자대회 폐회 중 그 임무의 일부를 대행한다. ⑧ 잠정 인민의회는 그 속에서 상설 간부회의 구성요원을 선출한다. 상설간부회는 잠정 인민의회 폐회 중 그 결의의 집행을 감사하며 잠정 인민의회 의안 등을 준비한다.……

이상과 같이 조선공산당은 미·소 공위를 통해 자기들이 이미 구축해놓은 남북 인민위원회를 바탕으로 공산정권을 수립할 작정으로 있었다. 그리고 조속한 시일 내에 그렇게 될 것이라고 믿고 있었다. 그런데 그 꿈이 허망하게 사라져버린 것이다.

소련 대표들이 서울을 떠나기 하루 전날 밤, 서울 소련 영사관에서 송별연이 있었다. 그 석상에서 스티코프는 술에 취해, 혹은 술에 취한 체해선 박헌영에게 시비를 걸었다.

"당원이 몇이나 되느냐?"하고 묻고는 박헌영이 무어라고 대답을 하자 스티코프는 "그 당원을 어디다 써먹을 것이냐?"하고 빈정댔다. 그리고 "미국 놈의 버르장머리를 고치라."고 하기도 하고 "이왕 안 될 바엔 망신이라도 주었어야 할 게 아니냐?"고도 했다.

기자의 자격으로 그 자리에 참석할 영광을 누린 박갑동이 차라프킨만은 박헌영을 정중하게 대접하는 것을 눈 여겨 보았다. 차라프킨은 "언제 러시아어를 그처럼 능통하게 익혔느냐?"하고 칭찬을 하고는 "만만치 않은 미군의 점령지역서 수고가 많겠다."하는 위로의 말을 잊지 않았다.

"공동위원회가 언제쯤 속개될 수 있겠느냐?"하고 박헌영이 물었을 땐 차라프킨은 "미국의 태도를 보니 설혹 재개된다고 해도 우리 본래의 목적을 달성할 수 있을 것 같지 않다."하고 우울한 표정을 지은 다음 이렇게 덧붙였다.

"긴 투쟁으로 들어갈 각오는 하는 동시에 투쟁방법을 바꿀 수밖엔 없을 것이오. 요는 미국인들이 귀찮아서 조선을 포기하도록까지 수단방법 가릴 것 없이 덤벼 망신을 주는 게 상책일 것이오. 가능만 하다면 중국 공산당을 본떠서 게릴라를 각지에 배치하고 이곳저곳에 해방구를 만들어 통일적 행정력을 마비시키는 게 가장 효과적인 방법일 것 같은데, 그 방면의 연구도 해보시오. 어차피 당이 전투력을 가져야 할 거요."

그러나 박헌영은 그 이상 차라프킨과 차분한 얘기를 할 여유가 없었다. 스티코프가 조선공산당에 대해 맹렬한 비난을 퍼붓기 시작한 것이다. 대중을 봉기시켜 덕수궁을 2층, 3층으로 포위해서 미국 측이 소련 측 의견에 반대할 수 없도록 압력세력을 만들지 못했다는 것이 비난의 하나이고, 하지 중장의 4월 27일 성명 땐 미군청정 청사 폭탄 세례를 받도록 한 것이 실패의 원인이라며 공산당의 졸렬한 전술이란 비난이 둘째였다.

미·소 공위가 휴회로 들어가자 미 제24군 사령부에서 다음과 같은 사실을 발표했다.

5월 6일 공동위원회가 폐회한 후 미국 측은 만일 공동위원회가 조선 내의 각 민주주의 단체와 개인의 언론자유에 대한 권리를 인정하고, 그들이 신탁 문제, 기타 모스크바 결정 또는 다른 정치 문제에 관해 의견을 발표하였다는 이유로써 공동위원회와 협의하는 것과 임시정부에 참가하는 것을 거부하지만 않는다면 즉시 사무진행을 할 수 있다는 것을 스티코프에게 전달하였다. 만일 이 이상 천연한다면 조선 기타 외국의 국민들이 공동위원회가 7주일간이나 허비하면서 아무 실질적 진전이 없는 데 대하여 그 이유를 알 권리가 있다는 것도 지적했다.

5월 8일 스티코프는 오전 10시 하지 사령관을 방문하고 3시간에 걸쳐 현재 상태에 대하여 전면적으로 재검토한 바 있었다. 5월 8일 오후 8시 스티코프는 다시 하지 사령관을 방문하고 자기의 사령부에 연락한 결과 회의를 중지하고 위원 일동과 북조선에 귀환하라는 훈령을 받았다고 전달했다.

스티코프 일행이 떠나고 난 그 이튿날, 즉 5월 9일 하지 장군의 특별성명이 있었다. 미·소 공위의 결렬 문제를 두고 갖가지 왜곡된 판단도 없지 않으므로 지루함을 무릅쓰고 그 성명 전부를 옮겨본다.

조선 임시정부를 수립하려고 미·소 공동위원회를 개최했을 때 소련대표는 조선 사람으로서 모스크바 협정을 반대한 사람은 조선 임시정부 조직에 참여하지 못하도록 그들을 제외하자고 했다. 그러나 미국 대표는 그러한 제외 원칙은 조선 사람들에게 민주주의의 근본인 의사 발표권을 거부하는 것이라는 이유로 반대했다.

조선에 관한 모스크바 결의가 세상에 발표되자 남조선에 있는 정당과 지도자들은 한 사람의 예외도 없이 신탁통치 반대의 의사를 표명했다. 조선에 있는 절대다수의 조선인이 이 조문을 반대할 이유는 이 조문이 그들의 독립을 무단히 천연시키리라고 믿은 때문이다. 그 후 어디인가에서 교사(敎唆)를 받은 남조선의 소수당은 이 문제에 대한 그들의 태도를 표변하여 반탁을 찬탁으로 바꾸었다.

남조선에서는 그 소수당을 제외하고는 오늘날까지라도 탁치에 대한 증오심이 그대로 성행하고 있다. 오랫동안 쌍방이 의견을 교환한 후 소련 대표는 일종의 절충안을 제출하여 모스크바 결정을 앞으로 지지하겠다고 선언하는 동시 그들을 그릇 인도한 지도자들을 공개비난하면 그 정당 및 사회단체와 협의할 수 있도록 하자고 했다. 그리고 그런 지도자들은 장래 조직될 임시정부에 참여하지 못하도록 제외하자는 것이었다. 미국 대표는 이 절충안을 다음과 같은 이유로써 단연 반대했다. 이것은 기타 정당을 강압적으로 숙청하는 결과가 되는 것이고 다음으론 민주적 정치행동에 관한 미국의 이념에 위배되는 것이다.

공동성명 제5호에 발표된 결의는 신탁을 지지하라고 요구하는 것이 아니요, 오직 신탁이 있게 된다면 그것에 관한 대책을 작성하는 데 같이 협의하자는 요구인 것이다. 환언하면 공동위원회는 신탁을 위한 추천안을 작성할 때에 정당과 단체들이 마음대로 자기들의 신탁 반대의사를 발표할 수 있도록 하자는 뜻이다. 이와 같은 사정은 공동성명서 자체에도 명시되어 있고, 또 쌍방에서 그것을 결정할 때에 미국 대표는 회의록에까지 그 사실을 기록한 것이다.

조선주둔 미군사령관은 장래에 어떤 형식의 신탁이 있게 되든지 없게 되든지 간에 남조선에 있는 조선 사람들은 그 문제에 관하여 자유롭게 말할 수 있도록 하라고 성명한 적도 있다. 이것은 또한 미·소 양 대표가 동의한 것이기도 하다. 따라서 반탁주의자들을 정부조직에 참여시키지 말자는 안이 일단 부결된 이제 소련 대표는 모스크바 결정을 적극적으로 반대하는 자는 민주정당과 사회단체의 대표로서 인정하지 말고 협의대상에서 제외하자는 안을 또다시 공동위원회에 제출했다. 이 안은 이미 결의한 바에 위배되고 의사표시 자유원칙에 정반대가 되어 미국 대표는 소련안에 찬동할 수 없다고 재차 거부했다. 그러나 회담진행의 편리를 도모하기 위해, 만일 어떤 대표자 개인에 관하여 자격 문제가 발생하면 공동위원회에서 개별적으로 검토하자고 했다. 그런데 소련 대표는 모스크바 협정 반대자는 단체 대표로 선택하지 말자는 경고성명을 내자고 고집했다.

이 문제는 아직도 토의가 진행 중에 있었는데 소련 대표는 미국 대표에게, 조선주둔 미군사령관의 자문기관인 남조선 대한국민 대표 민주의원과 이에 관련이 있는 정당과 단체는 공동위원회의 협의대상으로서의 자격이 없다고 통고해왔다. 그 이유를 물은 즉 민주의원 의장대리의 성명이 있다고 하고 그 성명을 이렇게 인용했다. "공동성명서 제5호를 신중히 검토한 후 우리는 결정하기를 선언서 서명은 임시정부 조직에 있어 미·소 공동위원회와 협력한다는 뜻일 뿐이며 임시정부가 성립된 후엔 신탁통치에 대하여 우리의 반대의사를 표시할 수 있다는 것을 의미한다.

소련 대표는 이들 정당들이 제5호 성명에 의한 선언서에 서명한 사실에도 불구하고 그 정당들이 이러한 견해를 포기하지 않는 한, 포기할 때까지 그들과 협의할 용의가 없다는 것을 명시했다. 이렇게 소련 대표로 말미암아 생긴 사태는 6주간의 회의를 무의미하게 만들어버린 것이며, 이런 상태로 나간다면 임시정부 수립이 상당히 지연될 것은 불가피한 사실이다.

미국 대표는 그 현안문제를 해결할 동안 조선 재통일의 가장 큰 장애물인 38선 철폐를 서두르자고 제의했다. 그러나 소련은 이 제의를 거절했다. 이렇게 거절당한 미국 대표는 이 단계에서 달리 다룰 문제가 없으니 부득이 휴회를 요구할 수밖에 없었다. 그런 까닭에 정당대표와의 협의의 문제가 현안으로 있는 동안 무기 휴회하기로 1946년 5월 6일 결정했다.

남조선 주둔 미군사령관은 민주주의 기정 원칙에 의하여 군사안전에 지장이 없는 한 어떤 정당인에게나 의사발표의 완전 자유를 주어왔다. 이 권리를 이용하여 미군정의 방침을 꾸준히 맹렬히 비판하는 자가 있으니만큼 정당과 지도자들은 신탁조문에 대한 반대의사도 자유롭게 표명해온 것이다. 그러니 조선 임시정부를 조직하는 데 있어서 어떤 정당인에게 발언권을 거부한다는 것은 조선 해방 후 미군 주둔 이래 남조선 각 정당과 단체가 한결같이 향유하던 일종의 권리를 거부하는 것으로 된다.

미국 대표의 의도는 어떤 정치사상 계통을 옹호하자는 것도 아니고, 모스크바 결정 이행의 방해를 용인하자는 것도 아니고, 신탁통치가 조선 독립을 쓸데없이 지연시킨다는 신념을 가진 자의 견해를 변호하려는 것도 아니다. 그러나 미국 대표로선 단순히 신탁통치보다도 즉시 독립을 더 바란다는 의견을 공개 발표했다고 해서 그 사람 또는 그 정당을 임시정부 조직에 참여하지 말라고 할 수는 없는 것이다.

모스크바 협정은 민주주의 정당과 사회단체를 임시정부 조직에 참여할 수 있도록 보장하고 있는데, 소련 대표는 의사표시를 자유롭게 했다는 사실을 들어 백여 개 이상의 민주주의 정당과 사회단체를 거부하자고 했다. 그러한 안을 우리는 찬동할 수도 없고 앞으로도 찬동하지 않을 것이다. 이러한 배제안을 찬동한다는 것은 앞으로 신탁을 감수하겠다는 소수당을 제외한 모든 사람들의 정치활동을 금지하는 결과가 될 뿐 아니라 대서양헌장에서 공약하여 세계적으로 승인을 받은 모든 사람의 의사표시 자유권을 위반하는 것이 된다.

1946년 5월 9일

조선 주둔 미군 최고사령관

육군중장 J. R. 하지

박헌영 이하 공산당의 간부들은 열병을 앓다가 탈진해버린 사람들처럼 되었다. 바로 눈앞에 있던 공산정권의 가능성이 하룻밤 사이에 없어져버렸기 때문이다.

박갑동이 받은 충격도 작지 않았다. 이 순진한 청년은 미·소 공위의 성공을 믿어 의심하지 않았던 것이다. 그래서 공동위원회가 열리고 있는 7주일 동안 불철주야하고 동분서주하고 열심히 기록을 작성하기도 했다. 스티코프 일행이 떠나고 난 후 박갑동은 1주일간 높은 열을 내면서 앓아누웠다.

〈해방일보〉는 소련 대표의 의견을 대대적으로 게재하는 한편, 미·소 공위가 성과 없이 무기 연기된 책임이 미국 측에 있는 것이라고 하여 연일 욕설 섞인 비난을 퍼붓고 있었다. 그러나 그것은 닭을 쫓다 놓친 개가 허공을 향해 짖는 꼴이나 다를 바가 없었다. 박갑동이 신문사에 출근한 것은 5월 13일 목요일이었다.

미·소 공위가 재개될 가능성이 있느냐 없느냐가 편집국 내의 화제로 되어 있었는데, 박갑동은 그 토론에 끼일 기력도 정열도 없어 자기가 앓아누워 있던 동안의 신문을 챙겨 읽고 있었다. 오후 다섯 시쯤 되어서였다. 전화가 왔다기에 송수화기를 들었더니 전옥희의 목소리가 흘러나왔다.

"오랜만입니다."

박갑동이 인사말을 이렇게 했다. 아닌 게 아니라 오랜만이었다. 공동위원회가 개최되고부턴 서로 만날 겨를이 전혀 없었던 것이다.

"왜 말에 힘이 없으시죠?"

전옥희의 장난스러운 말이었다.

"힘이 있게 돼 있습니까? 1주일 동안 몸살을 앓다가 오늘 겨우 출근한 걸요."

박갑동이 변명조가 되었다.

"오늘 시간 낼 수 없어요?"

"시간을 낼 수 있다 뿐입니까? 어느 때 어디라도 지명만 하시면 달려가겠습니다."

"그러시다면 나중 여섯 시쯤에 파고다공원으로 나오세요."

"왜 하필 파고다공원입니까?"

"오늘 날씨가 좋지 않아요? 우중충한 다방보단 파고다공원이 나을 거예요. 따로 볼일도 있구요."

"좋습니다."

전옥희로부터 전화를 받고 나니 마음이 한결 가벼워졌다. '사람이란 묘하지. 조그마한 자극으로 마음이 밝게도 되고 어둡게도 되니……' 창밖 5월의 하늘을 처음으로 눈여겨보는 기분이 되었다. 산로의 민형준이 편집국으로 들어와서 박갑동 옆 빈자리에 앉았다.

"박 선생의 얼굴이 아주 밝아졌습니다. 무슨 좋은 일이 있는 것 아닙니까?"

"나라의 꼴이 이 모양인데 무슨 좋은 일이 있겠소?"

박갑동이 덤덤하게 말하자 민형준이 주위를 살피는 듯하더니 "의논 드릴 일이 있다."고 했다. 넓은 편집국 저편에 서너 사람이 모여 있을 뿐 근처엔 사람이 없었다.

"무슨 의논입니까?"

박갑동이 물었다.

"시골로 내려갔으면 합니다."

"시골이면 진주로?"

"그렇습니다."

"잠깐 다녀오겠다는 건가요?"

"아닙니다. 시골에 가서 일을 하고 싶습니다."

돌연한 얘기가 돼서 박갑동이 민형준의 얼굴을 바라보고만 있었다.

민형준이 뚜벅 말했다.

"당의 방침에 변동이 생길 것 아닙니까?"

"……"

"소·미 공위의 실패는 당의 실패나 다름이 없잖습니까?"

"그렇게도 생각할 수 있어요."

"방침을 변동하지 않을 수 없고 그렇게 되면 당이 한창 시끄러워질 거거든요."

"그것을 피해 가겠다는 말이오?"

"그런 뜻도 있지요. 그러나 그것만은 아닙니다. 나는 대중 속에 들어가 근본적인 학습을 하고 싶습니다. 대뜸 상층부 사람들 사이에 끼어들어 섹트 싸움의 현장에 있어 보니 오늘날 대중이 무엇을 생각하고 있는가, 대중을 어떻게 어디로 끌고 가야 할 것인가, 전연 맥락이 서지 않아요. 그래서 시골로 내려가 근로자들과 섞여 당원으로서의 기초 학습을 해보고 싶습니다. 이대로 가다간 타락할 것 같아요."

"민형은 2천만 동포 전부가 타락해도 타락하지 않을 유일한 사람이라고 나는 보고 있는데요."

"아닙니다. 나는 날로 타락하고 있습니다. 내게 주어진 과업이란 게 고통스러워요. 당의 명령에 복종한다는 건 당연한 일이지만 그 명령이란 게 누구누구의 비행을 조사해라, 누구누구를 만나고 있는가를 보고해라, 항상 이런 일이거든요. 산로에서 내가 하는 일이란 고작 그런 일입니다. A는 A대로 나를 신임한답시고 B의 비행을 살펴보라 하고, B는 B대로 나를 신임한답시고 A의 비행을 조사하라고 말입니다. 물론 그런 따위의 부탁은 거절하지요. 그런데 이 건물에 있다가 보니 도저히 거절할 수 없는 곳에서 지령이 내린다, 이겁니다. 그게 당의 앞날을 위해 플러스가 될 수도 있겠지요. 그러나 그게 언제 어떻게 플러스가 될지는 막연하고 자기가 자기를 부끄러워해야 할 결과만 누적된

단 말입니다. 오죽하면 내가 박 선생에게 이런 말을 하겠습니까?”

　민형준은 언제인가부터 박갑동을 ‘박 선생’으로 부르고 있었다. 그 변화가 작용해서 박갑동은 민형준을 ‘민 동무’라고 부르지 않고 ‘민형’이라고 부르게 되었다. 그만큼 두 사람의 사이는 당원의 차원을 넘어서 있었다.

　“민형의 고민은 알겠소. 나도 가끔 그런 엉뚱한 과업을 받고는 불쾌해 한 적이 있으니까요.”하고 박갑동이 말했다.

　“그럼 내가 어떻게 하면 좋겠소?”

　“김삼룡 선생에게나 말씀을 드려 나를 진주시당으로 파견하는 형식을 취해 주면 좋겠는데요.”

　“김삼룡 선생이 들어만 준다면야 간단한 일이겠지만⋯⋯.”

　박갑동이 난색을 표했다. 김삼룡은 자기가 세워 놓은 조직 원칙과 방침에 따라 움직이는 사람이지 남의 청탁이나 지시를 받고 움직이는 사람이 아니었다. 조직과 인사에 관한 한 김삼룡은 박헌영 당수의 말도 잘 듣지 않았다.

　김삼룡이 박헌영에게 대한 충성이 모자라서가 아니라 박헌영의 의중을 미리 판단하고 처리해나가고 있었기 때문에 박헌영이 인사에 관해선 새삼스럽게 말할 필요가 없었고 박헌영이 인사에 관해 무슨 말을 했다고 하면, 그것이 김삼룡의 의중과 상충되었을 경우 박헌영의 잘못 판단한 결과로 되었던 것이다.

　그러한 상대였지만 민형준을 위해선 박갑동이 서둘러보지 않을 수 없게 되었다. 그러나 “민형과 헤어진다면 내가 더욱 쓸쓸해지겠는데.”하고 입맛을 다셨다. 민형준의 말이 있었다.

　“솔직하게 말해 내가 중앙에 있으면 있을수록 당에 정이 떨어질 것 같아요. 레닌이 가르친 전술교정(戰術敎程)이 있는데도 거기서 배울 생각을 안 하고 저돌적이고 단세포적인 사고방식으로 밀고나가려고 하니 될 말입니까? 이번 소·미 공위에 대한 대책도 그렇지 않습니까?"

"소·미 공위에 관한 이야기는 하지 맙시다. 기회 있으면 김삼룡 선생과 담판을 해보겠소. 민형을 진주시당책으로 파견할 수 없느냐고……."

"시당책이라니 그런 끔찍스런 말씀은 하지도 마십시오. 나는 말단 세포로서 일하고 싶을 뿐입니다."

편집국에 사람이 모여들기 시작했다.

"오늘 저녁식사 같이할까요?"

민형준이 일어서며 말했다.

"나는 오늘 저녁나절 미녀와 만날 약속이 있습니다."하고 박갑동이 사양했다. 민형준을 보내 놓고 박갑동이 생각에 잠겼다. 민형준 같은 당원이 중용되어야만 당이 활성화할 수 있을 판국이었다. 박헌영을 비롯한 간부 세대는 일제 때부터 단련된 당성이 강하고 나름대로 명민하지 않은 바가 아니지만 사고가 교조주의적으로 경화되어 있어서 유연성 있는 전술을 안출해내지 못하는 폐단이 있다는 것은 숨길 수 없는 사실이었다. 박갑동은 민형준이 진주시당책이 되기엔 경력과 연령이 어리지만 당의 활성화를 위한 방책의 하나란 명분을 내세워 민형준을 진주시당책으로 밀어볼 각오를 했다.

검정색 치마에 카키색 점퍼를 입은 허술한 차림이었지만 석양 속에 서 있는 전옥희의 모습은 근처의 경색을 바꾸어놓을 정도로 아름다웠다. 좀처럼 농담할 줄 모르는 박갑동이 전옥희 옆으로 다가서선 "전옥희 씨를 납치하여 아프리카의 정글 속으로 망명이라도 하고 싶다."고 했다.

"일제 때의 말에 '다라칸'이란 말이 있었다면서요? 박 선생님에게 혹시 그 '다라칸'의 소질이 있는 게 아녜요?"하고 전옥희는 생긋 웃었다. '다라칸'이란 일본말로 '타락한 당 간부'를 줄인 말이다.

"전옥희 씨를 위해선 '다라칸'보다도 더한 추물이 되어도 후회하지 않겠소."

"누가 추물을 상대라도 하겠다고 했어요?"

"그런데 오늘은 웬일입니까? 파고다공원에 사람을 불러내기까지 하고."

"사문할 일이 있어서요."

"사문? 겁나는데요."

"겁을 내야 할 거예요."

"우선 어디 앉고 봅시다. 선 채로 사문을 받을 수야 있겠소?"

파고다공원은 주로 노인들로 붐비고 있었다. 빈 벤치를 찾기란 불가능했다. 도리가 없어 박갑동은 들고 온 신문지를 탑 좌대 근처에 깔아 놓고 전옥희에게 앉으라고 권했다.

"신문지는 박 선생님이 까세요. 나는 아무데나 앉을 요량을 하고 이런 옷을 입고 나왔으니까요?"하고 전옥희는 신문지를 사양했다. "숙녀에게 어디 그럴 수가 있나요?"하고 박갑동이 전옥희를 굳이 신문지 위에 앉혔다.

"자아, 사문을 시작해요."

"박 선생님은 이번 소·미 공위의 경과를 어떻게 생각하세요?"

"지금 화제에 올리고 싶지 않은데요, 그 문제는….'

"사문 받는 사람이 함부로 화제를 선택할 수 있다고 생각하세요?"

"그럼 옥희 씨의 의견부터 먼저 들읍시다."

"박 선생님은 소·미 공위의 결과에 대해서 실망하셨나요?"

"물론 실망했죠."

"그런 결과가 될 줄 몰랐어요?"

"몰랐어요."

"당 간부들 전부 그랬을까요?"

"아마 그랬을 겁니다."

"혹시 실패할 수도 있을 것이란 생각은 전혀 해보지 않았나요?"

"그런 생각을 뭣 때문에 합니까? 실패하면 실패하는 거지. 노력은 성공의 방향으로 해야 하는 게 당연하지 않겠소."

"그게 탈이다, 이겁니다."하고 전옥희는 "정말 실망했어요."하고 상을 찌푸렸다.

"소·미 공위에 실망한 건 나도 마찬가집니다."

"오해하지 마세요. 내가 실망한 건 소·미 공위에 대해서가 아니고 당에 대한 실망입니다."

"당은 최선을 다했다고 나는 생각합니다."

"최선을 다 했다구요? 기가 막힙니다. 정치는 스포츠가 아녜요. 죽고 살고 하는 문제를 다루는 게 정치 아녜요? 당은 3 대 7 내지 2 대 8의 비율로 실패할 경우를 예측하고 있어야 하는 거예요. 그래야만 차분하게 될 게 아녜요? 온통 들떠가지고 내일에라도 인민정권이 설 것처럼 서둘렀는데 이 꼴이 뭐예요? 인민대중이 그런 통찰력 없는 당을 신뢰하겠어요? 아니 하급당원이 그처럼 예견력 없는 당을 위해 목숨을 바치겠어요?"

"미 제국주의의 야심과 반동분자의 책동으로 그렇게 된 거니 대중의 원성을 그들에게 집중시키고 하급당원의 적개심을 그쪽으로 유도하면 될 일이 아닙니까? 통찰력이니 예견력이니 하는 게 문제될 게 아니고 반동의 술책이 문제되는 것 아닙니까?"

"박 선생님도 차츰 동맥경화증에 걸려 들어가는군요. 미국이 그런 세력이란 걸 이제야 알았어요? 반동들이 술책을 부릴 거라는 걸 이제야 아셨나요? 그런 여건을 미리 감안하고 대책을 세워뒀어야 할 일 아니었어요? 이런 방향으로 나가면 틀림없이 성공할 가망이 있는데 반동들의 농간 때문에 모처럼의 기회를 놓칠지 모른다는 암시를 풍겨가며 차분히 나왔어야 할 것을…. 〈해방일보〉를 읽어 보세요. 전부 다 된 것처럼 떠들고 민중을 선동하고 거리를 온통 시끄럽게 하지 않았어요? 세상이 꼭 그렇게 된다는 식으로 자신만만하게 서두르지 않았어요? 반동들은 간장이 서늘할 거라구요? 반동 지도자들을 박차고 민전 산하로 모이라구요? 전 국민 반수쯤이 당의 말을 믿었을지 몰라요. 그런데 그 꼴이 뭐예요? 주장이 옳고 그르고는 토론장에서 가릴 일이고 현실의 마당에서 어느 편의 주장이 현실성을 갖느냐 하는 것이 문제로 되는 것 아녜요? 반동들의 간장이 서늘해질 거라고 했는데 실제로 간장이 서늘해진 것은 우리 하급당원이에요. 서정숙 그 년이 나를 보고 뭐라고 했는지 아세요? 앞으로 공산당의 말은 콩으로 메주를 쑨대도 믿지 않을 거라고 했어요. 옳고 나쁘고는 고사하고 위험천만하다는 거예요. 한 치 앞을 내다볼 줄 모르고 허장성세만 치니 당최 어디로 끌고 갈지 모른다는 거예요. 그게 공산당을 보는 대중의 누이란 걸 알아야 해요."

"그럴수록 소·미 공위가 무위로 끝난 책임은 미국과 반동분자들에게 있다는 사실을 알려야 할 것 아니오?"

"박 동무! 무슨 말을 그렇게 하죠? 서정숙이 하지 사령관이 5월 9일 발표한 성명서를 가지고 와서 읽으라고 하데요. 난 그런 것 읽고 싶지 않다고 했죠. 그래도 꼭 읽어보라는 거예요. 읽었지요. 읽고 나니까 서정숙이 날 보고 묻데요. 미·소 공위 실패의 책임이 어느 편에 있느냐구요. 나는 자존심 때문에 미국에 있다고 끝까지 고집을 세웠죠. 그러나 내 마음속에선 서정숙에게 항복했어요. 미군정청의 자문기관인 민주의원에 관계된 정치인들을 반탁했다는 이유로 협의대상에서 제외하겠다는 소련 측의 주장이 통할 거라고 생각할 수 있어요? 그런 임시 정부를 수립하지 말자는 막말이나 다를 바가 없어요. 하지 중장의 성명은 당당했어요. 이 나라 독립을 위한 임시정부를 조직하려고 하는데 어떻게 정치인들의 의견 발표의 자유를 박탈할 수 있느냐 하는 내용이었거든요. 우리 당이나 소련의 입장에서 보면 물론 그런 반탁론자를 제외하는 게 편리하고 유리하겠지요. 그러나 그게 현실문제로서 가능하겠어요? 말끝마다 민주주의를 내세우면서 말예요. 소·미 공위의 실패는 공산당과 소련 대표가 책임져야 할 문제예요."

"전옥희 동무, 농담치곤 말이 지나칩니다. 소·미 공위의 실패는 미국과 이에 결탁한 반동분자의 책임입니다. 생각해보십시오. 모스크바 3상회의의 결정에 따른 소·미 공동위원회가 3상회의의 결정을 반대하는 분자들을 어떻게 협의대상에 넣을 수 있겠느냐, 이 말이오."

"그러니까 소·미 공위는 실패하게 돼 있었던 거예요. 그것도 모르고 당은 야단법석을 했어요. 내일에라도 인민정권이 익은 감처럼 우리 입에 들어올 거라구. 나는 부끄러워 친구들을 만날 수가 없어요."

전옥희의 뺨에 눈물이 흐르고 있었다.

전옥희의 얼굴에 흘러내리고 있는 눈물을 보고 박갑동이 피식 웃었다. 그 눈물의 의미를 알았기 때문이다. 그것은 나라의 장래를 걱정해서도 아니고 당의 운명을 걱정해서도 아니고 상처받은 자존심 때문이었다. 구체적인 사실은 박갑동이 알 수 없으나 전옥희가 분개의 눈물을 흘리고 있는 마음의 바탕엔 서정숙이란 여학생이 있을 것이었다.

"서정숙에게 항복한 게 그처럼 서러워요?"

지레 짐작으로 박갑동이 이렇게 물었더니 전옥희는 "어느 누구에게 항복했다는 사실보다 이 편의 예측이 판판이 어긋난다는 사실이 두려워요. 슬퍼요. 이때까지 당의 예견이 적중한 적이 한번이라도 있었나요?"하고 날카롭게 말했다.

"지금 시작 아닙니까? 당이 발족한 지 1년도 채 못 됐는데. 예견이 적중했다 안 했다를 따질 단계가 아니라고 보는데."

"천만에요. 처음부터 따지면서 나가야 해요. 인민공화국을 만들어 놓았지만 그게 현재 어떻게 돼 있지요? 인민위원회는 또 뭣 하는 거죠? 하나같이 제 구실을 못하고 있는 것 아닙니까? 괜히 헛돌고만 있어요. 이렇게 헛돌고 있다간……"하고 전옥희는 주위를 둘러보더니 입을 다물었다. 무슨 결정적인 말을 하려다가 그만둔 눈치였다.

"우리 어디 가서 저녁식사나 하며 얘기를 나눕시다."

박갑동이 일어서자 전옥희도 따라 일어섰다.

"어디로 갈까?"

"'이문동'이라는 설렁탕집이 있다면서요?"

"있지."

"그리로 가요."

"하필이면 왜 그 집을?"

"이상한 얘기를 들었거든요."

"전옥희 씬 정보가 빠르군."

"우연히 들었을 뿐이에요."

전옥희가 말한 이상한 얘기란 다음과 같은 사건을 말한다. 3월 초순의 어느 날 박헌영이 화신백화점 뒷골목에 있는 '이문동' 설렁탕집에서 점심식사를 한 적이 있었다. 허술한 한복 차림에 낡아빠진 중절모자를 쓴 촌부자(村夫子) 꼴을 하고 인천에서 올라온 두 사람과 거기서 만나고 있었던 것이다.

박헌영은 가끔 그런 변장을 하고 세상의 물정을 살필 겸 자기 혼자만의 선(線)을 통해 자금을 조달하기도 하고, 엉뚱한 일을 꾸미기도 했다. 특수한 과업을 준 동지들의 행적을 감시하는 목적도 있었다. 그런만큼 그의 변장술은 뛰어나기도 했던 것인데 그날은 어쩌다 김두한(金斗漢)의 부하에게 노현(露見)되고 말았다.

정보를 들은 김두한은 화신 건너편에 있는 신신백화점에서 박헌영이 나타나길 기다리고 있었다. 이윽고 설렁탕집에서 나온 박헌영이 무슨 낌새를 느꼈던지 구두끈을 졸라매는 시늉을 하며 주변을 살폈다. 그리고 어떤 부인이 어린애를 데리고 나오는 것을 보자 그 부인의 일행인 것처럼 어린애 옆에 바싹 붙어 걸었다. 김두한이 권총을 뽑아 들었으나 어린이 때문에 선뜻 발사할 수가 없었던 모양이다.

박헌영과 부인이 안국동 쪽으로 돌았을 때 김두한이 뒤에서 "애기 어머니!" 하고 불러놓고, "애기를 데리고 행길 쪽으로 비켜서시오." 하고 외쳤다. 부인이 멈칫 뒤를 돌아보는 순간 박헌영이 냅다 뛰기 시작했다. 뛰는 박헌영의 등을 향해 김두한은 권총 두 발을 쏘았으나 명중하지 않았다.

김두한과 그의 부하 5명이 박헌영을 뒤쫓았다. 박헌영은 국민은행 종로지점 옆 골목으로 해서 태화(泰和)기독교회관을 빌려 쓰고 있던 미군 헌병중대 본부로 들어가 버렸다. 박헌영이 유창한 영어로 보초에게 사정을 말했던 것이다. 김두한이 그곳까지 따라갔지만 말이 통하지 않아 멍청히 서 있는데, 어디로부터인가 전화를 받던 입초 헌병이 돌연 권총을 뽑아들고 김두한 일당을 체포하려고 들었다. 김두한 일행은 엉겁결에 도망쳐 버렸다.……

이 사건은 신문에 보도되지도 않았고 박갑동이 안 것도 극히 최근의 일이었다. 그런데 그런 사실을 전옥희가 알고 있다는 것은 그녀가 미군과 밀접한 관계에 있는 증거가 아닐 수 없었다. 파고다공원에서 그 설렁탕집까지의 거리는 얼마 되지 않는다. 과연 전옥희와 미국 군인, 특히 버치 중위와의 관계가가 어느 정도에까지 이르고 있는지가 궁금하기도 해서 박갑동이 "그 정보를 어디서 들었죠?"하고 물었다. 그런데 전옥희는 그 질문엔 대답하지 않고 핀잔조로 중얼거렸다.

"공산당을 이끄는 지도자가 그처럼 자기 신변을 소홀히 해서야 말이나 되는 얘기에요?"

그 점에 관해선 박갑동도 동감이었기 때문에 더 이상 말하지 않았다. 묵묵히 걸어 설렁탕집까지 갔다. 저녁식사 때로선 이른 시간이었기 때문인지 손님은 한산했다. 구석진 방에 단 둘이 앉을 수가 있었다. 음식을 주문해 놓고 전옥희가 물었다.

"앞으로 공산당은 어떻게 할 건가요? 금시 임시정부가 설 것처럼 설쳐댄 후이니 인민들에게 무슨 태도 표명이 있어야 할 것 아녜요?"

"지도부에서 무슨 대책을 강구하겠지요. 헌데 공위가 완전 실패한 건 아닙니다. 모스크바 3상회의 결정은 엄연한 사실이니 당분간 휴회한 후에 속개될 것이 확실합니다."

"속개된다고 해도 별반 기대할 건 못 될걸요. 하지 중장의 성명서를 보면 알지 않아요?"

"미국 사람들 마음대로만 됩니까?"

"마찬가지로 소련 사람들 마음대로만도 안 될 것 아닐까요?"

"그러니까 배수의 진을 치고 모든 당원들이 노력해야지요. 절대 다수 인민의 의지를 집중적으로 발현해야죠."

박갑동이 힘주어 말했으나 전옥희의 표정은 시들한 그대로였다.

"용기를 내세요, 전옥희 씨."

박갑동은 격려조로 말했다.

"친구들을 대할 면목조차 없는 처진데 용기를 어떻게 내겠어요?"

풀이 죽은 전옥희의 음성이었다. 설렁탕과 수육 한 접시가 나왔다. 옥희는 국물을 뜨는 둥 마는 둥, 수육을 집는 둥 마는 둥하고 있더니 "지난 4월 17일 공산당 창립 21주년 기념식이 있었죠?"하고 옥희가 화제를 바꾸었다. 조선공산당 창당 21주년 기념대회가 4월 17일 종로 YMCA회관에서 있었던 것이다.

"그날 참석하셨소?"

박갑동이 물었다.

"참석하지 않았어요."

전옥희의 대답이었다.

"왜 참석하지 않았죠?"

"참석하라는 지시도 없는데 어떻게 참석해요?"

"전옥희 씨는 노출되어선 안 되는 신분이니까 그렇게 되었을지 모르지."

"참석은 안 해도 그날의 상황은 들어서 알고 있어요. 빈대코 선생이 새 양복에 넥타이를 매고 나타났더라면서요?"

빈대코란 이관술의 별명이었다. 이관술은 도쿄고사(東京高師)를 나온 인텔리였는데도 납작한 코에 거무튀튀한 얼굴이라서 볼품이라곤 없는 사나이였다. 그런데다 해방 이후 동대문시장에서 구한 일본 군대의 졸병 군복을 줄곧 입고 다녔기 때문에 영락없이 룸펜의 몰골이었는데, 4월 17일의 그날엔 새 양복에 넥타이까지 매고 나와 모두들을 놀라게 했다. 그래 친구들은 "관술이 오늘은 고까 입었구먼."하고 그를 놀려댔다.

아무튼 그날은 조선공산당으로선 잊을 수 없는 날이었다. 합법적으로 이러한 기념회가 열린 것은 이날이 최초이자 최후였던 것이다.


조선공산당이 최초로 창당된 것은 1925년 4월 17일, 장소는 서울 황금정(黃金町)에 있었던 중국요리점 아서원(雅敍園)의 2층에서였다.

참가자는 김재봉(金在鳳), 김찬(金燦), 김약수(金若水), 주종건(朱鍾建), 윤덕병(尹德炳), 진병기(陳秉基), 조동우(趙東祐), 조봉암(曺奉巖), 송봉우(宋奉瑀), 김상주(金尙珠), 유진희(兪鎭熙), 독고전(獨孤佺), 박헌영(朴憲泳), 정운해(鄭雲海), 최원택(崔元澤), 이봉수(李鳳洙), 김기수(金基洙), 신동호(申東浩), 홍덕유(洪悳裕) 19명.

이 가운데 북풍회계(北風會系=일본 유학생계)는 김약수, 송봉우, 정운해

이고, 민중사계(民衆社系=1923년 8월에 조직된 사회주의 단체)는 주종건, 이봉수이고, 신생활사계(新生活社系)는 유진희이고, 그밖엔 거의 전부가 화요회계(火曜會系)에 속하는 사람들이다. 그래서 이 제1차 조선 공산당을 '화요회파 공산당'이라고 하고, 이들이 검거된 후를 이어 받은 것이 '마르크스 레닌파'였기 때문에 'ML파 공산당'이라고 부른다.

북풍회란 명칭은 소련의 바람을 타자는 공산주의자적인 발상에서 나온 것이고, 화요회란 명칭은 레닌의 생일이 화요일이었다는 사실에 비롯된 것으로서, 이것 역시 공산주의를 추종한다는 의사 표시이다. 1946년 4월 17일의 조선공산당 21주년 기념대회에 참가한 사람은 창당 멤버 19명 가운데 박헌영, 최원택, 조동우, 홍덕유 단 네 사람이었다.

"창당 멤버가 19명인데 4명밖에 참석하지 않았다는 건 어떻게 된 일일까요?"

전옥희의 질문이었다.

"김약수는 지금 한국민주당의 간부 아닙니까? 출석할 까닭이 없지요. 조봉암은 박헌영 당수와 사이가 나빠요. 그래서 출석하지 않은 겁니다."

"나머지는?"

"전부 죽었소."

"창당 멤버들의 그때의 나이는 대개 20대 30대가 아니었을까요?"

"박헌영 당수의 그때 나이가 25세였으니까 대강 그 또래겠지요."

"그런데 21년 동안에 13명이나 죽었어요?"

"그러니까 슬픈 역사 아닙니까? 수난의 역사지요."

"박 동무는 창당 당시의 사정을 아시나요?"

"알지요. 대강은……."

"그 얘기 좀 들려주세요."

"1925년 4월 17일. 그날은 금요일이었어요. 오후 1시에 19명의 청년들이 점심을 먹으며 한담하는 형식으로 모여 전격적으로 공산당을 만든 거죠."

"일제의 경찰이 삼엄하게 경계를 하고 있었을 텐데 어떻게 그런 일이 가능했을까요?"

"그러기 위해 치밀한 양동작전(陽動作戰)이 있었다는 겁니다."

"어떻게요?"

"이틀 전인 4월 15일에 전국 기자대회(記者大會)를 개최하고 있었습니다. 이것은 〈조선일보〉기자들이 주동이 되어 개최한 겁니다. 그때 〈조선일보〉엔 박헌영, 홍덕유, 홍남표, 김재봉 등이 기자로서 일하고 있었지요. 이들이 20여 종의 신문과 잡지 대표들에게 호소하여 '죽어가는 조선을 붓으로써 그려보자', '거덜 나는 조선을 붓으로 채찍질하자'는 등의 캐치프레이즈를 내걸고 6백39명을 모은 겁니다. 회의는 3일간 계속되었는데 이때 의장으로 선출된 사람은 〈조선일보〉 사장 이상재(李商在) 선생이고, 부의장은 〈조선일보〉 부사장 안재홍 씨였지요. 조선 기자대회는 그 무렵으로선 민족의 성사였습니다. 일본 식민지 치하에 조선인이 조선말로 의사 표시할 수 있었던 것은 신문밖엔 없었으니까요. 나라가 없었으니 정부가 있을 까닭이 있나요? 그때 조선사람들은 〈조선일보〉, 〈동아일보〉, 〈시대일보〉를 조선의 3정부라고 했어요."

"총독부가 그런 대회를 허락했다니 대단하군요."

"아무리 일제라도 언론인의 기세는 꺾을 수가 없었던 게죠. 그만큼 일본 경찰의 신경이 전부 그 기자대회에 쏠려 있었던 겁니다. 말하자면 두 가지 효력을 노린 셈이지요. 기자대회 자체로서 민족의 정열을 북돋우고, 그 대회에 경찰의 관심을 쏠게 하는 효과지요. 아닌 게 아니라 기자대회 마지막 날, 대회 준비위원장 이종진이 손병희(孫秉熙)선생의 별장 상춘원(賞春園)에서 신나게 연설을 하고 있는 바로 그 시간에 아서원에선 공산당을 결성하고 있었으니까요. 양동작전은 이것만이 아닙니다. 박헌영 선생이 속해 있던 화요회가 1925년 4월 20일에 전 조선 민중운동자 대회를 연다고 2월 16일 발표하고 준비를 서두르고 있었던 것입니다. 경성 대표 준비위원으로선 홍덕유, 민태홍, 김찬, 김재봉, 김단야, 박일병, 권오설, 구연흠, 장지필, 이석 등을 망라하고, 지방 준비위원으로선 평양 대표 진병기, 대구 대표 최원택, 신의주 대표 임형관, 동래 대표 백광흠, 진주 대표 강달영, 정주 대표 방응모, 안동 대표 이준태 등 72명을 선출한 겁니다. 그리고는 전국 425개 단체 대의원 5백8명이 서울에 모여 4월 15일께부터 북적댄 거죠. 총독부는 기를 쓰고 이 대회를 허가하지 않았습니다. 그러니 서울 시내 각처에서 시위운동이 벌어지게 되었죠. 일본 경찰은 여기에도 신경을 써야 했죠. 그 틈을 노린 겁니다. 그래서 성공한 거지요."

"그때의 공산당원들이 지금의 공산당원들보다 수가 한 수 높았군요."

"그럴지 모르죠."하고 박갑동은 아서원에서 공산당이 결성되기까지의 경위를 차분하게 설명했다. 그 설명을 간추리면,

코민테른(國際共産黨) 꼬르뷰로(朝鮮局)는 진작부터 조선에 공산당을 만들려고 서두르고 있었다. 1924년에 들어 공작활동이 활성화했다. 이미 밀파한 김재봉, 신철 등을 통해 분립(分立)하고 있는 각 좌파단체를 하나로 묶어 공산당을 조직하도록 지령을 내렸다. 이 지령에 따라 홍명희, 김찬, 홍증식 등이 주동이 되어 만든 '신사상연구회'는 1924년 11월 19일 '화요회'라고 이름을 바꾸고, 같은 무렵 김약수가 이끄는 '북성회'도 '북풍회'라고 개칭했다.

한편 '서울청년회'는 10월에 '서울 코뮤니스트 그룹', 즉 '콤그룹'을 만들었다. 그리고는 되도록 자기들이 새로 조직될 공산당의 헤게모니를 잡을 계산 아래 각 파의 협동을 모색하기에 이르러 결국 아서원에서의 모임이 이루어진 것이다. 아서원 2층에 모인 일동은 서너 잔씩 술을 마셔 순전한 술좌석처럼 꾸미곤 이윽고 김재봉이 개회선언을 했

다. 김재봉은 소련 볼셰비키 당(黨)의 훈련을 받고 국내에 잠입한 사람이었다. 그는 체력이 장대하고 사내다운 용모를 한 당당한 관록의 소유자였다.

개회선언이 있은 후 사회는 김약수가 맡았다. 김약수는 재기가 넘치는 사나이로서 이론가로 알려져 있는 사나이였다. 그는 조용한 말투로 "조선에 있어서의 사상단체 활동의 역사를 돌이켜보건대 수삼 년을 지냈을 뿐인 일천한 세월이었는데도 불구하고 양적으론 상당한 발전이 있었습니다. 그러나 질적으론 보잘 것이 없습니다. 아직껏 질서 있는 통일적인 활동 방침이 있지도 못했습니다. 그러니 오늘 이 모임을 통해 이러한 문제에 대한 대응책을 협의해 보고자 합니다."하고 그날 집회의 필요성과 중요성을 강조하는 발언을 했다.

다음에 김재봉이 일어서서 "조선에 있어서의 사상운동은 해를 더할수록 복잡화되어갑니다. 차제에 사상운동을 올바르게 지도하는 결사의 조직을 서둘러야 하겠습니다."하고 강조했다. 그러자 김찬이 일어서서 "그럼 그 조직은 공산당이라야 하지 않겠느냐?"고 묻고 "그렇다."는 대답이 있자 "결사의 명칭을 조선공산당으로 하자."는 제안을 했다.

이 발언이 계기가 되어 당명을 기왕 해외에서 쓰고 있던 대로 '고려(高麗)공산당'으로 하자는 의견과 '조선공산당'으로 하자는 의견이 맞섰다. '고려공산당'으로 하자는 사람들은 '조선'이란 이름은 한국의 주권을 찬탈한 일본인이 쓰고 있는 것으로서 탐탁치 않고, 중국을 비롯한 여러 나라가 '코리어'란 명칭을 쓰고 있다는 사실을 이유로 들었다. 한편 '조선공산당'으로 하자는 사람들은 기왕 해외에서 조직된 적이 있는 '고려공산당'을 상기시키는 까닭에 좋지 못하다는 이유를 들었다. 그래서 결국 당의 명칭은 '조선공산당'으로 하기로 의견의 일치를 보았다.

박갑동의 설명이 여기에 이르자 전옥희는 "고려공산당 얘기를 듣고 싶다."고 했다.

"그건 긴 얘기가 됩니다. 이 다음 기회로 그 얘기를 미루고 1925년 4월 17일에 있었던 일을 마무리 지읍시다."하고 박갑동이 설명을 계속했다.


그 자리에서 지방 대표들의 현지 실정 보고가 있었다. 신의주에서 온 독고전은 "국경지대의 사상동향이 국내에 유리한 방향으로 전개되고 있다."며 구체적인 예를 들었고, 영남 대표로서 마산에서 온 김상주와 호남 대표로서 광주에서 온 신동호는 지방에도 사회주의 사상이 넓게 보급되어 있기 때문에 결사활동의 장래는 극히 유망하다는 뜻의 보고를 했다.

이어 당 기관 조직과 임원의 선출이 있었다. 김찬, 조동우, 조봉암 3인을 전형위원으로 천거하여, 중앙집행위원회를 구성할 7명의 중앙집행위원과 3명의 중앙검사위원을 선임하도록 이들에게 위임하고 회의는 일사천리식으로 끝났다. 창립 당시의 간부명단은 다음과 같다.

책임비서; 김재봉, 조직부장; 조동우, 선전부장; 김찬, 인사부장; 김약수, 노동부장; 정운해, 정경부장; 유진희, 조사부장; 주종건, 청년부장; 박헌영

당의 강령과 규약을 다음 회의에서 결정하기로 한 것은 언제 경찰의 습격이 있을지 몰랐기 때문이다.

4월 18일 가회동 김찬의 집에서 제1회 중앙집행위원회가 열렸다. 이 회의에서 당의 강령과 규칙을 결정했다. 창립 당시 '조선공산당'의 당칙은 전문 95조로 되어 있었다. 이 당칙에 의하면, 당의 최고기관은 당 대회(黨大會)이고, 중앙집행위원회는 당 대회에서 선출된 중앙집행위원으로서 구성되고, 당의 기본조직은 '야체이카'(細胞)로 되어 있다. 당원은 정당원과 후보당원으로 나눠지는데 후보기간은 노동자 3개월

이상, 농민 및 타인의 노력을 착취하지 않는 수공업자는 6개월 이상, 사무원 기타는 1년 이상으로 규정했다. 당의 재정은 당원이 수입의 3%를 납입하는 돈으로 충당하기로 되어 있었다.

기본조직인 세포는 공장, 농촌, 학교, 군대, 관청의 각 단위별로 설치하고, 한 세포의 정원 수는 3명부터 7명으로 했다. 한 세포의 정원 수를 외국 공산당 세포의 정원 수보다 적게 책정한 것은 일본 경찰이 세계 어느 곳에서도 유례를 볼 수 없을 만큼 치밀하고 가혹한 사정을 감안한 때문이다. 이렇게 결당된 조선공산당은 코민테른의 승인을 받기 위해 조동우를 모스크바에 파견했다.

"그때는 그런대로 낭만이 있었구먼요. 마음 내키면 모스크바까지도 갈 수 있었으니까요."

전옥희의 눈이 먼 곳을 바라보는 듯한 눈빛으로 되었다.

"낭만이 다 뭐요. 목숨 걸고 압록강을 건너가는 겁니다. 국경을 넘었다고 해서 편안하게 갈 수 있었던 것도 아니구요. 험난하기 짝이 없었다는 얘깁니다."하고 박갑동은 박헌영의 활동 부분을 설명하기 시작했다.

"박헌영 선생은 그때 공산청년동맹 조직의 책임을 지게 되었습니다. 아서원 회합이 있은 그 이튿날, 그러니까 4월 18일이지요. 훈정동(薰井洞) 4번지에 있는 박헌영 선생 자택에서 회의를 열었지요. 훈정동의 그 집은 종묘 앞 골목에 지금도 그냥 남아 있습니다. 열 칸쯤 되는 기와집이지요. 이때 모인 청년은 박헌영 선생을 포함해서 18명이었습니다. 조선일보사로부턴 홍증식, 임원근, 김단야가 참가했고, 시대일보사로부턴 조이환, 노동총동맹에선 권오설, 신흥청년동맹에선 김찬, 김동명, 조봉암, 대구청년회에선 신철수, 인천청년회에선 장순명, 마산청년회에선 김상주, 안동청년회에선 안상훈, 여성동우회로부터 주세죽, 이 여자는 박헌영 씨의 부인입니다. 평양청년회에선 진병기, 예산청년회에선 김광, 김일성(金一星) 등이 참가한 겁니다. 박헌영은 개회사에서 국내외 정세를 설명하고 공산청년동맹을 조직해야 할 필요성을 강조했다고 합니다. 이날 회의의 의장은 김단야가 맡고 서기는 김찬이 맡았습니다. 조봉암이 이 결사의 명칭을 '고려공산청년회'로 하자고 제의하여 만장일치로 그렇게 정하기로 하고, 미리 준비한 강령과 규약을 그대로 통과시켰지요. 고려공산청년회의 중앙기관은 7명의 중앙위원과 3명의 검사위원으로서 구성되었는데, 책임비서는 박헌영, 선전부장 임원근, 조직부장 권오설, 연락부장 김단야, 정치교양부장 김찬, 조사부장 홍증식, 국제부장 조봉암의 진용이었습니다. 이밖에 중앙검사위원으로서 임형관, 조이환, 김동명을 선출했어요. 박헌영은 회의가 끝나자 전원이 보는 앞에서 강령과 규약, 그리고 회의록까지 불태워 없앴다고 합니다. 위험한 증거를 남기지 않기 위해서죠."

"기록을 태워버리면 아무 것도 남는 게 없잖아요."

"행동이 문제이지 기록은 문제가 아니다, 이거죠. 기록은 머릿속에 해둔다는 것입니다. 지하운동을 하는 사람들이 거개 기억력이 좋은 것은 중요한 문서를 암송해두어야 하기 때문입니다."

"기억력 말이 나왔으니 하는 말인데요. 나는 박 동무의 기억력에 지금 놀라고 있는 중이에요. 어떻게 부서와 사람의 이름을 그처럼 상세하게 외고 계시죠?"

전옥희는 진정 탄복하는 눈빛으로 박갑동을 바라보았다.

"그것도 노력 아닙니까? 당에서의 정치활동에도 최선을 다할 각오로 있지만 나는 나 자신에게 스스로 사명을 과한 게 있습니다. 그것은 조선공산당에 관한 살아 있는 사전(辭典)이 되고자 하는 사명입니다. 앞으로 어떤 일이 있을지 모르지 않아요? 그때에 대비해서 조선 공산주의 운동의 전모와 세부를 문서로서가 아니라 내 머릿속에 샅샅이 기록해둘 각오를 가지고 있습니다."하다가 박갑동이 "어쩌다 보니 내 자랑처럼 되어버렸군요."하고 쑥스럽다는 표정이 되었다.

"아녜요. 자랑할 만해요."

전옥희가 장난스럽게 웃었다.

"그건 그렇고 다음 얘기로 넘어가야 하겠소. 고려공산청년회를 조직한 후 박헌영 책임비서는 국제공청(國際共靑)의 승인을 얻기 위해 국제부장 조봉암을 모스크바에 파견했소. 이 무렵부터 박헌영 선생은 공산당 조직에서 실권자가 되어 그 두각을 나타내게 된 거죠. 그때 선생의 나이는 25세였지요."

박갑동은 박헌영에 관한 얘기를 하기만 하면 열을 올리는 버릇이 있었다.

"박 선생은 책임비서가 되자마자 엘리트 공산주의자를 만들기 위해 모스크바에 유학시킬 유학생을 선발했습니다. 처음 선발된 유학생은 고명자(高明子)란 여자를 비롯하여 김응기, 권오직, 장도면, 이건호, 박지성, 장서성, 정운림, 이영조, 김일성(一星), 강한, 최춘택, 정병옥, 박광일, 김석연, 정경창, 김형관, 안상훈, 조용암 등 21명이었소. 이것이 조선공산당 결성 후 공식적으로 소련에 보낸 최초의 유학생이지요. 물론 그 앞에도 모스크바 유학생이 있었지만 조선공산당의 명의로 보낸 것으로선 처음입니다. 그런데 그 노력이 이만저만했겠습니까? 여비를 마련하는 것도 보통 일이 아닙니다. 박헌영 책임비서는 당시의 돈으로 1천8백50원을 코민테른 청년부로부터 받아내는 데 성공한 겁니다. 이처럼 엘리트 청년들을 모스크바에 보내는 동시 박헌영 책임비서는 지하조직에 착수한 거죠. 군(郡)엔 군청년동맹, 도(道)엔 도청년동맹을 만들어 조선청년총동맹의 헤게모니를 장악한 겁니다. 공청조직반 년도 안 되는 동안에 27개의 지방에 공청지부를 조직할 수 있었다니 일본 경찰의 탄압을 짐작할 때 실로 대단한 일이 아닙니까? 그리고 서울 시내에선 연구소란 위장 아래 공청(共靑)의 정치학교를 다섯 개나

설립하고 월간잡지 〈조선지광〉(朝鮮之光)을 사들여 기관지로 만들기도 했지요. ……"

한창 열을 올리고 있는 박갑동을 보는 전옥희의 눈이 어느덧 싸늘한 빛깔로 변해가고 있었다. 그 변화를 눈치 챈 박갑동이 말을 끊고 전옥희를 보았다. '왜 그러지?' 하는 눈빛이었을 것이었다.

"박 선생님의 얘기를 듣고 있으니 자꾸만 쓸쓸해지네요."

전옥희의 말이었다.

"왜요, 왜 그렇소?"

박갑동이 물었다.

"그 놀랄 만한 활동이 그 후 어떻게 되었죠? 거품처럼 꺼져버린 것 아녜요?"

"그렇게 생각해선 안 됩니다. 그때 심어놓은 씨앗이 자라 지금 조선공산당이 되어 있는 것 아니겠소? 21주년의 기념대회를 가질 수 있게 말이오."

"그것으로서 일제의 탄압에 생명을 빼앗긴 수많은 사람들의 원한과 고통의 보상이 되겠습니까?"

"보상은 앞으로 있겠죠. 우리의 노력이 보람을 찾는 날 그들의 희생이 영광스런 꽃으로 피고 불멸의 성좌가 될 것입니다."

"그럴 날이 있을까요?"

"있도록 만들어야지요."

"박 선생님은 낙관주의자셔."

"낙관주의자는 아니지만 비관주의는 확실히 아닙니다. 비관주의는 패배주의로 통합니다."

"그런 것쯤은 알아요. 그런데 전 가끔 허망한 감정에 사로잡혀요. 요즘은 그 증세가 무척 심하구요."

"옥희 씨의 신경이 너무 섬세해서 그런 모양이죠?"

이에는 대답을 않고 멍청히 앉아 있더니 전옥희가 불쑥 말했다.

"박헌영 당수에 관한 이야기는 그만하고 고려공산당 얘기나 하세요."

"고려공산당 얘기보다는 박헌영 당수에 관한 얘기가 더 중요합니다. 박 당수를 정확하게 이해함으로써 당을 정확하게 이해하는 것으로 되니까요. 그보다 당원의 수양으로서 박 당수를 알아야 하는 겁니다."

"그 분에 관한 이야기를 들으면 피로해요. 다음 기회에 고려공산당 얘기를 듣기로 하고 일어서지요, 뭐."

왠지 아쉬운 기분이었지만 여자가 일어서라는데 추근 댈 수 없었다. 박갑동이 일어서서 셈을 치르고 바깥으로 나왔다. 5월의 해는 길다. 일곱 시가 넘었는데도 거리엔 태양의 여운이 있었다. 광화문 쪽으로 걸음을 옮겨놓으며 전옥희는 속삭이듯 말했다.

"무슨 까닭인진 몰라요. 전 이런 생각이 들어요. 박헌영 씨를 당수로 하고는 조선공산당이 성공하지 못할 것 같은……."

박갑동이 울컥했다. 전옥희의 뺨이라도 한 대 갈겨주고 싶었다. 그러나 그 격한 감정을 억누르고 "못 써요, 그런 말버릇은. 당수를 모욕하는 건 당을 모욕하는 겁니다."하고 조용히 말했다.

"박 당수를 모욕하는 건 아녜요. 괜히 그런 생각이 든달 뿐이지요. 아무래도 그 사람 운이 나쁜 것 같아요."

"그런 소리 말리니까."

박갑동의 소리가 약간 거칠게 나왔다.

"감정을 상했으면 용서하세요. 그러나 제 솔직한 심정을 숨길 수가 없어요. 박갑동 선생에게 마음이 기울어지려고 하다가도 박헌영 당수에게 대한 태도를 보면 찬물을 쓴 기분으로 되거든요. 어떻게 저런 명민한 지성의 소유자가 그런 사람을 받들고 의심하지 않을까 하구요."

"그건 옥희 씨가 박 당수의 인물 됨됨을 속속들이 모르는 까닭에 그렇소. 이해하려고 애써보시오. 뜻밖의 광맥을 발견하는 느낌이 될 테니까."

"전 애써가면서까지 사람을 이해하려는 취미는 갖지 못했어요."

너무나 속절없는 말투에서 박갑동은 전옥희의 옆얼굴을 슬쩍 훔쳐보았다. 단아한 선이 싸늘한 윤곽으로 선명했다. '아아, 이 여자는 클레오파트라가 될 여자일까, 베라 피크넬이 될 여자일까?'

박갑동은 진정 정치를 그만두라고 전옥희에게 권하고 싶었다. '이렇게 아름다운 여자는 공산당 같은 것을 할 필요가 없는 것이다.' 그러나 그런 말을 할 수 없었던 것은 공산당 같은 정당이야말로 그것이 요구하는 비상수단을 위해 전옥희 같은 미녀가 절실하게 필요하기 때문이었다. 그 옛날 러시아의 테러리스트 단체에 미녀가 필요했던 것처럼.

그럭저럭 걷고 있는 동안에 비각 근처까지 와버렸다. 개운할 수 없는 뒷맛을 안은 채 박갑동은 전옥희와 헤어졌다. 내일 또 만나자는 약속이 다소곳한 위안이긴 했다.

전옥희는 박헌영에 관한 이야기를 듣고 싶지 않다고 했지만 박갑동의 말마따나 조선공산당, 나아가 남로당의 의미를 파악하기 위해선 박헌영과 그를 둘러싼 기왕의 사실을 알아둘 필요가 있다. 박갑동 자신의 기록을 통해 알아보기로 한다.


1차 세계대전이 세르비아의 한 청년이 쏜 권총 한 발로써 시작되었다는 것은 역사를 설명하는 데에서 지나친 생략법이라고 하겠지만, 대사건은 조그마한 우연에 의해 비롯되는 경우가 있다는 것은 역사에서 흔하게 보는 바와 같다. 사건의 단서는 신의주에서 비롯되었다. 1925년 11월 22일 국경도시 신의주에서 우연한 사건이 생겼다. 조선공산당과 고려공산청년회가 결성된 지 7개월 후의 일이었다.

강추위가 매섭게 몰아치는 밤이었다고 한다. 그날 밤 10시쯤 신의주 시내 중심가 노송동 11번지에 있는 '경성식당' 2층에서 김득린(金得

麟)을 중심으로 한 29명의 청년이 술을 마시고 있었다. 누군가의 결혼 피로연이었다.

바로 그 시간 경성식당의 아래층에선 신의주 영정(榮町) 5정목(町目)에서 변호사 개업을 하고 있는 박유정(朴有禎)과 의사 송계하(宋啓夏), 최치호(崔致鎬)와 일본인 순사 스즈키(鈴木友幾), 한국인 순사 김운섭의 5명이 술자리를 벌이고 있었다.

결혼 피로연이고 보니 소란스러운 건 당연한 일이었다. 그런데 그 소란이 지나쳤던 모양으로 식당 주인이 2층으로 올라와서 아래층에 일본인 순사가 와 있으니 너무 떠들지 말라고 했다. 그러자 청년들은 아래층 손님 가운데 친일파 변호사인 박유정이 끼어 있다는 것을 알고 한바탕 그 자를 놀려줄 기분으로 되었다. 그 가운데 김경서(金景瑞)라는 청년이 웃옷을 벗은 채 술병과 술잔을 들고 아래층으로 내려갔다. 그러고는 일본인 순사에게 "내 친구 결혼 피로연이다. 자 술 한잔 들게나."하고 잔을 내밀었다.

"누구의 피로연인지도 모르는데 술을 마실 수가 있는가?"

일인 순사의 대답이었다. 그러자 김경서는 "이 친구야, 잔말 말고 마셔."하며 눈알을 부릅떴다. 이때 옆에 있던 박유정이 "당신은 누구야? 왜 남의 방에 침입해서 내가 초대한 손님에게 행패를 하느냐?"하고 소리쳤다. 그것이 신호가 된 듯 2층에 있던 청년들이 우르르 내려와서 "친일파 박가 놈. 때려 죽여라."하고 아우성을 치며 덤볐다.

술좌석은 순식간에 수라장이 되었다. 일인 순사는 사태가 불리하다고 보자 바깥으로 도망을 쳤다. 청년들이 그 뒤를 쫓았다. 쫓긴 일인 순사가 영정 7정목에 있는 노무라상점(野村商店) 안으로 뛰어 들어가자 청년들은 그곳까지 따라가서 일인 순사를 실컷 두들겼다. 상점주인의 연락으로 경찰이 달려왔다.

"시원하다. 성공했다."하고 청년 하나가 팔을 걷어 올리고 환호성을 질렀는데, 그때 그 청년의 팔에 붉은 완장이 감겨져 있었다. 그 청년이 신만(新灣)청년회의 집행위원장인 김득린(金得麟)이었다. 일본인 경찰관을 구타한 것만으로도 보통 문제가 아닌데 폭행 당시 "성공했다."고 한 말과 적색완장을 두르고 있었다는 사실로 미루어 일제 경찰은 불온 사상가들의 소행이라고 짐작하고 수사에 나섰다.

먼저 김경서의 집을 수색한 결과 옷장 속에서 고려공산청년회 중앙집행위원회의 회원자격 심사표와 통신문 3통이 발견되었다. 이 자료가 결정적인 수사단서가 되었다. 출처를 추궁한 결과 그 문서는 〈조선일보〉 신의주지국 기자 임형관이 김경서에게 맡겨둔 것이란 사실이 밝혀졌다. 이어 경찰은 임형관이 그 문서를 서울 훈정동 4번지에 사는 박헌영으로부터 받았다는 사실도 밝혀냈다.

압수된 서류의 표지엔 CECYCL이란 문자와 'ㄱ-ㅊ'이란 부호가 있었다. 전자는 'Central Executive Committee Young Communist League of KOREA'의 약자이고 'ㄱ-ㅊ'은 '공청'이란 뜻의 약자이다. 그 문서는 공청의 책임비서 박헌영이 그 해 10월 14일 모스크바에 있는 조봉암에게 보내는 것으로서 거기엔 21명의 모스크바 유학생을 파견하는 문제와 함께 공산당 조직문제가 기록되어 있었다.

결국 그 문서로써 조선공산당과 고려공산청년동맹이 조직되어 있다는 사실이 일본 경찰에 알려진 것이다. 신의주경찰서는 신만청년회 회원들을 체포하여 모질게 수사한 결과 비밀조직의 대강을 파악하고 서울 종로경찰서에 수사협조를 요청했다.

이 사건이 터지자 종로경찰서의 미와(三輪) 경부(警部)는 "아차!"하고 통탄했다. 사상범 검거에서 악명이 높은 미와는 벌써 조선 내에 공산당이 조직되었다는 사실을 알고 있었다. 미와는 공산주의자들의 움직임을 날카롭게 감시하면서 그 조직의 전모와 증거를 확보할 때까지 기다리고 있었던 것이다. 그들의 표현을 빌면 '돼지 새끼'를 키워 큰 돼지가 되었을 때 잡을 참이었는데, 미와는 신의주경찰서에 선수를 채인 꼴이 되었다.

이윽고 고등계 형사들은 행동을 개시했다. 관철동에 있는 허헌의 집을 급습하여 임원근, 허정숙(許貞淑) 부부를 체포하고 이어 권오설, 유진희 등도 검거하고, 박헌영과 그의 처 주세죽도 체포했다. 그런데 권오설은 용하게 풀려났다. 검거 선풍은 전국을 휩쓸었다. 경남 마산에선 노농동우회 간부 김상주가 잡히고 강화에선 강화청년회장 박길양이 잡혔다. 사상단체의 모임은 일체 금지되었다.

박헌영과 주세죽은 12월 3일 11시 열차로 임원근, 유진희, 박길양, 김상주와 함께 신의주로 압송되었다. 홍증식은 10일 관훈동 자택에서 체포되어 역시 신의주로 압송되었다. 신의주 경찰은 김득린 등 14명을 12월 5일 상해죄로 검사국에 송치하고, 공산당의 국경 연락 책임자 독고전을 비롯하여 임형관, 김경서, 조동근 4명은 상해 사건과는 분리하여 박헌영 등과 함께 신문했다. 12월 12일 박헌영은 검찰에 송치되어 신의주형무소에 수감되었다. 이때 같이 수감된 사람은 홍증식, 임원근, 유진희, 박길양, 김상주와 신의주에서 검거된 독고전 등 4명, 시대일보사 기자 조이환의 10명이다.

그 후로도 검거 선풍은 멎지 않았다. 13일엔 노농총동맹간부 서정희, 15일엔 김약수가 대구에서 체포되었다. 김약수는 그때 러시아에서 일본 농민조합에 보낸 수해 구제금 문제로 일본에 갔다가 돌아와 13일 밤 대구역에 내렸는데, 대구경찰서 고등계 형사들이 시내를 샅샅이 뒤져 천해(川海)여관에서 그를 붙들어 즉시 서울로 압송한 것이다. 김단야는 위험을 미리 깨닫고 상해로 달아났다. 조봉암은 모스크바에 있었기 때문에 무사할 수가 있었다. 김찬은 일본으로 떠나는 김약수와 부산에서 헤어지고 서울에 돌아와 박헌영과 임원근이 붙들린 사실을 알고 피신했다. 이렇게 하여 김찬, 김단야, 김동명, 최원택 등은 상해로 도망쳐서 프랑스 조계에 있는 여운형의 집에 숨어 지내게 되었다.

이렇게 신의주 사건을 발단으로 박헌영을 비롯한 공청회원 66명이 체포되어 56명이 검사국으로 송치되었고 나머지 37명은 수배대상이 되었다. 이른바 '화요회'는 산산조각이 난 것이다. 신의주에서 시작된 이 엄청난 사태에 누구보다도 당황한 것은 김재봉이었다. 그는 조선에 공산당을 만들 사명을 띠고 러시아에서 들어와 천신만고 끝에 공산당을 만들었는데, 불과 몇 달 만에 풍비박산이 나고 말았으니 말이다.

그는 국외로 빠져나갈 엄두도 내지 못하고 돈의동 명월관 뒤 김미산(金美山)의 집에 숨어 살게 되었다. 김재봉은 경북 안동군 풍산면 오미동 248번지에서 출생했다. 보수적인 집안이라서 한학을 배우고 있다가 18세 때 신학문을 배우기 위해 서울로 가서, 경성고등공업학교의 전신인 서울공업전문학교에서 방직과를 졸업했다. 한 때 안동에 방직공장을 차려 돈을 벌어 정치자금을 대어오다가 스스로 사상운동에 뛰어들었다. 모스크바에서 열린 '극동 인민대표자회의'에 참석했다가 그대로 러시아에 눌러앉아 공산주의 교육을 받고 코민테른으로부터 조선에 공산당을 조직하라는 밀명을 받고 들어왔던 것이다.

사건 당시 김재봉은 〈조선일보〉의 기자였다. 그는 피신 중 역시 피신하고 있던 김찬으로부터 만나자는 연락을 받았다. 김재봉은 김찬을 만난 자리에서, 자기들은 이미 정체가 드러나 더 이상 활동할 수 없으니 후계자를 선정하라고 제의했다. 그리고 주종건과도 의논한 결과 강달영(姜達永)에게 뒷일을 맡기기로 했다.

강달영은 경남 진주 사람이었다. 3·1운동에 앞장섰다가 3년 동안의 옥고를 치르고 출옥한 민족주의자였다. 그는 출옥한 후엔 노동운동에 뛰어들었다. 1922년 결성된 노동연합회의 중앙집행위원이 되었고 윤덕병과 함께 그 조직의 실권을 쥐었다. 한편 공산주의자와 접촉하여 신흥청년동맹 창립에도 참여하고 '꼬르뷰로' 내부의 진주 책임자이기도 했다. 그는 의지가 굳고 매사에 치밀한 성격이었다. 모사에 능하기도 했는데 다른 인물에 비해 크게 주목받는 자리에 있지도 않아서 공산당을 재건하는 인물로선 적격이라고 할 수 있었다.

김재봉은 〈조선일보〉 지방부장 홍덕유를 시켜 강달영과 연락을 취하게 했다. 당시 강달영은 〈조선일보〉 진주 지국장으로 있었다. 강달영은 1925년 12월 15일 홍덕유의 안내로 김재봉을 만났다. 그때 김재봉이 강달영에게 한 말의 요지는 다음과 같았다.

"이번에 뜻밖에도 일이 발각되어 당원들은 사방으로 흩어져 당이 와해의 비운에 놓였다. 강요하는 것은 아니지만 이준태, 김철수, 이봉수, 홍남표와 상의해서 당을 이끌어달라."

강달영은 〈조선일보〉 진주지국을 김재홍에게 넘겨주고 가사를 정리한 다음 1926년 2월에 상경하여 1주일 만에 자기를 책임비서로 하는 중앙조직을 서둘렀다. 이것이 이른바 '제2차 공산당' 또는 '강달영당'이다. 이때의 중앙집행위원은 권오설, 이준태, 〈동아일보〉 경제부장인 이봉수, 〈시대일보〉 업무국장 홍남표, 러시아 공산당 출신으로 당재건을 위해 잠입한 전덕, 그리고 김철수의 7명이다.

이에 앞서 김재봉은 1925년 12월 19일 자신이 숨어 있던 돈의동에서 끝내 붙잡히고 말았다. 그가 붙잡힌 것도 아주 우연한 계기였다. 낙원동 파출소에 있던 어느 순사가 담배 가게에서 고급담배가 여러 갑씩 팔리는 것에 주목하여 밀매음(密賣淫) 장소가 그 근처에 있는 것이 아닌가 하고 감시하고 있었는데, 심상치 않은 청년이 은신해 있다는 주민들의 말을 듣고 그의 은신처를 덮쳤다. 그리고 그 청년을 파출소로 데리고 가서 챙겨본즉 수배 중에 있는 김재봉임이 밝혀졌다. 종로서의 미와 경부가 자전거를 타고 나타나서 김재봉을 확인했다.

'강달영당'은 청년단체와 공장에 '야체이카'(세포)를 두고 학생, 노동, 언론기관, 사상, 여성 5개부의 프락치 조직까지 해놓고 제법 활발하게 움직였다. 박헌영의 처 주세죽은 풀려나온 즉시 여성부의 책임을 맡고 활약했다. 한편 '공산청년동맹'은 7명의 중앙집행위원 중 박헌영, 임원근, 홍증식을 잃고 조봉암, 김단야, 김찬은 국외에 있었으므로 국내엔 권오설만 남게 되었다. 권오설은 1925년 12월 20일 상해에서 김단야가 마련해 보낸 2천 원을 공작비로 하여 공청을 다시 조직하여 자신이 책임비서가 되었다. 동시에 그는 공산당의 중앙집행위원을 겸했다.

1926년 4월 25일 조선조 최후의 왕인 순종(純宗)이 승하했다. 순종은 1910년 일본침략자에 의해 퇴위한 망국의 폐제(廢帝)로서 그때까지 살아 있었다. 순종의 승하는 조선 민족의 망극함을 다시 한 번 자극했다. 돈화문 앞은 전국 방방곡곡에서 몰려온 백성들의 호곡소리로 메워졌다.

국장일(國葬日)에 민중의 동요가 격화될 것으로 예상되었다. 간부들의 대부분이 검거되긴 했지만 뿌리는 남아 있는 공산당이 그 기회를 놓칠 까닭이 없었다. 도망쳐 상해에 있던 김단야는 남경 금릉대학(金陵大學) 학생 김성순을 4월 말께 서울의 권오설에게 파견했다. 공작금 1천 원과 함께 선전문을 인쇄해서 보낼 터이니 6월 10일의 국장일에 대대적인 민중봉기를 공작하라고 전했다.

권오설은 경북 안동군 풍천면 사람으로서 재능과 수완과 인격을 고루 갖춘 제1급의 혁명가였다. 권오연, 권오직은 그의 동생들이었다. 권오설은 고향에 청년학교를 세워 농촌청년을 계몽하여 청년운동의 바탕을 만들고, 서울에 와선 노동운동에 전심하여 노동총동맹을 지도하게 된 사람이었다. 권오설은 노동총동맹 직공 조합위원인 〈경성일보〉 인쇄공 민창식에게 선전문의 인쇄를 부탁했는데, 응하지 않으므로 천도교 종법사(宗法師) 박내원(朴來源)에게 부탁했다. 박내원은 다섯 종류의 선전문 원고와 4백50원을 받아 민창식을 설득하여 인쇄기 2대를 사들여 3월 29일경 안국동 민창식 집에서 격문 5만 장을 인쇄했다.

김단야는 투쟁을 조직하기 위해 위험을 무릅쓰고 다시 서울에 잠입하여「곡복(哭伏)하는 민중에 격(檄)한다」는 격문을 스스로 집필했다. 김단야는 권오설과 의논하여 대강의 계획을 짜놓고는 상해로 돌아가 김찬과 더불어 선전문을 인쇄하여 대량으로 국내에 보냈다.

한편 권오설로부터 지시를 받은 박내원은 선전문을 인쇄해놓기는 했는데, 상해의 김단야로부터 약속한 자금이 오지 않아 지방에 발송할 수가 없었다. 도리가 없어 인쇄한 선전문을 궤짝에 넣어 천도교 교당 한구석에 있는 손재기(孫在基)의 집에 감추어두었다. 손재기는 동학란 때 일본군에 패하여 동학을 천도교라고 개칭하고 스스로 교주가 된 손병희 선생의 손자로서, 천도교당 내에 거주하며 출판사 '개벽사'의 제본 책임을 맡고 있었다.

그런데 여기에 또 우연한 사고가 생겼다. 6월 4일 종로경찰서가 경북경찰서의 의뢰를 받아 위폐범(僞幣犯) 용의자 이동규의 집을 수색하는 도중 재떨이에 버려진 잘게 찢은 종잇조각을 발견했다. 그 조각을 연결해보니 '격고문'(檄告文), '국장', '일제봉기'(一齊蜂起) 등의 문자가 나타났다. 경찰이 이동규에게 그 문서의 출처를 따졌다. 이동규는 평안북도 선천에서 금광을 경영하고 있는 안정식으로부터 받았다고 자백했다. 안정식이 체포되어 그 이튿날 서울로 압송되어 왔다. 안정식은 동향의 친구인 권오설이 활동자금 5천 원을 청구하며 격문 두 장을 주더라고 자백했다. 경찰은 권오설의 행방을 찾는 데 혈안이 되었다. 그러나 그 단계에선 권오설을 체포하지 못했다.

그 무렵 또 공교로운 일이 생겼다. 잡지 〈개벽〉 6월호에 불온한 논문이 게재되어 있어 그것을 발금(發禁) 처분하고 압수하려고 종로서는

6일 천도교당 내의 개벽사를 수색했다. 수색을 끝내고 경찰대는 돌아갔는데, 최준호(崔俊鎬)라고 하는 조선인 형사만이 혼자 남아 잠복하고 있다가 손재기의 방에서 부인들끼리 "이번 국장일엔 큰 소동이 있을 것 같다."고 주고받는 말을 들었다.

결국 이것이 계기가 되어 숨겨놓은 격문은 압수되고 박내원은 체포되었다. 이윽고 주모자가 권오설이란 사실과 권오설의 거처도 알아냈다. 권오설은 7일에 체포되었다. 그때까지 권오설은 아이스크림의 행상인으로 가장하여 아이스크림 통에 선전문을 숨기고 동지들과의 연락을 취하고 있었다. 이러한 경위가 있는 가운데 6월 10일이 왔다. 전국 각지에 독립만세 투쟁이 전개되었다. 이것이 유명한 '6·10만세운동'이다.

상해의 김단야가 경성역으로 보낸 격문 5천 장은 사전에 압수되었지만 그 일부가 국장일 서울시내에 살포되었다. 경찰은 데모에 참가한 사람들을 체포하여 가혹한 고문을 가했다. 그 과정에서 제2차 공산당 조직이 있다는 사실을 경찰이 알아내었다. 이준태, 홍남표, 홍덕유 등이 체포되었다. 강달영은 7월 17일에 체포되었다. 이 사건을 계기로 박헌영을 비롯한 제1차 공산당 관련자 21명은 제2차 공산당 관련자와 함께 병합심리를 받게 되었다. 그 숫자는 전부 1백35명에 이르렀다.

'6·10만세운동'을 종로경찰서가 담당하게 되었다. 종로서 고등계 주임 미와 경부는 시초부터 조선공산당을 자기 손으로 두들겨 부숴 공로를 세우려고 했던 참에 신의주경찰서에 선수를 빼앗겨 절치부심하고 있었던 참에, '6·10만세운동'이 터지자 그것을 구실로 신의주 사건과의 관련성을 주장하여 신의주에 사건의 이송을 요구했다.

1926년 7월 22일 박헌영은 윤덕병과 함께 서울로 호송되어 서대문형무소에 수감되었다. 그 후 연이어 관련자들이 호송되어 신의주 사건에 걸린 전원 21명이 서대문형무소에 수감된 채로 재판을 기다리게 되었다. 1927년 9월 13일 조선공산당 사건의 공판이 시작되었다. 장소는 서울 종로구 공평동에 자리 잡은 경성지방법원.

오전 6시, 서대문형무소의 문이 열렸다. 간수 20명을 태운 자동차 두 대가 풀 스피드로 달려 나왔다. 20분 후 피고인 9명, 간수 3명씩을 각각 태운 '경 165' '경 157'의 자동차가 형무소를 나와 법원으로 향했다. 3대의 자동차가 피고인들을 태우고 4회 왕복했다. 8시 30분에 이르러 보석 중인 주종건과 환자인 임형관, 백광흠, 조이환 등을 제외한 94명의 피고가 전원 법원에 도착했다. 피고인들은 하얀 무명배 또는 모시로 되어 있는 한복을 입고 있었으나 더러는 푸른 미결수복을 입은 사람도 있었다. 가슴엔 죄수 번호를 달았고 머리엔 용수가 씌워져 있었다.

오전 9시 40분 간수들은 피고인들을 3호 법정으로 데리고 가서 수갑을 풀어주고 용수를 벗겼다. 3년이란 긴 세월 같은 형무소에 있으면서도 얼굴을 대할 수 없었던 동지들이 묵묵히 눈짓을 교환했다. 박헌영의 창백한 얼굴엔 보일 듯 말 듯 미소가 서려 있었다.

권총을 찬 20명의 간수가 일반 방청석과 피고인석 사이에 서서 경계했다. 방청석 전후좌우엔 정사복 경찰관이 배치되어 있었다. 재판장석 후면엔 특별방청석이 마련되어 총독부 법무국 등 관계 관서에서 10여 명이 출동하고 있었다. 이 공판을 위한 변호인단은 일본에서 온 다카야(高屋)를 비롯하여 허헌, 김병로, 이인, 정구영, 권승열, 김태영, 김찬영, 최진, 최국종, 함상억 등 15명으로 구성되어 있었다. 특히 일인 다카야 변호사는 일본의 '노동농민당'으로부터 이 사건을 변호하기 위해 파견된 '도쿄 자유법조단' 소속의 변호사로서 시종일관 열렬한 변호활동을 전개했다.

오전 10시. 야모토(矢本) 재판장을 선두로 두 배석판사와 나카노(中野) 검사 및 입회서기가 입정하고 이어 나가오(長尾) 검사정이 참석한 가운데 공판이 시작되었다. 첫 날의 공판은 재판 관할권 문제와 과도한 경비 문제 등으로 약간 소란이 있었으나 변호사들이 재판장에게 ① 유례없는 과도한 경계를 해제할 것 ② 방청을 공개할 것 ③ 병(病)중의 피고인들을 보석할 것 ④ 특별방청석을 폐지할 것 등의 요구를 제출하는 것으로 끝났다.

두 번째 공판은 1927년 9월 15일에 있었다. 14일에 큰 비가 내렸다. 밤 11시경 비가 개기 시작하자 법원 앞에 방청권을 입수하려고 많은 사람들이 모여들었다. 새벽 0시 30분 법원 직원이 나와서 방청권 80장을 배부했다. 방청권을 입수하지 못한 사람들은 아침에 피고인들의 얼굴이나 보려고 그곳에서 꼬박 밤을 새웠다.

이날 박헌영이 일어서서 "나는 피고인들을 대표해서 말한다."고 전제하고 "우리들을 많은 경찰관을 동원해서 위압하는 것은 전체 무산대중을 위압하는 노릇이나 다를 바가 없다. 만일 재판장이 이러한 경계를 해제하지 않고 일반인의 방청을 허가하지 않을 경우엔 우리들과 변호사는 심리에 응하지 않겠다. 재판장이 멋대로 징역을 매겨 즉각 언도하면 될 게 아니냐?"고 호통을 쳤다.

그러나 재판장은 "이 공판은 공안상 유해하므로 방청을 금지한다." 고 선언했다. 결국 옥신각신이 있어 변호인들이 퇴장하는 소동까지 있었다. 첫날부터 혼란을 야기한 공판이 4일째에 들어 또 한바탕 소란이 있었다. 경찰의 조사 중에 한양청년동맹 집행위원이며 〈시대일보〉의 기자였던 박순병이 심한 고문으로 사망한 사실이 있었다. 경찰은 박순병이 맹장염으로 죽었다고 얼버무렸다. 그 사실이 공판 진행 중에 피고인들에게 알려졌다. 오전 9시 20분 공판이 시작되자 박헌영이 일어서서 재판장에게 따졌다. 박헌영은 박순병의 사망 사실을 모르는 체하고 물었다.

"재판장! 피고인 가운데 박순병이 보이질 않는다. 어떻게 된 건가?"

재판장이 당황하자 박헌영이 쓰고 있던 안경을 벗어 재판장을 향해 내던지고 진술대 위로 뛰어올라 "사람을 찾아라. 박순병 동지는 어디에 있는가?"하고 미친 사람처럼 외쳐댔다. 수 명의 간수가 달려들어 박헌영을 진술대에서 끌어내려 법정 밖으로 끌고나갔다. 그 때문에 공판을 개정한 지 10분 만에 중단되었다. 박헌영의 양광(佯狂)은 이때부터 시작되었다. 그리고 그의 양광은 철저했다. 자기가 눈 똥까지 먹었다는 것이다. 간단하게 된 일은 아니었지만 박헌영은 그 양광으로 보석되었다.

조선공산당 사건의 선고공판은 1928년 2월 13일에 있었다. 1백1명의 피고 가운데 박순병, 박길양, 백광흠은 선고 전에 사망했고, 박헌영, 조이환은 병보석으로 사건이 분리되었고, 주종건은 보석 출옥 후 상해로 도망쳤기 때문에 남은 95명의 피고들 중 85명이 6년 내지 8개월의 유죄선고를 받았다. 조선공산당 책임비서 김재봉은 최고 6년의 형을 받았고, 권오설은 5년형을 받았는데 형기 1년을 남겨놓고 옥사했다. 그때 권오설의 나이는 34세였다.

박헌영은 보석 후에도 계속 미친 것처럼 행동하다가 틈을 보아 1929년 6월 아내 주세죽과 함께 모스크바로 떠났다. 모스크바에서 박헌영은 동방(東方)근로자대학에 들어가 2년 동안 수학했다. 그 후 교무주임인 로베스로부터 "상해에 있는 김단야를 만나라."는 지시와 함께 여비 60만 원을 받았다. 1932년 2월 14일에 있었던 일이다. 박헌영은 아내 주세죽을 모스크바에 남겨두고 혼자 상해로 떠났다. 그것이 그들 부부의 영 이별이었다. 주세죽은 모스크바에서 죽게 되는 것이다. 그때 주세죽의 나이는 30세였다.

코민테른은 12월 7일 이른바 '조선 문제 12월 테제'란 것을 발표했다. 조선에 공산주의 운동이 발전하지 못하는 이유는 공업발달이 뒤져 노동자의 조직이 약하고 쁘띠 부르조아 출신의 당원들이 무원칙한 파쟁을 일삼고 있기 때문이라고 판단하고, 노동자와 빈농을 대상으로 당을 재조직하라는 지령이었다. 이것은 조선공산당을 승인하지 않는다는 태도 표명이다. 이로써 조선공산당은 1925년 4월 17일에 조직되어 1928년 12월 7일에 소멸된 셈이다. 공산청년동맹의 추천으로 모스크바에 유학하고 있던 조두원, 권오직, 고명자 등이 돌아온 것은 '12월 테제'가 발표된 지 10개월 후의 일이다. 그들은 '12월 테제'에 따른 당 재건의 임무를 띠고 국내에 잠입했다. 거의 같은 무렵 김단야가 돌아와 이들을 지도했다. 이들은 김단야의 지시를 받고 전국 각지에 조직공작을 폈지만 다음 해 3월 일제 경찰에 의해 적발되었다.

김단야는 다시 상해로 가서 박헌영과 만났다. 그들은 국내에 출판물을 먼저 보내 노동자와 농민을 계몽시킨 다음 직접 공작을 하기로 운동방침을 바꿨다. 그리고 당시 상해에 와 있던 김형선을 국내 조직의 최고 책임자로 임명하여 국내에 잠입시켰다.

김형선은 경남 마산 사람으로서 일찍이 호신학교 중학부를 졸업하고 마산창고회사에 근무하다가 노동운동에서 두각을 나타냈다. 제2차 공산당에 입당하여 중앙위원이 되었다. 모스크바에 유학한 김명시는 그의 누이동생이었다. 1933년 2월 국내에 잠입하여 한강 치수 공사장에서 인부 노릇을 하며 동지들을 획득하고 상해에서 보내온 출판물을 살포하는 등 활약했지만, 그해 7월 중순 김형선은 노량진에서 일제 경찰에 체포되었다.

그 무렵 박헌영은 상해에서 일제 영사관 경찰에 체포되어 조선으로 압송되어 1933년 8월 16일 검사국에 송치되었다. 박헌영은 1934년 12월 27일 징역 6년을 선고받고 1938년 대전형무소에서 만기 출옥할 때까지 긴 옥중 생활을 하게 된다.

일본 제국주의의 침략정책이 격화되는 동시에 민족주의자와 공산주의자에게 대한 탄압은 더욱 더 가혹하게 되었다. 표면적인 사회활동은 일체 금압되었다. 많은 민족주의자, 공산주의자들은 전향을 하든지 활동을 포기하든지 할 밖에 없었다. 그런데도 소수의 사람들은 지하활동을 계속했다. 그 가운데의 하나가 이재유(李載裕)이다. 이재유는 함경북도 갑산 출신으로서 도쿄에서 고학하며 조선공산당 일본총국의 간부로서 활동하고 있던 사람이었다. 이재유가 조선공산당을 재건하기 위해 돌아온 것은 1934년 말경이었다.

이재유는 영등포 공장지대에서 일하며 고학하고 있던 김삼룡, 도쿄고사(高師) 출신으로 동덕고녀(同德高女)의 영어교사를 하고 있던 이관술과 그 누이 이순금, 중앙고보 2학년 때부터 공산주의 활동을 해온 이현상 등과 함께 당 재건 공작을 추진했다. 이와 때를 같이하여 경성제국대학에선 정태식(鄭泰植), 권우성(權又成) 등의 학생들이 경제학 교수인 일본인 미야케 시카노스케(三宅鹿之助)의 지도 아래 반제동맹(反帝同盟)을 조직하고 있었다. 개성, 평양, 해주, 진주, 동래 등지엔 학생과 인텔리를 중심으로 반제 서클이 결성되어 있었다. 이재유는 이 조직들을 이끌어 당 세포를 확대하고 있었는데 1937년 여름 경찰에 체포되었다. 서대문유치장에서 탈출하여 경기도 양주군 노해면 산중에 숨어 있다가, 이윽고 다시 체포되어 복역 중 1944년 청주형무소에서 옥사하고 말았다.

이재유가 체포되자 김삼룡은 고향인 충주로 도피했다. 이관술은 누이 이순금과 같이 김삼룡을 찾아가 앞일을 의논했다. 그는 구두 수선인을 가장하여 각지를 돌며 동지를 규합했다. 이렇게 해서 지하에 잠복하고 있던 권오직과 이현상 등과도 연락이 되어 '경성 콤그룹'을 조직했다. '경성 콤그룹'은 일제 말기 조선에서의 유일한 공산주의 단체였다.

박헌영은 옥중에서 이 '콤그룹'과 접선이 되었던 것이다. 1939년 출옥하자마자 서울 최기용의 집에 일주일 동안 머물면서 김삼룡과의 접선에 성공하고는 완전히 지하로 잠복해버렸다. 총독부 경무국은 박헌영의 행방을 찾았으나 아무런 단서도 포착할 수가 없었다. 경찰은 "박헌영은 국내엔 없다. 소련으로 망명했는지 모른다."고 말하고 있었다고 한다.

박헌영은 지하에서 '경성 콤그룹'을 지도했다. 그리고 또 그 무렵 출옥한 정태식 등의 통칭 '경성제대 그룹'을 흡수하여 규모를 확대하고 '경성 콤그룹'을 전국적인 지하조직으로 만드는 데 성공했다. '경성 콤그룹'은 인민전선부, 노동부, 농민부, 가두부(街頭部), 학생부, 일본유학생부 등의 부서와 함북, 함남, 부산, 마산, 대구, 대전, 강원 등지에 책임자를 두었다. 박헌영은 이 조직의 책임부서와 기관지 책임자를 겸했다.

조직부 책임자인 김삼룡은 경성전기, 대창직물, 경성방직, 용산공작소, 조선인쇄소 및 각 신문사의 노무자와 접촉했다. 이관술은 이재유가 아직 체포되기 전엔 낙동강 유역의 수재민 형제라고 행세하며 서울시 교외의 창동(倉洞)에 있는 퇴비사(堆肥舍)에서 기거하면서 구두 수선공으로 가장하여 동지들과 연락을 취하고 있다가 이재유가 체포된 후에는 대전에서 엿장수 노릇을 하며 활동을 계속했다.

그런데 1940년 일본유학생부의 김덕연이 체포됨으로써 김삼룡의 조직이 파괴되었다. 이어 청진과 함흥 등 각지의 조직이 계속 탄로 나서 1942년 12월경엔 대부분이 경찰에 체포되었다. 박헌영은 이러한 검거망을 피해 광주로 달아났다. 그때 박헌영을 따라간 것은 이순금과 윤순달 두 사람이었다. 이렇게 하여 일제하의 조직적인 공산주의 운동은 막을 내린 것이다.

박갑동의 기록은 박헌영 중심의 조선공산당에 관한 설명인 만큼 생략된 부분이 많다. 그것을 보충하면 다음과 같다.

제1차, 제2차 공산당 사건이 있은 직후인 1926년 9월 서울 동소문 부근의 산속에서 김철수, 오의선, 신동호 등이 중앙집행위원으로 제3차 공산당을 조직했다. 그리고 그해 12월 6일 서울 천연동에서 공산당대회를 열어 책임비서는 안광선(安光善)으로 바뀌고 김준연, 하필원, 권태석 등이 중앙집행위원이 되고 종전의 책임비서였던 김철수는 국제공산당에 보고 차 모스크바로 떠났다.

1927년 8월 중앙집행위원회는 김준연을 책임비서로 하여 중앙위원 한위건, 안광철, 최익한, 하필원, 김세연 등의 협력으로 당의 확대강화에 노력했다. 최익한은 도쿄에서 박낙종, 강소천, 김한경 등과 조선공산당 일본총국에서 일하고 있다가 일단 조선으로 돌아와 사정을 보고는 다시 일본으로 건너가 도쿄역 대합실에서 국제공산당원인 러시아인으로부터 자금 3천 2백만 원을 받았다. 이 돈을 가지고 국내에 들어와 야체이카 약 40개를 만들고 당원 약 2백 명을 포섭했다.

그런데 1928년 1월 30일 종로경찰서에 탐지되어 이른바 제3차 검거 선풍이 불었다. 1930년 8월 30일 선고공판이 있었다. 이때의 형량은 다음과 같다.

징역 6년: 김준연 김성현 하필원 강동주 최익한, 징역 5년 6월: 김니콜라이 이낙영 은낙중 김화곤, 징역 5년: 김병일 박낙종 최창석 송언필, 징역 4년: 정익현 임형일, 징역 3년 6월: 강병창 백남표 호포돌 이평권, 징역 3년: 이인수 강대공 강수성 박자갑, 징역 2년: 정지현 이정윤 김창수 김응수 김남수

이에 앞서 1927년 12월 21일경 이영과 권태석은 안광천, 한위건 등이 조직한 조선공산당이 ML파의 사당(私黨)이라고 해서 별도로 공산당을 조직하려고 들었다. 25일 서울 광화문 박형병 집에서 회의를 열어 이영, 이낙영, 이운혁, 홍도, 한상희, 이병의, 서태철, 박형병, 이

증림 등을 간부로 한 부서를 짜고 동지를 규합했다. 이것을 1928년 4월 24일 평양경찰서가 탐지, 일망타진의 바람이 불었다. 1930년 5월 15일 선고공판이 있었다. 이영, 박형병, 이병의는 4년 징역을 선고받고, 그 밖의 사람들은 3년에서 6월의 징역을 각각 선고받았다. 이들이 검거된 지 4개월 후, 즉 1928년 8월 15일 김재명, 김복진 등에 의한 공산당 재건 공작이 탄로 나서 김득린 등 20명이 체포되어 징역 4년 6월부터 징역 2년까지 선고받았다.

이렇게 해서 국내의 움직임은 거의 절멸상태가 되었는데, 1929년 5월 초순 고려공산청년회 일본부원 인정식(印貞植)이 교토(京都), 오사카(大阪)를 거쳐 국내에 들어와서 동년 2월 17일 만주 길림(吉林)에서 서울로 잠입한 만주총국 부원 최덕준과 만나 학생세포, 청년세포를 조직하여 공산당 재건을 꾀하고 그 해 가을에 개최키로 예정된 박람회를 기해 조직을 확대하려고 했으나 그해 6월 21일 일제 경찰에 검거되었다. 이들의 선고공판은 1931년 3월 9일에 있었다. 그 형량은 다음과 같다.

징역 6년: 인정식 최덕준, 징역 3년: 송병천 홍승유 김승익, 징역 2년 6월: 강치호, 징역 2년: 김종만 서창 강윤구 김효관

참고로 1925년 4월 17일에 일단 승인한 조선공산당을 무시하고 당 재건의 지침을 내린 1928년의 이른바 '코민테른 12월 테제'의 요지를 적어둔다. 이 결정은 조선문제위원회에서 이루어졌는데 그 멤버는 월터센, 미프, 중국인 우추백, 일본인 사노 마나부(佐野學)이다.


① 조선 공산당의 구성 요소는 쁘띠 부르조아 출신이 많고 노동자, 농민의 수가 적다. 그리고 민족운동으로부터 당이 발전한 것으로서 그 성질이 잔존해 있고 공산당으로서의 독립성이 결여되어 있다. 조선혁명은 부르조아 민주혁명이어야 하는데 봉건적 잔재 제거의 노력이 부족하다. 까닭에 장래의 방침

으로는 종래의 분파투쟁을 절멸하고 노동자, 농민을 기초로 한 당을 만들어야 한다. ② 조선에서는 특히 농민 문제가 중요하니 이에 중심을 두고 일상 투쟁을 활발하게 해야 한다. ③ 슬로건으로서는 다음과 같은 것을 채택해야 한다. 언론 집회 결사의 자유, 봉건적 지주의 토지 무상몰수, 일본 자본가가 경영하는 철도, 광산 등의 몰수, 제국주의 전쟁 반대, 소비에트 러시아 옹호, 일본 프롤레타리아트와의 공동전선 ④ 민족주의 단체와의 구별을 명확히 하여 공산당의 독립적 존재를 대중에게 인식시킬 것.

제13장
## 위조지폐
## 사건

"위조지폐가 나돌고 있다는데……." 이런 말이 〈해방일보〉의 편집국에선 진작부터 있었다. 그런 말이 나올 때마다 박갑동은 "혼란한 시절이니 있을 수 있는 일 아닌가?"하는 말을 하기도 했고 그런 생각을 하기도 했다. "위조지폐를 만든 일당이 본정(本町) 경찰서에 붙들렸다." 하는 얘기를 박갑동이 들은 것은 5월 6일이다. 그러나 그는 미·소 공위의 추이에 정신을 빼앗기고 있었기 때문에 별반 관심을 두지 않았다. 미·소 공위의 1차 회의가 결렬되어 맥이 풀려 멍청한 기분으로 있었을 때였다. 전옥희가 신문사 근처에까지 나와 불러내는 바람에 허둥지둥 나가보았더니 다방에 가서 자리를 잡자 대뜸 하는 소리가 이랬다.

"공산당에서 위조지폐를 만들었다면서요?"

"그런 농담을 하면 쓰나."

박갑동이 나무라는 투로 말했다.

"내가 농담을 한다구요?"

전옥희는 새파랗게 질린 얼굴이 되면서 나직이 덧붙였다.

"군정청의 책임 있는 사람으로부터 들은 얘기예요."

"군정청의 누가?"

박갑동이 다급하게 물었다.

"누가 그런 말을 했다는 게 문제가 아니라 사실 여부가 문제 아녜요? 내게 그 말을 한 사람은 괜한 소릴 할 사람이 아녜요. 지금이라도 본정 경찰서로 가보세요. 일당 7명이 검거되었는데 모두 정판사 사원이며 공산당원이래요. 뚝섬에 본거가 있었다나요. 근택인쇄소의 기계, 잉크, 석판(石版), 위조지폐 등을 압수했대요."

상상도 못 할 일이지만 전옥희의 너무나 어두운 표정을 보고 일소에 붙일 수도 없는 일이어서 박갑동이 중얼거렸다.

"공산당을 때려잡기 위해 조작한 사건일 거요."

"그렇다면 문제도 없겠지만 군정청의 그 사람 얘기론 그런 것도 아닌 것 같아요."

"공산당을 때려잡기 위해 독일의 히틀러는 국회의사당에 불까지 질렀다지 않소? 못할 짓이 없는 게 파쇼, 반동 아니오?"

박갑동이 격한 어조로 이렇게 말하자 "나도 그 사람이 한 말이 아니면 반동들의 조작이라고 생각했을 건데, 그 사람은 결코 반동이 아니거든요."

전옥희가 말하는 '그 사람'이 버치 중위일 것이라고 짐작했다. 버치가 한 말일 것 같으면 전혀 사실무근이 아닐 것이지만 공산당이 지폐를 위조했다고는 믿어지지 않았다. '조병옥, 장택상의 조종을 받은 자들의 조작일 것이다'하는 마음이 들었다. 그러나 그런 말을 섣불리 할수가 없었다. "좀 더 구체적으로 말해 봐요."하고 말했다.

"뚝섬에서 체포된 사람들의 자백에 의하면 당 재정부장 이관술, 〈해방일보〉 사장 권오직, 정판사 사장 박낙종의 지령을 받고 위조지폐를 인쇄했다는 거예요."

전옥희의 이 말을 듣고 박갑동이 언하에 단정했다.

"거짓말이오."

"거짓말이길 바래요."

"그러나 저러나 중대한 문제이니 나는 신문사로 들어가 봐야겠소." 하고 박갑동이 일어섰다. 신문사로 들어간 즉시 박갑동이 사장실로 갔다. 권오직은 방에 없었다.

"사장님 어디에 가셨어?"

박갑동이 비서에게 물었다.

"며칠 전부터 출근하시지 않습니다."

"연락은?"

"연락도 없어요."

"이상한데……."

사장실에서 나오는 즉시 편집국장 정태식에게로 갔다.

"긴히 드릴 말씀이 있습니다."

"뭔데?"

"여기선 좀……."

"중대한 문제인가?"

"중대합니다."

"그럼 사장실로 갑시다."

"사장님은 안 계시던데요."

"비어 있으니 빌리자는 게 아닌가?" 하고 정태식이 앞장을 섰다. 사장실에 단 둘이 앉자 박갑동이 전옥희로부터 들은 얘기를 전했다. 그런데 정태식은 놀란 빛도 없이 "악질적인 모함이다."하고 혀를 찼다.

"그럼 정 국장은 그런 사실을 알고 있었습니까?"

"얼마 전에 알았어, 나도……."

"위원장님께서도 알고 계십니까?"

"물론이지."

"당으로선 어떻게 할 겁니까?"

"그 조작된 음모를 만천하에 밝혀 놈들의 악질성을 규탄해야지 달리 수단이 있겠는가?"

"정말 당은 그 사건관 관련이 없는 거지요?"

"박 동무, 무슨 소릴 그렇게 해. 위조지폐와 당과는 하등의 관련이 없어."

"그렇다면 신문을 통해서 성토문을 발표해야 하지 않습니까?"

"아직 놈들이 아무 소리 하지 않고 있는데 서둘 게 뭔가? 사태의 진전을 보아가며 극한투쟁을 해야지."

정태식은 힘주어 이렇게 말하고 "정신을 바짝 차려야 할 거요."하고 덧붙였다. 5월 15일자 〈동아일보〉를 비롯하여 도하의 각 신문은 공보부 발표라면서 일제히 위조지폐 사건을 보도했다. 그 기사를 종합하면,

"8·15 해방 이후 재정난에 허덕이던 조선공산당은 당 자금을 마련하기 위하여 각 방면으로 방책을 모색하던 중 조선정판사에 지폐 원판이 있다는 것을 알고 당원인 박낙종(朴洛鍾:47세)을 내세워 정판사를 접수했다. 이 기관을 접수한 박낙종은 동 회사에 근무하고 있던 공산당원 김창선(金昌善)에게 공산당 재정부장 이관술(李觀述:40세)과 공산당 중앙위원이며 해방일보사 사장 권오직(權五稷:45세)의 지령을 전한 다음 1945년 10월 20일 오후 6시경 서울 시내 소공동 74번지에 있는 '근택빌딩'내 조선정판사 사장실에서 사장 박낙종, 서무과장 송필언, 재무과장 박정상, 기술과장 김창선, 평판기술공 정명환, 창고계 주임 박상근 등이 비밀리에 집합, 위조지폐를 인쇄하여 공산당에 제공할 것을 결의하였다. 그리하여 그날 오후 7시경 공장 직공들이 일을 마치고

귀가한 틈을 이용하여 김창선이 평판과장으로 있을 즈음 절취 보관하고 있던 1백 원 권 원판 등으로 전후 6차에 걸쳐 매회 위조 조선은행권 1백 원 권 약 2백만 원씩을 합계 1천2백만 원을 위조하여 이관술에게 제공, 공산당비로 사용케 하였다."

그러고는 위조지폐범이라고 하여 다음과 같은 명단을 발표했다.

이관술(40); 미 체포, 조선공산당 총무부장 겸 재정부장. 권오직 (45); 미 체포, 조선공산당 중앙위원, 해방일보사(공산당 기관지) 사장.

*체포된 자

박낙종(47); 조선정판사 사장, 송필언(46); 조선정판사 서무과장, 김창선(36); 조선정판사 기술과장, 신광범(41); 조선정판사 인쇄과장, 정명환(30); 조선정판사 평판기술공, 이정환(18); 조선정판사 평판기술공, 홍계훈(31); 조선정판사 평판기술공, 이한녕(39); 조선정판사 화공(畵工), 안순구(50); 조선정판사 공장장, 박상근(43); 조선정판사 창고계 주임, 박정상(46); 조선정판사 재무과장, 김우용(26); 조선정판사 평판기술공, 김영관(25); 조선정판사 평판기술공, 김상선(32); 조선정판사 평판기술공

이에 대해 조선공산당 중앙위원회도 〈해방일보〉 5월 17일자 지면에 반박 성명을 발표했다.

① 본 위폐사건에 조선공산당 중앙위원 이관술과 권오직은 전연 관련이 없다. ② 본 사건에 관계하여 피검된 정판사 직원 14명은 공산당원이라고 하였으나 사실과 상위하다. ③ 근택빌딩의 지하실에서 인쇄되었다는 위조지폐에 대하여는 근택빌딩 지하실에 인쇄기를 설치한 사실이 없을뿐더러 공보부의 발표는 부당하다. ④ 본 사건이 조선공산당과 관련이 있다고 발표하였음은 부당하고 경제교란에 대하여는 조선 공산당이 더 용감히 투쟁하고 있다. ⑤ 본 사건에 조선공산당을 관련시킨 것은 어느 모략배의 고의적 날조이며 조선공

산당은 본 사건과 전연 관계가 없다.

〈해방일보〉는 공산당의 이상과 같은 성명서에 곁들여 논평과 기사를 통해 경찰에 대한 맹렬한 비난을 가했다. 요컨대 군정과 결탁한 악질반동의 모략적 조작이란 것이었다. 박갑동은 물론이고 〈해방일보〉에 근무하고 있는 종업원들은 위조지폐 사건을 고의적인 날조라고 보고 있었다. 그러니 만큼 그들이 쓴 기사가 군정에 대한 악감의 노골적인 표출로 되지 않을 수 없었다.

이러한 기사에 분개한 탓도 있어 러치 군정장관은 조선공산당 본부로 사용하고 있는 부분을 제외하고 근택빌딩을 폐쇄시켰다. 그리고 정판사에서 인쇄하고 있던 공산당 기관지 〈해방일보〉를 폐간시켰다. 5월 18일에 있었던 일이다. 이어 5월 21일 러치 군정장관은 강경한 성명을 발표했다.

본 위폐사건은 경찰에서 엄격한 조사가 진행되고 있음에도 불구하고 조선공산당을 비롯한 일부 정당에서는 여러 가지 변명과 허무맹랑한 소리를 유포하고 있음은 심히 유감스러운 일이다. ① 지폐를 위조했다는 것은 국가에 대하여 가장 큰 죄악이다. 그러므로 이 사건에 관계된 모든 관계자를 체포하여 엄벌할 때까진 이 조사를 단념하지 않을 것이다. ② 물론 나의 관심은 주장을 달리하는 정당엔 관계하지 않고 저지른 범죄에 대하여서만 조사하고 처벌하려는 것이다. ③ 이 사건과 직접 관계가 있는 근택인쇄소 안에 있는 어떤 기관이나 단체 중엔 이 사건을 알고 있는 자도 많이 있으리라고 본다. 이 사건에 관계가 있는 자에 대하여는 모조리 조사를 하여 사건이 풀릴 때까지는 조사를 끝내지 않겠다.

당연히 이 사건은 사회 각계에 대해 큰 충격을 주었다. 조선은행 조사부장은 "위조지폐 사건은 해방 전에도 없진 않았지만 이번과 같은 대규모적인 사지전(私紙錢)은 위조지폐 사상에 일찍이 보지 못한 일이다. 이로 말미암아 일반은 지폐를 교환하려고 하루에 수천 명씩이 은행에 쇄도하여 장시간을 허비하는 형편인데, 감정한 결과 위조지폐는 회수하고 아닌 것은 십 원 권으로 바꾸어주고 있다."고 했고, 상인연합회 송병휘는 "최근 위조지폐로 말미암아 상인은 그 진위의 감정이 곤란하여 거래에 큰 지장을 일으키고 있다. 우리들 가운데서도 위조지폐의 피해를 안 입은 사람이 없으며 한 상점이 5백 원 내지 천 원 정도의 위폐를 가지고 있는 형편이다. 농촌에선 백 원짜리 지폐는 그 진위를 막론하고 통용하지 못하고 있는 형편이다."라고 했다.

1946년 5월 19일자 〈조선일보〉는 "위조지폐의 범람으로 인하여 경계에선 심한 영향을 받고 있어 경기도 재무부는 다음과 같은 발표를 했다. 첫째로 각 금융기관에 강사를 초빙하여 위조지폐 감정법을 강습시키는 것이 효과적이고, 둘째는 각 금융기관에서 위조지폐를 발견하는 대로 그 수납의 경로를 밝혀 경찰과 긴밀한 연락 하에 조처하도록 노력하고 있다."는 기사를 싣고, "지폐의 진가에 대하여 민심의 불안이 점차 증가함에 따라 화폐를 경시하는 폐풍이 조성되고 심지어 물건을 매석 낭비하는 원인을 만들게 되므로 인플레의 중요 원인을 구성하게 되어 제반 사업계획상 지장이 막심하다."고 논평했다.

한편 우익 각 정당 단체는 관계자에 대한 엄단을 호소했다. 5월 18일 종로 YMCA회관에선 '반탁학생총연맹' 주최로 위조지폐 성토대회를 개최하고 "진실은 만선(萬善)이요, 허위는 만악(萬惡)의 시초이니 지폐위조란 민족의 망신일 뿐 아니라 혁명의 모욕이다."라는 내용의 성토문의 낭독이 있었고 위폐관계자에게 대한 각계 인사의 맹렬한 비난 연설이 있었다. 미·소 공위 결렬에 따른 충격에 겹친 위조지폐 사건은 공산당으로 보아선 설상가상격인 타격이었다.

우익계열은 이 사건을 계기로 공산당을 산산조각으로 분쇄할 작정으로 서둘렀다. 러치 장관의 성명이 있은 5월 21일 밤 회현동 한 구석에 있는 김삼룡의 아지트에 공산당 간부들이 모였다. 박헌영은 흥분을 가누지 못해 핏발선 눈으로 이들을 둘러보며 "이렇게 서툰 짓이 있을 수 있는가?"하고 투덜댔다. 박헌영은 위조지폐 자체를 책망하는 게 아니라, 탄로가 났다는 사실에 대해 분통을 터뜨리고 있는 것이다.

"앞으로 철저한 대책을 세울 테니 위원장께선 돌아가시는 게 좋겠습니다. 위원장과는 하등의 관련이 없는 문제이고 그렇게 마무리되어야 할 일이니 위원장께선 이 자리에 계실 필요가 없지 않습니까?"

이주하가 깐깐한 말투로 이렇게 말하자 모두들 그 의견이 옳다고 찬성했다. 어떤 일이 있어도 위원장과 그 사건과는 전연 관련이 없어야 하는 것이었다. 한동안 이맛살을 찌푸리고 생각하더니 "좋소. 모든 문제는 동지들에게 맡기겠소."하고 박헌영이 일어섰다. 경호원과 함께 박헌영이 떠나고 난 후 얼마 안 되어 11시의 괘종이 울렸다.

"군정청의 태도는 어떠하오?"

김삼룡이 이강국에게 물었다. 이강국이 군정청의 기밀과 통하는 파이프를 가지고 있었기 때문이다.

"군정청의 태도는 오늘 러치가 성명한 것으로써 짐작할 수 있지 않습니까?"

"내가 묻는 것은 이 사건을 계기로 군정청이 우리 당 전체를 싸잡아 범죄단체로 취급하느냐, 취급할 작정이냐 하는 것이오."

"그것까진 알아볼 수가 없었습니다."

"그게 문제요. 군정청의 태도에 따라 우리의 대책도 바뀌어져야 하니까."

이때 이주하가 나섰다.

"철두철미 우리 당과는 무관하다고 버틸 일이지 군정청의 눈치를 살필 건 뭐요?"

"중요한 것은 이관술 동지와 권오직 동지가 그들의 손에 넘어가지 않도록 하는 일입니다."한 것은 김형선. "이관술과 권오직을 북쪽으로 보내버리는 게 어떻겠소?" 이건 이현상의 의견. "권오직을 북쪽으로 보내는 건 상관없지만 이관술은 남겨두어야 하오." 김삼룡이 묵직하게 말했다.

"그 이유가 뭐요?"

이현상이 물었다.

"이관술이 없으면 당의 재정문제를 파악하지 못하고……."

김삼룡의 대답이다.

"누굴 시켜 인계를 받으면 되질 않겠소?"

"간단하게 인계받을 수도 없고, 인계받으려고 접촉했다간 이관술의 거처를 노출시킬 우려마저 있으니 신중을 기해야 할 거요."

김삼룡과 이현상의 대화를 듣고 있다가 이강국이 끼어들었다.

"순전히 전술의 문제입니다만 이관술 씨와 권오직 씨를 제명 처분하는 조처를 취해 두는 게 어떻겠소?

"이강국 동무, 그게 무슨 소리요? 차제에 이관술 동무와 권오직 동무를 제명한다고 해서 우리 당이 화를 면할 수 있을 것이라고 생각하오?"

김형선이 노여움을 띠고 말했다.

"그러니까 전술의 문제라고 하지 않소?"

이강국이 볼멘소리를 계속했다.

"권오직 동무의 경우는 곤란하지만 이관술 동무의 경우는 그런 사전 조처를 취해 두는 게 불의의 사태에 대비하기 위해서 필요할 줄 아오. 세간에 그런 물의를 야기했다는 사실만으로도 제명 처분할 충분한 근거가 된다고 생각합니다. 전술상의 조처란 걸 본인에게 충분히 납득시키기로 하고 말이오."

"그렇겐 못 하오."

김형선이 흥분했다. 이강국이 뭐라고 반박하려고 하자 이주하가 사이에 끼었다.

"이강국 동무의 의견에도 일리가 있고, 김형선 동무의 의견에도 일리가 있소. 이번 사건을 당 전체에 확대시킬 움직임도 없지 않을 것이니 사태의 진전에 따라 이관술과 권오직이 꼼짝없이 덜미를 잡혔을 경우를 예상하고 두 동지를 제명처분하자는 의견은 있을 법한 일이오. 사태가 어떻게 되건 이번 문제를 그 두 동지의 개인행동에 결부시켜 당과는 무관하다고 주장할 수 있는 근거가 될 테니까. 그러나 그런 정도 갖고 해결할 수 있는 문제인가를 검토해볼 필요도 있소. 우리 신중히 이 문제를 검토합시다."

김삼룡이 감고 있던 눈을 떴다. 그리고 조용히 말했다.

"눈감고 아웅 할 사태는 아닌 것 같소. 우리 조직의 힘을 십분 발휘해서 놈들의 모략이란 것을 폭로하여 민중을 우리 편으로 만들어야 합니다. 우리 지금부터 투쟁방법을 연구합시다."

그날 밤의 회의에서 다짐된 사항은 다음과 같다. ① 어떤 일이 있어도 이관술, 권오직이 체포되지 않도록 만전을 기해야 한다. ② 위폐 관계자를 취조하는 경찰과 검찰이 위축하게끔 공포분위기를 조성해야 한다. 그러기 위해선 투석, 방화, 협박편지 등 수단 방법을 가리지 않는다. ③ 위폐사건이 악질분자에 의한 조작이란 내용의 선전 삐라를 살포하고 벽보를 붙인다. ④ 데모대를 조직하여 대중을 선동하고 사회단체, 각 기관 등에 침투하여 위폐사건의 모략성을 선전한다. ⑤ 미군정 기관과 기히 인연을 맺고 있는 루트를 통해 위폐사건 취조를 흐지부지하게 하도록 전략을 쓴다. ⑥ 사태에 따라서 위폐사건으로 검거된 자들이 수용되어 있는 경찰서를 폭발시키는 비상수단도 서슴지 않는다. ⑦ 취조자의 몇 사람쯤은 살상하는 방법도 고려해봄 직하다…….

이러한 방침에 따라 공산당 세포에 비상지령이 내렸다. 미·소 공위의 성공을 위해 분주하던 공산당원들은 그 전력을 위조지폐 사건에 경주하게 되었다. "당의 사활이 달려 있는 문제이다. 당의 지령에 따라 일사불란 우리의 목적을 달성해야 한다."하는 격려의 메시지가 각급 조직과 세포에게 전달되었다.

그런데 이관술이 이윽고 체포되었다. 충신동(忠信洞) 76번지에 소재한 그의 내연의 처 박성숙(朴成淑)의 집에서 본정 경찰서 형사대에 의해 검거된 것이었다. 그때는 7월 6일 오후 3시였다. 이관술이 체포되자 공산당은 패닉상태가 되었다. 공산당의 치열한 공작이 있었으나 1946년 7월 19일 조재천(曺在千) 검사에 의해 다음과 같은 공판 청구서가 제기되었다.

### 공 판 청 구 서

| 죄 명 | 피 고 인 |
|---|---|
| 통화위조 및 행사 | 박낙종 |
| 동 | 송필언 |
| 동 | 신광범 |
| 동 | 박상근 |
| 통화위조 미수 방조 | 김창선 |
| 동 | 정명환 |
| 통화위조 및 행사 | 김상선 |
| 동 | 김우용 |
| 동 | 홍계훈 |
| 통화위조 미수 방조 | 홍사겸 |
| 동 | 배재용 |
| 동 | 낭승구 |
| 동 | 낭승헌 |

위의 사람들의 좌기 범죄 사실에 대하여 공판을 청구함.
서기 1946년 7월 19일
경성지방검사국
검사 조재천

경성지방법원 귀중

제1 조선정판사 관계;

피고인 박낙종은 일찍이 일본 정치 시대에 치안유지법 위반으로 징역 5년의 형을 받은 일이 있고, 서기 1945년 10월에 조선공산당에 입당했다. 동년 9월 상순 일본인이 경영하던 경성부 중구 하세가와정(長谷川町) 74번지 소재 근택인쇄소를 인수하여 동월 19일 조선정판사라고 개칭하고 그 사장이 된 사람이다.

피고인 송필언은 일제시대에 치안유지법의 같은 죄목으로 징역 5년의 형을 받고 1946년 2월 공산당에 입당하였으며 조선정판사 발족 이래 동사의 서무과장으로 있었던 사람이다.

피고인 신광범은 만주에서 조선공산당 만주총국을 조직하고 있던 중 일본 관헌에 검거되었다가 해방 당시 석방되어 1946년 1월 공산당에 입당하여 조선정판사 발족 이래 동사의 인쇄주임으로 있었던 사람이다.

피고 김창선, 정명환, 김상선, 김우용, 홍계훈, 박상근은 1945년 9월 초 조선출판노동조합 서울 지부에 가입한 이래 조선공산당에 접근, 이를 지지해 오다가 1946년 1월부터 동년 3월까지의 사이, 서로 전후하여 공산당에 입당하였으며, 근택 시대에서 조선정판사로 개칭되고 본 사건으로 1946년 5월에 검거될 때까지 동사의 직원으로 있었던 사람들이다. 단 김창선은 평판과장, 정명환은 평판부과장, 박상근은 창고주임, 김상선, 김우용, 홍계훈은 직공이다.

우기 김창선 이하 6명은 근택인쇄소 재직 당시 1945년 8월 23일부터 9월 5일, 6일까지 일본 관헌의 명령에 의하여 동 인쇄소에서 제1차로 조선은행권 1백 원 권을 인쇄할 때에 관여했다. 동 인쇄소는 9월 15일부터 제2차 인쇄에 들어갈 예정으로 1백 원 권 인쇄용 징트판(版:원판과 전사지를 사용하여 아연판에 1백 원 권 20장을 찍은 것) 4조 12장(1조는 흑청, 자색인쇄용 3장)을 제작 보관하고 있었는데, 형편에 의해 그 예정이 취소되었다. 그래서 그 징크판을 9월 19일 오후 3시부터 4시 반까지 석유와 세사(細砂)로 희미하게 되도록 닦은 후 이튿날 연마기(研磨機)에 걸어 완전히 연마해버릴 작정으로 연마기 옆에 두고 출입문에 자물쇠를 채웠다.

그런데 김창선은 배재용으로부터 징크판을 구해달라는 부탁을 받은 일을 상기했다. 김창선은 이튿날 다른 직공들보다 일찍, 즉 오전 7시 30분에 출근하여 전술한 징크판 4조 중 비교적 선명한 1조를 잉크 창고 상단에 숨겨두고, 오후 5시 30분경 다른 직공이 퇴근한 후 또 1조를 같은 곳에 숨기는 동시 징크판을 보존하는 방법으로서 2조 6장에 아라비아 고무를 칠해 놓았다.

피고인 송필언, 김창선 등은 1945년 10월 하순 어느 날 밤 조선정판사에서 같이 숙직을 하게 되었다. 이때 조선공산당과 조선정판사의 재정난이 화제에 올랐다. 김창선이 "그렇다면 징크판이 있으니 돈을 인쇄하여 사용하면 어떻겠느냐?"고 제안했다. 송필언은 "그런 짓은 대단히 위험하니 안하는 게 좋다."고 불응했다. 그러다가 3일 후 송필언이 박낙종에게 "김창선으로부터 은행권을 인쇄하여 사용하자는 제의가 있었는데 어떻게 생각하느냐?"고 물었다. 박낙종은 주저하다가 정판사 2층에 사무실을 두고 있는 조선공산당 재정부장 이관술에게 그 뜻을 전했다.

이관술도 처음엔 주저했으나 이윽고 "탄로 나지 않고 될 수 있는 일이라면 군에게 일임할 테니 해보라."고 했다. 박낙종은 송필언에게 이관술의 승낙을 받았다고 말하자 송필언은 김창선에게 그 사실을 알렸다. 김창선은 신임하는 부하인 정명환, 김상선, 김우용, 홍계훈 등에게 "송필언이 공산당 자금으로 쓸 은행권을 인쇄해 달라고 하니 인쇄하자."고 했다. 그들은 처음 반대도 하고 주저하기도 했으나 결국 승낙했다. 송필언은 별도로 신광범에겐 경비를 부탁하고 박상근에겐 용지의 출고와 재단을 부탁했다. 이렇게 하여 박낙종, 송필언, 김창선, 정명환, 김상선, 김우용, 홍계훈, 신광범, 박상근은 전기 이관술과 같이 은행권을 위조하여 조선공산당 자금으로 쓸 것을 공모한 것인데,

1. 적색 인쇄용, 즉 총재(總裁)의 인(印)과 번호, 괄호는 적색으로 인쇄하게 되어 있는데 그 판(版)은 일본인이 가지고 가버렸기 때문에 김창선, 정명환 양인이 그려서 징크판을 제작한 후, 동월 하순 어느 날 밤 9시부터 익일 아침 5, 6시경까지 정판사에서 박상근은 80근 모조지 1연(5백장)을 출고하여 동사에

설치되어 있는 재단기에 걸어 반절(半折)하여 김창선에게 제공하고 김창선 등은 은닉해두었던 징크판 2조 중 1조(1조는 김창선이 자기 집에 가져다 두었음)를 수정하여 옵셋 인쇄기 제5호를 이용 김창선, 정명환은 잉크 조제를 맡고, 김상선, 김우용, 홍계훈 등은 저절지차지취(低折紙差紙取)를 맡고, 신광범은 외인 내방 경계를 맡아 조선은행권 제2호 약 2백만 원을 인쇄하고, 박상근은 재단기를 사용 재단하여 위조를 완성한 후 이를 이관술에게 건네주어, 그의 손을 통하여 경성부 내에서 공산당 자금으로 사용하여 경제를 교란했다.

2. 전기 장소에서 전과 같은 방법 및 분담으로 ① 동년 12월 27일 오후 7시부터 익일 아침 5, 6시경까지 ② 동월 28일 오후 9시부터 익일 아침 7시경까지 ③ 동월 29일의 오후 9시경부터 익일 아침 7시경까지 ④ 1946년 2월 8일 오후 9시부터 익일 아침 7시경까지 ⑤ 동월 9일 오후 9시부터 익일 오후 1시경까지 매회 조선은행권 1백 원 권 약 2백만 원씩을 인쇄 재단하여선 그때마다 통용의 은행권을 위조한 후 이를 사용함으로써 경제를 교란했다.

제2 뚝섬 관계:

피고인 김창선은 1945년 9월 20일경 은닉하여 두었던 전기 징크판 2조 6장 중 1조 1장을 동월 말경 경성부 마포구 아현정 383의 5에 거주하는 홍계훈과 같이 동년 10월경 자택에서 수리해두었다가 동월 말일 경 배재용, 낭승헌이 은행권 위조를 하려고 매수(買受)하는 정(情)을 알면서 동인들에게 조선은행권 1백 원 권 1장분을 절단한 것(이하 소징크판이라 약칭함) 흑청, 자색 인쇄용 각 1장을 대가 2천5백 원에 매도하고 그 이튿날 피고인 홍사겸으로 하여금 전기 김창선 자택에서 소징크판 3장을 상기 양인에게 인도하여 은행권 위조를 하도록 했는데.

1. 전기 소징크 판 3장 중 흑색 인쇄용 소징크 판을 사용하여 배재용 등이 인쇄해본 결과 불선명하므로 배재용이 김창선에게 대하여 선명한 것을 달라고 요구하자 1946년 1월 초순 전기 조선 정판사에서 소징크 판 1장을 그들에게 교부함으로써 배재용, 낭승헌, 낭승구의 통화위조 미수의

소행에 방조하고,

2. 홍사겸은 인쇄 직공인 바, 은행권 위조를 위해 쓰일 것을 알면서 징크판을 간수해 두고 김창선의 부탁에 의하여 소징크 판 3장을 배재용, 낭승헌에게 인도하여 통화위조 미수의 소행을 방조하고,

3. 배재용, 낭승구, 낭승헌은 1945년 10월경 낭승헌 집에서 술을 마시며 배재용은 기술을, 낭승구는 안전을, 낭승헌은 기타 잡무를 맡고, 각각 출자하여 은행권을 위조할 것을 공모하고 소징크 판 3장을 구입하고 인쇄기계, 용지, 잉크 등을 준비한 후 화투를 찍는다는 거짓말로써 낭승구의 처질되는 이원재를 통해 경기도 고양군 뚝도리 553번지 소재 곽재봉의 창고 2층을 차용하여 동년 11월경 인쇄기계를 설치한 후 ① 동년 12월 말경 전기 창고 2층에서 낭승구 입회 하에 낭승헌은 기계회전을 도와 흑색 인쇄용 소징크 판을 전사한 석판으로 조선은행권 1백42만 원을 인쇄하였으나 선명하지 못했고 ② 김창선으로부터 다시 선명한 흑색 인쇄용 소징크 판 1장을 구득하여 1946년 1월 초순 동소에서 전기와 같은 분담과 방법으로 은행권 4만 4천 원분을 인쇄하였던 바, 이번엔 선명하게 되었으므로 익일 청색 인쇄용 징크판으로 전사한 석판으로 다시 인쇄할 때 배재용은 범죄 발각의 위험을 느껴 고의로 롤러를 비틀어 석판에 낀 결과 불선명하게 되었으므로 그때마다 통용될 수 있는 은행권 위조의 목적을 달하지 못했다.

조재천 검사의 공판청구서가 신문지상에 보도되자 공산당의 선전에 의해 "혹시 조작된 사건이 아닐까?"하고 의혹을 가졌던 사람들도 동요하기 시작했다. 수사가 일단락되어 기소된 후에 공판 일자가 확정되자 조선공산당은 1946년 7월 22일 하지 사령관에게 장문의 청원서를 제출했다.

그 내용은 조선공산당은 일제와 투쟁한 유일한 민족정당이며, 그 노

선만이 구국애족의 길이라고 중언부언하고, 조선공산당과 위폐사건은 일체 관련이 없음을 주장하는 한편, 동 사건의 재판에선 자기들이 요청하는 재판 진용을 구성하고, 자기들이 만족할 수 있는 진행을 취해달라는 요구를 하고는 다음과 같은 8개 항목에 걸친 조건을 제시했다.

(1) 이 사건을 현재 담당하고 있는 조재천, 김홍섭 검사를 파면하고 가장 공명정대한 인격자로써 검사를 선임하고 이 신임 검사는 좌우 양 진영의 대표자 3명씩과 법조인 6명씩으로써 조직한 옵서버의 참가 하에 피의자들의 재취조를 진행하여 기소 여부를 결정할 것. (2) 재판은 공개적으로 하고 적당한 인원 수와 좌우익 정당대표의 배심 하에 심리를 진행토록 할 것. (3) 변호인으로서 미국의 유명한 변호인을 초청하도록 허락해줄 것. (4) 미국의 유수한 여론기관 대표자를 초청할 것. (5) 미·소 공위는 휴회 중이나 미·소 공위의 대표를 초청하여 재판에 임석토록 할 것. (6) 이 사건에 관한 언론 발표에 있어 일체 제한을 폐지토록 할 것. (7) 피의자와 우리 당 대표와의 정기적 면회를 허용할 것. (8) 우리 당 대표로 3인 이상의 특별변호인을 파견할 권리를 줄 것.

이와 같은 요구를 들어주지 않을 경우엔 미군청정이 감당하기 곤란한 일대 사건이 발생할지 모른다는 협박도 있었지만 하지 사령관은 이를 묵살해 버렸다. 공산당은 위폐 공판을 계획적으로 방해하고 공판의 개정이 불가능케 되도록 할 목적으로 공판 개시일 7월 29일을 전후하여 '7·29 캄파를 중심으로 한 긴급 선전 선동방침'을 당원에게 지시했다. 그 요지는 다음과 같았다.

긴급선전 선동방침:
① 투쟁성과와 자기비판
ㄱ) 성과: 공판의 연기를 위한 방침이 관철되어 당의 위신을 굳게 지킬

수 있었고 반공진영의 야만성을 폭로하여 더 많은 대중을 우리 당에 집결시켰으며, 경찰 상부의 반동성과 비교적 순직한 하부와의 거리를 민중 앞에 노정시켰다.

ㄴ) 자기비판; 소위 위폐사건에 대한 해설사업의 부족이 드러났고 대체로 보아 동원부족과 투쟁에 대한 계획성이 부족하였으며 선전활동과 동원활동이 연결되지 못하였다. 또한 삐라 제작이 부족하였으며 경찰에 투석한 것과 미 조직 군중의 계급성 등 투쟁 방법에 편향(偏向)이 있었다.

② 금후 선전과 선동활동

ㄱ) 소위 위폐사건의 허구성과 모략성을 더욱 날카롭게 과학적으로 폭로 해설할 것. ㄴ) 7·29 사건의 진상을 널리 해설하고 경찰의 야만성을 폭로할 것(특히 조병옥, 장택상에 대하여). ㄷ) 7·29 사건을 민생고와 결부시켜 선전할 것. ㄹ) 좌우합작의 민전 5대 원칙과 위폐사건을 결부시켜 해설할 것. ㅁ) 민주주의적 방법에 의하여 위폐사건의 재조사를 강조 해설할 것. ㅂ) 이관술 동지의 무조건 석방을 아울러 강조할 것. ㅅ) 남조선을 북조선화해야 하며, 통일정권 수립에 모든 민중을 동원하여 8·15 기념식에 민족적 행사를 총 연결시킬 것.

③ 선전의 구체적 방법

ㄱ) 야체이카(細胞) 선전부의 기초를 더욱 튼튼히 하기 위하여 책임동무는 더욱 열성적으로 선전에 대한 학습을 하고 유능한 동무를 발견하여 선전부를 강화할 것. ㄴ) 최대한의 능력으로 선전삐라를 발행 배부할 것. ㄷ) 간단한 전단을 거침없이 붙이도록 할 것. ㄹ) 벽서(壁書) 활동, 변소 등의 벽서를 장려할 것. ㅁ) 집회활동에 창의성을 가지고 더욱 활발하게 할 것. ㅂ) 슬로건은 첨부된 삐라에 의거할 것.


김병로(金炳魯) 사법부장은 7월 29일의 공판에 앞서 다음과 같은 경고를 했었다.

"위조지폐 사건으로 기소된 사람들의 재판에 관하여 각 신문지상에 의견이 분분한대, 이 위폐사건을 재판소에서 취급하지 않고 신문지상에서 취급하려고 분망하고 있는 것 같다. 어떤 신문은 정치적 야망에서 그네들의 정당 당원이 피고들에게 유리하도록 민중의 호감을 사기위하여 애매한 성명을 하고 있다. 재판은 진범인을 발견하여 그 범죄인을 그들의 어느 정당과도 무관계로 처벌하는데 관심을 가지고 있을 뿐이다. 이 위폐사건의 재판을 공개할 것이므로 이 사건에 대하여 진상을 발견하고 싶은 사람은 누구나 방청할 수 있다. 소송 수속에 관하여도 어느 형사 사건의 수속과 동일하다."

그러나 이러한 경고가 먹혀들어갈 까닭이 없다. 7월 29일 서대문경찰서는 새벽 6시부터 60명의 경찰을 동원하여 지방법원 내외를 비상경계하고 있었다. 새벽부터 모여든 군중은 시간이 갈수록 늘어 8시 30분경엔 수천 명이 법원을 둘러쌌다.

그 중에는 적기가(赤旗歌)를 부르고 조선공산당 만세를 고창하는 사람도 있었다. 8시 50분경 피고들이 탄 트럭이 들어오자 후문에서 돌팔매가 날아오고, 정문에선 발포가 시작되어 군중 가운데 1명이 위독지경에 빠지고 또 1명은 중상을 입는 사고가 발생했다. 군중 가운데서 쏜 총탄에 의해 경찰관 1명이 쓰러졌다. 혼란은 극도에 달했다. 급거 출동한 경찰 증원부대에 의해 정오에 이르러서야 비로소 군중을 해산시킬 수가 있었다. 교통을 차단한 연후에야 겨우 재판이 시작되었다.

이때 현장엔 조병옥(趙炳玉) 경무부장과 장택상 수도경찰청장이 사태수습을 위해 직접 나와 지휘했다. 이날 군중을 선동한 주모자급 47명이 검거되었다. 그 가운데 조선공산당 서기국원 1명과 다수의 민청원, 전국학생운동 통일촉성회 소속 학생들이 있었다. 검거된 47명은 공무방해죄로 송치되었다. 위폐사건 제1회 공판은 방해소동으로 인해 예정보다 늦게 1946년 7월 29일 오후 1시경에 개정되었다.

주심판사: 양원일, 입회검사: 조재천, 김홍섭

개정하자마자 피고 박낙종이 일어서서 "피고들은 경찰과 검사국을 거쳐 기소될 때까지 사상의 혼란과 심경의 변화가 적지 않으니 30분간 피고 회의를 할 시간을 달라."하고 외쳤다.

"그런 위법적인 요구는 들을 수가 없다."

재판장의 거부는 결연했다. 그러자 정판사 피고 9명의 변호를 맡은 변호사 9명을 대표해서 김용암(金龍岩)이 "재판장은 편파적인 재판을 할 우려가 있으니 재판장 기피신청을 내겠다."하고 말하고 퇴장해 버렸다. 이로 인하여 재판장 기피신청에 관한 판결이 내릴 때까지 재판은 무기 연기되었다.

그러자 재판장은 '뚝섬 관계'를 먼저 심의하기로 결정했다. 그리하여 홍사겸 외 3명에 대한 심의가 시작되었다. 위조지폐를 찍은 인쇄기, 모조지, 잉크, 기타 증거물이 법정에 반입되었다. 증거물을 통한 사실심리를 마치고 담당 조재천 검사로부터 범죄 사실을 논죄하는 논고가 있었다. 이어 강거복 변호사로부터 무죄를 주장하는 변론이 있은 뒤 조재천 검사에 의한 구형이 있었다.

낭승구: 징역 9년, 배재용: 징역 6년, 낭승헌: 징역 6년, 홍사겸: 징역 4년

정판사 관계 피고의 변호를 담당한 김용암 등 9명의 변호인이 제1회 공판에서 재판장을 기피한 이유는 다음과 같은 것이었다.

(가) 현행 법규로 보아 공판정에서는 피고의 신체구속이 없는데도 불구하고 수갑을 채우고 경계가 심하여 피고인의 자유스러운 진술을 기대하기 어려웠다. (나) 이 사건이 지난 7월 19일에 검사국에 회부되어 불과 열흘만인 오늘을 제1회 공판일로 정함은 일본의 진주만 공격 이상의 급습이다. (다) 재판장이 편견된 재판을 할 우려가 있으며, 피고인의 이익을 위하여 재판장은 재판을 자진 기피하는 것이 당연하다

고 인정한다.

이 기피신청은 8월 1일 정식으로 경성지방법원에 접수되었고, 이튿날 양원일 판사는 기피신청의 각하를 요청하는 의견서를 동 지방법원장에게 제출했다. 의견서를 접수한 경성지방법원은 이천상 판사 주심, 민동식, 방순원, 양판사 배심으로 심리한 결과 동 7일, "본건 정판사 사건에 있어 재판장 양원일에 대하여 하등의 위법적 조처가 없음은 물론 편파한 재판을 할 우려가 없다는 점에 관한 소명이 있으므로 형사소송법 제28조 1항에 의하여 주문과 같이 결정한다."는 이유로 각하를 결정하는 동시 즉일 담당 변호사에게 송달했다.

기피신청을 각하한 이유는 "첫째, 중대사건의 공판시일을 한번 결정한 이상 중대 사유 없이 변경함은 사법부의 위신문제이며, 변호인 측에서 10일간의 기간으로는 본론 준비가 안 된다는 것인데, 정판사 사건과 거의 같은 뚝섬사건을 맡은 강거복 외 2명의 변호인은 충분한 변론을 하였다. 그리고 공판 첫날에는 피고인의 인정심문(人定審問)에 그치고 다음 공판은 변호인의 요구에 의하여 연기하겠다는 약속을 하였음에도 불구하고 기피신청을 함은 기피권의 남용이다. 다음, 변호사 측에서 피고인을 재판정 내에서 구속함은 위법이라는 점에 대하여는 형사소송법 제332조는 피고인의 인정심문이 끝나고 피고인이 확인된 연후부터 피고인의 방위권을 행사하게 하는 취지이므로 인정심문 시에 구속함은 법에 저촉되지 않는다."

이 결정에 대해 변호사측에선 그 결정이 부당하다는 이유를 들어 경성공소원장(京城控訴院長)에게 항고서를 제출하여 재심을 신청했다. 경성공소원에선 유영 부장판사를 주심으로 한 합의부에서 기각결정을 내렸다. 8월 14일에 있었던 일이다. 정판사 관계 피고들을 맡은 변호사들은 당의 요청에 의해 가능한 한 이 공판 지연전술을 쓴 것이었다. 공산당은 시국을 일대 혼란으로 몰아넣어 공판이 유야무야로 될 상황을 예상하고 공판 방해를 위한 극단적인 전술을 쓸 방침이었다.

제2회 공판은 8월 22일 개정되었다. 공판정엔 1백20여 명의 방청객이 있었다. 그 가운덴 〈뉴욕타임즈〉, AP, UP 등 다수의 외국기자, 공보 관계 미국인이 섞여 있었다. 개정 벽두 제1회 때와 마찬가지로 피고인 박낙종이 '피고인 회의'를 개최하도록 허가해줄 것을 요망하며 "만일 이 요구를 들어주지 않을 경우에는 피고인 전원은 답변을 거부할 것이오."하고 덧붙였다. 변호인들도 이에 가세하여 피고인 회의 개최를 주장했다.

재판장은 "30분간에 한하여 피고인 회의를 인정하겠다. 그리고 그 회의는 재판장인 내가 주재하겠다."고 했다. 피고인 회의에서 ① 이관술을 증인으로 불러올 것과 피고인들은 보조를 일치하여 공판에 임하자. ② 7·29 제1회 공판 방해 사건에 관련되어 검거된 50명에 대하여 감사의 묵념을 올리고 결의문을 발표하자. ③ 본 사건의 재조사를 주장하자는 등의 의견이 있었다.

피고인 회의를 마치고 재판장은 심리개시를 선언했다. 그런데 피고인들은 본 사건을 재조사하지 않는 한 사실심리에 응할 수 없다고 버텼다. 조재천 검사는, 본 사건의 발생으로부터 당 법정에 이르기까지의 경위를 설명했다. 그 사이 피고인들에게 대해 고문 기타 자유의사 발표를 방해한 적이 없다는 사실을 강조하고 재조사 운운은 당치도 않은 생트집이라고 쏘았다. 재판장은 본 사건 재조사는 절대로 있을 수 없다고 명백히 선언하고, 피고인 9명 중 김창선만을 남기고 그 밖의 피고인을 퇴장케 했다.

위조지폐 사건 공판은 1946년 11월 28일 선고공판까지 장장 31회에 걸쳐 계속된다. 얘기의 줄거리로 보아 앞지르는 무리가 없지 않으나 이왕 시작한 김에 이번 기회에 이 사건만을 끝까지 다루지 않을 수가 없게 되었다. 그러나 그 전 내용을 골고루 망라할 수가 없어 제3회 공판으로부터 31회 공판까지의 대강을 적을 수밖에 없다. 그동안의 공판상황을 종합해보면 다음과 같다.

① 피고인들은 묵비권 전술을 썼다.

제2회 공판부터 피고인 개인 심리가 진행되었는데 피고인 김창선은 재판장의 심문에 불응하여 계속 함구한 채로 있었고, 김창선은 제4회 공판에서 피고인 전원의 합석심리를 요구했다. 재판장은 피고인의 합석심리를 거부하며, "피고인들이 진술을 거부한다고 해서 저지른 죄를 모면할 수 없을 것이니 양심대로 진술하는 것이 본인들로 보아 유리할 것이다." 하고 간곡한 권유를 했지만 피고인은 이에 불응했다.

② 허헌이 특별변호를 담당하게 되었다. 민전 의장 허헌, 조선공산당 정태식, 문학가동맹 홍윤 3명은 본 사건 피고인 김상선, 박상근, 김우용의 특별변호를 신청했다. 경성지방법원은 8월 26일 허헌에 한하여 특별변호를 허락했다.

③ 재판장과 피고인들 사이에 협약이 성립되었다. 제5회 공판에서 피고인 정명환은 재판장의 인정심문에서 주소, 성명을 묻는데도 함구하고 일체 심문에 응하지 않았다. 재판장은 그러한 묵비권 행사엔 아랑곳없이 일일이 증거를 제시하며, 일사천리로 재판을 진행시켰다. 제5회 공판이 있은 뒤 8월 29일 양원일 재판장은 변호인 등을 대동하고 수감 중인 피고인들을 방문하여 진술 거부의 고집을 버리고 사실대로 진술할 것은 간곡히 권유했다.

제6회 공판에서 피고인 송필언, 박낙종이 재차 피고인 회의를 개최해줄 것을 요구했다. 재판장은 심리를 중단하고 비공개로 약 1시간 동안 그들의 의견을 들었다. 그 비공개회의에서 재판장과 피고인들 사이에 (가) 피고인 전원 합석 하에 심리할 것. (나) 피고는 자유로운 처지에서 명랑하게 진술할 것. (다) 여하한 자도 공판방해를 못하게 할 것. (라) 공판을 반대하는 피고인이 있을 경우엔 연대책임을 지고 전원 퇴정하여 분리 심리할 것 등의 협약이 이루어졌다. 이후 피고 전원의 합석 하에 사실심리를 하게 되었는데 이때부터 피고인들이 진술하기 시작했다.

④ 그 후로 피고인들은 부인(否認) 전술을 쓰기 시작했다. 제7회 공판 이후 피고인들은 함구전술을 철회했으나 한결같이 범행을 부인하는 태도로 나왔다. 김우용 등은 재판장의 증거제시와 증인의 증언에도 불구하고 일률적으로 부인하고 전회에서 답변한 사실에 대해서까지도 번복하는 등 피고인들은 사실부인으로 일관했다. 제11회 공판에선 송필언은 자기의 진술과 김창선의 진술 사이에 상치점(相馳點)이 생기자 김창선을 스파이라고 야유했다.

⑤ 고문한 사실이 없었다는 것이 밝혀졌다. 피고인들은 경찰에서 조사된 사실을 부인하는 과정에서 "고문에 못 이겨 허위진술을 했다."고 주장했다. 이에 대해 재판장은 제14회 공판에서 감정인 백인제, 공병우 두 의사에게 김창선, 신광범, 박상근, 송필언 등에 대하여 검진을 의뢰했었다. 그 결과 9월 30일 두 의사는 아무런 고문 사실이 없었다는 감정서를 제출했다.

⑥ 이관술에 대한 공판. 피고인 이관술은 본건 발생 후 도피 중 7월 6일에 검거되어 박낙종 등과는 분리하여 8월 22일 송치되어 기소되었다. 피고인 이관술에 대한 공판은 10월 17일 경성지방법원에서 양원일 판사 주심, 조재천 검사 입회 하에 개정되었다. 첫날엔 인정심문에 그치고 10월 18일에 제2회, 동 19일에 제3회 공판으로써 사실심리를 끝마쳤다. 이관술에 대한 심리는 박낙종 등에 대한 사실심리가 종결된 단계에 있었던 관계로 이관술은 그의 범죄에 대한 재판장의 심문에 대하여 반증을 제시하지 못했다.

즉 이관술과 관련, 하수인들의 범죄사실이 명백하기 때문에 빠져나갈 구멍이 없었던 것이다. 정판사 위폐사건 관련자 이관술 외 9명에 대한 사실심리는 1946년 10월 21일 공판으로 끝났다. 그날 조재천 검사의 장시간에 걸친 논고가 있었다. 다음이 그 논고의 요지이다.

### 제1; 사실 및 증거론

(1) 예심청구를 피하고 싶은 이상, 이렇게 복잡하고 중대한 사건은 송국(送局)되기 전부터 검사가 경찰서에 출장하여 병합 조사하는 수밖에 방도가 없고, 또 그것이 타당하다고 생각한다. (2) 경찰서에서 60일간 구속한 것은 군정 하 이원적 법제 하에선 위법이 아니다. (3) 경찰의 고문에 의하여 피고인들이 입었다는 부위를 의학계 권위자에게 감정시켰던 바 그것이 외상이 아니란 사실이 판명되었다. (4) 피고인 수, 증인 수, 관계장부 수, 취조기관 수가 많고 복잡한 인쇄기술을 내포하고 만천하의 주목을 모으고 있는 사건을 허구 날조한다는 것은 귀신도 불가한 일이며 몽상조차 못할 일이다. (5) 뚝섬 위폐사건을 공산당에 둘러씌우는 모략이란 소리도 있었던 바 뚝섬 위폐사건에도 공산당원이 2명이나 관련되었으며, 위폐사건 진상조사단도 두 개가 있다고 하니 과연 그것이 모략인지 아닌지는 진작 판명되었으리라고 추측한다. (6) 증거는 피고인에게 불리한 것만을 수집한 것이 아니고, 피고인 전원과 변호인이 반증을 제출하는 족족 증거조사를 하였는데, 그 결과는 거의 전부가 피고인들에게 불리한 것이었다. (7) 피고인 김창선은 체포된 익일에 그의 범행 일체를 체계적으로 또 상세하게 그리고 구체적으로 자백하였는 바, 설혹 어느 정도의 고문이 있었다고 가정하더라도 적어도 그 과감성을 자타가 공인하는 공산당의 당원으로 상당한 의식과 투쟁성을 가진 당년 35세의 장정이 그 단시간의 고문에 못 이겨서 없는 사실을 허위 자백했다고는 믿어지지 않을 것이다. (8) 피고인 김창선이 수십 종류의 위조지폐 가운데서 자기들이 위조한 것이라고 적출한 것은 조선은행 전문가의 감정과 증언에 의하여 그것이 바로 위조지폐이며 그 지폐의 인쇄판이 조선정판사에 있었다는 것이 판명되었다. (9) 피고인 김창선은 같이 있던 이영개에게 위조사실을 실토정한 일이 있다. (10)

시종일관하여 위조현장을 목격하였다고 진술하여 왔으며 같이 있던 친구 배재용에게도 목격 이야기를 한 증인 안순구는 공판정에 이르러 목격 사실을 부인하여 위증의 혐의로 별도 취조 중인 바, 진술의 전후 모순이 사방에서 속출하고 전체를 총람하여 위증임이 명백하므로 처벌을 받았다. 동인이 과반 모정당원 2명으로부터 협박을 받은 사실도 판명되었다. (11) 본 사건은 그 중대성을 비추어 CIC 군정청 미국인 경무부장도 각각 조사를 한 결과 사실이 틀림없다는 심증을 얻었던 것이다. (12) 경찰서에서 송국한 후에도 피고인 중의 수 명은 범죄사실을 의연 자백하였는데 공판정에 와서는 부인하면서 "송국된 후이지만 부인하면 다시 경찰서로 데리고 가서 고문할까 염려되어 허위자백을 했다."고 변명하였다. 그러나 송국 후에 도로 경찰서에 보내 고문하는 예는 전무하므로 피고인들은 이제까진 양심적으로 말해놓고 공판정에 와선 죄를 면하려고 전술한 바와 같이 궤변을 안출한 것이다. (13) 피고인과 증인의 사법경찰관에 대한 다수 회의 진술도 있고 또 경찰서 출장조사 시의 검사에 대한 다수 회의 진술도 있다. 그러나 그것은 고사하고 송국 후의 피고들의 검사에 대한 자백, 증인들의 진술, 재판소에서 시행한 증인신문, 감정 검증의 결과, 압수된 증거품만으로도 본건 범죄사실을 인정하기에 충분하다. (14) 공판정에 와서 피고인 전부가 범죄 사실을 부인하는 것은 범죄심리학상의 이른바 '피고인의 부인성(否認性)'의 발현이다. 더구나 7월 29일 제1회 공판소동 일의 외부에서의 선동과 소위 피고인회의라는 곳에서 피고인 박낙종은 "전원 보조를 같이 하자."고 제안하고, 김창선은 "나 혼자 이 사건을 책임지고 해결하겠다."하고 서약한 것은 이 피고의 '부인성'을 120% 발현시킨 것이다. (15) 피고인들은 그간 반증이라고 하여 부재증언, 기술상 인쇄불능 사유, 자재난, 원판상이, 지질 상이, 인쇄 장애에 관한 무려 40항목을 제출하였으나 허다한 증인, 감정인의 심문결과, 압수된 장부서류의 기재, 기타 압수품에 의하여 제출된 반증은 별다른 성과를 거두지 못하였다. 뿐만 아니라 피고인 송필언의 부재증언을 한 이균은 타 증인의 증언에 의하여 추궁을 받자 곧 위증한 것을 자백하고 유죄판결에 대한 상소권을 포기하고 벌써 복역하고 있다. (16) 해방 직후 일본인들은 근택인쇄소에서 은행권을 다액 인쇄한 일이 있었는데 피고인들은 일면 그 인쇄소를 인수하여 기계, 기술, 자재, 기타 일체 필요품을 가지고 있었고 타면 피고인들이 소속 또는 지지하는 정당의 재정이 곤란하였던 관계로 은행권 위조에까지 가장 자연스럽게 진전한 것이다.

제2: 범정론(犯情論)

피고인 중에는 과거 조선 해방을 위하여 다년 투쟁하여온 사람도 있어 그 점이 대단히 통석(痛惜)되는 바이다. 그러나 통화는 극도로 팽창하고 물가는 천정부지로 등귀하여 국민생활과 국가경제가 파탄에 빈한데, 거액의 통화를 위조 행사하여 그렇지 않아도 혼란상태인 건국도상의 경제질서를 교란하는 범죄가 가장 악질이라는 것은 피고인 자신들도 인식하고 있는 바이므로 중형에 처하지 않을 수 없는 바이다.


조재천 검사는 이와 같은 논고가 있은 후 다음과 같이 구형했다. 이관술, 박낙종, 송필언, 김창선에겐 무기징역, 신광범, 정명환, 박상근에게 15년 징역, 김상선, 김우용, 홍계훈에겐 10년 징역.

검사의 구형에 대하여 10월 24일 공판에서 변호인 김용암은 장장 2시간에 걸쳐 변론을 전개하여 피고인들의 무죄를 주장했다. 지폐를 위조한 사실도 없고 그런 모의도 없었다는 것이 그가 주장한 골자이다. 10월 26일 공판에선 피고인들의 최후진술이 있었다.

이관술은 "이번 사건은 공산당을 탄압하기 위한 정치적인 음모이다." 하고 외쳤고, 박낙종은 "우리는 양(洋)이다. 양이 사자의 위협을 받았다. 그것이 곧 검사의 논고이다."하고 말했고, 그 밖의 피고인들도 모두 "우리는 정치재판을 받았다."는데 입을 모았다.

10월 31일 변호인 백석황의 최후변론이 있었다. 백석황은 "피고인들의 자백은 전혀 고문에 의하여 강제로 조작된 것이며, 검사가 제시한 증거는 하나같이 허구라고 보지 않을 수 없다. 재판장의 관대한 판결을 바란다."고 했다.

정판사 위폐사건의 선고공판은 11월 28일에 있었다. 재판장 양원일은 피고인 전원에게 유죄를 선고하고 조재천 검사가 구형한 형량 그대로 선고했다. 선고가 끝나자 박낙종은 "이로써 남조선의 사법기관은 자살했다." 하고 외쳤고, 신광범은 일장의 시국연설을 했다. 그리고 피고인 전원은 적기가를 부르며 기세를 올렸다. 만 4개월에 걸친 정판사 위폐사건 공판의 마지막 장면이었다.

'뚝섬 관계' 사건은 이미 8월 5일에 끝나 있었다. 이들에 대한 형량은 낭승구 징역 6년, 낭승헌 징역 5년, 배재용 징역 5년, 홍사겸 징역 3년이었다.

빠뜨릴 수 없는 것은 7월 29일에 있었던 공판 방해 소동 사건에 관한 공판이다. 이 사건의 선동자 이중재(李重載)를 비롯한 50명(47명에서 3명이 추가 검거됨)에 대한 군정재판은 1946년 8월 5일 오전 10시부터 종로경찰서 내 군정재판소에서 개정되었다. 베니안 알테살그로니가 수석 판사였다.

베니안의 "본 사건은 맥아더 장군의 군정 포고령 제2호 위반으로 치안교란, 사법재판 진행 방해에 의한 공무집행 방해, 경찰관 공무집행 방해, 무허가 집회 등의 이유로 군정재판에 회부한다."는 개정선언이 있은 다음, 미군정청 경찰부 차장 리처드슨 소령은 그날 군중행동의 하나하나를 도면으로 그려 설명했는데, 그 요지는 피고들이 '인민재판, 판검사 타살, 재판소 파괴, 피고 즉시석방, 경찰부장 타살, 재판소문 파괴, 법정난입, 유치장 파괴난입' 등 9개 조목에 걸쳐 불법요구 또는 미수행위를 저질렀다고 지적했다.

이와 같은 포괄적 증인심문이 끝난 뒤 피고들에 대한 개별심리에 들어갔다. 그리고 동년 8월 20일 선고공판이 있었다. 피고 50명에게 최고 5년, 최저 3개월의 징역이 선고되었다. 최고 5년 징역의 선고를 받은 사람은 이중재, 손영국, 김형기, 원용만 4명이다.

재판은 끝났지만 그 재판의 과정을 세밀히 지켜보아왔던 박갑동의 마음은 쉽사리 정리되지가 않았다. 지폐위조의 사실이 전혀 없었다는 피고들의 주장엔 무리가 있었다. 지폐를 위조한 사실은 확실히 있었다. 당의 입장에선 몰라도 사실 자체로서 볼 때 부인할 수 없는 것이었다. 그렇다고 해서 조재천의 논고와 양원일의 판결이 정당했는가? 박갑동은 그렇겐 볼 수가 없었다.

박갑동의 견해로선 범죄는 김창선의 선에서 이루어진 것이었다. 좀 더 확대하면 송필언의 선까지 갈 수 있을까? 그런데 만일 위조지폐를 근택빌딩에서 찍은 게 확실하다면 송필언, 박낙종에게까지 공모의 범위가 넓혀질는지 모른다. 그것을 이관술, 권오직에게까지 확대한 건 고의에 의한 조작이라고 아니할 수 없다. 송필언, 박낙종, 이관술이 관련되었다는 사실은 김창선의 자백에 의해 밝혀졌을 뿐이다. 김창선이 체포되자 사리(私利)를 노린 자기의 야심을 당을 위한 명분으로 바꾸는 게 유리하다고 판단하여 정판사 서무과장 송필언을 끌어대고 송필언과 박낙종을 결부시켰다. 박낙종이 등장하면 당 재정부장 이관술, 〈해방일보〉 사장 권오직과 연결시킬 수가 있었다. 혹은 김창선이 공산당원이란 사실을 안 경찰 또는 검찰이 그것을 미끼로 박낙종과 이관술이 걸려들도록 김창선을 유도했는지도 모를 일이었다.

아무튼 이관술과 박낙종의 관련 사실은 김창선의 자백에 의한 것일 뿐 다른 아무런 증거도 없다. 그런데 김창선 자신이 경찰에서의 자백을 번복했고 박낙종, 이관술 양인은 위폐에 관련된 적이 없다고 극구 부인했는데도 제반 상황으로써 짐작한 심증만으로 유죄판결을 내렸다. 과연 그것이 정당한 판결일까? 박갑동은 또한 이러한 추리도 해보았다.

경찰이 적발한 것은 뚝섬에서의 위폐사건이었다. 그 사건의 조사 중 김창선이란 인간의 존재를 알고 그가 조선정판사의 평판과장임을 알았다. 뚝섬에서 지폐를 위조할 수 있도록 징크판을 제공할 수 있었다면 정판사 내에서 위조지폐를 만들 수 있다는 가정을 할 수 있었다. 이 가정이 정판사 사건을 조작해 내는 기점(起點)이 되었다. 그때부터 세밀한 각본을 짜기 시작했다. 뚝섬사건으로 검거한 김창선을 중심으로 송필언, 박낙종, 권오직, 이관술을 얽어매게 되었다.

이 각본이 정밀하게 되기 위해선 조재천 검사 같은 명석한 두뇌의 소유자가 필요했다. 조재천은 이편의 수사방법에 호응하기만 하면 너를 잘 봐주겠다고 김창선에게 미끼를 던졌을지 모른다. 김창선은 그 미끼에 걸려들었다. 김창선은 원래 정판사의 재산, 그 가운데에서도 가장 비밀로 소장되어 있어야 할 징크판을 몰래 빼내어 돈 받고 위폐범에게 팔아넘긴 야비한 인간이었다. 그런 까닭에 송필언이 법정에서 김창선을 '스파이'라고 신랄하게 쏘아붙이지 않았던가.

박갑동은 뚝섬사건에 중점을 두어 김창선의 정체를 폭로하는 방향으로 법정투쟁 방법을 채택했더라면, 김창선을 공산당에 잠입한 경찰의 스파이 또는 파렴치한 비인간이라고 낙인찍어 공산당의 명예를 더럽히지 않을뿐더러 박낙종, 이관술을 구할 수 있게 되었을지 모른다는 생각으로 기울어들었다. 그렇다면 김창선까지 싸잡아 법정투쟁을 벌인 공산당의 전략은 대단히 잘못된 것이었다. 그러나 이와 같은 견해를 밝힐 상대가 없었다. 뒤늦게 그런 의견을 말해 보았자 소용없는 일이기도 했다.

이런 복잡한 심정을 어느 날 전옥희에게 토로했다. 반갑게도 전옥희는 "박 선생의 판단이 십중팔구 옳을 것 같아요."하고 동의하곤 "그러나 그런 말을 아무에게도 하지 마세요."하고 못을 박았다. 박갑동은 그 이유를 묻고 "줄잡아 이관술, 박낙종 양 선생님의 명예만은 회복할 수 있도록 해야 하지 않겠어요?"하고 말했다. 그러자 전옥희의 얼굴에 싸늘한 웃음이 서렸다.

"박 선생님, 공산당원의 명예가 뭐죠?"

"……"

"철저한 당원 의식을 가졌다는 것 아녜요?"

"그렇겠죠."

"철저한 당원 의식을 가진 공산당원이 현 시국에서 노릴 것이 뭐죠?"

"그걸 어디 한마디로 할 수 있겠소?"

"내가 한마디로 말하죠. 혁명 상황을 만드는 일 아니겠어요?"

"그렇겠죠."

"혁명 상황이란 어떤 상황입니까? 사회를 결정적인 혼란상태로 만드는 것 아닙니까? 사회의 결정적인 혼란상황은 경제적인 혼란상황입니다. 이런 상황을 만들기 위해서라면 위조지폐도 만들어야 하는 것 아닐까요? 제정 러시아 시절 혁명가들이 쓴 수법 아닙니까? 레닌은 은행마다 프락치를 침투시켜 은행을 파산지경으로 만들도록 유도했다면서요? 레닌이 당시 인쇄기를 가지고 있고 정판사 같은 시설을 가지고 있었더라면 서슴없이 위조지폐를 만들었을 거예요. 내 짐작이 틀렸을까요? 지금 공산당이 노리고 있는 건 미군정의 파산 아닙니까? 이관술이 미군정청의 경제적 파산을 노리고 위조지폐를 만들었다고 하면 공산당원으로서의 그 분의 명예로 될망정 수치스러운 일은 아니라고 봐요. 잘못이 있다면 보람을 보기 전에 실패했다는 그 사실이에요."

어처구니없는 말이었지만 전옥희의 공산당 당원으로서의 논리엔 빈틈이 없었다. 박갑동은 만나기만 하면 자기를 놀라게 하는 여인을 황홀한 눈빛으로 보면서도 다음과 같이 말하지 않을 수 없었다.

"그러기 전에 나는 재판의 부당성을 지적하고 싶은 거요."

"재판의 부당성?"하고 전옥희는 장난스럽게 표정을 지으며 말을 보됐다.

"순진도 하셔라. 자기들을 잡아먹으려는 공산당원을 처단하는 재판에서 그들이 정당성을 유지하게 돼 있나요? 붙들렸을 때 판이 난 거예요. 부르주아 도덕에 근거를 둔 명예를 찾을 생각 말고 앞으론 이관술 씨, 박낙종 씨의 공산당원으로서의 명예를 살릴 요량이나 하세요."

박갑동이 대꾸할 말이 없어 어리둥절하고 있는데 전옥희의 말이 계속되었다.

"공산당은 본 사건과 아무런 관련이 없다고 선전하라는 상부에서의 지령은 빗발 같았지만 당원 가운데서 그렇게 믿고 있는 사람은 하나도 없어요. 사회를 혼란시키는 데 최선을 다하라고 교육한 당이 갑자기 '조선공산당은 경제교란에 대하여 과감히 투쟁하고 있다'고 했을 때 그걸 액면 그대로 받아들이겠어요? 이관술이 위조지폐를 지령했다고 듣고 당원들은 영웅처럼 그를 생각하고 있어요. 다만 전술이라고 생각하고 당의 방침에 따르고 있을 뿐이에요. 그런 판국인데 명색이 당의 중견간부란 사람이 재판이 끝난 이제 와서 이관술은 절대로 위조지폐완 관련 없다는 소릴 해보세요. 당원이면 실망할 거예요. 비당원이면 냉소할 거구요."

전옥희의 말은 당연했다. 그러나 박갑동은 석연할 수가 없었다. 이래저래 진실은 매몰되게 마련이다.

# 제14장
# 광풍

박헌영은 불안하고 초조했다. 해방된 지 거의 1년이 되려는 동안에 하루밤도 편한 잠을 자본 적이 없었다고 해도 과언이 아니었다. 이른바 장안파(長安派)를 누르고 조선공산당의 헤게모니를 장악했다고는 하나 불평분자들로부터 끊임없이 당권(黨權)의 도전을 받았다. 그런 까닭에 모든 요직에 자기의 심복만을 배치하게 된 것인데 이것이 또한 불평분자를 만들어내는 계기가 되었다.

북쪽의 김일성은 이러한 사태를 교묘하게 이용했다. 박헌영에게 불만을 품은 사람들과 내통하는 동시에 끊임없이 공작원을 남파시켜 박헌영의 영도력에 금이 가도록 획책했다. 때론 우당(友黨)을 만든다는 구실로 반 박헌영적인 책동을 하면서도 겉으론 박헌영을 지지하는 체 제스처를 썼다. 이를테면 기록에 남을 수 있는 국면에선 박헌영을 지지하고 기록이 되지 않는 국면에선 박헌영을 깎아내렸다. 그 술수가 하도 교묘했기 때문에 박헌영은 이에 대항할 수가 없었다. 뿐만 아니라 김일성에게 대한 자기의 자세를 어떻게 취해야 할지조차도 몰랐다.

그러는 동안 김일성은 "미·소 공위의 결렬은 남조선 인민의 의사를 규합하지 못한 박헌영의 무능에 그 원인이 있다.", 또는 "정판사 사건 같은 것은 미군정이 조선공산당을 얕잡아보고 일으킨 사건이다. 백만 당원을 가지고 있다고 호언하는 공산당이 어째서 미군정에 얕잡아보이게 되었는가? 박헌영의 미군정에 대한 영합주의가 그 원인이다."는 소문을 조작하여 소련인들 주변에 유포하고 있으면서도 공식석상에선 "뭐니 뭐니 해도 박헌영 선생이야말로 조선공산당엔 없어선 안 될 인물이다."하고 떠벌렸다.

김일성은 또한 다음과 같은 연극을 꾸미기도 했다. 독립동맹 출신인 한빈을 서울에 파견하여 백남운을 도와 신민당(新民黨)을 조직하라고 일렀다. 김일성의 속셈을 읽은 한빈은 박헌영을 반대하는 방향으로 신민당을 끌고 나갔다. 박헌영이 그 사실을 알자 당장 평양으로 항의 편지를 보냈다. 그 편지를 받고 김일성은, 깜짝 놀란 시늉을 하고 한빈을 신민당에서 내쫓고 대신 구재수(具在洙)와 고찬보(高贊輔)를 보내어 박헌영에게 견마지로(犬馬之勞)를 다하게 꾸몄다. 그러나 그건 김일성의 연극에 불과했다. 김일성은 신민당의 소장(消長)과 향배(向背) 따위엔 신경을 쓰고 있지 않았을 뿐 아니라 구재수와 고찬보가 끝끝내 박헌영의 심복이 될 수 없었다는 것을 간파하고 있었다.

이래도저래도 박헌영은 김일성의 속셈을 알고 있었다. 조선에서의 공산당의 헤게모니를 잡는 데에서 최대의 방해물이 김일성이었고, 김일성 역시 자기를 그렇게 생각하고 있을 것이라고 짐작하고 있었다. 뿐만 아니라 평양에 있는 박헌영의 심복들로부터 김일성에 관한 정보가 매일처럼 흘러들어오고 있었다. 그러나 지금 당장 어떻게 할 수 없는 것은 김일성의 배후에 스탈린이 있었기 때문이다. 박헌영으로선 눈물을 머금고 참으며 때를 기다려야만 했다.

'한신(韓信)이 불량배의 사타구니 밑을 기지 않았던가.'

박헌영은 가끔 이렇게 되뇌어보기도 했겠지만 끝내 그의 운명이 한신을 닮으리라고는 꿈에도 생각하지 않았을 것이다.

박헌영의 두 번째의 적은 미군정과 우익이었다. 날로 우익은 세를 더하고 미군정과의 유착은 심해갔다. 이에 대해 뭔가 돌파구를 준비해야만 했다. 미군정에 대한 결연한 공략으로 소련과 북한에 자기의 위치를 과시하는 계기를 잡아야 했다.

셋째의 적은 이른바 장안파를 비롯한 당내 불평분자들이었다. 강진, 이영, 이정윤 등은 당내 지위에 불만을 갖고 북한의 김일성과 결탁하여 사사건건 트집을 잡아 박헌영 체제를 무너뜨리려고 했다.

넷째의 적은 여운형이었다. 박헌영은 공산당의 위원장이 되었을지 모르지만 범 좌익세력의 우두머리가 될 수는 없었다. 박헌영은 그 이유가 여운형의 존재에 있다고 생각했다. 여운형의 대중적인 인기에 자기의 인기가 미치지 못한다는 자각은 여운형에게 대한 질투로 되었다. 그는 여운형을 이용할 생각만 했지 존경하지 않았다. 박헌영은 여운형을 한국판 케렌스키로 만들 요량이었다. 이용할 수 있는 데까지 이용하다가 어느 결정적 국면에 가선 거세해 버릴 대상으로 꼽고 있었던 것이다.

그러한 저의가 가끔 행동면에 나타났다. 너그러운 성격인 여운형은 박헌영에게 알면서도 속고 이용당하기도 하여 그의 측근으로부터 빈번한 충언(忠言)을 받기도 했으나 "공산당이란 원래 용렬한 거여. 그런 용렬한 데가 공산당의 쓸모 아닌가?"하고 대강의 경우 웃어넘겼다. 그런데 그 여운형이 박헌영에게 대해 분통을 터뜨리고 말았다.

1946년 6월 중순쯤 공산당은 7월부터 실시할 이른바 '신(新)전술'을 준비했다. 「정당방위의 역공세(逆攻勢)」란 구호를 내걸고 "지금까지 우리는 미군정에 협력해왔다. 미군정을 비판하는 데에서도 미군정을 직접 치지 않았다. 그런데 미군정은 고의로 위폐사건을 조작하는 등 우리 당을 공공연하게 탄압했다. 이에 이르러 우리는 미군정과 정면으로 극한투쟁을 벌어야 하겠다. 지금까지 우리는 미군정과 그 비호 하의 반동들이 부린 테러에 대하여 그저 당하고만 있었으나 지금부터는 맞고만 있을 것이 아니라 정당방위의 역공세로 나가자. 테러는 테러로, 피는 피로써 갚자."

공산당은 이 방침을 '민주주의 민족전선'의 방침으로서 강행하려고 했다. 여운형이 이 사실을 안 것은 군정청의 버치 대위를 통해서였다. 버치는 여운형의 자택에까지 찾아와서 이 사실을 알리고 "민주주의 민족전선이 그렇게 나온다면 군정청의 태도도 경화될 수밖에 없소. 어떻게든 앞으로 좌우가 합작해서 중도적인 정부가 수립되어야 할 것이고 그렇게 되려면 군정청의 협조가 있어야 할 터인데, 민주주의 민족전선이 군정을 적대하고 나선다면 타협의 여지가 없어지는 것 아니겠소? 군정청은 민주주의 민족전선의 책임자로서 여 선생을 지목하고 있소. 여 선생께선 그런 불행한 사태가 발생하지 않도록 하셔야 합니다."

이 말을 들었을 때만 해도 여운형은 사태를 대수롭게 생각하지 않았는데, 심복을 시켜 살펴본 결과 민주주의 민족전선의 주도 하에 폭동 준비까지 하고 있다는 것을 알았다. 여운형은 민전 사무국장 이강국을 불렀다. 여운형이 이강국에게 "공산당이 신전술을 준비 중이라는데 그 내용이 뭔가?"하고 물었다. 이강국은 "당의 비밀을 밝힐 수가 없다."하고 대답했다.

그러자 여운형이 노기를 띠고 "난들 공산당의 비밀을 알고자 하는 건 아니다. 그러나 듣자하니 공산당이 꾸민 그 신전술인가 뭔가를 민전의 조직을 통해 실시한다는데, 그게 사실이라면 민전의 책임자인 내가 알아야 할 게 아닌가?"

"아마 그런 일은 없을 겁니다."

"그렇다면 어떻게 그런 지령이 귀방의 민전에 전달이 되었겠는가?"

"민전 산하의 공산당 당원에게 내린 지령을 민전에 내린 것인 양 생각했는지 모를 일입니다."

"공산당의 방침이 민전의 방침으로 되려면 민전의 중앙상임위원회의 의결을 거쳐야 될 일 아닌가? 그런 절차도 없이 공산당이 당원에게 내린 지령이 민전 전체에 미친다면 이것은 큰 문제요. 앞으론 공산당이 독자적으로 내린 지령은 구별해서 취급하도록 민전의 지부에 통고해야 하겠소."

"그런 지령을 내리면 지방에 혼란만 일으킬 것입니다."

"그렇다면 공산당의 방침이 곧 민전의 방침으로서 통하도록 내버려두자는 얘기가 아닌가?"

"공산당의 방침이 민전의 목적에 위배된 것이 없다고 하면 그만 아닙니까? 사실상 민전의 조직을 지탱하고 있는 건 공산당이니까요. 공산당이 빠져보시오. 민전은 유명무실한 조직일 뿐입니다."

"비공산당원은 공산당의 들러리밖엔 안 된다는 얘기요?"

"민전의 핵심 문제를 말하고 있을 뿐입니다."

"핵심이 문제인 것이 아니라, 공산당이 민전을 농단하여 공산당의 방침대로 민전을 이끌고 나가겠다는 그 사고방식이 문제란 말이오."

"그게 무슨 대단한 문제입니까?"

이강국의 이 말이 여운형을 더욱 자극했다.

"공산당이 결정한 내용을 비밀이라면서 내게 밝히지도 않고 그걸 그대로 민전을 통해 실시하겠다면 도대체 민전의 의장인 나를 어떻게 보고 하는 소리요? 나도 모르는 지령으로 민전의 조직을 움직이고 있는 그걸 그냥 두고 책임만 내가 지란 말이오?"

"그런 건 아닙니다. 박헌영 위원장께서 의논이 있을 것으로 압니다."

"그럼 박헌영 씨를 내가 만나도록 주선을 하시오."

"그렇게 하겠습니다만 여 선생님께서 무슨 일로 그처럼 화를 내시는지 그걸 먼저 알아야 하겠습니다. 어떤 지령을 두고 하시는 말씀인지."

"군정이 하는 일엔 무엇이건 반대하라. 군정에 대해 극한적인 투쟁을 전개하라. 이런 지령을 내렸다고 나는 들었소. 그게 어떻게 된 거요?"

"그거라면 여 선생님께서 화를 내실 일이 아니지 않습니까? 민주주의 민족전선은 무엇을 하자는 전선입니까? 반동을 분쇄하자는 전선이 아닙니까? 미군정은 반동을 돕고 있지 않습니까? 당연히 민전의 적입니다. 적과 싸우기 위해 민전이 조직된 것이고 보면 그 투쟁을 철저히 하라는 지령은 민전의 대전제(大前提)에서 이미 도출될 수 있는 것으로서 새삼스럽게 의논하고 토의할 성질의 문제가 아니지 않습니까?"

"여보시오 이공!" 여운형이 탁자를 탕 치며 소리를 높였다.

"투쟁엔 단계가 있는 것이고 단계에 따라 갖가지 전술이 있는 법이오. 전진할 때가 있고 후퇴할 경우도 있는 것이오. 민전의 의결기관은 그 전술을 짜기 위해 있는 것이오. 미군정은 적이니까 극한투쟁을 해야 한다는 것이 민전 조직의 대전제에서 도출된다는 것인데 그런 억지가 어디에 있소? 왜 극한투쟁을 해야 하오? 그 이유를 탐색하는 것도 의결기관이 해야 하는 일이오. 그 방법을 논의하는 것도 의결기관이 해야 할 일이 아니오? 대전제가 반동의 분쇄에 있다고 해서 산하의 어느 당이 마음대로 방침을 만들어 민전의 이름 아래 행동을 취할 수 있다고 하면, 합의체이자 연합전선이기도 한 민전의 정신을 송두리째 부정하는 노릇이 아니오? 그런데 이제 말한 이공의 의견이 곧 박헌영 위원장의 의견이란 말이오?"

"제가 한 말은 어디까지나 제 의견일 뿐입니다."

"그렇다면 내가 박 위원장을 꼭 만나야겠소. 그것도 지금 곧."하고 여운형은 다음과 같이 말했다.

"정치는 현실이오. 미군정이 우리의 적이라고 해서 우리 힘으로 미군정을 밀어낼 수 없는 일 아니오? 힘의 대결만으로 처리할 수 없는 문제 아니오? 가령 공산당이 예각적으로 군정과 대립했을 경우 민전의 간판 하에 그 대립을 완화하고 조절하는 일이 있을 것 아니오? 우익을 전혀 무시하고 정부를 세울 수 없다고 할 때 민전이 중개 역할을 해야 할 것 아니오? 민전이 공산당과 꼭 같은 빛깔이 되어버린다면 타협하고 조절할 기관이 없어지는 것 아니오? 공산당이 미군정에 대해 극한투쟁을 벌이는 것은 좋소. 그러나 그 극한투쟁이 일방적인 승리로 끝날 수 없다고 짐작할 수 있다면 신축성 있는 조절을 할 수 있도록 민전이란 완충지대를 준비해놓고 있어야 할 것 아니오? 그래서 민주주의를 원하는 사람을 폭 넓게 포섭하기 위해 민주전선으로 된 것이고, 민족의 이득을 넓게 추구한다는 뜻으로 민족전선이 된 게 아니오? 그런데 공산당이 자기들의 극한투쟁을 민전의 이름 아래 감행하려고 한다면 민전의 목적을 배신하는 결과가 될 것은 뻔한 일이오. 위험천만한 일이오. 점령군을 너무 깔보는 행동은 삼가야 할 거요. 만일 공산당을 불법화하게 되면 어떻게 되겠소? 게다가 민전까지 불법화하게 된다면 또 어떻게 되겠소? 당신들 공산당은 지하운동을 하겠다고 나서겠지만, 그렇게 되면 대중운동은 불가능하게 된다는 것을 알아두시오. 당신들도 일제 하의 상황을 겪어보지 않았소? 우리 백성들은 지하운동에 따라가지 못하오. 민도를 높일 때까진 합법정당으로서 행세할 수 있도록 최선을 다해야 할 거요. 지금 극한투쟁이니 뭐니 해갖고 미군정을 자극해서 좋을 게 하나도 없소. 군정은 곧 점령군에 의한 지배라는 것을 알아야 할 거요. 당신들의 당이 극한투쟁을 하겠다는 것을 내가 말릴 순 없소. 그러나 내가 관계하고 있는 한 민전을 극한투쟁으로 몰아넣는다는 건 절대로 반대하오."

"선생님의 타협주의가 지금까지 무슨 결과를 가져왔습니까? 우리가 너무 온건한 바람에 반동들이 기세를 펴고 있는 것 아닙니까?"

"이강국 씨, 나는 당신과 토론을 하려는 게 아니오. 박헌영 위원장을 만나게 해주시오. 오늘 안으로."

"오늘 안으론 무리인 것 같습니다."

"왜 그렇소?"

"사실을 말하면 저도 박헌영 위원장의 거처를 모릅니다."

"긴급한 사태가 있으면 어떻게 하려고 거처를 모르고 있소?"

"긴급한 사태이면 비상선을 이용할 수 있습니다."

"내가 박 위원장을 만나자는 건 긴급한 사태요. 빨리 연락하시오."

"긴급사태에 대한 해석이 선생님과 같을 수 없지요."

여운형의 얼굴이 벌겋게 상기되었다.

"내가 박 위원장을 만나겠다는 것을 긴급사태로 보지 않는다면 그것도 좋소. 좋지만……"하고 일단 말을 끊었다가 덧붙였다.

"뒤에 가서 후회하지 마시오."

이때 여운형의 심중에 평양으로 가서 김일성을 만날 의도가 싹텄다. 박헌영과 더불어 의논할 수 없다고 생각한 것이었다. 이강국이 퇴출하자 여운형은 비서를 시켜 버치 대위와 연락을 하도록 했다. 당면한 문제에 관해 김일성과 의논을 하고 싶으니 평양에 갈 수 있도록 주선해달라는 부탁을 할 참이었다.


여운형의 의사가 어떠했건 공산당은 민전을 통해 활약할 수밖에 없었다. 위폐사건을 계기로 소공동의 당사는 군정청에 의해 폐쇄되었고 〈해방일보〉를 비롯한 좌익계 신문이 없어졌기 때문에 선전활동이 지극히 제한된 상태에 있었다. 박헌영이 극한투쟁을 구상하게 된 것은 객관적인 정세의 강박도 있었거니와 불안과 초조에 의한 심리적인 반영이기도 했다.

그는 전국적인 대파업을 구상하는 한편 시험적인 파업을 전평에 지령했다. 그 대상으로 선정된 업체는 서울 을지로 5가에 있는 '조선화물차주식회사'이고, 지령을 내린 날짜는 1946년 7월 10일이다. 수백 명의 종업원이 열흘 가까이 파업했기 때문에 남한의 육로수송은 적잖은 타격을 받았다. 열흘 동안 벌인 경찰관과의 충돌사건으로 60여 명의 중경상자가 생기고 1백여 명이 경찰에 연행되었다. 이 파업사건은 공산당의 지령 하에서 전평이 지도한 최초의 시도였는데, 시험적인 케이스로선 성공한 것이라고 일단 자체평가를 하고 한결 조직적이고 대중적인 파업투쟁을 계획하기에 이르렀다.

 이 무렵 북조선에선 공산당 북조선 조직위원회와 신민당이 합당하여 북조선노동당을 만드는 움직임이 있었다. 그때까지 조선공산당의 중앙위원회는 서울에 있었고 평양에는 공산당 분국이 있었을 뿐이다. 이것이 북조선위원회란 이름으로 바뀌어 사실상 김일성의 당으로 되어 있었는데 형식적으론 서울에 있는 당의 지배 하에 있었다. 김일성은 형식적이나마 그러한 처지가 달갑지 않아 소련파인 박창옥(朴昌玉)을 시켜 "모스크바에서 오는 지령이 서울을 통해 다시 평양으로 오는 것은 불합리하다."고 하여 조선공산당을 나눠 '북조선노동당'(약칭 북로당), '남조선노동당'(남로당)을 만들자고 주장케 했다. 그리고선 김일성은 인민당의 여운형과 신민당의 백남운을 조종하여 새로운 당, 즉 '남로당'을 만들어 그 영도권을 박헌영으로부터 빼앗을 것을 획책했다. 여운형으로서도 공산당의 전권을 박헌영에게 맡겨두는 것을 위험하다고 생각하고 있었기 때문에 그들 사이에 쉽게 합의가 이루어진 것이었다.

 박헌영은 평양에서 이러한 모의가 있었다는 것을 자기의 정보 루트를 통해 알고 있었지만 8월 3일 여운형으로부터 합당 제의가 있었을 때 선뜻 이를 응낙했다. 박헌영이 그 제의를 응낙한 덴 북조선노동당이 발족한다면 어차피 남한에서도 무슨 대응책이 있어야겠다고 생각한 동시에 비록 합당한다고 해도 쉽사리 헤게모니를 빼앗길 염려가 없었기 때문이다. 그때 3당의 당세를 비교해보면 공산당의 당원은 약 60만 명이었고, 인민당의 당원은 1만 명, 신민당의 당원은 약 7천 명이었다. 그런데다 인민당의 약 1만 명 가운데 그 90%가 이중당원으로서 공산당의 프락치였고 중앙위원도 여운형, 이여성, 장건상, 이만규 등 몇 사람이 순수한 인민당원일 뿐 그 외는 모두가 공산당의 프락치였다. 신민당의 당원도 거의 공산당의 프락치였고 그러고 보니 실질적으론 신민당은 공산당에 의해 운영되고 있는 거나 다를 바가 없었다.

그래서 박헌영은 3당의 합당제의를 선뜻 받아들였던 것인데 복병은 공산당 내부에 있었다. 합당 문제를 토의하기 위한 중앙위원회에서 반(反)박헌영파의 핵심인물인 강진(姜進), 서중석(徐重錫), 문갑송(文甲松), 김근(金槿), 이정윤, 김철수(金綴洙) 5명이 "합당 문제의 일체를 우리 6명에게 위임하고 조속히 전당대회를 열어 당 중앙을 민주적으로 개편하라."하고 요구했다.

박헌영계가 이를 수락할 리가 없었다. 당의 실권과 합당의 주도권을 송두리째 내맡기라는 요구였기 때문이다. 거절을 당하자 그들은 시내 각 신문에 그 내용을 발표하고, 박헌영에게 대한 공공연한 비난을 퍼붓기 시작했다. 그들은 그런 행동으로써 이중의 효과를 노렸다. 잘하면 당의 주도권을 차지할 수가 있었고, 그렇게 안 되더라도 김일성에게 대한 점수를 딸 수 있었기 때문이다.

박헌영은 "지금 파업과 폭동을 지령해놓고 당은 배수의 진을 치고 있는데 놈들의 하는 짓이 뭔가?"하고 노발대발했다. 그러고는 이주하에게 털어놓았다.

"이 동지, 우리는 세계 최강의 적을 안팎으로 상대하고 있는 형편이오. 대외적으론 세계 최강의 나라 미국과 투쟁하는 것이고, 대내적으론 김일성의 배경이 되어 있는 소련과 투쟁하는 꼴이 아니오?"

"투쟁을 통해 전진한다는 게 위원장이 두고 쓰는 문제가 아니었소?
한번 해봅시다. 그려."

이주하는 그렇게 말하고 웃었다.


박갑동은 합당 문제를 둘러싸고 당내에 내분이 일고 있다는 소식을
고향에서 들었다. 〈해방일보〉가 정간된 후 별로 할 일도 없었고 과로
를 풀기 위한 목적도 있어서 당분간 정양을 할 생각으로 고향에 내려
가 있었던 것이었다.

그런데 그런 소식을 듣고 보니 가만있을 수가 없어 예정을 앞당겨
서울로 올라왔다. 〈해방일보〉 아지트로 갔다. 편집국원 두 사람이 아
지트를 지키며 한담하고 있었다.

"도대체 어떻게 된 거냐?"하고 물었다. "머지않아 무슨 결정이 있을
것 같다."하고 하나가 말하자 "구체적인 내용을 알려면 이우적 씨를
만나봐야 할 거요."하는 다른 하나의 말이었다.

박갑동의 마음은 무거웠다. 중대한 시련기에 놓인 당이 외부의 적을
감당하기에도 힘겨운데 내부에서 흔들린다면 어떻게 되겠느냐 하는
심정에서였다. 박갑동은 일단 이우적을 만나 사태의 진상을 알아보아
야겠다고 마음먹었다. 박갑동과 이우적은 동향의 선후배란 사정을 떠
나 특수한 관계에 있었다. 1943년 이우적이 서대문형무소에서 출감했
을 때 40세가 가깝도록 장가도 못 간 그의 처지를 동정한 나머지 박갑
동은 자기의 사촌 처제와 애써 결혼을 시켰다.

이우적은 해방 후 곧바로 〈해방일보〉에 입사하여 논설을 쓰게 되었
다. 조두원, 정태식과 더불어 공산당의 3대 이론가로서 알려져 있기도
했다. 박갑동이 〈해방일보〉에 입사하게 된 것도 이우적의 추천에 의한
것이었다. 그러나 반박헌영파로서 행동하고 있는 이우적을 박갑동은

내심 달갑게 여기지 않았다. 때론 그 문제를 두고 반박하기도 했다.

박갑동을 만난 이우적은 충무로 3가에 있는 어느 적산집 2층으로 데리고 갔다. 거기엔 7, 8명의 사람이 모여 있었다. 그 가운덴 〈해방일보〉의 편집국원이 3명이나 끼어 있었다. 반박헌영파의 아지트란 것을 당장 눈치 챌 수가 있었다. 그들은 말끝마다 박헌영을 비판하는 언사를 붙였다. 예컨대 "김일성은 국가경제를 조속히 복구 발전시키기 위해 중공업을 우선적으로 개발해야 한다고 주장하는데, 박헌영은 경공업 우선을 주장하여 미제(美帝)의 식민지정책에 호응하려고 한다."하는 등의 이야기가 있었다.

박갑동의 기억으로선 박헌영이 "인민 생활을 향상시켜야 한다."는 말을 한 적은 있어도 경공업 우선을 주장한 적은 없었다. 설사 그런 일이 있었기로서니 그것으로써 미국의 식민지정책에 호응하는 것이라고 평하는 건 논리의 비약이란 생각이 들었지만 박갑동은 잠자코 있었다.

그러는 사이 옆방에 가 있던 이우적이 박갑동을 불렀다. 그 방엔 문갑송과 김근이 이우적과 같이 앉아 있었다. 박갑동을 반갑게 맞이했다. 김근은 1930년 유명한 5 · 30폭동을 간도(間島)에서 지휘한 사람이었다. 그 후 공주감옥에서 옥살이를 하다가 해방과 더불어 출옥했다. 문갑송은 중공의 만주성위원회합동국(滿洲省委員會哈東局) 서기장으로 있다가 체포되어 청주 예방구금소에서 역시 해방과 더불어 출옥한 투사였다.

그들은 박갑동의 손을 각각 쥐고는 "우리 같이 당을 쇄신하는 데 노력합시다."하고 설득공작을 시작했다. 박갑동이 거북한 마음으로 듣고만 있는데 벽에 걸린 모택동(毛澤東), 주덕(朱德), 주은래(周恩來) 세 사람이 나란히 서서 찍은 사진이 눈에 띄었다. 그러자 문갑송이 "저 사진은 모택동 동지가 김일성 동지를 통해 내게 보낸 준 것입니다."하고 자랑스럽게 말했다. 옆에서 이우적이 덧붙여 설명했다.

"모택동 동지가 직접 사인까지 해서 보내준 것입니다."

순간 박갑동은 '모택동 → 김일성 → 문갑송 → 김근'의 선으로 중국 공산당이 서울에까지 뻗쳐 있구나 하는 상념을 가졌다. 동시에 "우리는 남의 힘을 바라서는 안 된다. 남이 왜 우리 일을 해주겠는가?"하던 표범 같은 박헌영의 얼굴이 뇌리를 스쳤다. 어떤 일이 있어도 외국 공산당의 앞잡이가 될 수 없다는 생각이 들었다.

'이 자들관 결정적으로 투쟁하지 않으면 안 되겠다'는 각오가 굳어지기도 했다. 국내에서 외롭게 투쟁한 박헌영을 소련의 힘을 업고, 또 중공의 힘을 업고 날뛰는 분자들이 괴롭히고 있다고 생각하니 의분심마저 솟았다. 그러나 그런 본심을 토로해서 보람이 있을 자리도 아니어서 박갑동은 태도를 표명하지 않고 그 집을 나왔으나 마음속으로 '나는 박헌영을 지지하는 편에 서겠다'하고 다짐하고 있었다.

박갑동은 3당 합동의 교섭 경위를 신중하게 살펴볼 작정을 했다. 여운형의 측근인 이상백과는 와세다대학의 선후배 관계로 마음을 터놓고 얘기할 수가 있었고, 신민당의 백남운도 역시 대학의 대선배여서 기탄없이 얘기를 나눌 수 있었던 것이었다. 그런 사람들과 접촉한 결과 박갑동은 다음과 같은 사실을 알았다.

합당이 이루어졌을 경우, 인민당과 신민당은 새로 조직된 당의 위원장으론 여운형, 부위원장은 둘로 해서 신민당의 백남운, 공산당의 박헌영을 추대하기로 내정하고 있었는데, 박헌영은 부위원장을 3명으로 하고 공산당에서 부위원장 둘을 내어야 한다고 제의했다. 박헌영의 복안으로 자기와 같이 이주하를 부위원장에 앉히고 싶었던 것이었다.

공산당은 그 성격상 위원장이 표면에 나서지 못할 경우가 많았다. 그런 때문에 자기를 대신해서 부위원장 직을 수행하는 사람이 있어야만 했다. 그러니 공산당이 부위원장 둘을 요구한 것은 헤게모니 문제라기보다 실무상의 문제였다. 이밖에 박헌영이 그런 요구를 할 수 있는 근거로서 북조선의 경우가 있었다. 북조선에서 만든 노동당의 위원장은 김두봉이었고 공산당에서 2명의 부위원장을 내고 있었다. 즉 김일성과 주영하였다.

사실 그런 근거가 없었다고 해도 박헌영은 부위원장 2명을 자기 당에서 내겠다고 할만 했다. 당원 1만 명 내외의 인민당에 위원장 직을 맡겼으면 당원 60만 명을 거느린 공산당으로선 부위원장 2명을 요구하는 것은 당연하다고 할 수 있었다. 그런데 여운형과 백남운은 일언지하에 박헌영의 제안을 거부했다. 이 문제로 하여 3당 합당의 움직임은 시초부터 난관에 부딪쳤다.

이런 상황에 평양을 배경으로 한 문갑송, 김근, 이정윤, 강진, 평소 박헌영에게 불만을 품고 있었던 김철수, 서중석이 편승하여 합당대회를 즉시 개최하라고 주장하고 나섰다. 이들은 공공연하게 박헌영의 독재를 비난하고, 조속한 시일 내에 전당대회를 열어 당을 민주적으로 재조직하여 합당에 응해야 한다고 기세를 올렸다.

박헌영은 그러한 제의를 받아들일 수 없는 처지에 있었다. 우선 60만 당원을 가진 공산당이 전당대회를 열자면 사무적으로 2, 3개월의 준비 기간이 필요했다. 뿐만 아니라 정판사 위폐사건, 각지에서의 폭동사건, 갖가지 군정청 포고 위반 등으로 하여 공산당의 세포들은 대부분 지하에 잠행하고 있는 형편이라서 당 대회는 불가능한 상황에 있었다.

박갑동은 이 문제에 관해 특히 그들에게 분개했다. 대회를 열자고 고집하는 파들이라고 해서 이들을 '대회파(大會派)'라고 부르게 되는 것이지만 누구보다 도당의 사정을 잘 아는 그들이 굳이 대회를 열자고 고집하는 것은, 대회를 열면 그들에게 승산이 있어서가 아니라 당원을 노출시켜 급기야 당을 파괴할 목적이든지, 아니면 안 되는 일을 고집해서 박헌영을 곤경에 몰아넣든지 할 목적인 것이었다.

공산당 중앙위원회에서 '대회파'는 즉시 세포회의를 열고, 그 다음에 지역구 회의를 열어 대의원을 뽑아 그 대의원들이 모여 대회를 열어선 합당을 추진하자는 의견을 제출했다. 이에 맞서 박헌영은 세포회의에서 합당 여부를 가려 결정하자고 했다.

박헌영의 주장대로 전체 세포회의가 열리게 되었다. 정간 중이었지만 〈해방일보〉의 세포는 살아 있었다. 〈해방일보〉에서도 세포회의를 갖게 되었다. 〈해방일보〉의 세포는 편집국 분세포(分細胞), 영업국 분세포, 공무국 분세포 세 개의 분세포로 나뉘어져 있었다. 박갑동이 소속한 편집국 분세포원은 12명인데 회의에 참석한 사람은 9명이고 결석자 3명은 위임장을 제출하고 있었다. 결석한 사람은 사장 권오직, 편집국장 조두원, 편집위원 이우적 3명이었다. 권오직과 조두원은 박헌영파, 즉 주류파여서 정태식이 위임장을 맡아 가지고 있었고, 반주류파인 이우적의 위임장은 강병도가 가지고 있었다.

정태식의 사회로 회의가 시작되었다. 정태식은 국내외의 정세보고에 곁들여 현재 당이 놓여 있는 사정을 설명했다. 그 후 차례대로 한 사람씩 일어서서 토론을 하고 마지막에 가서 어느 쪽, 즉 '대회파'의 의견을 지지하는가, 주류파의 의견을 지지하는가의 태도표명을 하게 돼 있었다.

공교롭게도 박갑동의 차례가 마지막이었다. 그런데 대회파를 지지하는 수가 6명으로 되어 있었고, 주류파 지지자는 5명이었다. 평소 박갑동은 신중을 기해 중도적인 입장에 있었기 때문에 누구도 그의 의중을 짐작하지 못했을 뿐 아니라 반박헌영파로서 태도를 선명하게 한 이우적의 추천으로 〈해방일보〉에 입사한 관계로 더러는 반주류파가 아닐까 하는 짐작을 하는 사람도 있었다. 그런 까닭에 박갑동이 일어서자 장내는 아연 긴장했다. 박갑동이 만일 대회파에 동조하면 7대 5로서 주류파가 패배하는 것이고 주류파에 서면 6대 6의 결과로 나타나는 것이다. 박갑동은 신중하게 말을 골랐다.

"대회파의 주장은 민주적으로 당을 운영하자는 것인데 그 명분은 대단히 좋다고 생각합니다. 그러나 민주적이란 것이 무엇을 뜻하는 것입니까? 일부 불평분자가 당을 교란하는 것을 가만 보고 있는 것이 민주적입니까? 불평분자들의 말에 무작정 따라가는 것이 민주적입니까? 우리 당은 계급정당인 동시에 이념정당입니다. 이념정당인 동시에 혁명정당입니다. 혁명정당이기 때문에 전투조직입니다. 전투조직일 때 민주주의는 한계를 가지고 있는 것입니다. 사령관이 작전계획을 세울 때 일일이 병졸들의 의견을 들을 순 없습니다. 사령관이 임명한 참모들의 의견을 들으면 그만입니다. 참모의 임명은 사령관의 의중이 결정하는 것이 마땅합니다. 자기가 가장 신임할 수 있는 참모, 그 재능과 능력을 충분히 알고 있는 참모를 임명하는 것은 전투조직을 영도하는 사령관으로선 당연한 일 아닙니까? 그 인사가 편파적이다, 또는 독재적이다, 하고 비난하는 것은 공산당이 전투조직이란 사실을 망각한 사람들의 경거망동이라고 아니할 수 없습니다. 그런 뜻에서 나는 이른바 대회파들의 행동은 당을 파괴하는 것이라고 판단하지 않을 수 없습니다. 그들의 말대로 당을 위하고 당을 사랑한다면 현재의 지도체제를 헐뜯기에 앞서 박헌영 위원장의 지도체제를 공고히 하는 방향으로 노력이 있어야 할 줄 압니다. 지금이 어떤 때입니까? 그런데 그들은 당을 육성하긴 커녕 당을 파괴하기 위해 여태껏 갖은 계교를 부려 온 것 아닙니까? 지금 전당대회를 열어서 당의 향로를 결정하자고 하지만 지금 전당대회를 열 수 있는 상황입니까? 당의 정예당원, 열성당원의 대부분은 경찰에 검거되어 있거나 지하에 잠적하고 있습니다. 전당대회를 연다는 허울 좋은 민주화를 미끼로 그런 당원들을 노출시키자는 겁니까? 혹시 그렇게라도 해서 그들의 주장을 관철시킬 수 있는 성산(成算)이라도 있으면 또 모르겠습니다. 전혀 성산도 없으면서 대회를 개최하자고 주장하는 덴 엄청난 흑막이 있다고 나는 봅니다. 나는 어디까지나 박헌영 위원장의 지도체제로써 당을 이끌어나가야 한다고 생각하고, 당의 합당이 불가피한 일이라면 박헌영 위원장이 유리하게 합당작업을 할 수 있도록 한결 강한 지지와 협력을 박헌영 위원장을 위해 아끼지 않아야 한다고 생각합니다. 이것이 나의 의견입니다.”

박갑동은 자기도 모르게 큰 숨을 내쉬었다. 경화된 분위기 속에 덤덤히 앉아 있는데 영업국 분세포와 공무국 분세포의 회의 결과가 전달되었다. 두 분세포 모두 만장일치로 박헌영파를 지지하기로 결의했다는 것이다. 편집국 분세포의 반주류파 6명은 당일로 제명되었다.

북조선노동당이 결성되었으면 남조선노동당을 만들어야 한다는 건 박헌영도 구상하고 있었다. 투쟁조직으로선 공산당이란 명칭이 나쁠 것이 없지만 한층 넓게 깊이 대중 속에 파고들기 위해선 공산당으로선 적합하지 않다는 생각을 박헌영은 미리부터 가지고 있었던 것이었다.

그러던 차에 여운형으로부터 3당 합당 제의가 있었기 때문에 선뜻 응하기로 한 것인데, 여운형과 백남운의 제의의 배경에 깔린 사정이 불투명한데다가 당내의 사정이 복잡해지고 보니 박헌영은 남로당을 만들긴 하되 전혀 별도의 구상을 해야겠다는 결론을 내리게 되었다. 그 구상의 구체적인 내용의 하나는 여운형이 참여하는 합당엔 무슨 구실을 꾸며서라도 응하지 않겠다는 것이었다.

그런 의견을 굳힌 덴 이주하의 진언이 있었다. 이주하는 “여운형이 김일성과 밀약한 것은 사실이오. 김일성과의 밀약이 있고 보면 여운형의 세력을 공고히 하기 위해 김일성이 앞으로 무슨 수단을 쓸지 모릅니다. 여운형의 지도체제가 확립되면 반당분자들이 끼어들어 사사건건 우리의 의도를 앞질러 방해할 것이 분명하오. 게다가 여운형의 대중적 인기를 무시할 수 없는 것인즉 모처럼 양성해놓은 세포들에게 미칠 영향을 감안해야 합니다. 일단 여운형을 위원장으로 추대해 놓으면 그 명령에 따를 수밖에 없는데 그렇게 되면 당의 조직이 어렵게 됩니다."하며 여운형의 참여를 방지할 수 있으면 몰라도 그를 개재시키는 합당은 절대로 불가하다고 역설한 것이었다.

결국 반당분자를 말쑥이 청소하여 박헌영의 지도체제를 확립한 후 당의 정예화를 꾀하고, 그 바탕 위에 합당을 한다는 이중당(二重黨)의 구상이 생겨났다. 바꿔 말하면 박헌영이 합당된 정당의 위원장이 되건 부위원장이 되건 종래의 공산당원은 독특한 루트를 통해 박헌영의 지령 하에 둔다는 것이고, 공산당원 이외의 당원은 후보당원으로 다루도록, 그리고 그 가운데 우수한 사람으로 인정이 되면 공산당원으로 발탁할 수 있도록 하는, 요컨대 공산당을 당중당(黨中黨)으로 온존하고 그 둘레에 대중정당을 만들자는 것이었다.

이렇게 박헌영은 여운형, 백남운의 의도와 대회파의 속셈엔 아랑곳 없이 남조선노동당의 구상을 추진하고 있었는데, 이러한 박헌영의 태도에 격분한 몇몇 좌익계 인사들이 3당 합당안을 포기하고 신당을 만들 움직임을 보였다. 9월 5일에 있었던 일이었다. 당시 여운형이 입원하고 있던 병실에 인민당, 신민당 그리고 박헌영파의 공산당원들이 모여 중도파 인사들을 폭넓게 포섭할 인민대중의 정당을 만들겠다는 뜻을 발표했다. 이렇게 해서 발족된 당이 곧 사회노동당(社會勞動黨)이 되지만 바로 이날 박헌영의 신상에 중대한 변화가 생겼다.

얼마 전 이주하가 체포되었다. 이주하의 얼굴을 모르는 경찰의 실수로 쉽사리 풀려나긴 했지만 그 사건은 박헌영의 심기를 대단히 불안하게 했다. 언제 자기도 체포될지 모른다는 공포가 그를 사로잡은 것이었다. 그는 거처를 이곳저곳으로 바꾸면서 피신하고 있었지만 거의 노이로제 증세에 걸려 있었다. 그러던 차 이강국의 애인이며 미 군정청의 수사기관 책임자와 동거하고 있는 김수임(金壽任)을 통해 군정청이 박헌영, 이주하, 이강국 3명에 대한 체포령을 준비하고 있다는 정보를 들었다. 9월 4일에 있은 일이었다. 가회동 아지트에 긴급회의가 소집되었다. 모여든 사람은 박헌영, 이주하, 이강국, 김삼룡, 김형선이었다.

"어떻게 하는 것이 좋은가?"

박헌영이 침통한 표정으로 물었다.

"이 집에 꼼짝 않고 계시면 안전할 것 같은데요."

김삼룡이 한 말이었다. 그가 그렇게 말한 것은 가회동의 그 아지트는 공산당의 프락치로서 군정청의 경찰에 침투하고 있는 사람의 집이었기 때문이다.

"만일의 경우라는 것은 생각해야 할 것 아닌가?"

김삼룡을 보는 박헌영의 눈초리에 원망스럽다는 빛이 있었다.

"북쪽으로 피하시오."

이주하의 말은 단호했다.

"이 동지도 나와 같이 가겠는가?"

"나는 북쪽으로 안 갑니다. 그 자가 나를 가만 둘 것 같아요?"

이주하가 말한 '그 자'란 김일성을 두고 한 말이었다. 이주하는 김일성의 박해를 피해 남하한 사람이었다.

"이강국 동지는?"

"저는 북조선 인민위원회에 볼일이 있으니 북으로 가야지요."

"그럼 이주하 동지는 여기 남아 당 일을 총괄해서 보시오. 나는 일시 북쪽으로 피신했다가 권토중래하리다."

"위원장께서 이곳에 안 계셔도 뜻을 받들어 최선을 다하겠습니다."

"필요하면 사람을 보낼 테니까 김삼룡 동지, 김형선 동지는 이주하 동지를 잘 받드시오."

"걱정 마십시오."한 것은 김삼룡이었고, 김형선은 "마땅히 해야 할 일 아닙니까?"하고 말했다.

"그럼 서울 탈출의 방법을 어떻게 한다?"

박헌영이 주위를 둘러보았다. 모두들 말이 없었다. 갑자기 묘안이 나지 않았기 때문이다. 결국 묘안을 낸 것은 박헌영 본인이었다. 영구차를 준비하라는 것이었고, 관을 준비하라는 것이었다. 일제 때 똥을 먹기까지 한 양광으로 감옥 신세를 면한 적이 있는 그의 재각(才覺)이 이번엔 송장을 가장하는 방법을 착안한 것이었다.

9월 5일 이른 아침, 검은 기와집 모양의 장식을 얹은 영구차 한 대가 호송차 한 대를 뒤따르게 하고 경기도 의정부 쪽을 달리고 있었다. 영구차 안에 검은 관이 있었고 그 관 속에 박헌영이 반듯이 누워 있었다. 뒤따르는 호송차엔 그의 경호원 이동수(李東樹)와 4명의 충성당원이 굴건 제복을 한 상주의 모습으로 타고 있었다.

이렇게 해서 그는 북한으로 탈출하여 해주에 근거를 두고 남한의 공산당을 지휘하게 되지만, 송장을 가장하여 관 속에 누워 남한을 탈출한 것은 그의 운명에서 상징적인 사건이라고 아니할 수 없었다. 그 길로 그는 영영 남한 땅을 밟아보지 못하게 된 것이었다.

박헌영은 북쪽으로 갔지만 그의 지령은 그대로 남아 움직였다. 박헌영이 적극적 투쟁의 지령을 내린 덴 김일성으로부터의 자극이 있었다. 김일성은 북조선인민위원회 평양보안국 특찰과장 김선빈(金先斌)에게 특명을 내려 이종영을 책임자로 하는 11명의 암살단을 파견하여 8월 30일까지 이승만 박사, 장택상 수도경찰청장, 김성수 한민당 당수, 장덕수 한민당 정치부장 등을 암살하도록 했다. 이들은 포천경찰서 순경을 매수하여 서울에 잠입하긴 했으나 8월 26일 전원이 수도경찰청 경찰에 의해 체포되었다.

이 사건은 박헌영을 이중으로 곤란하게 만들었다. 북쪽의 공산당이건 남쪽의 공산당이건 초록은 동색이라고 보고 있는 남조선 일반 국민들은 이 사건으로 공산당에 혐오를 느끼게 되었고, 공산당의 활약에 기대를 걸고 있는 극렬분자 또는 소련인들은 북쪽의 공산당이 남조선에 가서까지 공작을 벌이고 있는데 남조선의 공산당은 무엇을 하고 있느냐는 투로 박헌영의 무능을 비난하게 될 것이었기 때문이다. 아닌 게 아니라 깊은 사정을 모르는 남조선공산당의 하급당원들은 "도대체 우리는 무엇 하는 거냐, 이럴 때 가만있어 되겠느냐?"하며 울분을 토하기도 했다.

요컨대 김일성은 박헌영을 난처하게 만드는 계략의 하나로서 암살단을 남한에 파견한 것이었다. 따라서 박헌영도 과격한 수단을 쓰지 않을 수 없었다. 그 결과가 9월 총파업과 10월 폭동으로 나타났다.

공산당이 전국적인 파업계획을 추진하고 있을 때 군정청 철도국은 공작창 종업원들에게 종래의 월급제를 폐지하고 일급제로 한다고 발표했다. 공산당은 재빨리 이 시기를 포착하고 전평에 파업지령을 내렸다. 9월 14일 영등포에 있는 철도국 경성공작창 종업원 3천7백 명이 일급제를 반대한다, 가족 수당을 지불하라, 물가 수당을 지불하라, 종업원의 처우 개선에 성의를 보여라, 구속된 애국자를 석방하라는 등 요구조건을 내걸고 시위를 벌였다.

공산당과 전평은 철도 노동자들의 생활이익과 파업을 결부시켜 널리 일반종업원까지 파업투쟁에 몰아놓을 계획이었다. 그들은 이러한 요구조건을 군정청이 들어주지 못할 것을 예상하고, 그렇게 되면 투쟁이 극대화될 수 있을 것이라는 계산 아래 그 계획을 추진한 것이고, 설혹 군정청이 그 요구를 들어주는 경우가 있더라도 달리 요구조건을 내걸어 파업을 강행할 작정이었다. 그 파업이 노동자의 생활향상에 목적을 둔 것이 아니고 미군정청을 마비시키겠다는 데 공산당의 목적이 있었기 때문이다.

박갑동이 맡은 일은 파업의 중심에서 벗어난 외곽지대에서 그 과업이 민심에 미치는 정도와 내용을 탐색하는 데 있었다.

9월 23일 밤 11시까지 군정청이 뚜렷한 대책을 발표하지 못하자 전평은 즉시 전국에 파업지령을 내렸다. 이 지령에 재빨리 응한 것은 부산 철도공작창이었다. 이어 각 지방의 철도국 현장 종업원에게까지 파업 선풍이 불어 닥쳤다. 통근 열차를 제외한 일체의 철도가 운휴상태에 들어갔다. 전평의 '대우개선투쟁위원회'는 4만 종업원의 이름으로 요구조건이 관철될 때까지 파업을 계속할 것이라고 선언했다.

공산당은 "철도 노동자의 투쟁을 돕기 위해 전국의 노동자는 궐기해야 한다."는 선언문과 함께 체신, 전기, 해운 등 각 산업별 노동조합의 파업을 선동했다. 선동의 범위는 각급 학교까지 확대되었다. 조선출판노조는 산하 32개 분회에 지령을 내려 25일 정오부터 동정파업에 들어갔고, 서울 경전 종업원은 9월 26일부터, 서울전신전화국은 9월 30일부터 파업에 들어갔다.

신문을 비롯한 출판물의 간행이 중지되었다. 서울, 부산, 대구의 전신전화 업무가 마비되었다. 이런 사태가 물자난을 조장하여 악성 인플레가 급속도로 퍼졌다. 일반대중의 생활은 최악의 상황이 되었다.

표면적으로는 노동자의 생활개선을 위한 파업이었지만 이것이 공산당의 책동에 의한 무모한 정치투쟁이란 것은 누구의 눈에도 명백했다. 이 사건을 계기로 우익단체들은 공산당의 무궤도한 선동에 분개하는 의견을 선포했다. 같은 하늘 아래 존재할 수 없는 도배들이라고 비난하고 나섰다.

"아무리 요구가 정당하다고 해도 없는 것을 내놓을 순 없지 않으냐?"

"명색이 인민을 위한다는 공산당이 모든 생업을 마비시켜 인민의 생활을 도탄에 빠뜨리고 자기들의 정치목적을 달성하겠다는 것은 언어도단의 노릇 아닌가?"

"아무리 미국의 물자가 풍족하기로서니 공산당의 선동에 놀아난 노동자들을 돌보기 위해 자기 나라에서 물자를 가지고 오겠는가? 그렇다면 우리가 벌어 우리가 먹어야 하는데 그 양도(糧道)를 끊어 놓고 무엇을 어떻게 하겠다는 말인가?"

박갑동의 귀에 들려오는 말은 대강 이와 같은 것이었다. 하루는 하도 딱한 생각이 들어 김형선의 아지트를 찾아가 "이 투쟁을 건설적인 방향으로 수습하여 앞으로 당이 크게 도약할 발판으로 만들 수 있겠습니까?"하고 물었다. 그런데 김형선의 관점은 달랐다.

"박 동무, 이 순간순간이 우리의 승리요. 당의 지령 하나로 서울이, 아니 전국이 마비되는 것을 보시오. 이것을 실력이라고 하는 거요. 이세를 그냥 몰고 가서 미군정을 완전히 마비시켜버려야 하오. 그것이 곧 우리가 도약할 발판이오."

"이대로 가다간 국민 대부분이 굶어죽을 판인 데도요?"

"도리가 없지. 혁명과정엔 수없이 사람이 죽게 되는 거요. 프랑스혁명이 그렇지 않았소? 볼셰비키혁명이 그렇지 않았소? 그만한 도태는 각오해야 하오. 도태를 겁내는 자는 센티멘털리즘에 사로잡힌 자요. 피는 흘려야 하오."

"동지들의 피가 흐르고 있는 데도요?"

"동지들의 피도 흘러야 하고 적의 피도 흘러야 하오."

"그렇다고 해서 언제까지나 이런 극한상황으로만 있을 수 없는 게 아닙니까?"

"박 동무, 무슨 말을 하는 거요? 지금의 이 9월 사태는 일종의 테스트 케이스요. 이 사태를 밀어붙여 10월엔 거대한 혁명의 바람이 전국을 휩쓸 거요."

"그 다음은 어떻게 되는 겁니까?"

"수습 못할 무정부상태가 되는 거지. 우리가 아니면 수습하지 못할 무정부 상태가 된단 말이오."

"그 다음은 어떻게 되죠?"

"미군정이 본국으로부터 대군(大軍)을 청해 와서 우리 인민을 싹 쓸어버리든지. 설마 그렇겐 못 할 거구. 북쪽에 소련군이 있으니까."

"그렇게 못 하면?"

"우리와 협상하자고 나오겠지."

"군정이 우리와 협상을 해요?"

"그럴 수밖엔. 우리가 아니면 수습할 수 없는 혼란을 놈들이 어떻게 하겠소?"

농담 같지도 않게 이렇게 말하는 김형선을 박갑동은 물끄러미 바라보았다.

"왜 그렇게 보는 거요?"

"김 선배, 저보고 농담하시는 겁니까?"

박갑동은 가끔 사석에서 단둘이 앉게 되면 김형선을 선배라고 불렀다. 김형선의 고향이 박갑동의 고향과 가까운 마산이어서 당을 떠나서도 그만한 친근감이 있었던 것이다.

"박 동무!"

김형선이 정색을 했다.

"예?"

"지금 내가 한 말을 농담이라고 알고 있소?"

"농담 아니고서야 어찌……."

"그럼 박 동무는 전국의 파업투쟁을 장난으로 일으킨 줄 아시오?"

"장난은 아닐 테지만……"

"들어보우, 박 동무. 당은 지금 배수의 진을 치고 있소."

"그건 알고 있습니다."

"박 동무가 특히 지령을 받은 과업은 무엇이오?"

"투쟁지구 언저리의 민심을 살피는 일입니다."

"민심이 어떻게 돌아갑니까?"

"민심은 당을 위해 유리한 편이 아닙니다."

"뭐라구요?"

박갑동은 자기가 견문한 대로 솔직하게 말했다. 김형선이 흥분한 말투로 "그런 걸 쁘띠 부르주아적인 민심이라고 하는 거요. 대의도 모르고 내일에 대한 전망도 없이 그때그때의 이해를 쫓아 움직이는 얄팍한 인간들의 의식은 대강 그런 모양으로 되는 거요. 그러니 그건 민심이라고 할 수도 없는 거요. 이를테면 잡어(雜魚)의 사상이라고나 할까. 강풍이 휘몰아치면 잠잠해버리는 거요. 바람이 부는 대로 따르는 거요. 진짜의 민심은 프롤레타리아의 의지요. 프롤레타리아는 어떻게 말합디까?"

"프롤레타리아는 가는 데까진 가보자는 그런 생각인 것 같습니다."

"그것 보시오. 가는 데까지 가보자, 그게 진짜 민심이오. 지금 조선 인민은 거개 가는 데까지 가보자고 하고 있소. 당은 그 진짜 민심을 반영해서 가는 데까지 가보려고 하는 거요. 그 가는 데까지 간 상황이 무정부상태요. 우리가 아니면 수습할 수 없는 혼란이오. 그 혼란을 미군정이 어떻게 할 거요? 우리와 협상할 수밖에 없을 것 아니오? 지금 이야말로 당의 실력을 과시할 때요."

"우리 당이 발족한 지 겨우 1년인데 그동안에 그런 실력이 가꾸어져 있다고 생각하십니까?"

"이번의 파업투쟁을 보더라도 짐작할 수 있지 않소. 나는 1930년대의 중국에서의 파업투쟁, 특히 상해에서의 사례를 챙겨보았는데 그 규모나 단결에서 우리보다 못합디다. 불과 1년이라고 하지만 당이 지도력을 충분히 발휘하기만 하면 문제없어요. 당원 60만 명이오. 일당백할 당원이 60만 명이니 심파의 수는 줄잡아 6백만 명은 될 것이오."

김형선은 자신만만했다. 박갑동은 그 이상 토론을 펼 필요가 없다고 느꼈다. 김형선이 60만 당원을 들먹일 때 가슴이 오싹했던 것이었다. 이어 박갑동은 자기도 모르게 중얼거렸다.

"큰일났다."

왜 큰일이 났느냐? 민형준의 침통한 얼굴이 뇌를 스쳤다.

민형준은 김삼룡의 주선으로 진주시당 소속이 되어 진주에 내려가 진주농고의 교사가 되어 있었다. 민형준은 진주시당 전체의 교양 지도 책을 맡는 한편 진주농고 세포책을 겸하고 있었다. 공산당 진주시당으로선 넘버 3의 서열이었다. 박갑동이 고향에 정양 차 내려가서 민형준을 만났다. 민형준은 산로의 일을 보고 있던 때를 회고하며 산로의 부책임자로 있었던 고준석을 언급하며 이런 말을 했다.

"뭐니뭐니해도 국내의 사정을 통계적 과학적으로 파악하고 있는 사람은 고준석 동지입니다. 자기에 대한 처우 문제로 박 위원장에게 대한 감정이 좋지 못한 것은 유감이지만 앞으로 당이 무슨 계획을 할 땐 그 사람의 의견을 중용해야 할 것 같습니다. 서울에 있을 때 박 선배에게 꼭 그 말을 해두어야겠다고 생각했는데 총망중에 잊어버렸어요."

"어떤 점을 보고 민형이 그런 말을 하는 거요?"하고 박갑동이 물었다. 민형준은 고준석의 다음과 같은 말이 특히 가슴에 와 닿더라며 "공산당 당원이 60만이라고 하지만 그 60만이란 숫자에 근거를 두고 중대한 계획을 꾸몄다간 큰일이 납니다. 성분을 따져 엄격한 심사를 거친 당원들이겠지만 공산당의 합법성이 무너지면 90%는 탈락할 사람들이예요. 그런 점을 감안해야 합니다."하고 말했다. 그리고 덧붙이길 "내가 진주시당에 내려와 내 나름대로의 방식으로 당원들을 테스트해봤는데, 50명을 테스트해본 가운데 세 사람이 진짜 당원이라고 할 수 있을까? 나머진 시류에 편승해서 어쩌다 당원이 된 그런 종류의 사람이었소."하며 탄식했다.

"사정이 정 그렇다면 큰일이 아니오?"

"큰일입니다. 무슨 대회나 있으면 거수기 노릇은 하겠지요. 박수부대로 써먹을 수도 있을 거구. 벽보쯤은 붙일까? 그러나 막상 혁명공작을 한다고 할 때 믿고 동원할 수 있는 숫자가 과연 얼마나 될까 하고 생각하니 아찔한 기분입니다. 이게 우리 진주만의 경우겠습니까? 전국으로 이런 현상이 아닐까 해요."

민형준의 성실을 의심할 수 없었다. 박갑동의 얼굴도 자연 심각하게 굳어졌다. 다시 민형준의 말이 있었다.

"7월. 8월 사이에 중앙으로부터 세 번 지령이 왔습니다. 생명을 아끼지 않고 당의 명령에 절대 복종할 당원의 수가 진주시당에 몇 명이나 되는지 보고하라는 겁니다. 그래서 내가 당원들을 테스트해본 것인데 그 결과가 아까 말씀드린 그대로여서, 위원장에게 중앙당에 보고하는 숫자를 10명쯤으로 하자고 했지요. 그랬더니 위원장은 펄펄 뛰는 것이었소. 엊그저께 온 당신이 내가 가꾸어놓은 당을 얕잡아보느냐요. 그래 물었지요. 얼마쯤으로 보고하는 게 좋겠느냐고. 그랬더니 눈도 깜짝하지 않고 5천 명으로 하라는 거였소. 어이가 없어 말문을 닫아버렸지요. 생명을 아끼지 않을 정예당원이 5천 명이나 된다면 진주시를 해방구로 만들어버릴 수 있는 숫자입니다. 전투를 벌일 것도 없이 각 기관에 교묘하게 침투해서 실질적으로 진주시를 접수할 수 있는 숫자다, 이겁니다. 진짜로 생명을 아끼지 않는 당원이라면 말입니다. 군정청 관리, 군정청 경찰의 탈을 쓰고 실질적으론 인민위원회의 행세를 할 수 있는 거지요. 그렇지 않겠습니까? 정예당원이면 아무리 줄잡아도 서너 명의 심파는 가지고 있을 것 아닙니까? 그렇다면 1만5천 명의 일꾼을 가진 것으로 됩니다. 진주시의 인구는 5만 명입니다. 5만 명 가운데서 정예당원이 5천 명, 심파가 1만5천 명, 그밖에 심정적인 진보파가 있을 것이니 성년 인구의 태반을 점령하는 셈이 아닙니까?"

"그래서 어떻게 했소?"

"보고의 책임자는 시당위원장이니 그렇게 했죠."

"5천 명으로?"

"그렇죠. 그런데 중앙당으로서도 의심이 난 모양입니다. 앞으로 어떤 형태의 계획이 있을지 모르니 다시 엄중 심사해서 정예당원의 숫자를 보고하라는 지시가 있었어요. 위원장은 덮어놓고 반수를 줄여 2천5백 명으로 하라는 것이었소. 그대로 했지요. 그런데 진주시에 2천5백 명의 정예당원이 있다는 전제로 폭동지령이나 있으면 큰일입니다. 처음에 불꽃이 튀듯 반짝 기세를 올릴 수 있을지 모르지만 제2파(波), 제3파가 후속되지 않을 것이 뻔합니다. 일망타진 되어 당은 뼈도 남지 않게 풍비박산이 되겠지요."

그리고 민형준은 "박 선배가 상경하시거든 중앙당에 이런 실정을 알려 결단코 무모한 계획을 삼가라고 일러주십시오."하고 간절한 청을 보냈다. 박갑동은 그때의 그 민형준의 말을 상기한 것이었다.

김형선에게 민형준의 말을 전하지 못한 게 유감스러웠다. 그러나 60만 당원을 믿고 자신만만한 그에게 찬물을 끼얹을 수는 없는 일이었다. 박갑동은 〈해방일보〉의 아지트로 발길을 돌렸다. 〈해방일보〉 기자들에겐 얼굴이 널리 팔려 있었기 때문에 중요하고 위험한 과업을 맡기지 않았다. 기껏 민심조사나 하고 아지트를 지키고 있는 형편이었다.

아지트엔 정진섭(鄭鎭燮)이 혼자 우두커니 앉아 팸플릿을 읽고 있더니 박갑동이 들어서자 정태식이 찾고 있더라며 연락처의 전화번호를 내밀었다. 정태식은 경성제대 출신의 인텔리여서 박갑동과는 기질도 말도 맞았다. 박갑동이 다이얼을 돌려 쪽지에 쓰인 대로 정태식을 찾았으나 그곳은 다방인 모양으로 방금 나갔다고 여자의 목소리가 전했다. 박갑동이 가까이에 있는 의자를 끌어다 놓고 앉았다.

"러치 장관의 성명을 읽었소?"

정진섭이 고개를 들고 말했다.

"어떤 건데요? 나는 못 읽었는데."

"이번의 파업을 불법이라고 하고 단호히 해산을 명한다는 요지였소. 방금도 라디오 방송이 있었는데요."

"노동자가 합법적으로만 파업을 할 수 있겠소?"

"그야 그렇겠지만 아무래도 불상사가 날 것만 같아요."

"그걸 노리는 것 아닐까?"

"헌데 대구가 더욱 험악한 모양입니다."

"대구는 당에서 특별히 관심을 두고 있는 도시 아닙니까?"

"러시아의 10월 혁명에 준해 조선의 10월 혁명의 기점을 대구에다 잡은 모양입니다. 대구엔 큰 공장이 40개나 있는데 그 공장들을 모두 당이 장악하고 있는 모양이지요?"

"글쎄."

"10월 혁명의 폭풍이 불어 닥친다는데 우린 텅 빈 아지트만 지키고 있는 신세니 따분하군."

정진섭이 하품을 했다.

"따분하면 대구에라도 내려가 보시지 그래?"

"아닌 게 아니라 그런 생각도 없지 않지만……."

이런 한가한 얘기를 주고받으며 박갑동은 전옥희를 생각했다. 박갑동이 전옥희를 만난 것도 꽤 오래 되었다. 실없는 짓인 줄 알면서도 전옥희에게 전화를 걸었다. 벨소리만 울릴 뿐 대응이 없었다. 할 일도 없었던 때라 끈덕지게 수화기를 들고 있었더니 이윽고 저편에 사람 소리가 났다.

"여보시오?"하는 소리가 젊은 여자의 경상도 사투리였다.

"전옥희 씨 계십니까?"

"없소."

"어디로 갔습니까?"

"모릅니더."

"언제쯤 집을 나갔습니까?"

"모릅니더."

"언제쯤 돌아오겠어요?"

"모릅니더."

"이것도 모른다, 저것도 모른다니 같은 집에 살면서 어떻게 된 거요?"

"모른다고 하라카니까 모른다고 할 밖에 없지 않습니꺼?"

"전옥희 씨가 그 집에 살고 있기나 해요?"

"모릅니더."

불길한 예감이 들었다.

"혹시 경찰에 붙들려간 것 아니오?"

상대방의 대답이 없었다.

"경찰에 붙들려 간 거지요?"

"……"

전옥희가 경찰에 붙들려간 것이 확실했다.

"바른대로 말해주면 나는 옥희 씨를 구출할 수 있는 사람인데 말을 똑똑히 하시오."

그러나 계속 응대가 없었다. 시골에서 온 지 얼마 되지 않은 아낙네가 하도 당황한 나머지 송수화기를 제자리에 갖다놓지도 못하고 물러선 것이 아닌가 하는 짐작이 갔다. 박갑동이 자리로 돌아가자 정진섭이 빈정거렸다.

"애인이 경찰에 붙들린 모양이구먼요."

박갑동이 대답하지 않았다.

"박 선생이 경찰에 있는 애인을 구출할 수 있는 빽을 가진 줄은 일찍이 몰랐던 일인데요?"

슬그머니 화가 치밀었지만 박갑동은 상관하지 않고 전화통에 다가 갔다. 다시 다이얼을 돌렸으나 통화중 신호만 울렸다. 박갑동이 다시 돌아와 앉았다.

정진섭이 "지금은 사랑도 할 수 없는 계절, 꽃도 피지 않는 산하에 사랑이 꽃 필 수가 있을까?"하고 나직이 시 같은 걸 외더니 "애인이라도 있으면 데리고 북한산에나 오르고 싶다."하고 중얼거렸다.

박갑동은 가슴이 답답해서 견딜 수가 없었다. 바깥으로 뛰쳐나와 택시를 타고 효자동으로 가자고 했다. 그 근처에 전옥희의 집이 있다고만 들었지 확실한 주소를 알진 못했다. 전옥희와 가끔 만난 적이 있는 다방 '북풍'을 찾아들었다. '북풍'의 아늑한 분위기 속에 박갑동으로선 알지 못하는 클래식 음악이 흐르고 있었다. 감미로운 멜로디 사이로 울리는 드럼 소리가 가슴을 치는 듯했다. 박갑동은 음악이 이처럼 감동스러운 것인가를 처음으로 발견하는 기분이었다.

'전옥희와의 교의를 좀 더 소중히 했어야 할 것이 아니었을까?'하는 뉘우침이 박갑동의 마음을 침울한 빛깔로 만들었다. 그러한 마음 속을 누벼 음악은 클라이맥스를 향해 치닫고 있었다. 차를 가지고 온 아가씨에게 "저 음악이 뭐죠?"하고 물었다.

'드보르작의 신세계.' 이렇게 되뇌어보며 박갑동은 전축을 장만해서 맨 먼저 드보르작의 음반을 사겠노라고 마음을 먹었다. '그러나 언제 그런 음악을 한가하게 즐길 날이 있을까?' 박갑동은 학문의 길, 예술의 길 등 갖가지 인생의 길이 있는데, 하필이면 직업 혁명가의 길을 택한 자기의 선택에 혹시 잘못이 있지 않았나 싶으니 가슴이 뜨끔하기도 했다.

'아아, 나는 이처럼 전옥희에게 애착하고 있었던가?'

전옥희가 고문을 받고 있는 광경이 상상 속을 스쳤다.

'어떻게 그녀를 구출할 수 없을까?'

버치 대위의 모습이 생각 속에 떠올랐다. 수첩을 꺼냈다. 버치의 전화번호를 찾았다. 전화를 걸었다. 버치는 다행이도 자리에 있었다. 박갑동의 음성을 알아듣고 "이거 얼마만이냐?"하며 반겼다. 생각하니 〈해방일보〉 정간 후론 처음 걸어본 버치에게 대한 전화였다.

"당신의 걸 프렌드 전옥희 씨의 소식을 아시오?"하고 박갑동이 단도직입적으로 물었다. "요즘 통 만날 수가 없었소."하는 대답으로 박갑동은 버치와 전옥희의 사이를 확인했다. 버치는 "그러나 오해하지 마시오."하면서 "미스 전과 나와는 마이너스 S의 순수한 사이오."라고 했다.

"그런 걸 따지려는 게 아니라 아마도 전옥희 씨가 경찰에 붙들린 것 같은데 서울 시내의 경찰서를 두루 살펴 그녀를 구출하도록 하시오."하고 부탁했다. 버치는 "그녀가 살인범, 방화범, 절도범, 미국의 군사기밀을 훔쳐낸 간첩이 아니라면 책임지고 구출하겠소."하며 흥분했다.

"그럴 까닭이 있나? 기껏 무허가 집회쯤에서 걸려들었을 거요."

"아무튼 최선을 다하겠다."

"그럼 2시간 후 다시 전화를 걸겠소. 지금이 2시 반이니 4시 반에……."하고 박갑동이 전화를 끊었다. 그 2시간 사이에 무엇을 한다? 그는 '북풍'에 눌러 앉아 기다리기로 하고 포켓에서 책 한 권을 꺼냈다. 『전위시인집』(前衛詩人集)이다. 김광현, 김상훈, 이병철, 박산운, 유진오(俞鎭五) 다섯 젊은 시인들의 시를 모은 것인데, 박갑동은 먼저 유진오의 시를 읽었다.

"누구를 위한 벅찬 우리의 젊음이냐!"

벅찬 젊음! '내 젊음은 지금 전옥희의 행방을 걱정하는 침통으로 가득 차 있다'고 생각하니 쓸쓸했다. 다음엔 김상훈의 「기폭」이란 시를 읽었다.

한인(韓人)들이 범의 울음보다도 두려워하는 적기가 부르며 한 깃발 밑으로 모이자 / 옳은 노선으로나마 이끄는 신호기 가슴마다 간직하고 선배들은 죽어갔느니라 / 우리 모두 하늘보다 푸른 자유를 안고 / 조상의 피 꾸물거리는 땅 위에서 / 힘껏 노동이 자랑스러우며 사는 날까지 모이자 / 미더운 한 깃발 밑으로

박갑동이 책을 덮었다. 가슴에 메아리를 남기지 않는 글이 과연 시일 수 있을까 싶었다.

제15장
# 착각의
# 연출

　“서울 시내 경찰서엔 없다. 미군 관계의 수사기관에도 알아보
았으나 전옥희에 관해선 아는 바 없다고 했소.”

　그러고는 “혹시 테러단에 납치된 것 아닌가?” 하고 버치 대위는 불
안한 음성으로 중얼거렸다. ‘전옥희는 어디에 있을까?’ 박갑동의 심사
는 황량하고 착잡했다.

　전옥희는 대구에 있었다. 파업소동으로 마비된 대구. 철도의 파업으
로 외부와의 교통은 두절되었고 운수회사의 파업으로 식량을 비롯한
생활필수품은 결핍상태에 있었고, 남전(南電)의 파업으로 정전상태가
빈번했다. 따라서 민심은 흉흉하여 바야흐로 일촉즉발의 상황이었다.
공산당은 이것을 혁명의 전야라고 보았다. 공산당 경상북도 위원회는
대구에 ‘투쟁본부’를 두었다. 투쟁본부의 간부는 공산당 대구시 위원
장 손기영, 전평 경북평의회 위원장 윤장혁 등 10여 명이었다.

공산당은 경북지구의 정예당원을 1만 명으로 잡고 적극적인 동조자를 5만 명으로 잡았다. 이들을 핵심으로 군중을 선동하면 대구와 그 인근지역을 해방구로 만들 수 있으리란 예상이었다. 대구에서 신호가 올라가면 전국이 이에 호응하여 연쇄적으로 폭동이 일어날 것이므로 미군정의 병력과 경찰력으로선 감당할 수 없으리라는 것이 그들의 계산이었던 것이었다.

공산당 중앙에선 정예분자 1백 명을 골라 대구에 파견했다. 이들은 노조 관계자, 여맹 관계자, 학생 관계자들로서 대구의 공산당원을 성원하는 의미와 당 중앙이 대구를 얼마나 중요시하고 있는가를 보여주기 위한 제스처였다. 전옥희는 그 파견당원 가운데서 하나이었다. 파견당원들은 폭동이 시작하기 직전까지 각기 맡은 분야에서 선전과 선동공작을 하다가 폭동이 시작되면 감쪽같이 피신해버리기로 되어 있었다.

전옥희는 S여대의 강금순과 같이 행동하도록 지령을 받았다. 그들이 공작할 대상은 주로 여학생이었다. 전옥희와 강금순은 경북도당 여성부원의 안내로 여학생 비밀서클을 찾아다녔다. 가는 곳마다에서 열광적인 환영을 받았다. 미모의 여대생인데다가 열성당원이란 사실이 젊은 여학생들의 관심을 모은 원인이 되었다. 게다가 전옥희의 말솜씨는 일품이었다.

"전국의 여성이 대구 여성들을 지켜보고 있다. 대구는 대구 여성이 지켜야 할 것이 아닌가? 대구에서 혁명이 성공하면 전 세계가 대구 여성을 존경할 것이다. 우리 여성이 선두에 서자. 남자 이상의 투쟁력을 보이자. 대구에서 혁명이 성공되면 조선 전국에 혁명운동이 요원의 불길처럼 번질 것이다. 대구가 실패하면 모든 것이 실패한다. 그런 까닭에 절대로 실패해선 안 된다. 굶주린 시민이 쌀을 달라는 것은 당연한 요구가 아니냐? 기아 직전에 있는 노동자가 임금을 올리라는 요구는 당연하지 않느냐? 이 요구를 거절한다면 그것은 비인간적인 처사이다. 나라의 주인은 노동자다. 누가 주인의 요구를 짓밟는단 말인가? 우리는 당당하게 싸우자. 주인이 주인 행세를 해야 할 것 아닌가? 우리는 결단코 비겁할 수가 없다. 우리의 뒤에는 막강한 진보세력이 있다. 세계적으로 뭉친 노동 대중이 있다.……"하며 열변을 토하기도 하고 유진오와 오장환(吳章煥)의 시 "쌀은 누가 먹고 / 말먹이 밀가루만 주느냐 / …… / 밀가루는 밀가루 / 빵은 되어도 밥은 아니다" "온 종일 기다려도 / 전차는 안 오는데 / 기름진 배가 / 자가용을 몰고 간다" 하고 청승맞게 낭송하기도 하여 갈채를 받았다.

"아아 이 감격만으로도 우리는 죽어도 좋다."하고 외치는 여학생도 있었다. 이렇게 바람처럼 그림자처럼 대구시의 이 골목 저 골목을 누벼 다니며 어린 여학생들의 가슴에 증오와 항거의 불씨를 뿌려놓고 10월 1일 새벽 미리 잡아놓은 숙소인 전일여관으로 돌아와 깊은 잠에 빠졌다. 깨어보니 10시가 넘어 있었다. 세수를 하고 식사를 하고 거리가 내려다보이는 창가에 두 여자는 앉았다. 오래지 않아 바로 그 거리에서 역사적인 사건이 시작될 것이었다.

"과연 혁명이 성공할 수 있을까?"

강금순이 불안한 표정으로 중얼거렸다.

"글쎄."

전옥희는 불안한 건 마찬가지였지만 태연한 체 꾸몄다. 어젯밤 경북도당 간부의 말에 의하면 첫째, 식량배급을 요구함으로써 시민들의 공명을 얻고, 다음엔 노조원의 임금인상 시위로써 시민들의 지지를 얻어 대구경찰서 앞 광장에 모여들어 험악한 상황을 조성하면 필연코 경찰과 시민의 대립으로 격화된다.

그렇게 하여 경찰을 자극하면 이윽고 충돌사건이 생긴다. 그 충돌로 인해 이 편에 부상자라도 나면 그것을 미끼로 항의소동을 벌여 군중을 선동한다. 그리고 기회를 포착하여 경찰서를 습격한다. 경찰서를 점거하여 실력을 과시하고 무기라도 **빼앗을** 수 있으면 제1단계가 성공한 셈이다. 무기를 입수하면 반동의 숙청이 시작된다. 그 공포 분위기로써 대구시를 장악한다. 전체 시민의 호응을 얻게 되는 것이 제2단계의 성공이다.

그런 연후에 경찰의 증원, 미군의 개입이 있어보았자 문제가 안 된다. 그들이 아무리 포악하기로서니 대구 시민 전체를 다 죽일 수 있겠는가? 우리도 무장하고 있는데 함부로 덤벼들 수 있겠는가? 죽창도 있고 돌멩이도 있다. 정예당원을 중심으로 우리는 대구시를 요새로 만든다. 그 무렵이면 전국 방방곡곡에 항쟁이 번진다. 그 거센 인민의 힘을 막을 도리는 없을 것이다.

'과연 그렇게 될 수 있을까?'

1만 명이라고 하는 정예당원이 죽음을 각오하고 덤벼들면 혹시 가능한 일일지 몰라도 과연 그만한 정예당원이 있을까? 전옥희의 마음은 회의의 빛깔로 물들어갔다. D데이 10월 1일의 시간이 무겁게 지나갔다. 아득한 곳에서 조소(潮騷)를 닮은 소리가 났다. 바로 눈 아래 거리로 노동자들의 시위행진이 지나갔다. 구호를 외치는 소리가 적기가 사이를 누볐다……. 이 사건을 광범하게 파악하기 위해선 1946년 10월 9일과 동년 12월 4일자 〈대동신문〉 기사를 인용하는 것이 좋을 것 같다.

「10·1 영남 폭동사건」

(1) 사건의 발단

조선공산당이 좌익 3당 합당을 앞두고 지부당 내에서 일어난 종파 분규를 은폐하고 박헌영파의 독선적 처사에 반기를 든 이른바 대회파, 즉 강진, 서중석 이하 장안파 공산당에 속했던 자들을 폭력으로 억압하는 동시에 미군정을 반대하여 공산당의 세력을 확대하려는 정치적 목적과 기도 하에 감행된 소위 남조선 노동자 9월 총파업 지령으로 1949년 9월 23일 철도 종업원 총파업이 단행되었다. 9월 24일엔 대구 지구 철도종업원들이 파업에 돌입했다.

이로 말미암아 대구 시내의 식량 사정이 핍박해지고 시민생활이 위협을 받게 되었다. 이어 26일 통신기관과 남조선 전기회사 종업원의 파업을 비롯하여 각 생산 공장 등 대구시내 40개 공장이 공산당의 조종 하에 파업했다. 그리하여 민심은 날로 동요되고, 특히 교통운수와 통신의 마비는 식량을 비롯한 생필품의 수송 반입을 곤란케 했다. 노동자들은 식량 증배와 임금 인상의 요구를 내걸었다.

파업을 지령한 공산당은 민심을 더욱 선동하여 사태를 가일층 악화시켰다. 파업 노동자들은 조선 노동조합전국평의회 경북도지부 산하로 집중하는 사태는 점차 심각하게 되었다. 대구 시내의 일부 시민들 사이에 좌익의 선동과 식량사정에 대한 걱정으로 노동자들의 식량 증배 요구에 동정하는 공기가 무르익어갔다.

(2) 주동인물들

경북도 인민위원회 위원장 이상훈(50세), 동 선전부장 신철수(41세), 동 보안국장 이재복(41세), 조선공산당 경북도위원회 대표 장적우, 동 산업국장 이선장(31세), 전평 경북도평의회 위원장 윤장혁, 농민동맹 경북도 위원장 장하명, 대구시 인민위원회 위원장 서영로, 전평 대구시 평의회 선전부장 염필수(36세), 인민보안대장 나윤출, 인민당 대표 최문직, 〈민성일보〉 사장 이목, 달성군 인민위원회 김선기(41세), 달성군 노동조합 부위원장 정수범(37세), 이재민 상조회 대표 이상하(33세)

(3) 폭동상황

조선공산당 지령 하에 9월 총파업을 단행하기 위하여 대구에서는 공산당 대구시당 위원장 손기영, 전평 경북도평의회 위원장 윤장혁, 기타 주동인물들의 주도 아래 소위 남조선 노동자 총파업 대구시 투쟁위원회가 조직되어 전평 경북도평의회 사무소(대구시 금정)에 간판을 걸고 조직적이며, 계획적인 파업 지도와 민심 소동에 나섰다.

이 투쟁위원회는 그 산하에 노동자들을 집결시키고 전평 대구지방 평의회 선전부장 염필수 이하 11명의 지도 하에 연일 적기가를 부르며 식량증배, 임금인상 등의 요구 구호를 내걸고 투쟁에 돌입하여 파업 노동자의 수는 약 3천 명에 달했다.

사태가 이렇게 되자 좌익이 경찰을 적대시할 뿐 아니라 경찰에 적대감정을 갖게끔 시민들을 선동한다는 이유로 9월 30일 대구경찰서는 전기 투쟁위원회의 간판을 철거하도록 명령했다. 위원장 윤장혁은 자발적으로 철거하겠다고 언약하고서도 간판을 철거하지 않고 도리어 폭동 음모를 적극 추진하여 10월 1일 오전 중 대구시청 앞에 부녀자들을 중심으로 약 1천 명을 동원하여 식량 배급 요구의 소동을 일으켰다.

그들은 당년 여름에 수집한 국내산 곡물을 배급하라고 하자 미국산 밀가루, 옥수수 등의 배급은 폐지하라는 등의 아우성을 쳤다. 그리고 2시간 30분, 시내 태평로 일대의 도로상으로부터 대구 역전 광장까지의 구간에 운수, 금속, 화학 노조원 등을 중심으로 한 시내 각 직장 노조원 5백여 명을 투입하여 파업 요구조건 관철이란 구호 아래 시위행진을 감행함으로써 불온한 행세를 만들어 시민들에게 반영 전파되도록 했다.

이러한 정세에 경찰은 군중을 해산시키기 위해 무장경관 80명을 현장에 급파하여 간곡한 설유로 즉시 해산을 종용하였으나, 파업 군중은 이에 불응하였을 뿐만 아니라 마침 경비순찰 중이던 대구경찰서 최한덕 경위를 포위 구타하는 한편 그와 동행중인 경찰관에 대해서도 폭행을 가하는 등 만행을 자행하므로, 경찰은 이날 오후 5시 30분경 무장경관 1백50명을 증파하여 군중을 해산시키기 위해 극력 노력했다.

그러나 흥분상태에 있는 그들은 조금도 회개의 빛을 보이지 않고 완강한 태도를 지속하여 투석하는 등 형세는 시시각각으로 험악하게 되었다. 경찰은 부득이 오후 11시경 위협발포를 했는데 그 유탄이 군중 가운데의 1명에게 명중되어 사망케 했다. 이로써 군중은 해산했다.

그런데 전날 일단 해산한 노조원들이 10월 2일 오전 8시경 대구경찰서 앞 광장에 운집하기 시작하여 오전 9시경엔 무려 수천 명에 달했다. 경북경찰국장 권영석은 군중에 대한 발포는 절대 삼가라는 특명을 내리고 무장경관 4백 명을 현장에 급파했다. 경찰은 한 발도 총을 쏘지 않고 국장 명령대로 구두로만 해산시키려고 했다.

좌익분자들을 주로 한 군중들은 경찰 측이 시종여일 발포하지 않고 유연한 태도로 대응하는 것을 기화로 더욱 기세를 높이는 동시에 해산명령에 응하지 않을 뿐 아니라, 일부 극렬분자들은 전날 사살된 시체를 민심 선동 재료로 이용하여 장시간 공개 전시하고 군중들에게 경찰에 대한 적개심을 선동하면서 '동지의 죽음에 대한 보복은 이때를 두고는 없다'는 보복 구호를 되풀이했다.

그들은 과격분자 수십 명을 선발하여 시내 각 동에 분파하여 각 반장을 통해 경찰관의 주소 및 가정환경 등을 세밀히 조사한 다음 주택, 가구 등을 함부로 파괴 약탈하는 동시에 경찰관의 가족을 학살함으로써 전체 경찰은 물론 그 가족들을 불안과 공포에 사로잡히게 하였다.

한편 각 노조, 농조(農組), 인민위원회, 민청 등의 주동자들은 경찰이 무고한 시민을 많이 살해했다는 터무니없는 거짓말을 퍼뜨려 대구의대(大邱醫大)를 중심으로 대구농대 및 각 중학교 생도들을 선동하여 약 4백 명의 부화뇌동자를 흡수하는 등, 총 1만5천 명의 군중이 오전 10시경 대구경찰서를 습격, 약 3시간에 걸쳐 일대 혼란을 빚어냈다. 이성옥 서장을 비롯한 서원 일동은 간곡한 말로써 그들을 진정시키려했다.

그런데 군중은 더욱더 완강한 반항태세로 나와 유치장을 개방하고 경찰무기를 탈취하는 등 난동을 벌였다. 이윽고 이날 오후 1시경 폭도화 된 군중은 대구경찰서를 검거하여 1백 명 내지 2백 명으로 구성된 분단조직으로 대대적인 폭동계획을 세워 대구역전 광장을 비롯하여 시내 각 동에 분파 포진한 다음 경찰 가족, 우익 인사들을 만나는 대로 학살하고 그 주택 및 가구의 파괴 약탈을 감행하였다.

대구서 관내의 농촌지서 외 6개 지서, 중앙파출소 외 9개 파출소, 달성경찰서 관내의 현풍지서 외 8개 지서 및 대봉동 파출소의 3개 파출소를 점거하는 동시에 폭도들은 극악적인 시위행진을 벌였다. 드디어 동일 오후 6시 대구지구에 계엄령을 선포하고 미군이 출동했다. 대구경찰서를 위시하여 각 지서, 각 파출소 등 점거하고 있던 폭도들과 경거망동한 뇌동(雷動) 군중은 사방으로 도망쳤다.

미군 경계망을 벗어난 그들은 경비가 비교적 소홀한 성주, 칠곡, 고령, 영천, 의성, 군위 등 지방으로 폭동을 확대할 목적으로 시내에 있는 화물차 회사와 개인 소유의 자동차들을 강탈하여 분승하고 지방으로 침투했다. 10월 3일 오전 9시 대구로부터 성주에 들이닥친 폭도 50여 명은 좌익분자 3백여 명을 규합한 다음 경찰, 기타 관공서에 관한 터무니없는 허위사실을 날조 유포하여 민중을 선동, 무지몽매한 수천 군중을 휘몰아 시위를 감행했다.

그리고 4일 오전 3시경 성주경찰서를 포위 습격한 끝에 동서의 공안계장 이하 21명의 서원을 강제로 유치장에 가두고 경찰관들을 생화장할 작정으로 유치장 주위에 석유를 뿌리고 불을 붙이려는 찰나 충남경찰대가 들이닥쳐 위기를 모면하게 되었다. 그러나 동서 관내의 수편, 초전, 대가, 벽진, 금수, 가천의 6개 지서는 10월 4일 오전 10시부터 오후 3시 사이에 약 3백 명의 폭도들의 습격을 받고 많은 피해를 입었다.

칠곡에서는 대구로부터 밀어닥친 폭도 40여 명이 지천, 신동의 두 지서를 파괴하고 그 여세로 왜관으로 밀고 들어가 지방의 난동분자 약 2천 명과 합세하여 경찰서를 습격, 서장 장석윤 경감을 비롯한 수 명의 경찰관을 학살하였다. 10월 3일 오전 5시와 6시 사이에 있었던 일이다. 폭도들은 한편 칠곡, 인동, 서적, 북삼 등 지역에 연락원을 밀파하여 10월 3일 오전 2시부터 동일 오후 3시까지의 사이에 지방의 좌익분자 약 3백 명을 선동하여 각 지서를 파괴하는 동시에 경찰관, 우익인사들을 살해했다.

뒤이어 칠곡군 내 전역에 걸쳐 우매한 농민들을 선동하여 야료를 부렸으나 성주서 관내의 폭도를 진압한 충남경찰대가 왜관에 도착하여 폭도의 검거, 무기회수, 민심수습 등 과감한 조처를 취한 결과 칠곡군 일대엔 정상상태가 회복되었다. 고령에서는 철저한 경비가 주효하여 본서 소재지에서의 사고는 미연에 방지되었으나 10월 2일 오후 5시부터 10월 5일 오후 10시까지의 사이에 대구로부터 침입한 폭도 약 4백 명의 순회식 선동으로 인하여 동서 관내의 성산, 다산, 오곡, 쌍림 4개 지서가 50명 내지 2백 명 폭도의 습격을 받아 많은 손해를 입었다.

영천에선 10월 2일 오후 11시경부터 동 3일 오전 3시경까지의 사이에 대구로부터 잠입한 약 50명 폭도의 선동을 받은 지방 좌익분자 약 3천 명이 통신단절을 꾀하여 우체국을 불태우고 경찰서를 습격 점령한 다음 수많은 경찰관과 지방 인사들을 살상하고 아울러 주요 건물과 가구를 파괴 약탈하는 등 만행이 심했다.

동시에 각 면에 산재한 좌익계열을 조종하여 4백 명 내지 7백 명의 폭도들로 하여금 신녕, 임고, 청도, 화산, 청경 5개 지서를 불태우고, 금호, 극경, 북안, 대창, 자양, 보현, 자천, 삼창 등 9개 지서를 파괴하여 인명과 재산의 손실이 막대하였는데 대구 주둔 미군의 긴급출동으로 완전 진압되었다. 경산에서는 10월 3일 오후 2시경 대구로부터 침입한 폭도 60여 명이 지방 좌익분자 약 3백 명과 합세하여 경찰서를 포위하고 경찰관의 무장해제, 경찰서의 명도를 집요하게 강요하고 있을 무렵 미군의 출동으로 진압되었으나 관하의 하양, 청천, 안심, 압량, 고모, 진량, 융성 7개 지서는 동일 오후 2시경부터 3시까지의 사이 4백 명 내지 7백 명의 폭도에 의한 습격을 받았다.

의성에서는 10월 3일 오전 9시경 대구로부터 파견된 약 60명의 폭도와 지방의 좌익분자 약 3천 명이 합세하여 경찰서를 습격하고 경찰관과 우익인사들을 모조리 살해코자 대규모 폭동계획을 세우고 난동하려했으나 응원경찰대의 활약으로 미연에 방지되었다. 그러나 동 경찰서 관내의 봉양, 비안, 안평, 안계, 구천, 신평, 다인 단북, 단밀, 금성, 가음, 청산, 점곡, 옥산, 금곡 등 16개 지서는 10월 3일 오전 9시부터 10월 4일 오후 9시까지의 사이에 1천 명 내지 2천 명 가량의 폭도들에 의해 습격을 당했다.

군위 역시 10월 2일 오전 9시 30분경 대구로부터 들이닥친 약 50명의 폭도들이 지방의 좌익분자 약 5백 명과 합세하여 경찰서를 일시 점령한 바 있었으나 때마침 내원한 충북경찰대가 이를 진압했다. 그러나 10월 4일 오전 12시부터 동일 오후 7시 사이에 동 경찰서 관하의 소보, 호령, 우보, 의흥, 악계, 산성, 고로, 봉림 8개 지서가 3백 명 내지 4백 명의 지방폭도들의 습격을 받았다. 대구로부터 폭도가 침입하지 않은 선산, 청송, 예천 등지에선 지방 폭도들의 난동에 의해 경찰관 및 우익인사가 많은 참화를 당했다.

본 사건의 여파는 전국적으로 번졌다. 그러나 대구에서처럼 규모가 크지는 않았다. 10·1 폭동을 전후한 약 3개월간에 남한 73개의 시, 군에 걸쳐 대규모의 파괴 음모가 있었으나 경찰과 민족진용의 노력으로 대사에 이르기 전에 미연방지할 수 있었다. 특히 좌익세력이 강하다고 소문이 난 경북 영덕지방은 당시 이창훈 서장의 특출한 선무공작과 관민 정보망의 확충 강화, 민·경 융화의 철저 구현 등 현명한 시책이 주효하여 불순분자의 암약을 사전에 적발하여 제기의 여지가 없을 만큼 그들의 세력을 봉쇄했다. 김천 경찰서 관내에서는 좌익의 거물 임종업, 나정운을 비롯한 극렬분자의 대대적인 폭동음모가 있었으나 전체 경찰관의 눈부신 활약으로 5백여 명을 사전에 일망타진하여 큰 화를 면했다.

(4) 사후처리와 피해상황

10·1 폭동으로 말미암아 경북지방의 인적 피해는 경찰관 사망자 39명, 부상자 31명, 민간 사망자 44명, 부상자 56명이었고 재산 손해는 30억 원이 넘었다. 경찰이 검거한 인원은 7천여 명, 그 가운데 1천5백 명이 수감되어 문초를 받았다고 한다. 11월 20일에 이르러 중죄인 10명 중 5명에게 사형선고가

내렸다. 사형선고를 받은 자는 최문학, 이광열, 이삼택, 박학구, 이재희이다.

이상이 〈대동신문〉이 개괄한 대구사건의 내용인데 이로써 진상이 파악될 수 있는 것은 아니다. 전옥희와 강금순은 좌익인사들에게 대한 검거선풍이 회오리를 일으키고 있는 대구에서 섣불리 떠날 수가 없었다.

"경주 구경을 하러 왔다."는 핑계로 투숙한 두 여학생에게 '전일여관'의 여주인은 "바깥에 나다니다간 어떤 봉변을 당할지 모른다."하며 외출을 엄금하고 자기 방을 제공했다. 경찰은 대구 시내의 여관을 샅샅이 뒤지고 있었던 것이었다. 경찰은 미심스러워 보이면 닥치는 대로 끌고 갔다. 많은 동료들의 죽음을 본 경찰관의 좌익인사에 대한 미움은 절정에 달해 있었다.

"해방한 지 1년 남짓인데 도대체 이게 무슨 꼴이고?"

여장부 소리를 들을 만한 여관의 안주인은 마구잡이로 좌익들에게 욕설을 퍼붓기도 했다.

"공출 내지 말라고 선동해놓고 쌀을 배급하라고 폭동을 일으키니 그게 될 말이기나 해? 학생들은 어떻게 생각하노?"하고 전옥희에게 물었을 때 전옥희는 등골이 오싹했다. 정체가 탄로 나기라도 하면 단번에 경찰에 넘길지 모르는 안주인 앞에서 무슨 말을 꾸며내겠는가?

안주인은 "임금을 인상하라고 파업하는 건 하는 수 없다고 치더라도 공장이 문을 닫고 있는데 돈이 어디서 나올 낀가 말이다."하고 혀를 차기도 했다.

"그건 그렇고 사람을 와 죽이노? 누가 좋아서 경찰관이 됐나? 벌어 묵고 살라고 된 경찰관이 아니가. 불쌍한 경찰관을 왜 죽여. 가족들은 왜 죽여. 의견이 대립되었다고 상대방을 죽이기 시작하면 조선 천지에 누가 살아남을 끼고? 의견이 다른 사람들이 있으니까 민주주의 하자는 것 아니가."하고 안주인은 폭동을 일으키기 전엔 은근히 좌익을 도운 일이 있었는데 "이젠 만정이 떨어졌다."하고 투덜댔다. 여관을 하고 있는 까닭으로 안주인은 정보를 빨리 입수할 수 있었다. 각 지방에서 폭동 상황을 그날 안으로 들을 수 있었다. 그럴 때마다 안주인은 각지 소식을 알려주고는 이렇게 덧붙이기를 잊지 않았다.

"폭동으로 무슨 효과를 볼까라고 생각한다면 어리석기 짝이 없는 짓이지. 머리 좋은 사람들이 공산당에 있다고 들었는데 이제 보니 전부 바보 천치들이다. 지레 죽을라꼬 환장한 사람들인기라."

수천 명이 붙들려 와서 유치장으론 모자라 창고마다 좌익분자들로 꼭 차버렸다는 소식이 들려왔다. 이때 안주인이 이런 소릴 했다.

"불과 며칠을 감당 못하고 개처럼 끌려와서 싹싹 빌어 올릴 주제에 도대체 뭣을 믿고 그런 지랄을 했을까?"

그러면서 안주인이 무슨 용무로선가 찾아온 경찰간부에게 다음과 같은 말을 하고 있는 것을 전옥희와 강금순은 장지 너머로 들었다.

"소위는 괘씸하지만 아무쪼록 관대하게 다스리소. 철없이 덤빈 사람도 많을 것 아니오? 개과천선하면 좋은 사람이 될 수도 있을 것이오. 그건 그렇고 그 사람들 끼니나 이어주고 있소? 죄인이라고 해서 굶기진 마이소. 식량이 없으면 내가 나서서 유지들에게 식량을 거둬 주먹밥이라도 만들어줄 것이오. 생각하면 모두 불쌍한 사람들 아닌가베."

경찰관은 "아주머니 섣불리 어디 가서 그런 소리 마슈. 지금 감정이 격할 대로 격해 있는데 그런 말이 먹혀들어갈 것 같소? 되레 아주머니가 오해를 받을 거요."하고 웃어 넘겼다.

"오해하면 나를 우짤끼요? 감정만 갖고 될 일이 아니잖소. 먼 훗날을 생각해야지."

"먼 훗날을 생각해서라도 뿌리를 뽑아버려야 합니다. 다시 이런 일이 있어서야 되겠소? 아무튼 공산당이 이 땅에 발을 붙이지 못하게 해야 합니다. 그들은 인간이 아니오. 인간이 그런 짓을 해요? 아주머니도 아시지요? 왜, 송 형사 마누라는 출산일을 오늘 내일하고 기다리고 있는 처지였는데 배를 채여 죽었다지 않습니까? 그런 놈들을 관대하게 다스려요?"

"그런 흉악한 놈이야 어찌 용서할 수 있겠소만 개중에 억울한 사람도 있을 것 아닌기요. 내가 말하는 건 억울한 사람 만들지 말라는 기요."

"그 점은 걱정하지 마십시오. 흑백을 따져 공정하게 처리할 테니까요."

그리고는 낮은 목소리로 무슨 의논인가를 하고 경찰관은 돌아갔는데 전옥희는 여관집 안주인을 다시 보는 기분으로 되었다. 아닌 게 아니라 좌익들의 만행에 대해선 귀를 막고 싶은 심정이었다. 전옥희가 의도한 것은 결코 그런 것이 아니었다. 어디까지나 혁명운동을 기대한 것이고, 항의집회 또는 시위행진을 예상했을 뿐인데 그런 엄청난 잔학 행위가 있었다고 하니 기가 질렸다.

전옥희와 강금순은 10월 10일 여관 안주인이 마련해준 경찰의 통행증을 얻어 열차편으로 서울에 돌아올 수가 있었다. 서울역에 내려 헤어지는 마당에 강금순이 뚜벅 "나는 민주사업 그만두겠소."하고 말했다.

"조직에서 이탈하겠단 말이야?"

전옥희가 되물었다.

"그래. 난 대구에서 너무너무 쇼크 받았어."

강금순의 눈에 눈물이 핑 돌았다.

"그렇게 자유스러울 수 있을까?"

전옥희는 매서운 눈으로 금순을 보았다.

"자유를 찾아야겠어."

차갑게 한마디 남겨놓고 강금순은 등을 돌렸다. 대구에서의 10·1 폭동사건을 계기로 소요는 전국에 파급되었다. 전기 〈대동신문〉의 개괄기사에 빠진 사건을 열거하면 이러했다.

10월 3일 서울에서 약 1만 명의 군중이 "정권을 인민위원회에 넘겨라."하는 구호를 외치며 군정청 앞에서 시위를 벌였다. 10월 5일엔 부산, 인천, 군산, 목포, 여수, 마산, 통영 등지에서 해원(海員) 약 1만5천 명이 동정파업을 했다. 10월 8일엔 밀양 모직공장의 파업이 있었고, 부산에서 선박시위가 있었다. 10월 20일엔 경기도의 개성, 봉동, 임한, 대성, 연안, 배천, 대성, 장단, 광주 등지에서 경찰지서 습격사건이 발생했다.

10월 22일엔 서울 종로에서 "정권은 인민위원회로!" "쌀을 달라!" "박헌영 체포령을 취소하라!"는 등의 삐라를 살포하는 사건이 있었다. 10월 30일엔 화순탄광 노동자 5천 명이 파업에 돌입했다. 목포에선 전화 종업원 1백20명이 파업한 사건과 파출소를 습격하여 방화한 사건과 1천5백 명이 목포경찰서 습격한 사건이 있었다.

폭동은 11월에도 계속되었다. 전남 장성군의 경찰지서 습격사건, 보성군에서의 득량지서 습격, 독촉(獨促) 청년 2명을 살해한 사건, 면력지서 습격사건이 있었다. 전주형무소 집단 탈옥사건, 전남 해남군에서의 지서와 면사무소 방화사건 등이 발생했다.

10월 20일을 기하여 경기도 일대에 발생한 경찰지서 습격사건은 조선공산당의 폭력전술을 폭로한 대표적인 사례였다.

### (1) 개성경찰서 풍덕지서 습격사건

1947년 1월 19일 오전 10시경 개풍군 대성면 풍덕리에 있는 고용순의 집에 최병규, 송치도, 김세기, 이만휘, 박웅두, 고규진, 김종문, 고상명, 고용순, 고규룡, 이규환 등이 모였다. 이들은 공산당의 지령 하에 조직된 '인민항쟁위원회'의 멤버들이었다. 그들은 고용순의 집에서 다음과 같이 모의했다.

"우리는 좌익정권을 세우기 위해 상부 지령에 따라 내일, 즉 20일 오전 5시 정각 풍덕지서를 습격하여 배 주임과 안 경사를 살해하고 그 외 순경은 무장해제만 한다. 그리고 총기는 전부 압수하고 전화기를 파괴하여 연락을 차단한다. 습격대 편성은 2개 대로 하고 제1대는 읍내 청년들로 편성한다. 대장은 이만환, 부대장은 박응두로 하여 배 지서주임 집을 습격한다. 제2대는 고양동 청년들로써 편성한다. 대장은 송치도, 부대장은 김세기이다. 풍덕지서를 습격한다. 대원은 각기 곤봉을 가지고 나와라. 그 외의 필요한 흉기는 대장이 그때그때 지시한다. 민청원, 농조원(農組員)의 소집은 고용순이 담당한다."

이규환은 그날 오후 11시경 송치도로부터 고양동 민청원을 고용순의 집에 소집하라는 지령을 받고 민청 연락원 고세희로 하여금 민청원 고기준 외 29명과 면내 각 부락 좌익청년 80여 명을 20일 0시부터 오전 4시까지 고용순의 집에 집합시켰다.

이때 송치도는 모인 사람들에게 "우리는 미군정을 축출하고 우리가 다 잘살 수 있는 좌익정권을 수립하기 위하여 봉기한 영남사건, 철도파업사건 등 인민항쟁과 보조를 같이하여 공동전선을 전개해야 한다. 이제 경찰관서를 비롯한 중요 관서와 우익계 인사들을 습격하라는 당의 지령이 내려 우리 대성면에서도 풍덕지서를 습격하기로 결의하였다. 우리는 오늘 20일 오전 5시 정각을 기하여 풍덕지서를 습격 파괴하고 동 지서 주임 배영진과 차석 안학순 경사를 살해하고 그 밖의 순경은 정상에 따라 무장해제하고 우익인사들을 살해하여 제2차 해방을 요구한다." 하고 말했다.

집합인원 50여 명으로 대열을 편성하고 대장 송치도 지휘 하에 오전 4시 50분경 풍덕지서 습격 차 출발했다. 이들은 오전 5시 정각 풍덕지서에 도착, 대원 20명은 지서의 외곽을 포위하여 외부와의 연락을 차단하고 도망하는 경찰관을 처단하는 등 파수 임무를 담당하고, 나머지 20명이 지서 정문과 동문을 파괴하고 침입했다. 숙직실로 가려는 찰나 선두에 섰던 송치도가 안학순이 발사한 총탄에 맞아 쓰러졌다. 폭도들은 놀라 지서 밖으로 후퇴했다.

그 후 재차 지서 내부로 난입, 석원서 순경이 피신하려는 것을 발견 난타하여 졸도케 하고 지서 사무실의 전화기 및 탁자 유리창을 곤봉과 돌로써 파괴하는 한편, 무기고를 파괴하여 99식 장총 3정, 실탄 15발과 권총 1정, 실탄

10발, 배 주임 소유인 엽총 1정, 실탄 10여 발을 강탈하고 숙직실에 있던 석원서 순경의 국민복 1착, 경찰 정복 1착, 군화 1족, 서적 수 권을 탈취했다.

이규환은 지서 습격을 끝마칠 무렵, 배 주임 집을 습격하고 돌아온 박용두와 더불어 "제1차 해방이 되었다. 농민해방이다. 하곡 강제수집에 무기를 들고 출동한 경찰은 타도되었다. 추곡수집, 공출, 소작료는 절대 반대한다. 농지는 농민에게 무상분배하라."는 등의 벽보 4매를 풍덕 읍내에 붙였다. 이들은 사건 직후 38선 이북으로 분산 도주해버렸다.

### (2) 개성경찰서 상도지서 습격사건

김은영은 개성상업학교를 3학년 때 중퇴한 당시 41세의 사나이였다. 1946년 9월경 조선공산당에 가입하여 자기 동리인 개풍군 봉동면 흥왕리 석현동의 세포책임자로 있었다. 그는 공산당 개풍군 투쟁위원회 책임자인 주영선으로부터 상도지서를 습격하라는 지령을 받았다.

1946년 10월 20일 오전 1시경 상도면 선석리에 있는 차칠호 집에 이종철, 이증로, 이양로, 김규영, 김호봉, 김진영, 이경로, 권복남, 성세용, 김응중, 이윤선, 한동필 등 공산당원들을 모았다. 그 자리에서 주영선의 주도 하에 상도지서의 습격을 모의했다. 우선 상도지서의 동정을 살피기 위해 이윤선을 파견하여 정찰케 했다. 이윤선의 보고에 의하면 지서 주임은 집에서 자고 있고, 순경 3명은 마을 술집에서 술을 마시고 있다고 했다. 그들은 절호의 기회가 왔다고 하여 다음과 같이 결정했다.

(가) 개성경찰서와 상도지서 간의 연락을 두절시키기 위해 전화선을 절단한다. (나) 지서를 습격하면 먼저 무기를 탈취한다. (다) 습격에 성공하면 원성이 높은 악질 경찰관을 살해한다. (라) 습격 성공 후 선전대를 4개 분대로 편성하여 면내를 시위하며 삐라를 뿌리고 구두 선전을 전개한다. (마) 습격할 때 반항하지 않는 경찰관은 무기만 빼앗고 결박해둔다. (바) 행동대는 2개 분대로 편성한다. 제1분대는 지서를 습격하고 제2분대는 순경들이 술을 마시고

있는 술집을 습격한다. 그리고는 아래와 같이 습격준비를 서둘렀다.

① 제1분대 분대장; 주영선, 부분대장; 김응중, 대원; 윤도중 김호봉 이윤선 차칠호 한동필 김규영 이증로 외 5명. 제2분대 분대장; 이종철, 부분대장; 민영훈, 대원; 권복남 이양로 김진영 김은영 이경로 성세용 외 7명

② 습격방법

ㄱ. 제1분대는 지서 주위를 포위하고 주영선과 김응중은 지서 주임 사택을 찾아가서 "지금 도둑이 소를 끌고 간다."고 허위 신고하여 주임을 꾀어 밖으로 끌어낸 다음 가지고 있는 곤봉으로 난타하고 무기를 빼앗는다.

ㄴ. 제2분대는 상도면 선석리의 술집을 습격하고 음주 중인 순경들을 곤봉으로 난타 후 결박 하여 지서까지 끌고 온다.

이렇게 결정한 후 그들은 차칠호 집에서 미리 준비해둔 탁주 한 말을 마시고 식사를 마친 다음 오전 4시 40분경 곤봉을 들고 제1분대는 지서로, 제2분대는 선석리 술집으로 향했다. 술집을 포위한 뒤 이종철, 민영훈, 김은영 3명은 안으로 쳐들어가 음주 중이던 이상춘, 김윤종, 김명철 세 순경을 밖으로 끌어낸 다음 곤봉으로 난타하여 1개월 이상의 치료를 요하는 상처를 입혔다. 그리고 김명철 순경을 결박하여 지서까지 끌고 왔다.

지서를 습격한 제1분대는 주임 사택에서 99식 장총 2정과 실탄 9발, 공탄 4발을 탈취하고 지서 사무실의 유리창과 집기를 파괴하고는 전화선을 절단한 후 서류를 불태웠다. 그리고 결박한 김명철이 입고 있는 경찰 정복과 포승, 경적, 수첩 등을 탈취했다. 그리고는 동일 오후 8시경 그들은 4개 분대로 나뉘어 차칠호의 집에 숨겨두었던 삐라 7백 매를 면내에 살포하며 시위하다가 응원 경찰대가 온다는 정보를 듣고 38선 이북으로 도망쳐버렸다.

### (3) 임한지서 습격사건

1946년 10월 10일 오후 9시경 개풍군 임한면 상조강리 민영훈 집에 모임이 있었다. 모인 사람은 조선공산당 임한 지구책 민영훈, 동 부책(副責) 한구

하, 개풍군 농민조합 임한면 부위원장 이신호, 개풍군 민청 임한면 위원장 이충호, 민청원 이재천과 이영호 등이었다. 이 자리에서 당의 지령을 실시하기 위해 임한지서를 습격할 모의를 했다. 그리고 10월 16일부터 10월 20일까지의 사이 전후 세 차례에 걸쳐 계획을 짰다.

ㄱ. 언론, 집회의 자유를 구속하고 식량공출을 강요하는 남조선 일대의 경찰을 타도하기 위하여 각자 곤봉을 준비, 대기태세를 취하라.

ㄴ. 경찰의 감시가 심하니 각자 기밀을 엄수하라.

ㄷ. 거사에서 동지 간의 암호는 '누구냐' '나다'로 한다.

ㄹ. 거사 일시는 10월 20일 오전 5시로 한다.

10월 20일 오전 2시경 임한면 월암리에 있는 조철하 집에 공산당 임한면 부책인 한구하를 비롯한 당원, 농민조합원 또는 민청원들이 모여 3시간 후인 오전 5시에 거사하기로 하였다. 정각 오전 5시 한구하, 이신호, 이창우 등 43명은 곤봉으로 지서 출입문을 파괴하고 내부에 돌입하여 사무실의 비품을 파괴하고 숙직실에서 근무 중이던 황동순 순경을 곤봉으로 난타, 중상을 입혔다. 이어 무기고를 부수고 장총 2정, 실탄 10발, 경찰봉 1개, 황순경의 경찰 정복 1착을 강탈했다. 한홍식 외 1명은 임한면사무소 뒤에 가설된 영정, 임한 간 경비전화선을 절단했다.

이들은 임한지서 주임 박인용 경사를 죽일 목적으로 그날 오전 5시 반경 그의 집을 습격했다. 이재천, 장기덕 등 28명은 외곽을 감시하고, 김개준, 한경희 등 38명은 각자 곤봉 또는 장총을 가지고 박 경사의 사택에 침입하여 취침 중인 가족 박민현, 박문흠, 박증녀를 곤봉으로 때려 중상을 입히고 경찰관 정복 등 3점을 강탈했다. 박 경사는 출장 중이었으므로 무사할 수가 있었다.

한편 이재천, 오운영, 이봉용, 변해필, 이철환 등 72명은 같은 날 오전 5시 50분 한만풍, 이만해, 윤용학 순경의 집을 습격, 가족들을 때려 중상을 입히고 경찰관 정복을 강탈했다. 한만풍, 이만해 순경은 집에 없었고 윤용학 순경은 곤봉으로 난타당해 빈사지경에 이르렀다. 이들은 또한 면내를 돌아다니며 우익인사인 민병선, 조운하, 민석기 등의 집을 습격하여 집을 부수고 폭행과 불법감금 등 행패를 부렸다.

이재천, 장기덕, 김건준, 변해필, 이창우 등 20명은 곤봉과 장총 1정을 가지고 출장 중인 박인용 경사와 한만풍 순경의 행방을 탐색 중 그날 오후 7시 30분경 신흥부락 고갯길에서 순찰근무 중인 이만해, 이덕규 두 순경을 발견하여 폭행을 가했다.

이들은 그날 오후 9시경 유촌리 김지현 집에 있는 박 경사를 장총으로 2발을 쏘아 즉사케 하고 한 순경에겐 장총으로 1발을 쏘아 중상을 입혔다. 장기덕, 한구하, 민영훈은 칼로 박 경사의 안면을 난자하여 얼굴을 알아볼 수 없게 하여 시체에 돌멩이를 매달아 동리 남방 강물에 던져버렸다. 절명 직전에 있는 한 순경도 이미 죽은 것으로 알고 같은 방식으로 강에 던지려고 운반 도중 소생하여 살려달라고 애원하자 이영호가 장총으로 한 순경의 후두부를 쏘아 즉사케 한 다음 박 경사를 던진 강물에 던져버렸다.

## (4) 연안경찰서 및 동서 지서 습격사건

10월 19일 공산당 연백군 위원회 위원장 이종순은 오후 2시경 연백군 연안읍 봉남리 서선의원 2층에 있는 군(郡) 민전 사무실에서 연백군당 상무위원회를 개최했다. 이 자리에 참집한 자들은 이종순, 왕정방, 오응호, 한태면, 이구원, 김형순, 유지용 등이다. 연백군 투쟁위원회 책임자 한태면의 사회로 진행된 이 회의에서 다음과 같은 모의가 있었다.

그 모의 내용은 ① 1946년 10월 20일 오전 5시 30분을 기하여 인민을 동원하여 연안경찰서와 동서 온정지서, 호동지서, 배천지서를 습격하여 접수한다. ② 경찰서를 접수한 후 날이 밝으면 인민대회를 개최한다. ③ 오응호, 한태면, 김형순, 유지용은 연안경찰서를 접수한다. ④ 왕정방은 온정지서를, 이종순은 호동지서를, 이구원은 배천지서를 각각 담당한다. ⑤ 습격에 앞서 일부 순경을 포섭하여 사전에 연락하고 그들로부터 내응의 편리를 받도록 한다.

△ 연안경찰서 습격상황

오응호, 한태면, 김형순, 유지용 등은 약 60명을 동원, 지휘하여 연안경찰서에 근무하고 있는 순경 신철우, 이종열, 안용모, 유길선 등과 사전 연락 하에 동서를 습격, 무기를 탈취하고 건물을 점령한 다음 유치장을 개방하여 유치인을 도주시키는 한편 동서 외근주임 임학성, 사찰주임 박찬모, 수사주임 안순모 등 경찰관 수 명과 민간인 서기린 등 평소에 좌익과 대립하여 오던 우익인사 다수를 잡아다가 유치장에 감금했다.

오응호는 이때 탈취한 총기의 사용법을 폭도들에게 가르쳐주어, 경찰서 뒤뜰에 집합시킨 경찰관들을 감시케 하는 등 극렬하게 날뛰었다. 또한 오응호는 폭동에 가담한 순경들인 신철우, 이종열, 안용모, 유길선 등의 협조를 받아 무기고에 보관 중인 99식 장총 60정과 실탄 1천여 발, 일제 26식 단식권총 1정을 탈취했다. 오응호는 일본 와세다대학 문학부 2년을 중퇴하고 일찍부터 공산주의 사상을 가지고 있었다. 해방된 해 12월에 조선공산당 연백군당에 입당하여 1946년 2월부터 '남조선 민주주의 민족전선' 연백군위원장으로 있으면서 10월 19일 공산당으로부터 경찰서 습격지령을 받았다.


△ 온정지서 습격상황

왕정방은 19일 오후 4시경 이종순으로부터 온정지서 습격지령을 받았다. 그 지령 내용은 ① 온정지서 습격에서 총지휘자는 왕정방으로 하고 행동책임자는 온정면 당 위원장 문억기로 한다. ② 습격시간은 20일 오전 4시로 한다. ③ 인민동원 책임은 정응모가 진다. ④ 습격에선 인명의 피해가 없도록 해야 한다. ⑤ 건물 등은 파괴하지 말라. ⑥ 해가 뜨면 인민대회를 개최하라. ⑦ 지서 습격 후 무기를 탈취해 가지고 연안 본대로 합류한다. ⑧ 경찰 후원부대가 올 때엔 교전하지 말고 도피할 것. 특히 미군에 대해선 발포하지 말아야 한다.

이상과 같은 지시에 따라 19일 오후 9시경 온정면에 도착, 익일 새벽 4시에 70여 명의 군중을 동원 지휘하여 온정지서를 습격했다. 지서를 습격한 왕정방, 문억기 등은 숙직 순경 1명과 숙사에서 취침 중이던 지서주임을 권총으로 위협하여 체포하고 이웃 여관에서 순경 3명을 체포, 이들에게서 무기고 열쇠를 빼앗아 장총 8정과 실탄 70발을 탈취한 다음 연안경찰서를 습격한 본대와 합류하기 위해 급거 연안읍으로 돌아왔다. 이때 온정지서에서 체포한 경찰관 5명을 연행했다.

왕정방 등이 연안본서에 도착했을 때는 약속시간보다 약 5분 늦었던 관계로 본서 습격은 이미 끝나 있었다. 왕정방은 유치장에 감금한 우익인사들을 점검했는데 평소 자기가 악감을 품고 있던 김창순이 감금되어 있지 않은 것을 발견하고 즉시 김창순의 집을 습격, 김창순을 체포하여 연안경찰서 유치장에 감금했다. 이어 그들은 체포 또는 투항한 경찰관 중에서 협력을 약속한 자는 석방하고 그 밖의 10여 명은 계속 감금해두었다.

△ 호동지서 습격상황

왕정방 등이 연안본서에 도착한 후에도 호동지서가 아직 접수되지 않았다는 연락을 받고 군당 투쟁위원장 한태면과 왕정방은 7, 8명을 인솔하고 소방자동차를 몰아 호동지서로 급행했다. 지서엔 이미 공산당에 포섭된 순경 1명만 남아 있고 다른 경찰관들은 도피하고 없었다. 지서주임 집 장롱에 숨겨져 있는 장총 3정을 발견하여 지방의 동조자에게 인계해주고 그들은 연안으로 돌아왔다.

△ 배천지서 습격상황

배천지서의 습격은 공산당 연백군투쟁위원회의 지령을 받은 공산당 온천면 당부의 계획 하에 유성찬 외 7,9명이 군중을 동원하여 감행했다. 유성찬은 연백군 은천면 연남리에 거주하며 민청원으로서 활약하고 있던 자인데 이웃 연동리에 사는 역시 민청원인 이구현, 염근영, 유경찬, 임창일, 장명훈, 황진수, 최호신 등과 함께 이미 포섭되어 있던 배천지서 순경 홍춘재와 사전 연락하고 군중 수십 명을 동원하여 지서를 습격하게 된 것이다. 그들은 10월 20일 오전 5시경 지서 안에 감금하고서 38식 및 99식 장총 14정과 권총 1정을 탈취했다.

연안경찰서와 그 관하 지서를 습격한 이들은 개성으로부터 응원 경찰대와 미군이 충돌 중이란 소식을 듣고 연안경찰서 임학성 이하 7명의 경찰관과 우익인사 서기린 등 4명을 강제로 화물자동차에 태워 연안군 봉북면 오봉리에서 38선을 넘어 북한으로 도망쳐버렸다. 그런데 한 가지 주목할 것은 연안경찰서를 습격한 이들은 사람을 죽이지 않고 기물과 건물을 파괴하지 않았다는 사실이다. 그 까닭은 주동자들의 대부분이 꽤 수준이 높은 지식인들이기 때문이 아닌가 한다. 주동자의 하나인 왕정방은 일본 조치(上智)대학을 졸업한 후 〈경성일보〉 기자, 초등학교 교원을 한 경력의 소지자이며 해방 직후 공산당에 입당, 연백군당의 선전부장을 하던 사람이었다.

같은 10월 20일 오전 1시 경기도 광주경찰서가 좌익의 습격을 받았다. 폭도들은 경찰관 1명을 죽이고 경찰서에 휘발유를 뿌려 건물을 완전히 태워 버렸다. 이와 때를 같이하여 각지의 형무소에서 탈옥사건이 발생했다. 다음은 당시의 신문기사이다.

「전주감옥의 파괴, 죄수 4백18명 도주」

전주감옥에 수감되어 있던 죄수 8백42명 중 4백18명은 1946년 11월 11일 오후 2시 동 감옥을 파옥하고 소총 1정, 권총 2정, 일본도 2정을 탈취하여 이리 방면의 산속으로 도주하였는데 동일 오후 10시까지 21명을 체포하였다.

그런데 이 소동에 앞서 동 감옥 취사장에서 간수와 죄수들 간에 충돌이 있었던 것이 직접적인 도화선이 되었으나 계획적인 것인지 또는 우연한 것인지는 알 수 없지만 좌익 죄수의 선동과 주도 하에 감행되었다는 것만은 확실하다.

이번 사건으로 간수 측에서 2명이 부상하고 죄수 측에서 1명이 즉사했다.

이런 사태에 대비하기 위해 남조선 각 형무소에선 11일부터 특별경계에 들어갔다. 지난 11일 전주형무소를 탈옥한 죄수 중 20일 아침 현재 1백66명이 돌아와 복역하고 있다.

(1946년 11월 11일, 동 20일 〈동아일보〉)

「광주형무소 파옥 소동」

1946년 11월 22일 오후 8시경 전남 광주형무소에서는 약2백 명의 죄수가 탈옥을 계획하고 감방으로부터 탈출하려 하였으나 간수들이 이를 발견하고 진압하였으므로 탈출한 죄수는 한 사람도 없었다. 이로 인해 4명의 죄수가 사망하였고 그 외의 죄수 11명이 중상을 입었다.

(1946년 11월 24일 〈동아일보〉)

공산당은 이러한 일련의 사태를 인민항쟁이라고 불렀다. 그리고 그 성과를 대단한 것처럼 선전하려고 애썼다. 그러나 그 결과는 참담한 것이었다. 많은 일꾼들이 죽거나 감옥으로 끌려갔다. 그보다 더 많은 수가 당에서 이탈했다. 필연적으로 당으로부터 민심이 떠났다. 반 박헌영파는 말할 것도 없고 박헌영파 내부에서도 10월 사태를 무모한 짓이었다고 비판하는 움직임이 있었다. 말은 못해도 박갑동의 심정도 비슷했다. 그 무렵 진주에 내려가 있는 민형준으로부터 장문의 편지가 인편으로 박갑동 앞으로 전달되어 왔다. 그 편지의 내용은,

……내가 가장 두려워하는 사태가 이윽고 터지고 말았소. 진주에서도 지령에 따라 만단의 계획을 했소. 정예당원 2천 명으로 치고 짠 계획이었소. 사업개시를 하루 앞두고 점검을 해보았더니 어이가 없었소. 정예당원 2천 명은 고사하고 쓸 만한 당원 20명을 얻을 수도 없었소. 부득이 장님 언덕을 넘는 식으로 일을 시작할 수밖에 없었소. 요컨대 군중심리를 이용하자는 거였소. 진

주시청에 부녀자들을 모아 데모를 했지요. 진주공원에 사람들을 모아 기세를 올렸지요. 그 기세를 몰아 진주경찰서 앞까지 육박했는데 당원들은 온데간데 없고 무조직 군중만 모여 아우성을 쳤소. 용감한 여성당원 몇과 간부도 아닌 청년 몇 사람의 힘으로 겨우 시위대열처럼 되어갈 무렵에 경찰의 위협발포가 있었소. 그러고 나니 엉망이었소. 혼비백산한 무조직 군중은 각기 쥐구멍을 찾아 도망치고 말았소. 그것뿐입니다. 오래지 않아 검거선풍이 불어 닥쳤는데 명색이 간부란 사람들은 비밀 아지트의 골방에 몰려 앉아 부들부들 떨고 있었으니 될 말이기나 하오. 검거선풍은 치열하여 약 1천 명이 경찰에 연행되었는데 그 가운데 일제 이래 당의 대선배인 강 선생과 열렬한 투사인 노 의사(盧醫師)가 끼었습니다. 당은 이래서 풍비박산이 된 거죠. 앞으로 재건할 문제가 난처합니다. 무슨 까닭으로 그런 무모한 지령을 내렸는지 도시 알 수가 없소. 인민의 봉기는 집중적이어야 하고 결정적이야 합니다. 그러자면 이편의 전열대비에 만전을 기해야 하고 시기의 선택에 신중해야 하는데, 이번의 무모한 거사로 인해 결정적인 투쟁수단을 놓쳐버렸습니다. 앞으로 어떻게 봉기를 조직할 수 있겠습니까? 이번의 실수는 결코 단순한 것이 아닙니다. 당의 취약성을 폭로하고 말았으니까요. 호랑인 줄 알았던 공산당이 종이로 만든 호랑이의 형상에 불과하다는 것을 경찰과 우익에게 알린 거나 다를 바가 없지 않겠습니까? 대구를 비롯한 각 지역에 많은 사상자가 났다고 들었습니다. 보람도 없이 사람만 죽인 결과가 되었으니 공산당에 대한 일반의 민심을 짐작할 수 있지 않습니까? 진주를 중심으로 한 인근 군의 각 면에선 두세 사람의 희생자가 있었습니다. 결국 이번의 봉기는 괜히 억울한 사람만 죽이고 끝난 미친 짓이 되고 말았습니다. 그런데다 3당 합당을 둘러싸고 서울에서 들려오는 소리들이 모두 불미하기만 하니 정말 살 기분이 나지 않는군요…… 자중자애하십시오.

박갑동은 고민 끝에 이 편지를 김삼룡 앞에 내놓았다. 일선 일꾼들의 고민을 알아달라는 뜻도 있고, 앞으로의 전술을 짜는 데에서 다소의 참고가 되지 않을까 해서였다. 김삼룡은 그 편지를 주의 깊게 읽고 나더니 "이 사람 나무만 보고 숲을 볼 줄 모르는군."했을 뿐이었다.

10월 17일 난데없이 '사회노동당'(약칭 사로당)을 결성키로 했다며 결정서와 강령 초안이 신문 지상에 발표되었다. 이른바 3당 합동 의정서 내용의 요지는 다음과 같았다.

① 강화된 반동공세를 분쇄하고 민주독립을 달성하기 위하여 근로인민 대중을 단일한 체계와 통일된 지도 아래 단결해야 한다. ② 3당은 투쟁 목표와 그 방법의 공통성을 이해한다. ③ 3당의 분립은 지도통계의 혼잡과 역량분산, 당파의식의 조장, 정력낭비를 가져온다. ④ 반동진영의 공세에 대하여 거족적 단결과 투쟁을 요청한다. 3당 합당은 광범한 민주적 통일의 기초가 된다. ⑤ 3당은 애국자들의 집결체이다. 이러한 인적 구성의 전체가 신당으로 융합될 것을 엄숙히 선언한다.

인민당 위원장 여운형
남조선신민당 위원장 백남운
조선공산당 책임비서 강진

사회노동당 강령은 ① 조선민주공화국 건설을 과업으로 한다 ② 정권 형태는 인민위원회 ③ 20세 이상 선거권 부여 ④ 언론, 출판, 신앙 등의 자유 ⑤ 반민주주의 단체의 해체 ⑥ 일제 악법 철폐 ⑦ 누진세제 실시 ⑧ 무상몰수 무상분배의 토지개혁 ⑨ 중요 산업의 국유화 ⑩ 무역의 국영 ⑪ 민족산업의 부흥과 근로자의 생활향상 ⑫ 8시간 노동제 실시 ⑬ 적산 주택 국유화 ⑭ 남녀평등권 실시 ⑮ 민족문화 발전 ⑯ 의무교육 실시 ⑰ 보건, 후생의 국가관리 ⑱ 국방군 조직과 의용병제 실시 ⑲ 평화애호국가와의 단결 강화

이런 문서가 발표된 지 사흘쯤 후였을까. 박갑동이 전옥희로부터 전

화를 받았다. 그때까지 전옥희의 행방을 전혀 모르고 애태우고만 있었던 박갑동은 "도대체 어떻게 된 겁니까?"하고 들뜬 목소리로 반가워했다. 그런데 전옥희의 목소리는 쌀쌀했다.

"저를 찾기라도 해보셨어요?"

"무슨 말을 그렇게 합니까?"하고 박갑동은 9월 하순부터 매일처럼 찾다가 지쳤다는 얘기를 했다.

"제가 죽은 줄 알았나요?"

"그런 생각을 어떻게 할 수 있었겠소? 도대체 어떻게 된 겁니까?"

"그건 비밀이구요. 오늘 박 선생님께 물어볼 게 있어요."

"뭔데요?"

"사회노동당이란 게 뭡니까?"

박갑동이 한마디로 설명할 수가 없어 우물쭈물했다. 전옥희의 말이 계속되었다.

"박 선생님도 사회노동당인가요?"

"천만에, 나완 전연 관계가 없습니다."

"그 3당 합동의정서란 게 근사하던데요. 강령도 근사하구요."

"말로써 꾸며대기야 어떻게라도 할 수 있지 않겠소?"

"남조선노동당 준비위원회와 사회노동당은 어떻게 다른 겁니까?"

"어떻게 다르다기보다 전연 다릅니다. 사회노동당에 대한 남로당 준비위원회의 반박성명을 읽어보시지 않았나요?"

"아직 읽어보지 않았어요."

"그럼 일단 그걸 한번 읽어 보시지요."

"흥미 없습니다. 지금 때가 어느 땐데 같은 진영끼리 으르렁대고 있는 거예요. 전 정나미가 떨어졌어요."

"복잡한 사정이 있는 거죠. 만나서 자세히 설명 드리겠소."

"어디서 만날까요?"

"북풍에서 만납시다. 오후 여섯 시쯤에……."

"좋습니다. 그럼 나오실 때 남로당 준비위원회의 반박성명서를 가지고 나오세요."

"그렇게 하겠소."

전화를 끊고 난 즉시 박갑동은 반박성명을 챙겼다.

남조선노동당 준비위원회의 성명.

① 사로당 창립 결정은 인민당 안의 우경파인 3인과 신민당에서 제외당한 분자와 공산당 안의 반당분자 등 소수 분자의 야합이며 이는 적이 갈망하는 우리 민족진영의 파괴 분열이고 민주개혁에 대한 반역이다. ② 방금 전개되고 있는 인민의 투쟁(10월 폭동)을 방관, 압살하고 반동세력과 군정에 굴복하는 것과 같다. ③ 이들은 기회주의자로서 '합법적 활동'을 주장하는 자들이다.

조선공산당 서기국(박헌영파)의 성명.

사로당 결성을 발표한 것이야말로 근로인민에 대한 최악의 반역, 민주진영에 대한 최대의 모반, 조선 민족에 대한 막대한 죄악으로서 인민대중은 이를 배격할 것이다. 그들은 입으론 합당을 찬성하면서도 행동으로 합당을 지연 방해해왔다. 근로대중의 투쟁을 냉시하고 합법만을 주장하여 우리 진영의 무장 해제를 기도했다. 당명을 도용 참칭하여 마치 우리 당의 행동인 것처럼 민중을 기만하고 현혹하려 하나 인민은 속지 않을 것이다.

조선인민당의 성명.

인민당 31인 위원은 공산당 대회파와 제휴하여 합당을 방해하고 당명을 도용하여 당국을 파괴하며 당 강령을 왜곡하는 해당행위를 감행해오다가 이제 그 가면을 벗고 사로당을 조직했다. 이에 우리는 동지애의 애상(哀傷)을 일절 물리치고 혁명 수행을 위하여 이들 반동분자들을 당규에 의해 철저히 숙청할 것을 결정했다.

이밖에 민전, 전평, 전농, 부총, 민청, 협동조합, 과학, 문학, 영화, 연극, 음악, 미술, 법학자동맹 등은 사로당을 관제 합당이라고 지적하고 다음과 같은 성명을 발표했다.

한 사람의 근로인민일지라도 좌익을 가장한 반동의 새로운 주구들에게 기만당하지 않기 위하여 우리는 모든 분야에서 관제 사로당의 가면을 벗겨갈 것이다. 이들은 남로당의 거대한 진군과 인민들의 투쟁에 의하여 파괴의 운명에 봉착하리라는 것을 의심할 바 없다.

박갑동은 반박성명을 되풀이해 읽고 지금 당이 놓여 있는 안팎의 사정을 정리해보는 마음이 되었다. 전옥희의 날카로운 추궁에 대해 요령 있는 해명을 준비하기 위해서였다. 박갑동은 해명의 준비로서 메모까지 하여 6시가 가까워지길 기다려 다방 '북풍'으로 갔다.

다방으로 들어서자 박갑동은 9월 말의 어느 날 그 다방에서 감미로운 음악을 들은 일을 상기했다. 전옥희는 와 있지 않았다. 후미진 구석에 자리를 잡고 박갑동은 그때 들은 곡명을 생각해내려고 애썼다. 그다지 기억력이 나쁜 편이 아니었는데도 기억해낼 수가 없었다. 살풍경한 정치의 마당에 뒹굴고 있다 보면 예술적인 감수성은 마비되는가 보았다. 이런 생각을 하며 스산한 기분으로 있는데 마침 그 음악이 흘러나왔다. 단번에 기억이 되살아났다.

'드보르작의 신세계!'

스르르 눈을 감고 음악의 흐름에 도취하고 있는데 옆에 인기척이 있었다. 박갑동이 눈을 떴다. 전옥희의 향긋한 미소가 눈앞에 있었다. 조금 핼쑥한 표정이 마음에 걸렸다. "앉으시죠."하고 박갑동이 미소를 보냈다. 그러고는 "이 음악 좋지요?"했다.

"박 선생님은 음악을 좋아하세요?"

앉으면서 한 전옥희의 말이었다.

"별로 좋아하지도 않았는데 어느 날……"하고 9월말 전옥희를 찾아 나선 얘기에 곁들여 박갑동이 물었다.

"도대체 어디에 가셨댔어요?"

"알아맞혀보세요."

"내겐 점장이 소질이 전연 없습니다."

"누가 점을 치라고 했나요? 추리를 해보시라는 거예요?"

"추리에도 자신이 없소."

"혁명가로서 성공하려면 추리력에도 뛰어나야 할 건데요?"

전옥희가 소리를 낮추었다.

"솔직하게 말씀해보시오. 어디 가 계셨소?"

전옥희의 얼굴이 장난스럽게 이지러지더니 낮은 말로 "대구에 가 있었어요."

"대구에요?"

"역사의 현장에 있었던 거죠."

"꽤나 시끄러웠다고 하던데요?"

"시끄러운 정도가 아니었어요."

"위험한 일은 없었소?"

"꼭꼭 숨어 있다가 홍길동처럼 빠져나왔는걸요."

약간 사이를 두고 박갑동이 "그런 델 뭣 하러 가요?"하고 퉁명스럽게 뱉었다.

"놀러 간 줄 알아요?"

"놀러 갔건 일 때문에 갔건 자기를 소중히 할 줄 알아야지요."

"부르주아 수신책에 있는 말 아녜요? 그것."

"자중하라는 덴 좌우가 있을 리 없소. 그건 그렇고 무슨 일로 가셨소?"

"한마디로 말하면 응원하러 간 건데."하고 전옥희는 우울한 표정을 지었다.

"그런 지령이 있었소?"

박갑동이 대강의 짐작을 하고 물었다. 전옥희는 고개를 끄덕이고는 "나는 혁명의 현장을 보러 갔는데 지저분한 난장판을 보고 왔어요. 세상에 그런 무모한 짓이 어디에 있을까? 그렇게 쉽게 처참하게 볼품없이 진압되어버릴 일을 무슨 까닭으로 꾸몄을까요?"

"……"

"내가 숨어 있던 여관집 안주인이 말했어요. 지레 죽으려고 환장한 꼴이라구요."

"……"

"내가 그곳에서 확인한 사실을 말해볼까요?"

"말해보시오."

"이 나라에선 결단코 폭력혁명은 불가능하다는 사실이에요."

"……"

"앞으론 공산당이 콩으로 메주를 쑨다고 해도 곧이듣지 않게 되었어요. 내일에라도 혁명이 성공할 것처럼 꾀어 대중을 거리로 끌고나와 놓고 공산당이 한 일이 뭐였죠? 엉성한 조직에다 무모한 계획에다, 사후의 대책이란 전연 없는, 그런 무책임한 당을 믿고 누가 움직이겠어요?"

"……"

"정말 슬퍼요. 이번에 나와 같이 대구에 간 동무는 강금순이란 여학생이었는데, 서울역에서 헤어질 때 조직에서 이탈하겠다고 말했어요. 나는 말릴 수가 없었어요."

박갑동이 그 말꼬투리를 잡았다.

"이탈하는 동무를 붙들지 못한다는 것은 그만큼 당을 신뢰할 수 없다는 뜻 아닌가요?"

"그렇죠."

"그렇다면 옥희 씨는 어떻소? 옥희 씨도 정치운동 그만두고 학문하도록 하시오."

"박 선생님, 그것 빈정대는 말씀이세요? 진심으로 하시는 말씀이세요?"

전옥희의 얼굴이 상기되어 있었다.

"내가 왜 빈정대겠소. 내 진심입니다. 공산당운동이란 당을 믿지 않고선 불가능합니다. 좋으나 궂으나 잘하거나 못하거나 당이 하는 일을 절대다, 지상명령이다, 비판을 초월해 있다, 이런 신념이 없으면 못해나갑니다. 그리고 먼젓번 바로 이집에서 생각한 겁니다만 인생엔 달리 할 일이 많더군요. 학문하는 길도 있고, 예술하는 길도 있고, 그밖에 일생을 맡길 만한 일이 많아요. 당을 의심하면서까지, 당을 불안하게 여기면서까지 조직에 몸담고 있을 필요는 없는 겁니다. 게다가 옥희 씨는 아름다워요, 총명해요, 행복을 누릴 수 있을 거예요. 인생의 방향을 돌려보세요."

박갑동의 말은 간절했다.

"박 선생님은 방향을 바꿀 참인가요?"

"나는 바꾸지 않습니다."

"당을 신뢰한단 말입니까?"

"내 경우에선 신뢰고 뭐고 없습니다. 그 조직 말고는 살 수가 없으니까요. 그 조직에서 나오는 산소가 아니고선 나는 호흡을 못 합니다."

"그렇게 된 이유는? 설마 나면서부터 그렇게 되었을 리는 없을 거니까요."

"뭐라고 할까? 오기라고나 할까? 경상도 말로 '악음'이라고나 할까?

나는 내 친구들에게 너무나 자신만만하게 으스댔으니까. 나는 이 길로 걷겠다고. 그러다가 보니 나는 달리 어떻게 할 수가 없게 되었소.”

“박 선생님!”하고 전옥희는 싱긋 웃었다.

“박 선생님과 꼭 같은 이유로 나도 방향을 바꿀 수가 없어요. 내가 당에 대해 불평하는 것은 반대가 아니고 내 욕심이에요. 당이 화적들의 소굴이라도 이젠 할 수 없어요. 화적이 그 소굴을 떠나 살 수 있겠어요?”

쾌활하게 이렇게 말하고 전옥희는 “사회노동당 얘기를 해주세요. 그리고 합당문제두요.”하고 자세를 고쳐 앉았다.

제16장
**환상의
당(黨)**

"우울한 얘깁니다." 박갑동이 식어버린 커피를 한 입 마시고 찻잔을 놓았다. 정말 우울한 얘긴 것이다. 사회노동당의 출현이란 것은…….

"우울해도 할 수 없지 않아요? 나는 진상을 알고 싶어요."

전옥희의 얼굴에 장난스런 웃음이 일었다.

"그럼 처음부터 시작하죠. 지금 진보세력, 즉 좌익은 3당 6파로 나뉘져 있소. 공산당, 인민당, 신민당, 이것이 3당이요. 공산당 안에 두 파가 있고 인민당 안에도 두 파가 있고 신민당도 두 파로 갈라져 있소. 그래서 3당 6파라고 하는 것이오."

"6파가 12파로 갈라지는 일도 있지 않겠어요?"

"12파가 24파로 될 수도 있겠죠. 그러나 현재로선 6파입니다. 공산당은 이미 알고 있겠지만 박헌영파와 반박헌영파로 나눠져 있습니다.

반박헌영파의 중심인물은 서중석, 강진, 김철수, 김근, 이정윤, 문갑송 등입니다. 이들이 3당 합당을 앞두고 당 대회를 열어 결정하자고 나선 겁니다. 그래서 이들을 '대회파'라고 하죠. 그런데 박헌영파는 이들을 이적행위자로 규정하여 이정윤에겐 제명처분, 나머지 사람들에겐 정권처분을 내렸지요. 여기서 극한대립이 생긴 겁니다."

"그런 극단적인 처분을 하지 않고는 달리 방책이 없었을까요?"

"그들의 대립은 고질적인 것입니다. 박헌영 당수가 양보해서 그들에게 중요부서를 맡겼더라면 화해할 수 있었을지 모르나 박헌영 당수는 그들을 믿을 수가 없는 겁니다. 언제 어떤 반란을 일으킬지 알 수 없었으니까요. 그런 까닭에 그 반대파를 제외하고 3당 합당에 임해야 되겠다고 결심한 거죠."

"인민당의 두 파는 어떻게 된 거예요?"

"인민당엔 공산당의 프락치가 다수 들어가 있습니다. 프락치는 모두 박헌영 위원장을 지지하는 사람들이죠. 이번의 3당 합당 문제를 두고 중앙위원이 두 파로 갈라졌는데, 한 파는 47명이고 한 파는 31명입니다. 47명은 박헌영 위원장의 노선을 지지하려는 사람들이고, 31명은 자주적인 노선을 걷자는 사람들이지요. 즉 47명은 적극적으로 합당 서둘자는 것이고 31명은 합당은 하되 신중히 고려해야 한다. 그렇지 않으면 공산당에게 먹혀버리고 만다는 거지요. 요컨대 인민당의 분열은 공산당의 프락치와 비프락치의 대립입니다."

"여운형 선생은 어느 파인가요?"

"물론 31인파입니다."

"신민당의 경우는요?"

"신민당에도 공산당의 프락치가 다수 들어가 있지요. 당수는 백남운이지만 신민당을 움직이는 실권자들은 공산당 프락치들입니다. 백남운 당수는 이번의 합당이 다수당, 즉 공산당이 소수당을 병합하는 것이 아니라 민주적 협동에 의해 평등한 처지에서 이루어져야 한다고 하고, 공산당과 인민당 내부의 혼란이 수습될 때까지 기다려 평양에 있는 본부와 연락해서 교섭에 들어가자고 한 것인데, 정노식, 심운, 고찬보, 구재수 등 중진급이 덮어놓고 합당하자고 나선 것 입니다. 이렇게 되고 보니 공산당은 추진파와 대회파, 인민당은 47파와 31파, 신민당은 반(反)간부파와 중앙파로 나눠진 거죠."

"재미있는데요. 그 분열현상이……."

"이상과 같은 6개파 중에서 공산당의 추진파, 인민당의 47파, 신민당의 중앙파가 합동하여 '남조선노동당'을 만들려는 것이고, 공산당의 대회파, 인민당의 31파, 신민당의 반간부파가 '사회노동당'을 결성했다. 이겁니다."

"요컨대 박헌영파의 연결체가 남로당으로 되고 반박헌영파의 연합세력이 사로당이다. 이렇게 되는 거군요?"

"대강 그렇게 되는 거죠."

"그런데 여운형 선생의 동향은 어떻습니까?"

"사로당에서 위원장으로 만들려고 하고 있지요. 그런 만큼 몽양은 심정적으론 사로당을 하자는 사람들과 일치하고 있습니다. 그러나 몽양은 3당 합당을 북쪽으로부터 위임받은 처지에 있고 현재 남로당 결성준비위원장입니다. 그러니 심정이 대단히 복잡할 겁니다."

"우익들이 보면 거지끼리 자루 찢는다고 하지 않겠어요?"하고 전옥희가 웃었다.

"원래 정치엔 파벌이 생기는 거고 파벌이 생기면 싸움도 하는 겁니다. 비 온 후에 땅이 굳어진다고, 이런 분규를 몇 번 겪고 나서야 당의 기틀이 잡히겠지요. 공산당도 인민당도 신민당도 당력(黨歷)이 1년 남짓한 정당들 아닙니까? 비관할 것 없어요."

"박 선생님은 언제나 낙관론자이네요."

"그렇소. 나는 낙관론잡니다. 뿐만 아니라 우리의 앞날을 낙관해야 하지 않겠소?"

"낙관할 건더기가 전혀 없는 데두요?"

"건더기가 없는 건 아니지. 이른바 3당 6파로 갈기갈기 갈라진 좌익 세력이 일단 두 갈래로 정돈되지 않았습니까? 두 갈래가 하나로 되는 건 수월한 일입니다."

"그보다도 나는 서로가 원수처럼 굳어져버릴 것 같은데요."

"어떤 단체에도 주류 비주류가 있게 마련이니까 자연 다수결 원칙이 결정하겠지요. 그리고 모든 게 변증법적 관계로 되는 것 아닙니까? 시일을 두고 공동의 적을 상대로 싸우고 있으면 자연 화해가 이루어지기도 합니다."

"그렇게 되었으면 해요."

말을 이렇게 하고 있었지만 박갑동도 전옥희도 마음이 개운하지 않았다. 박갑동은 이미 사로파로서 태도를 표명한 몇몇 동지의 얼굴을 떠올리고 거북한 기분이 되어 있었고, 전옥희는 대구에서 목격한 사실들을 회상하고 암울한 느낌이 되었다. 별로 할 말이 없어졌다. 박갑동과 전옥희는 가까운 시일 안에 다시 만나기로 하고 '북풍'에서 헤어졌다.

남로당 계열의 치열한 반대와 공격이 있었지만 사회노동당은 그들의 방침을 실천해 나갔다. 사회노동당 준비위원회는 자기들 계열을 정비 강화해 나갔다. 11월 1일엔 3당 연합 중앙위원회를 개최하고 사회노동당 임시 중앙위원과 감찰위원을 선출했다.

위원장에 여운형, 부위원장에 백남운, 강진, 중앙위원은 다음과 같은 35명.

여운형 백남운 강진 장건상 윤일 고철우 김대희 김근 이만규 문갑송 이우적 강병도 이영 최익한 이여성 조한용 구소현 이정윤 정백 이임수 김철수 신표성 이은우 최성환 최백근 고명자 성대경 고경흠 한종식 최

홍열 신동일 허운구 김명진 함봉석 이영선.

그런데 이 3당 연합 중앙위원회에 여운형은 참석하지 않았다. 그는 사회노동당의 위원장이기도 하며 남로당 준비위원회 위원장이기도 했다. 여운형은 공산당의 박헌영파를 달갑지 않게 생각하고 있었으면서도 좌익의 폭넓은 단합을 위해 두 개의 노동당을 하나의 노동당으로 만들어야 한다고 생각하고 있었다.

그는 또한 지난 8월 30일 북조선공산당과 신민당이 합동하여 북조선노동당을 만들고 남한에서의 3당 합당이 단시일 내에 이루어지도록 박헌영파의 무조건 합당론을 북한이 지지했다는 사실을 의식하고 있었다. 11월 12일 인민당 회의실에서 사회노동당 중앙위원회가 열린 석상에서 여운형은 남로당과의 합동방안을 다음과 같이 세 가지로 제안했다.

① 민족역량을 총집결하기 위하여 사로당을 해체함으로써 남로당과 합동할 것. ② 합동 교섭위원을 선출하여 남로당과의 합동을 재교섭할 것. ③ 그렇지 않으면 기정방침대로 나갈 것.

갑론을박의 회의 끝에 결국 둘째 안을 채택하고 교섭위원을 선출했다. 그리고 11월 16일엔 사로당 측에서 남로당에 무조건 합동하자는 서한을 보냈다. 그러나 박헌영 계열은 사로당의 이러한 합동제안을 끝내 거절하고 말았다. 조건을 내세울 것 없이 자기들의 결정에 따라오라는 태도였다.

1946년 11월 23, 24일 이틀 동안 서울 종로구에 있는 시천교당(侍天敎堂)에서 남조선노동당 결당대회가 있었다. 첫날 모임은 23일 하오 2시에 시작했다. 하지 사령관을 대리한 범펠러 소령이 내빈으로 왔다. 허헌, 김원봉 등과 대의원 6백27명 중 5백58명이 참집했다. 사회는 인민당계 이궐소가 보았다. 애국가와 해방의 노래 제창이 있었고, 대의원의 자격심사 보고에 이어 허헌의 개회사가 있었다.

"근로인민의 역량을 집결하고 좌익 진영의 통일을 강화하여 반동세력을 분쇄하고 조국의 민주독립을 전취할 수 있는 강력한 정당으로 키워 나가야 한다."는 요지의 연설이었다. 임시집행부 선거에 들어갔다.

허헌 이승엽 이기석 정노식 이석구 구재수 최원택 유영준 김형선 김광수 안기성 김상철 정칠성이 의장단으로 뽑혔다. 필두로 여운형이 의장으로 뽑혔지만 그는 불참했다. 이기석으로부터 합당에 관한 경과보고가 있었다. 다음 강령, 규약을 이미 제출되어 있었던 안에 따라 만장일치로 가결했다. 중앙위원 및 감찰위원의 선출은 허헌 외 4명의 의장에게 일임하기로 했다. 구재수의 국내외 정치정세 보고가 있었고 여운형의 축사를 조한용이 대독했다. 민전을 대표하여 사무국장 박문규가 축사를 했다.

이로써 첫날 모임은 끝났는데, 대의원 일부에선 "박헌영이 어디로 갔느냐?"가 문제로 되었다. 군정청으로부터 체포령이 내려 있으므로 피신 중이라고 얼버무렸지만 이북으로 도망쳤다는 사실이 폭로되고야 말았다. 이튿날 모임은 24일 오전 11시부터 전날과 같은 장소에서 속개되었다. 중앙인민위원회 대표 김계림, 전농 대표 현동욱, 민청대표 조희영, 재일조선인연맹 대표 김정홍 등의 축사가 있었다. 이럴 경우 흔히 있게 마련인 천편일률적인 축사의 매너리즘에 지나지 않았다.

그런데 사로당계로 알려져 있던 영등포 15공장 대표가 "우리 영등포 각 공장 열성자 일동은 사회노동당 해체를 주장하고 남로당의 옳은 노선에 통일한다."는 결의문을 낭독하자 장내에 박수갈채가 있었다. 이것은 단순한 사건이 아니었다. 사로당의 실질적 근거가 영등포 각 공장에 있었는데, 그 기반이 남로당으로 넘어와 버린 것이다.

이어 대회는 대의원 이경희의 "미·소 공동위원회에 메시지를 보내자."는 긴급동의가 있어 이를 채택하고 9개 사회, 문화단체를 대표한 박찬모의 남로당에 대한 충성선언과 오장환의 시 낭독이 있었다. 그 다음 북조선노동당 중앙위원회가 보내온 메시지를 최원택이 낭독했고, 이에 대한 감사 메시지를 보내자는 동의와 결의가 있었다.

끝으로 대회는 애국가와 해방의 노래 제창에 이어 허헌의 선창으로 '남조선노동당', '소·미 공위 속개', '조선민주주의임시정부 수립 만세' 등을 삼창하자 어떤 대의원은 단상에 뛰어올라 "우리의 위대한 지도자 박헌영 동지는 지금 어디에 있느냐?"고 호소한 다음 "박헌영 만세!" "허헌 만세!"를 외쳤다. 이날 북조선노동당이 남로당 결당대회에 보낸 메시지의 내용은 다음과 같다.

남로당과 북로당은 인민의 거탄(巨彈)이 되어 적들을 소멸하며 민주독립 조선의 촉성을 보장하는 것이다. 적들의 어떠한 파괴 음모와 악독한 정책도 동무들의 강철같은 단결로써 타도될 것으로 확신하는 우리 북조선노동당은 동무들의 과감한 전투력과 견고한 투쟁의지를 굳게 믿는다. 조선 민족의 독립과 부강한 민주국가 건설을 위하여 공동으로 강력한 투쟁이 있을 것을 약속한다. 북조선노동당은 동무들의 승리가 빨리 올 것을 믿으며 숭고하고 열렬한 동지적인 축하를 보낸다.

남로당 중앙본부는 결당식이 끝난 뒤 12월 10일 3당 합당준비위원 연석회의를 개최하여 중앙위원 29명, 중앙감찰위원 12명을 선출하고 위원장 허헌(신민당), 부위원장 박헌영(공산당), 이기석(인민당)을 뽑았다. 중앙위원의 명단은 다음과 같다.

허헌 박헌영 이기석 이승엽 구재수 김삼룡 김용암 강문석 유영준 이현상 고찬보 김오성 송을수 윤경철 이재우 김상혁 김영재 김계림 김광수 정노식 성유경 정윤 김진국 현우현 홍남표 박문규 이주하 김태준 허성택. (이상 공산당 14명, 인민당 9명, 신민당 6명)

중앙감찰위원은 다음과 같다.

최원택 김형선 이석구 윤일주 홍덕유 오영 이영욱 홍성우 이정모 한영옥 등. (공산당 6명, 인민당 4명, 신민당 2명)

얼핏 3당의 인물들이 적당하게 안배된 것 같이 보이지만 인민당 소속이나 신민당 소속은 전부 공산당에서 들어간 프락치들이었다. 그러므로 남로당은 조금 규모를 키운 공산당에 불과했다. 남로당 결성대회는 미군정의 허가를 받고 개최된 합법적인 대회였기 때문에 무난히 진행될 수 있었는데, 대회 2일째 마지막에 대회장 서기석에서 수류탄이 폭발하는 사건이 발생했다. 김두한이 이끄는 우익청년들이 한 짓이었다. 그 사고로 조선통신사와 합동통신사 기자가 부상했을 뿐 달리 피해는 없었다.

남로당 결성을 전후하여 사회노동당은 혼란을 겪고 있었다. 사로당의 중요한 기반인 영등포지구가 남로당에 가입한 사건이 큰 충격이었다. 일부 중앙위원들까지도 남로당에 포섭되어 있었다. 남로당 측은 "과거를 반성하여 자기비판하면 포용하겠다."는 회유전술을 쓰고 있었다. 그런데다 11월 16일에 북로당이 사로당을 부정하는 결정을 내리고 있었다. 남로당은 이것을 11월 26일에 발표했는데, 그 내용은 다음과 같다.

① 박헌영을 중심으로 한 남조선공산당의 정치노선이 가장 정당한 노선임을 시인하며, 이를 절대 지지한다. 당내에서 좌익 기회주의 요소들이 사회노동당을 형성하기에 이른 것은 적의 반동정책에 합세한 중대한 범죄임을 지적한다. ② 북로당은 강진, 백남운 등의 분자들이 좌익정당의 분열을 조장한 것이며, 또한 민족반역자 진영을 방조한 행동이란 것을 지적한다. ③ 북로당은 박헌영을 수령으로 한 남조선공산당과 좌익정당들이 남조선노동당을 창설하려는 사업행정을 전체적으로 지지하며, 사로당은 우리와 하등의 공통성이 없다는 것을 인정한다.

북로당은 모스크바와 직결되어 있는 조직이었다. 그 조직에서 이런 단안을 내렸으므로, 소련의 눈치를 보고만 있는 사로당이 당황할 것은 당연했다. 사로당을 탈퇴하여 '자기비판'하는 자들이 속출했다. 대회파 주동인물 6명 중의 하나이며, 박헌영으로부터 정권처분을 받은 서중석은 11월 20일 다음과 같은 요지의 '자기비판'을 하고 남로당 결당식에 참가했다.

"3당 합동이란 각 당이 해체한 뒤의 개인 합동이 아닌 이상, 공산당원은 공산당이 규정한 합당노선, 즉 남로당 노선을 따를 뿐이다. 이러한 명백한 노선이 제시되었음에도 불구하고 이러니저러니 하는 이유와 방법을 가지고 당 노선을 집행함에 주저한다면 그것은 커다란 죄과(罪科) 이외의 아무것도 아니다. 나 자신은 당내 분규의 책임자의 한 사람인 만큼 정치적 행동을 같이하였던 동지들에게 한층 더 책임감을 통절히 느껴마지않으며 급속히 당 노선으로 귀결 될 것을 종용하는 바이다."

사회노동당의 위원장으로 추대되었는데도 취임하지 않고 있던 여운형이 12월 4일 「좌우합작과 합당공작을 단념하면서」라는 제목의 성명을 발표했다.

……좌익 3당 합당문제에서 좌익의 분열을 초래케 한 것은 누구보다도 나 자신이 큰 책임을 느낀다. 남로당과 사로당의 무조건 통일, 그리고 사로당을 해체하고 남로당에 통일할 것을 간청했으나 이것마저 실패했다. 이는 내게 역량이 없는 탓이며, 과오 많은 내가 차라리 민중 앞에 사과하는 중책에서 물러감이 옳다고 생각한다.

사회당 부위원장 백남운도 12월 7일 그 직책에서 물러난다고 천명했다. 12월 11일 전(前) 인민당 31파의 김양하, 황진남 등 사회노동당 중앙위원 11명은 "임시 중앙위 구성으로 발족한 사로당이 당초에 표

방한 대중정당으로서 계급적 편향성을 지양한다는 것이 오히려 파쟁을 첨예화시켰다. 그렇기 때문에 우리는 여운형이 지도하는 인민당에 다시 복귀하겠다."는 성명과 함께 사로당을 탈퇴했다. 이들 11명은 김양하, 이상백, 김진우, 이제광, 김일출, 신기언, 김철기, 함기원, 황진남, 강창제 등이다.

장안파 공산당의 당수이자 대회파의 간부인 이영이 47년 1월 1일 자기비판한 후 탈당했다. 1월 6일엔 사로당 중앙위원 20명이 "모든 좌익 요소는 남로당으로 집중되며 그것을 확대 강화하라는 것만이 우리들의 임무이다."하고 탈당 성명을 내었다. 그 명단은 다음과 같다.

강병도 이우적 주진원 권유근 반상규 정희영 최학 하필원 신용우 백원흠 윤희보 온낙중 안학윤 채백수 이명수 박봉연 이은우 문중현 박봉우 황경원.

사로당의 부위원장이며 대회파의 중심인물 강진이 1월 28일 탈당 성명을 발표했다. 강진은 무척이나 사로당에 집착했다. 박헌영적인 독선을 배제한 당에서 일해보고 싶은 것이 원래의 소망이기도 했다. 그런데 믿을 수 없는 게 사람들이었다. 북조선노동당이 불리한 말 한마디 했다고 해서 동요를 느낀 이른바 동지들이란 게 가소롭기 짝이 없었다.

그러나 혼자 버틴다고 해서 될 일이 아니었다. 강진은 "……일반 당원은 남로당에 합류되었고 또 마땅히 합류되어야 할 것이다. 대회파를 중심으로 한 공산당 체계는 이로서 해소되어야 한다."하고 성명한 것이다.

사로당 제1회 전국대회는 1947년 2월 27일 상오 11시 반 서울 시천교당에서 열렸다. 대의원 5백70명 중 3백78명이 모인 이 대회는 기묘하기 짝이 없었다. 제1회의 전당대회가 곧 해산대회였기 때문이다. 4시 30분 폐회한 사로당의 해체 결정서는 다음과 같다.

여운형의 보고와 대의원들의 토론을 기초로 본 대회는 좌와 여히 결정함. ① 사로당은 현 조직체를 가지고는 우리의 정치노선을 실천할 수 없다. ② 민주진영의 재정비 강화를 도모하기 위하여 발전적 해소를 선언함과 동시에 모든 문제를 본 대회에서 선출한 5인의 위원. 정백. 고철우. 함영록. 김대희. 서병인과 여운형. 백남운 양인에게 일임키로 한다.

이로써 사회노동당은 일장의 환상처럼 사라져버렸다.

1947년 1월 15일 경운동 천도교당에서 남로당 창립 경축대회가 있었다. 전평. 전농. 부총. 민청. 협동조합. 문련(文聯) 등 외곽 단체의 주최로 된 이 대회에서 민전을 대표하여 성주식이 남로당 찬양론을 폈고. 문련을 대표해서 소설가 김남천이 축하문을 낭독하고. 시인 이병철은 남로당을 상징한 「차돌이」란 장시를 낭독했다. 위원장 허헌은 "박헌영 체포령을 철회할 것을 당국에 건의하자."는 긴급동의를 제출하여 이를 가결시켰다.

노동자. 농민 대표의 축사가 있었다. 농악의 연주가 있었고. 신불출의 만담은 이승만을 꼬집어서 만장을 웃겼다. 이 축하대회는 위축된 공산당의 사기를 높이는 동시에 남로당이 합법적 정당이라는 것을 과시하기 위한 것이었다. 남로당의 조직과 더불어 민주주의 민족전선의 조직도 개편하지 않을 수 없게 되었다.

1월 29. 30일 이틀 동안에 민전 확대중앙위원회가 천도교당에서 있었다. 이 회의엔 중앙 대표 2백29명과 각 지방 대표 2백18명 도합 4백47명이 참집했다. 특히 이날의 모임이 이색적이었던 것은 천도교 청우회와 기독교의 김창준 목사가 민전의 강령에 찬동하고 참가했다는 사실이다. 다음은 김창준 목사의 발언이다.

"나는 기독교인이다. 8·15 후 국제교화협회(國際交化協會)라는 것을 만들어가지고 좌우합작에 노력하였으나 덮어놓고 좌우합작이란 있을 수 없다는 것을 깨달았다. 그러던 중 '10월 항쟁'을 보았다. 여기서 경제적 공평이 없는 곳에 정치적 평등이 없다는 것을 깨달았다. 3상회의 결정을 총체적으로 지지하는 것만이 조국독립을 위하여 옳다는 것을 깨달았다. 민전의 노선이 가장 옳고 정당한 이상 여기에 뭉쳐 공존공영의 제도 확립을 위하여 장하고 대담하게 나가야한다고 생각하게 된 것은 당연한 일이다."

김창준의 연설은 갈채를 받았다. 이어 박문규의 사업 보고, 김원봉의 국제정세 보고, 김오성의 국내정세 보고가 있었고, 윤중우는 '지방선거에 관한 민전의 행동강령'을 설명했다. 그리고 3상회의 결정 지지로 임시정부를 수립해야 한다는 결정서를 통과시키고 회의는 끝났다. 이때 개선된 민전 상임위원과 의장단은 다음과 같다.

상임위원: 허헌 박헌영 홍남표 정노식 이승엽 박문규 안기성 김광수 김기전 나상신 감창준 노대욱 여운형 서중석 강진 최익한

의장: 허헌 박헌영 김원봉 김기전 김창준

부의장: 홍남표 유영준 정노식 허성택 백용희 성주식 조희영 장건상 박경수 김성숙 윤근 이여성 김태준

남로당에 흡수될 수 없었던 사로계 인사들은 여운형의 주변에 모여 근로인민당을 만들게 되지만 이는 조금 뒷날의 이야기가 된다.

1947년에 들어서자 해주에 피해 앉아 원격조종을 시작한 박헌영으로부터 강경한 지령이 날아들었다. 대구사건에 이어 남조선 각지에 계속 폭동을 일으켜 미군정을 궁지에 몰아넣으라는 골자의 지령인데, 그 가운덴 군정청이 발표한 국대안(國大案)을 반대하는데 전국 대학생은 물론 중학생까지도 동원하라는, 수단 방법 가리지 않는 선동도 있었다.

당시의 사정을 알기 위해선 국대안이란 무엇이며 이에 따른 사건의 진상을 알 필요가 있다. 1946년 7월 12일 미군정청 문교부에서 국립 서울대학교 신설안을 발표했다. 이에 의하면 최고 교육기관을 운영하

는 이사진을 행정관리로써 구성하기로 되어 있었다.

처음 학계에서 이 안을 반대하고 나섰다. 군정청 방침대로 하면 대학 운영이 관료들의 독단적인 지배 하에 놓이게 되어 필연적으로 정부의 학원에 대한 간섭을 초래하게 되어 자연과학과 인문과학의 연구를 위축시킬 우려가 있다는 것이 반대 이유였다. 그러니 그 안을 철회하고, 경성대학을 종합대학으로 확장시켜 각 단과대학은 각기 그 독자성을 발휘시켜야 한다는 의견을 내놓았다. 특히 대학총장에 미국인을 임명한다는 것은 우리나라 교육에 자주성을 상실케 하는 것이라고 일반사회에서도 들고 일어났다. 이때 미 군정장관이 임명한 총장은 헨리 B. 엔스테드 박사로서 당시 육군 대위였다.

이러한 반대여론을 무릅쓰고 미군정청은 8월 22일 법령 102호를 발표하여 '국대안' 실시를 강행하려고 들어 학계와 미군정 간의 대립이 극한화되었다. 9월 국립 서울대학교가 발족하자 그 산하 상과대학, 공과대학, 사범대학 및 대학 예과 등의 학생들이 등록을 거부하고 맹휴에 돌입했다. 그 여파는 점점 확대되어 상대, 법대, 문리대는 휴교명령까지 받게 되었다. 등록한 일부 학생, 새로 모집된 학생과 일부 교수들로써 간신히 수업을 계속하기는 했지만 국립 서울대학교는 그 기능을 전혀 발휘하지 못했다.

사회 일각에서도 국대안의 부당성을 지적하고, 교수와 학생의 협력으로 대학을 재건토록 하라는 여론이 비등하고, 학생들은 구(舊) 교수의 복직, 미국인 총장의 사퇴, 민간인으로써 이사를 임명할 것과 한국인 총장을 임명할 것, 학원 자치를 인정할 것 등을 요구조건으로 내걸고 일제히 맹휴에 들어갔다.

조선공산당(같은 해 11월 23일부턴 남로당)은 이 기회를 놓칠세라 대대적으로 당 조직을 동원하여 선동공세를 전개하는 바람에 국대안 반대 맹휴파동은 드디어 각 사립대학, 심지어 각 중학교의 동정 맹휴를 유발했다. 그리하여 그 파동은 전국 각지에 파급되었다. 맹휴에 참가한 학교는 57개교, 참가인원은 4만 명에 달했다. 미군정 당국은 사회의 여론을 참작하여 법령 102호를 수정하지 않을 수 없었다. 이사 9명 모두를 조선인 민간인으로 하고 대학총장도 조선인을 임명키로 하고 대학운영 일체를 신(新) 이사회에 일임하기로 했다. 물론 미국인 총장은 사임하기로 방침을 굳혔다.

이렇게 하여 한두 개 단과대학을 제외하고는 학생들이 무조건 복교하게 되었다. 한국인 총장이 취임하여 미국인 총장 엔스테드로부터 사무를 인계받고, 각 단과대학의 교수회도 부활되어 그 독자성이 보장됨으로써 학원자치와 학문연구의 자유가 확립되는 등 국대안 반대사건은 일단 수습이 되었다. 1947년 2월경의 일이다. 그때 새로 선임된 총장과 이사진은 다음과 같다.

총장: 이춘호, 이사(9명): 사대 최규동(중동학교 교장), 상대 오건영(조선저축은행 감사역), 법대 서광설(변호사), 문리대 이춘호(연대 이사 실업가), 치대 안종서(치과의사), 농대 이헌구(조선임업회사 사장), 예대 박경호(중앙방송국 기획과장), 의대 이의식(의학박사), 공대 유재성(공학박사).

그런데 국대안 사건이 일단 수습되려는 그 단계에서 다시 사건이 속출하게 되었다. 그 원인의 일부는 북한에 주둔한 소련군 사령부 교육담당관 니콜라이 쿠즈노프 소령으로부터 남로당 위원장 허헌 앞으로 보내온 "각 학교의 맹휴를 제1단계로 하여 폭동을 선동 야기하라."는 비밀지령에 있었다. 그 비밀지령의 내용은 다음과 같다.

1947년 1월 22일, 북조선 주둔 소련군 사령부 교육관
니콜라이 쿠즈노프 소령
남조선노동당 위원장 허헌 귀하

① 세계 최대 강국인 소비에트연방의 의무 인민위원 몰로토프 동지와 영국, 프랑스, 미국 세계 4대 강국의 외상들은 장차 소비에트연방의 수도 모스크바에서 전 세계 약소 민족의 해방을 위하여 회의를 가지게 되었습니다. 1945년 12월에 모스크바에서 개최되었던 3상회의에서 채택된, 조선의 민주주의 정부 수립을 보장하는 진보적 결정을 남조선의 친일파, 파시스트, 민족 반역자의 두목 김구, 이승만의 반동 테러단들이 맹렬히 반대하고, 또 이것을 남조선의 반동군정이 선동 조장한 때문에 마침내 소·미 공동위원회는 결렬하고 말았습니다.

② 입수된 신용할 수 있는 정보에 의하면 오는 3월 10일부터 모스크바에서 개최될 4대 강국 외상회의에서 조선을 해방시킨 붉은 군대의 입장을 유리케 하기 위하여 남조선 인민들은 남조선노동당의 계획 밑에서 광범위하게 혁명을 일으킬 임무를 가지고 있습니다. 이 혁병은 반농적 질서를 파괴하는 투쟁과 연결되어야 할 것입니다.

③ 1946년 10월에 있은 남조선 인민들의 광범위한 폭동은 침략적 제국주의자 미군정의 반동성을 전 세계의 인민에게 인식시키고, 이와 반대로 북조선에 주둔한 붉은 군대가 완수한 민주파업의 위대성을 전 세계에 자랑하는 보람 있는 결과로 되었습니다. 다음에 기록된 종합적 계획서에 의하여 남조선에 있는 전체 학교에서는 광범위하고 조직적이며 맹렬한 투쟁을 개시하는 일단계로서 동맹휴학을 합법적으로 시작하여야 합니다.……

이 지령은 서울 주재 AP통신 특파원 로버트가 미군 소식통의 언명을 인용하여 보도한 것을 합동통신 제공으로 〈서울신문〉 1947년 2월 17일자에 게재된 것인데 그 보도내용은 다음과 같다.

소련으로부터 모종 지령 서한을 경찰에서 입수.

'서울 주재 AP특파원 로버트 제공 15일 합동.' 남조선 주둔 미군 소식통 언명에 의하면 조선 경찰은 최근 소련군 당국으로부터 남조선에 있는 조선인 노동운동 지도자에게 보낸 서한의 복사를 압수하였다 하는데, 그 내용은 미군 점령 하의 남조선에서 혁명의 예비단계로서 학생들의 동맹휴학을 단행시키라는 내용의 것이었다. 그리고 이 서한의 복사는 서울시에 있는 학생협회 본부에서 12일 몰수된 것이라 한다.

남로당은 이와 같은 지령을 받고 제2차 폭동계획을 세우고 그 첫단계로서 학생들의 맹휴를 선동했다.

원래 국대안 반대운동은 좌우익 가릴 것 없이 우리 최고 학부의 자주성을 살리기 위해 전개한 것인데, 남로당은 이에 편승하여 학생들을 파괴적 방향으로 이끌어나갔다. 결국 수천 명의 학생이 배움터를 잃는 희생을 당했다.

박갑동은 당의 지령과는 관계없이 앞으로 있을 당사(黨史) 편찬의 자료를 수집해둘 목적으로 맹휴 소동 상황과 이에 대한 군정당국의 대응을 세밀하게 관찰하고 이를 메모했다. 그 메모의 내용을 간추리면 다음과 같다.

① 1946년 12월 18일 러치 군정장관은 문리대, 상대, 법대의 3개 대학에 휴교처분을 내렸다. "등교일인 2월 3일에 등교하지 않는 학생은 단연 제명 처분하겠다."는 서울대학교 총장의 언명이 있었다. 그런 까닭에 2월 3일의 각 대학의 귀추가 주목되었는데 ▲ 상과대학에서는 학생회를 열고 토의한 결과 학원의 자유를 달라는 요구조건을 내걸고 맹휴에 들어갔다. ▲ 문리대 예과에서는 학생회를 열고 파직된 전(前) 교수단의 요구조건을 내걸고 맹휴에 들어갔다. ▲ 문리과대학 학생회 임시위원회에선 4개 조항의 요구조건을 내걸고 맹휴에 들어갔다. ▲ 서울 법대에서도 3일 학생회를 열고 "교수들의 요구조건을 전적으로 승인하고 파직된 교수

전원을 복직시키라."는 등 6개 조건을 내걸고 맹휴에 들어갔다. ▲ 서울 공대에서 3일 1천여 명의 학생이 교정에 모여 "공과대학 계통의 전교사를 완전 확보하자."는 등 7개 요구조건을 제시하고 맹휴에 들어갔다.

② 서울 공대 일부 교수 사퇴 성명: 서울 공과대학 교수 중 국대안 찬동자를 제외한 나머지 교수 일부는 "그 후 사태수습을 위해 진력하여 오던 중 국대안의 여러 가지 모순을 모르는 바는 아니나 원래 우리는 당초부터 향학열에 불타는 학생을 생각하여 학교를 떠날 수가 없었는데, 그 후의 모든 사태가 각 학교의 지엽문제보다 국대안 전체에 대한 재고려가 필요한 단계에 이르렀다고 보고 당국의 재고를 요청키 위하여 사직을 결의한다."는 성명을 발표하고, 동 대학 예과과장 유기연, 학생과장 유응호 교수의 7명의 교수를 사임했다.

③ 사범대학에서는 4일 학생회를 열고 국대안 철회 등 5개조의 요구조건을 걸고 맹휴에 들어갔다. 의과대학에서도 5일 맹휴에 들어갔다. 4일엔 경복중학, 5일엔 휘문중학이 학원에 대한 경찰 간섭 반대, 국대안 반대 등을 내걸고 맹휴에 들어갔다.

④ 1947년 2월 6일 국대안 반대 투쟁위원회에서 성명을 발표했다. "국대안이 건국도상의 교육계와 전 사회에 야기한 혼란과 암영은 일대 민족적 불행이며, 민주교육 건설 및 민족문화 발전에 끼친 해독은 재언을 요하지 않을 것이다. 이제 우리 국내 7천여 애국학도는 총궐기한 것이다. 국대안 발표 이후 반 년 간의 고난은 우리로 하여금 여하한 희생도 각오하게 하였으며, 이제야 완전한 단결 밑에 결사적 투쟁을 전개하고 있는 것이다. 우리는 긴급한 사태를 수습하기 위하여 다음과 같이 해결책을 공포한다.

1) 교수와 학생은 자치권을 완전히 승인하는 기관을 수립할 것. 2) 문교 당국의 책임자는 자기의 실패와 무능을 자인하고 인책 사직할 것. 3) 학원에 대한 경찰간섭을 즉시 중지할 것. 4) 대학 행정권을 조선인에게 이

양할 것.

　— 문리대, 상대, 법대, 공대, 사대, 문리대 예과, 국대안 공동투쟁위원회"

⑤ 약대, 예대, 치대도 동맹휴학.

⑥ 남로당 허헌 당수의 담화: 허헌은 10일 출입기자단과 회견하고 기자들의 질문에 다음과 같이 말했다. "동맹휴학에 대한 해결책은 교수와 학생에게 자치권, 즉 연구와 학습의 자유를 부여하고 민주주의 연구 협의로써 축출한 교수와 학생 전부를 무조건 복교시켜 이 국대안을 철폐하는 데 있다."

⑦ 8일엔 고려대학교 외 6개교가 맹휴에 돌입했다. 여학교로서 맹휴에 참가한 것은 동명여고가 처음이다. 고대 1천1백 명, 조공(야간) 2백 명, 한성중학 5백70명, 동명여고 6백 명, 대동상업 6백60명, 동성중학 6백 명, 배재중학 9백 명.

⑧ 국대안 반대 맹휴에 대한 안재홍 민정장관의 성명: "국대안 문제는 민주주의의 원칙에 의한 해결을 하여야 할 것이고 학생은 3월 3일(1947년) 등록 취하하여야 할 것이다. 문교부장은 전혀 이 방침에 준하여 노력 중이고 러치 군정장관도 전폭적으로 이 방침을 승인하는 터이므로 이사회의 적정한 선출구성과 그들의 협의에 의한 조선인 총장이 선정될 것이다. 이에 의하여 각 단과대학의 관리운영과 기타 교육 행정상의 결함도 필연적으로 시정 해제될 것이다. 교수의 전면적 보충과 그들의 생활향상과 연구의 기회를 갖도록 각 부면을 통하여 일층 노력하기를 열망한다. 어느 파를 막론하고 학생과 그 관계자들의 폭력행위를 절대 방지하여야 한다. 조국 재건은 결코 편향 급진을 요하지 않고 협동 호조의 신민주국가가 됨을 요하는 것이므로 이즘에 있어 학생 제군이 그 한도를 이탈하는 것은 불가하다. 더구나 중등 남녀 학생의 맹휴는 단연 불가하므로 즉시 등교하기를 바란다. 어쨌든 학교 안에서의 정치운동과 맹휴는 용허치 못할 일이다."

⑨ 1947년 2월 21일 문교부장 유억겸(兪億兼)은 「학도제군에게 고함」이라는 담화를 발표했다: "사랑하는 학도 제군! 국립 서울대학의 일부 학생들이 몇 개의 요구조건을 제출하고 동맹휴학을 일으킨 것을 계기로 그 선풍이 심지어 중등학교까지 들어가 선량한 애국 학도의 수학까지 방해하고 있는 것은 조국 재건도상에 일대 통한사이다. 국립 서울대학교는 고매한 이상과 원대한 계획 하에 발족한 것이다. 그러나 이 초창기에 있어 더욱 안정되지 못한 현하 우리 사회에 있어서 다소 불편과 불비와 혼잡이 없을 수 없을 것이다. 목전의 이러한 점만을 들어 국대안을 반대하는 것은 조계(무計)라 아니할 수 없다. 이에 완전한 성과가 나타나게 함에는 또한 상당한 시일이 필요한 것이다. 더구나 국대를 식민지 노예교육기관이라 함은 종합대학의 진가를 모르는 무지의 소치로서 언어도단이며, 신성하여야 할 학원에서 당을 지어 동맹휴학을 하는 것은 애국적 학도의 취할 바 태도라고는 생각할 수 없다. 건설적인 비평은 민주주의 국가의 발전에 절대로 필요한 것이다. 그러므로 학생들의 본분을 지켜가면서 국대 운영의 결함을 지적하여 정정당당히 건설적인 의견을 제출하는 것은 환영할만한 일인 동시에 이것이 소위 민주주의적 해결방법이라고 할 수 있겠다. 대학교 당국이나 문교 당국은 학생의 적이 아니다. 그들의 선도자요 원조자다. 항거의 태도를 버리고 서로 신뢰하는 데 건설이 있을 것이다. 학도들이 재래의 동맹휴학이란 파괴적인 태도를 버리고 대학교 당국과 문교 당국을 신뢰하고 학업에 취한다면 규율이 서고 따라서 당국자들은 심혈을 경도하여 대학교 발전은 물론 일보 더 나아가서 우리나라 교육을 위하여 진력할 수 있을 것이며, 국립 서울대학교 운영에 있어서도 차차 큰 광명이 있을 것이다. 그간 동맹휴학이란 비건설적인 운동으로 말미암아 순진한 마음에 받은 고통을 생각할 때 가슴이 쓰리고 마음이 아프다. 세상에 누구 할 것 없이 일국 일 민족의 장래 운명을 쌍견(雙肩)에 진 청년학도들을 교육하는 양심을 가진 사람이라면 정당하고 순결한 열

정을 꺾으며 모욕하려는 자 어디에 있겠는가? 일각을 다투어가며 학원으로 돌아가 규율 정연히 면학하면서 정당한 요구를 한다면 아니 통할 리가 없다고 본다. 문교 당국은 배우고자 하는 학생을 위해 있지 않은가? 우리를 신뢰하고 학원에 돌아가서 면학에 정진함으로써 조국 재건의 영광스러운 임무를 다하기를 간절히 바라노라."

⑩ 국립서울대학교의 모든 어려운 문제를 해결하는 데에서 입법의원의 각별한 고려를 바란다며 국립서울대학교의 교수, 부교수, 조교수 및 유지 일동은 2월 17일 다음과 같은 건의서를 제출하였고, 입법의원에서는 21일 이를 본회의에 상정하여 토의하였다.

「건의서」

(1) 이사회에 본 대학 교수 3, 4인을 참석시킬 것. 학교 제반사의 운영에 있어서 교육을 담당한 교수들이 이사회에 참가하여야만 그 이사회가 잘 운영될 줄 믿는다. (2) 대학교에 평의회를 설치하라. 각 단과대학에서 평의원 2명과 학장을 보태어 도합 27명의 평의회를 만들어 총장의 자문기관으로 한다. (3) 각 단과대학은 교수회를 부활시켜야 한다. 교수회는 자문기관으로서 학교 제반사항을 격의 없이 토의하여 학장의 자문에 응한다. (4) 교무처와 학생처의 최고책임자는 교수로 하고 그 밑에 조교수와 전임 사무원을 둔다. (5) 각 과에 연구비를 설정하는 동시 연구논문 출판비를 계상해야 한다.

⑪ 서울대학교 각 단과대학 대표들은 1947년 2월 9일 시내 한청빌딩에 모여 학생의 본부인 학업을 계속하면서 연구할 조건을 합법적으로 요구하여 자유로운 대학원을 건설하려는 의도 하에 서울대학교 건설학생회를 조직하여 적극운동을 전개하기로 하고 다음과 같은 결의문과 성명서를 발표했다.

「결의문」

(1) 국대 미인(美人) 행정관을 유능한 조선인에게 이양할 것. (2) 12월

18일부 군정장관 명령을 즉시 철회할 것. (3) 교수진을 완비하고 그 생활을 보장하며 숙사설비를 충실히 할 것.

「성명서」

"조국 독립의 급속 완성과 민주 한국의 수립은 국민 개인이 그 본분을 사수함에 잇다. 그러므로 직업인은 직장을 사수하고 학생은 학원을 사수하여 학업연수에 충실함이 건국에의 공헌이거늘 작금 도하에 발생되고 있는 맹휴는 실로 건국도상과 국가 장래에 중대한 악영향을 초래할 한심사라고 아니할 수 없다. 우리들은 현하 제반 사정으로 보아 제도의 불비와 설비의 불충분 등을 애국적 견지에서 관인(寬忍)하며 점차 개선 혹은 수정하기로 하고 학원만은 1일도 휴식치 말고 면학에 매진하여야 한다. 그럼에도 불구하고 일부 불순학생들은 현재의 제도의 다소의 불비를 기화로 정치적 모종 의도를 가지고 순진한 학생들의 민족적 양심을 악용하여 무기한 맹휴를 유도하고 있으니 우리들은 애국적 견지에서 사종(肆縱)의 맹휴를 단연 배격하고 한시 급히 총원 등록케 하기 위해 국립 서울대학 건설학생회를 결성하여 모모 정치동향의 파괴정책의 희생에 제공되려는 조국의 학원을 구하여 진정하고 순수한 학원을 건설하기 위하여 자에 성명한다. 일부 소수 파괴분자들에게 그릇 인도되고 학자난(學資難)에 허덕여 바른 비판을 상실한 다수 학생들에게 맹휴에 대한 냉정한 고찰 있기를 요망하며, 과장된 선전모략에 기만당하고 있는 일반시민들에게 대하여도 현 맹휴가 사회적으로 끼칠 해독을 크게 경각해 주길 바란다. 이에 우리 대다수의 양심적 학생의 여론으로 성립된 국대 건설학생회는 당국의 확고부동한 대책과 성의 있는 해결을 바란다."

⑫ 연속적으로 일어나는 각 중등학교, 대학의 맹휴에 대하여 10일 오후 1시 유 문교부장, 조 경무부장, 이 검찰총장 3인이 장시간 토의한 끝에 다음과 같은 경고문을 경무부장과 검찰총장 명의로 발표했다.

"최근 남조선 일대에 소위 동맹휴학이라는 불상사가 발생하는 징상이 보이는 것은 학생들의 장래와 조선 장래를 위하여 일대 통한사이다. 문교 당국의 근본방침으로선 그 동기 여하를 불문하고 학원내의 규율을 파괴시키는 동맹휴학이란 것을 절대로 용인할 수 없는 것이므로. 경무부에서는 동맹휴학이란 것을 절대로 용인할 수 없는 것이므로. 경무부에서는 학원의 동맹휴학을 선동하는 단체 혹은 개인과 이들의 선동 지령을 받아 동맹휴학을 책모하는 주동자 및 선량한 학도의 취학을 방해하는 자들은 엄중 처단할 방침이고, 또 검찰 당국으로서는 이에 대해 가장 준엄한 태도로 임할 것이다. 그러므로 일반학도들은 건국도상에 있어서 학구에 전심전력함이 최대의 사명임을 자각하고 시급히 학원으로 돌아가서 건설적 애국학도가 되기를 바라는 바이고, 학부형 제위도 상기 취지를 심찰하여 만일의 유감이 없도록 그 자녀들에 대한 최선의 지도를 부탁하는 바이다."

⑬ 경무부장과 검찰총장 명의의 경고문은 당연히 국대안 반대투쟁에 열중하고 있는 학생들의 반발을 유발했다. 국대안 반대 학생 공동 투쟁위원회에선 이에 대한 반박성명을 발표했다.

"12일의 검찰총장, 경무부장의 공동성명에 대하여 우리 학생 일동은 유감의 뜻을 표한다. 국대안 반대투쟁은 민족문화의 내일을 우려하고 현 문교정책을 바로잡으려는 순진한 학생들의 열정에서 우러난 투쟁이다. 일부 단체나 일부 학생들의 선동에 의한 것이라는 것은 우리의 단결을 깨뜨리려는 모략에 불과하다. 우리는 진실한 민주학원을 건설하기까지 순량한 학생들의 새 싹을 유린하려는 것과 싸우겠다."


아무리 악착같은 남로당의 선동과 공작도 한계가 있었다. 남로당으로선 학원의 분규가 수습할 수 없을 정도로 과열하는 것이 바람직했겠지만 서서히 학생들의 건전한 자각이 돋아나기도 했고 경찰의 맹렬한 대비책이 주효하기도 했다.

학원 문제는 당 학생부의 전담에 맡겨두기로 하고 2월 중순의 어느 날 밤 이주하, 김삼룡, 김형선 등 최고 간부들과 박갑동 등 5, 6명의 중견 간부가 장충동에 있는 모 실업가의 저택에서 간담회 형식의 모임을 가졌다. 그 석상에서 최근의 당에 대한 여론에 관해 이주하의 지명을 받고 박갑동이 다음과 같이 말했다.

"당이 10월 항쟁을 계기로 많은 조직 군중을 잃은 것은 사실입니다. 사전의 준비 없이 과격 전술로 전환한 것이 충격이 된 모양입니다. 적잖은 이탈까지 생겼습니다. 그러나 그걸 문제시할 것은 없다고 생각합니다. 전엔 입당할 수 없었던 많은 민청원을 입당시켜 보완할 수 있었으니까요. 그런데 중요한 문제는 경찰의 추궁입니다. 게다가 우익청년단의 힘이 갑자기 강해졌습니다. 남로당으로서 합법적인 행동을 할 수가 있다고 하나 우리가 해야 할 일은 주로 비합법적인 일인데, 지금의 군정법률에 걸리기만 하면 결딴이 날 지경입니다. 이 점에 대한 적절한 전술이 있어야 하겠습니다."

"경찰이 무서워서 당 사업을 못 하겠단 말이오?"

이주하의 날카로운 말이 날아왔다.

"그런 것이 아니라 앞으로 힘을 집중적으로 발휘하기 위해서 당원의 수양과 훈련에 중점을 두고 비합법적인 과업은 가능한 한 줄였으면 하는 것이 저의 의견입니다."

"박 동무의 의견에도 일리는 있어. 그러나 지금은 그럴 수가 없소." 하며 김삼룡이 내일에라도 당장 각 지방 당부에 통첩해야 할 것이라고 전제하고 이런 말을 했다.

"소·미 공위가 곧 열리게 되오. 아니 소·미 공위가 열리도록 정세를 만들어야 하오. 그러자면 인민적 투쟁을 전개해야 하오. 해주에서의 지령인데, 이번 3·1절 기념행사에 계기를 두어야 하오. 박 위원장의 지시문을 읽어보겠소. '반역 도당들과의 무자비한 투쟁을 통해서 조국의 민주독립을 보장한 모스크바 3상회의 결정을 총체적으로 지지 실천하는 광범한 인민운동을 전개하여, 인민의 압도적 여론으로서 소 · 미 공동위원회를 속개하게 하고, 소 · 미 공동위원회가 모스크바 3상회의 결정을 총체적으로 지지 실천하는 민주주의 정당과 사회단체만을 토대로 임시정부를 꼭 수립하고 정권이 인민위원회에 넘어오게 하여 이 인민위원회가 북조선과 같은 민주개혁을 즉시 실천하게 함에 있다. 우리 남조선노동당은 인민의 선두에 서서 용감히 투쟁함으로써 기필코 자유와 민주독립을 전취할 것을 맹세한다'는 것인데, 이 박 위원장의 신념이 곧 우리의 신념이오."

김삼룡의 말을 듣곤 박갑동이 하마터면 "김 동지께선 그렇게 될 수 있을 것이라고 조금이라도 믿고 있습니까?"하고 물을 뻔했다. 모스크바 3상회의 결정을 총체적으로 지지 실천하는 정당 사회단체란 좌익을 말하는 것이 아닌가? 그것만을 토대로 해서 임시정부를 만든다는 것은 그러니 좌익 일색의 임시정부가 된다는 얘기가 아닌가? 미군이 호락호락 소련의 그런 제의에 양보하도록 만들기 위해 인민의 힘으로 압력을 주라는 결론인데, 구체적으로 실제적으로 어떻게 하자는 얘긴가?

위축할 대로 위축해 있는 남로당으로서도 남의 눈이 보지 않는 장소에서 비밀공작쯤은 할 수 있을 것이다. 어떤 특정인을 죽이는 일, 특정 건물에 방화하는 일, 반짝하는 데모쯤은 해낼 수 있을지 모른다. 그 이상의 일은 도저히 불가능한 것이다. 그런데 김삼룡이 대표하는 남로당의 최고 간부들은 눈썹 하나 까딱하지 않고 그것이 가능할 것처럼 말하고 있지 않는가? 박갑동의 침묵이 길었던 모양이다.

"박 동무와 같은 쟁쟁한 중견 간부의 얘기가 듣고 싶어서 묻는 거요. 무슨 기발한 방법이 없을까?"

김삼룡이 무언가를 생각하고 있으면서 하는 소리였다.

"당원의 수양과 단련에 우선 중점을 두고……."

아까 한 말을 박갑동이 되풀이하려는데 이주하가 말꼬리를 잘랐다.

"당원의 수양은 투쟁으로서 단련되는 거요. 중놈의 수양처럼 묵념이나 참선으로 되는 건 아니오."

"결론부터 말하지."하고 김삼룡이 성대한 3·1절 기념식을 하기 위한 아이디어를 말해보라고 하고는 덧붙였다.

"이번 3·1절엔 전국 방방곡곡에 인민의 위력이 폭발해야 하오. 우리 의지를 인민에게 납득시켜야 하오. 소·미 공위의 성공 없인 희망이 없다고 알리고, 소·미 공위를 향해 인민의 열정을 총집결시키도록 3·1절 기념행사를 성공적으로 연출해야 한다 이 말이오."

김삼룡의 열띤 소리를 들으며 박갑동은 속으로 웃었다. 3·1운동 독립선언서에 서명한 33인 가운데 공산당과 연결시킬 수 있는 인물이 하나도 없었던 탓으로 공산주의자들은 3·1운동을 대수롭게 치고 있지 않다는 걸 박갑동이 알고 있었기 때문이다.

하기야 어떤 기회이고 포착하는 것이 공산당이고, 필요에 따라 의미를 만들어내는 것이 공산당이고 보면 갑자기 3·1절의 의미를 높이 평가하고 그날을 이용하려는 태도에 별반 이상할 것은 없었다. 그러나 이상했던 것은 그 자리에 모인 당 간부들이 하나같이 지금 남로당이 처해 있는 곤경을 자각하고 있지 않은 것 같은 태도를 보이고 있는 것이었다. 내일에라도 미·소 공위가 열리게 되면 남로당 중심의 임시정부가 설 것 같은 얘기를 예사로 하고 있었던 것이다.

여운형이 화제에 올랐을 때 이주하는 "그 사람 나잇값을 해야지."하고 거론할 건더기도 안 된다는 듯했고, 김삼룡은 "미국 놈들에게 대한 미련을 버리지 못하면서 인민의 편인 척 꾸미려고 하는 기회주의자."하고 못을 박았다.

박갑동은 동반자이긴 하나 당 외의 인물이 있는 자리에서 그런 말을 한다는 건 경솔하다고 느꼈는데, 뒤에야 사정을 알았다. 그날 밤 초대한 그 실업가는 어떤 인연에선가 공산당에 상당한 자금을 내고 있었던 사람인데, 자기의 생일을 기하여 당 간부를 초대한 것이었다. 젊은 중견 간부가 끼이게 된 것은 그 실업가의 특청에 의한 것이었다.

"공산당에 어떤 젊은 사람이 있는지 알고 싶다."고 그 사람이 말했다는 것이다. 딴으론 앞으로 공산당, 즉 남로당을 계속 도와야 하나, 인연을 끊어야 하나 결정짓기 위해 최고 간부 몇 사람과 중견 간부 몇 사람을 초대한 것이라고 짐작할 수 있었다(이것도 물론 뒤에 한 짐작이다). 간부들도 그런 눈치를 채고 필요 이상의 낙관론을 편 것이었다.

요리상이 들어오고 나선 국내정치 문제는 화제에서 사라지고 중국 대륙에서의 사건이 화제에 올랐다. 주로 얘기를 이끌어간 것은 김형선이었는데, 가끔 의견을 끼우는 것으로 보아 그 실업가의 중공에 관한 견식이 보통이 아니란 것을 알았다. 그는 모택동은 물론이고 주덕, 주은래, 팽덕회, 화룡, 임표 등 중공 지도자들의 이름을 박갑동 자신보다 더 잘 알고 있었고, 국공합작의 과정을 소상하게 설명하기도 하며 "여러 가지 정보를 종합하면 미국 정부가 국민당 쪽보다 중공 쪽에 더욱 호의적인 것 같다."는 의견을 말하고는 "대륙의 운명은 장차 중공이 장악할 것 같다."는 결론은 내렸다.

박갑동은 그 실업가가 조선공산당을 돕게 된 마음의 바탕에 중공의 승리에 대한 확신이 있다고 보았다. 그것은 사업가적인 약삭빠른 타산일지도 몰랐고, 자본가의 근성을 넘어보려는 어떤 초극(超克)의 의지일지도 몰랐다. 어느 편이건 박갑동으로선 고맙게 느껴야 할 인물이었는데, 그렇다 치고라도 최고 간부들이 그 사람의 존재를 지나치게 의식하고 안 해도 좋을 말까지 늘어놓고 있는 것은 탐탁스럽지 않았다.

통행금지 시간을 한 시간쯤 앞두고 해산하게 되었을 땐 김삼룡이 젊은 당원 둘을 데리고 먼저 나가고 10분 간격으로 이주하, 김형선의 순으로 각각 수행원과 그 집을 나섰다. 그러다가 보니 박갑동이 맨 뒤에 처지게 되었다. 주위에 아무도 없어졌을 때 그 실업가가 물었다.

"박 선생이라고 하셨죠?"

"예."

"학교는 어느 학교를 나왔습니까?"

"일본 와세다를 나왔습니다."

"아아 그렇습니까? 나는 일본 게이오대학을 나왔습니다."

"언제쯤입니까?"

"소화(昭和) 8년이었소."

"그럼 저보다 5년쯤 선배되시겠습니다."

"그런가요?"하고 잠깐 덤덤해 있더니 중얼거렸다.

"공산당, 아니 남로당도 걱정이야."

"당이 어째서요?"

"너무 융통성이 없는 것 같아요."

"공산당이 융통성을 가져야 할까요?"하고 박갑동이 웃었다.

"공산당일수록 융통성을 가져야지. 적어도 정치의 실제에 참여할 작정이면…. 그래서 남로당으로 변모한 것 아니오? 공산당이 그 존재하는 사실만으로 의미를 가진 시대는 아니지 않소. 정치는 현실입니다. 현실에 맞추어 전략을 세워야지, 그런 점은 중국공산당은 본받을 만하지 않소? 그런데 공산당, 아니 남로당은 미숙해. 전술에 유연성이 없는 것 같아. 도대체 10월 사건 같은 것이 뭐요? 큰 실수를 했어. 그런 식으로 나가다간 앞으로 2, 3년도 더 부지하지 못할 거요."

"꼭 그렇게 생각하신다면 왜 간부들에게 솔직하게 말씀하시지 않습니까?"

"그 사람들이 내 말을 들을 사람이우? 우선 당신부터 두고 보시오. 박 위원장이 이북에 있으면서 당을 지배한다는 것 자체가 틀린 일이오. 소련과 이북의 눈치를 보고 그것에 맞도록 당을 조종하려고 할 건데 그게 남쪽의 실정에 맞겠소? 나는 남조선에서의 공산당 운동은 실패할 거라고 보고 있소."

"그런데도 우리 당을 경제적으로 원조하는 의도가 뭡니까?"

"일종의 센티멘털리즘이겠지. 나도 한때 마르크스 보이였소. 당신도 아시겠지. 게이오대학에 노로 에이타로(野呂榮太郞)란 출중한 마르크스 학자가 있었다는 것을⋯⋯."

"알고 있습니다."

"그 분이 죽기 얼마 전 우연히 그와 친하게 지내게 되었죠. 그 영향으로 난 관념적인 마르크시스트가 된 겁니다. 실제적 운동을 할 자신은 없었죠. 해방이 되니 공산당 운동이 시작되더군요. 입당해서 공산주의 운동을 하기엔 여러 가지로 주저되는 일이 있네요. 그래서 옛날 마르크스 보이였다는 추억을 얼만가의 자금으로 보상하기로 했지요. 이승만이다, 뭐다 하는 사람들에게 대한 반발도 있었구."

"선생님 같은 분이 입당하셔야 하는데."

"천만의 말씀. 나는 노로라는 사람과 사귀면서 느꼈지만 여간 악돌이가 아니고선 공산당은 안 되는 겁니다. '심파' 정도가 내 격에 맞는 거지요. 그러나 오해하진 말아요. 내가 공산당을 돕고 있는 건 그 천하가 되었을 때 무슨 반대급부가 있을 것이라고 믿고 하는 것은 아닙니다. 공산당 천지가 되면 십중팔구 나는 도망칠 거요. 그런데도 왜 돕느냐 하면 그 세상이 되면 수천 년 동안 시달려오던 농민이나 노동자에게 다소 이롭지 않겠나. 그러니 그들에게 봉사하는 마음이라도 갖자 하는 건데, 과연 공산당이 농민과 노동자를 위하는 세력인지 아닌지⋯⋯. 결국 센티멘털리즘이지요."

"선생님이 하신 말씀을 그냥 그대로 간부들에게 옮겨도 좋겠습니까?"

"좋고말고요. 공산당 간부를 일대일로 만날 기회만 있으면 하고 싶었던 말이니까요. 어렵겠지만 남로당은 국적(國籍)을 가진 당이 되었으면 해요. 노동자 농민을 위하는 당이 되었으면 해요. 그러자면 전술이라든지 전략이 유연해야 합니다. 속임수를 써서도 안 되구요. 당이 하는 말이면 콩을 팥이라고 해도 곧이들을 수 있도록 대중의 신뢰를 획득해야 합니다. 그 점에서 조선공산당은 엄청난 실수를 했어요. 남로당으로 이름을 바꾼 시점부터 신용을 회복하도록 해야죠."

어디엔가에서 클래식 음악이 들려왔다. 이른 봄밤이 깊어가는 가운데 들려오는 그 음악이 너무나 감미로웠다. 그러나 그 감상에 젖어 있을 순 없었다. 시계를 보니 일어설 시각이었다. "또 만나 뵐 기회가 있었으면 좋겠습니다."하고 박갑동이 일어섰다. 웃기만 하고 대답이 없이 그 사람은 정문과 반대쪽, 즉 건물 뒤쪽으로 박갑동을 데리고 가더니 샛문을 열었다. 말없이 박갑동이 그 문으로 해서 골목으로 나왔다. 샛문은 소리 없이 닫혔다.

1947년의 3월 1일. 우익은 서울운동장에서 3·1절 기념행사를 가졌다. '기미선언 전국대회'라는 이름이었다. 좌익은 남산공원에서 기념행사를 가졌다. '3·1절 기념 시민대회'라는 이름이었다. 그런 형편의 기념식이었으므로 그 구체적인 경과는 기록하나마나다. 갸륵한 선열들을 빙자하여 좌익은 우익을 욕하고 우익은 좌익을 욕하는 경욕(競辱)대회가 되어버렸다. 그런데 입으로만 하는 욕설로 끝나지 않았다. 각기 기념식을 끝내고 가두행진에 들어선 좌우익이 남대문 근처에서 충돌을 빚었다. 이날 경찰은 충돌에 대비하여 남대문 부근에 미리 무장 경찰관을 배치해놓고 있었는데도 좌우익의 충돌을 방지할 수가 없었다. 한동안 투석전이 벌어졌다. 이윽고 요란스런 총소리가 났다. ……이 사건에 대한 수도경찰청의 발표는 다음과 같았다.

3월 1일 하오 3시 40분. 우익 측 행렬은 학생대를 선두로 남대문과 서울역과의 노상을 행진하였고. 좌익은 남산공원에서 해산하여 남대문 옆에서 갈라져 일파는 시내를 향하고 일파는 서울역을 향하여 갔는데. 경찰대는 쌍방의 충돌을 방지하고자 그 중간에 배열. 경계 중 우익 측 행렬 선두에서 곤봉을 들고 좌익 측에 도전하려 하는 것을 경찰대가 제지하였으나. 이때 우익 학생대와 좌익 측 간에 석전(石戰)이 시작되었다. 이러는 순간 제2 일화빌딩 쪽에서 총성이 연발하므로 이를 제압하기 위하여 경찰대가 공포를 발사하였다. 총성은 4, 5분간 계속하였으나 일부 군중이 해산하지 않으므로 계속 도착한 응원 경찰대와 합류하여 5시 반 께에 완전히 해산시켰다.

발포는 일화빌딩. 즉 남로당 본부 쪽에서 좌익이 한 것처럼 경찰에서는 발표한 것이다. 수도경찰청 출입기자단은 그 진상을 취재하려고 애썼는데. 경찰의 발표와는 다른 결론에 도달하여 물의를 일으켰다. 수 명의 사상자가 난 것은 확실한데. 누가 총을 쏘았는지는 끝내 밝혀지지 않았다.

지방에서도 이날 군데군데 충돌사건이 있었다. 사망자 16명. 부상자 22명을 냈다고 하니 적지 않은 희생이다. 부산에선 이런 일이 있었다. 민전 주최 좌익 시민대회에서 연사의 하나가 이승만에게 욕설을 퍼붓는 연설을 했다. 그러자 광복청년단원 3명이 그를 연단에서 끌어내려 구타했다. 이것이 계기가 되어 좌우의 충돌이 생겼는데. 경찰이 광복청년들을 체포하자 군중들이 자기들의 손으로 보복하겠으니 넘겨달라고 요구했다. 끝내 그 요구를 경찰이 거절하자 군중은 경찰에게 돌을 던지기 시작했다. 이때 경찰이 발포했다. 대회장은 수라장이 되었다. 사망자 7명. 중상자 10명. 그밖에 많은 경상자를 냈다.

제주도에서는 당국이 시민대회를 허가해주지 않아 합법적으로 하지 못하고 비합법적으로 강행했다. 3만 명 군중이 제주시 북초등학교 교정에 모였다. 대회가 끝나고 시위에 들어가 일부 군중이 경찰서를 습격했다. 경찰이 발포했다. 그 때문에 사망자 6명과 부상자 8명을 내었다. 전북의 정읍, 전남의 순천 등지에서도 격심한 좌우의 충돌이 있었다.

박갑동은 자기 눈으로 좌우 충돌의 광경을 보고 신문기사를 읽기도 하면서 과연 이러한 행동이 소·미 공위를 속개하고 나아가 당의 목적을 달성할 수 있게 하는 인민의 압력으로 되었을까 하는 데 마음이 미쳤다. 아무리 생각해도 대답은 부정적이었다. 오히려 민족적인 추태를 확대 부각한 부질없는 짓이 아니었나 하는 생각이 들었다. 차라리 이럴 바에야 우익이 기념대회를 할 계획을 확인했으면 좌익에선 행사를 취소하고 당당한 성명문을 발표하여 끝내는 것이 좀 더 효과적이 아니었을까? 그 성명문의 문안이 박갑동의 뇌리에 아른거렸다. 예컨대,

3·1절을 기념하고자 하는 마음은 우리의 가슴 속에 끓고 있다. 그러나 기념행사의 단일화란 상상도 못할 일이다. 부득이 한쪽은 동에 한쪽은 서에서 하지 않으면 안 될 처지가 되었다. 이 얼마나 부끄러운 일이냐. 통곡으로써도 감당할 수 없는 슬픈 일이다. 만일 선열에게 영안(靈眼)이 있어 그 꼬락서니를 본다면 얼마나 통탄하겠는가? '우리는 너희들끼리 싸우라고 독립운동을 한 것이 아니다'고 호통을 치지 않겠는가? 그래서 우리는 이 거룩한 3·1절을 우리 마음속에서, 우리 집안에서, 우리 모임 터에서 조촐하게 기념할 작정이다. 이것은 결코 우익 반동들의 세에 눌려 양보하는 것이 아니다. 선열들의 충정을 살펴 눈물을 머금고 근신하는 것이다. 우리가 이렇게 하는 것은 두 군데에 행사를 벌여 외국인의 웃음거리가 되지 않기 위해서다. 해방하고 이날을 맞이한 지 두 번째, 우리가 이런 꼴이 되었다는 것을 성찰할 때 무슨 체면으로 이날을 기념한다고 하겠는가? 기념할 일이 아니라 가슴을 치고 통곡할 일이 아닌가? 인민 여러분! 뜻있는 동포들이면 우리의 이 충정을 이해해 줄 것이다. 우리가 바랄 건 내일밖엔 없다. 독립을 위해 순국하신 선열을 한마음, 한뜻, 한곳에 받들어 3·1절을 3천만이 함께 기념할 날이 빨리 다가오도록 최선을 다하자!

이런 성명문 하나가 오늘의 추태보다 몇 곱절이나 보람이 있지 않겠는가? 박갑동은 언제나 뒤늦게 생겨나는 아이디어가 안타까웠다. 사전에 이런 생각을 했더라면 이주하와 김삼룡에게 한번 덤벼들어보기라도 했을 것을…. 「나는 지각하는 사람이다」하는 프랑스의 어떤 시인의 시가 염두에 떠올랐다.

　"나는 지각하는 사람이다 / 세상의 종이란 종이 / 죄다 울리고 난 뒤에 / 나는 겨우 도착한다."

# 제17장

# 피비린내 나는
# 일월(日月)

　　좌익이 전국 각지에서 주도한 3·1절 기념행사에 사상자가 38명이나 발생했다. 남로당은 경찰의 만행에 책임이 있다고 비난하고, 경찰은 기념행사를 빙자하여 폭동을 일으키려 했다며 좌익을 규탄하는 동시에 다수의 좌익인사들을 체포 구금했다. 그러나 3월 2일 김두한이 이끄는 우익청년들이 전평(全評) 사무실을 습격하여 박살을 냈다. 뿐만 아니라 좌익이라고 보이면 납치 구타하는 폭력사태가 곳곳에서 발생했다.

　이에 앞서 2월 7일 영등포 조선피혁회사의 전평 관계 노동자와 대한노총 산하 노동자와 충돌이 있어 1백35명의 좌익계 노동자가 검거되었고, 19일엔 전평 위원장 허성택과 남로당의 간부 이현상 등 51명이 체포된 사건이 있었다. 이어 24일엔 민청원 45명이 검거되고 27일엔 민전 사무국장 박문규가 김오성과 같이 체포되었다.

이와 같은 사태가 연속되자 좌익계는 3월 10일 테러, 폭압 반대 대책위원회를 조직하고 3월 11일엔 테러 방지 시민대회를 개최했다. 그리고 테러를 방지하는 적극적인 투쟁방법으로 전평과 지방당에 실력투쟁을 지시했다. 그 결과 발생한 것이 '3·22 총파업'이다. 이때 내세운 구호는 다음과 같다.

① 3·1절 기념대회에서 만행한 경찰관을 즉시 처벌하라. ② 노동자의 권리를 보장하고 노동조합운동의 자유를 보장하라. ③ 박헌영의 체포령을 취소하라. ④ 허성택 등 전평 간부들을 즉시 석방하라. ⑤ 진보적인 노동법령을 즉시 실시하라. ⑥ 좌익신문(〈인민일보〉, 〈중앙일보〉, 〈해방일보〉)의 정간을 취소하라.

이날 서울, 부산, 광주, 인천, 부평, 대구 등 주요 도시와 공업지대에서 24시간 파업이 있었다. 서울의 경우를 보면 상오 4시 경전(京電)을 비롯한 철도, 출판노조의 부분적인 파업이 있었고, 전신, 전화 등 각 기관과 용산공작소, 종방공장 외 약 40여 공장의 파업이 있었다. 인천에선 상오 10시 부두노동조합을 비롯하여 조선제강, 조선알루미늄, 인천자동차회사 등에서 부분적인 파업이 있었다. 부평의 조병창, 부산 운수 관계 노동조합의 파업이 있었고, 경부선 열차가 삼랑진에서 정차하는 등 파업이 있었다. 그러나 이 사태를 1946년 9월에 있었던 총파업과 비교할 때 그 규모에서나 열도에서 너무나 저조했다. 그런데도 좌익이 입은 타격을 결코 적지 않았다. 3·22파업으로 2천76명이 체포된 것이다.

이 무렵 박갑동은 김삼룡의 비서로서 정식 지령을 받고 있었다. 김삼룡에겐 박갑동말고도 세 사람의 비서가 있었으나 서로 얼굴을 대한 적이 없었다. 물론 서로 이름도 몰랐다. 김삼룡은 서너 군데의 아지트를 가지고 있어, 비서들을 각각 다른 아지트에서 만나게 되어 있었다. 박갑동이 김삼룡을 만나는 아지트는 충정로에 있었다. 박갑동이 그곳에 대기하고 있으면 연락원이 오든지 김삼룡 본인이 나타나든지 해서는 지령을 내렸다. 3월 말이었다. 김삼룡이 오늘 밤 여덟 시까지 장충동의 기일섭을 만나러 가라는 지령을 박갑동에게 내렸다.

"특히 박 동무를 보내라는 전갈이었소. 자금을 마련한 모양이야. 자금 받거든 꾸러미를 펴보지 말고 그냥 간수하고 있으시오. 내일 이맘때 내가 오리다."

박갑동은 그때야 한 달 전쯤에 남로당 간부들에게 잔치를 베푼 실업가의 이름이 기일섭이란 사실을 알았다. 기일섭은 공산당에 자금을 대는 행위를 박갑동에겐 "옛날 마르크스 보이였다는 추억에 대한 보상이다."고 설명한 바 있지만 결코 그런 단순한 동기도 아니고, 그 사람 자체가 그렇게 센티멘털한 사람도 아니었다. 그는 나름대로 시대 사정을 선취하려 하고 있었다. 물론 공산당에 대한 심정적인 경사가 있기는 했다.

자기 말대로 일본 게이오대학에 다닐 때 알게 된 노로의 영향을 크게 받았기 때문이다. 노로는 일본공산당 역사에선 신화적인 존재로 되어 있다. 대개 사람은 청년 시절 희귀한 인물을 만난 경험이 있으면 좀처럼 그 영향력에서 벗어나지 못하는 것이다. 그런 사정을 그때 박갑동이 알았을 까닭이 없다. 알려고도 않았다. 자금은 대는 '심파'쯤으로 알고 있으면 그만이었다. 박갑동은 여덟 시 1분 전에 기일섭의 집 앞에 섰다. 시계가 여덟 시를 가리키는 것을 확인하고 초인종을 눌렀다. 문패가 붙어 있을 곳에 문패는 없고 그 자리 옆에 붙어 있는 초인종을 회중전등으로 알아두었던 것이다.

발자국 소리가 들리더니 "동대문에서 왔느냐?"하는 말이 있었다. 그것은 암호였다. "서소문에서 왔소."가 이편의 암호였다. 샛문이 열렸다. 박갑동이 들어서자 샛문을 닫고 키가 큰 장정이 나무 사이로 불빛이 새어나오고 있는 방향을 가리키며 말했다.

"저리로 가시오."

마루 끝에 서 있던 기일섭이 박갑동을 안내하여 좁고 깊숙한 방으로 데리고 갔다.

"오늘 밤 시간이 넉넉하죠?"

기일섭의 첫말이었다.

"통금 전까진 시간이 있습니다."

박갑동이 대답하자 기일섭이 자리에 앉으며 박갑동도 앉으라고 하고는 이런 말을 했다.

"오늘 밤 나하고 대단히 친한 친구가 오게 돼 있습니다. 나하고는 사상의 방향이 약간 다르지만 기막히게 관찰력이 예민한 사람입니다. 물론 우익 반동은 아닙니다. 오늘밤 나는 그와 토론을 하게 되어 있습니다. 그 내용을 옆방에서 들어두었다가 나중에 당신의 의견을 말해주시오."

"무슨 까닭으로 그러실 필요가 있는지……."

박갑동은 약간 불쾌했다. 자기는 기일섭의 비서가 아닌 것이다. 그러나 자금을 대주는 '심파'의 비위를 거슬렀다가는 결과가 어떻게 될지 몰랐다. 그래서 부드럽게 물어본 것인데 기일섭은 "당 외의 인간이 공산당, 아니 남로당을 어떻게 보고 있는가도 알아둘 필요가 있을 것이오. 당을 위해서 부탁하는 일이니 기분이 언짢더라도 그렇게 해주기 바라오."하고 반 명령조가 되더니 시계를 보곤 박갑동을 데리고 일본식으로 된 방으로 갔다.

"우리는 바로 옆방에 있을 겁니다. 엷은 장지가 돼놔서 얘기가 잘 들릴 것이오. 차와 과자를 준비하라고 할 테니 수고를 좀 하시오. 10분 후에 그 사람이 옵니다."하는 말을 남겨놓고 기일섭이 나갔다. 박갑동은 이것도 당을 위한 일이라고 스스로를 달랬다. 가정부로 보이는 중년의 여자가 차와 과자와 과일을 갖다놓고 나갔다. 과일 가운덴 바나나가 있었다.

'이런 바나나가 도대체 어디서 들어왔을까?'하고 바나나 한 개를 집었다. 바나나를 먹어본 지가 4, 5년 되지 않았나 하는 생각이 들었다. '돈만 있으면 이런 호사도 가능한 것이로구나'하는 쓸쓸한 기분으로 바나나를 씹었다. 쓸쓸한 기분과는 달리 바나나는 야릇한 이국정서를 곁들여 달콤하고 감칠맛이 있었다. 현관에서 사람 소리가 있었다. 이윽고 인사를 주고받으며 옆방에 사람들이 들어왔다. 하나는 기일섭이었고 하나는 손님일 것이었다.

"미국 놈 PX에서 구해 온 스카치가 있는데 한잔할까?"

기일섭의 말이었다.

"그것 좋지."한 것은 손님의 대답. 그런데 그 말소리를 가만 들어보니 귀에 익었다. 기일섭이 상대방을 '권 군'이라고 불렀다. 박갑동은 그 손님이 권창혁이란 것을 알았다. 권창혁이면 박갑동이 잘 아는 사람이었다. 나이는 7, 8세 자기보다 위인, 세계통신의 해설위원인 것이었다. 박갑동은 이우적의 소개로 그를 알게 되었는데, 이우적이 권창혁에 관해 이런 평을 한 것을 기억하고 있다.

"그 친구 머리는 꽤 좋은 사람인데 한때 마르크스주의자였다가 변절한 사람이지."

그때 박갑동이 물었었다.

"경관의 고문에 굴복했던가요?"

"그 자는 경찰의 신세를 진 적은 없어. 미리 겁을 먹고 변절해버렸지."하고 이우적이 입을 비쭉했었다.

이윽고 두 사람 사이에 이야기가 시작되었다. 박갑동이 씹다 남은 바나나를 살며시 놓고 귀를 기울였다. 기일섭이 말을 꺼냈다.

"소련 측에서 미·소 공위를 서둘 의향이 있는 것 같더라. 공산당은 이 기회를 포착하여 기어코 미·소 공위를 성사시켜 그것을 통해 임시정부를 만들 수 있도록 마지막 힘까지 다 쓸 모양이다. 합법적, 비합법적 방법을 동원해서 조선 인민의 절대다수 의견을 대표하고 있다는 세위(勢威)를 보여줄 참으로 있어. 과연 미·소 공위의 재개가 가능할까?"

"공위의 재개는 가능하겠지. 미국 측은 소련이 응하기만 하면 언제이건 재개할 용의를 가지고 있으니까. 그러나 재개해도 공산당, 아니 남로당의 각본대로는 되지 않을걸. 그런데 소련이 미·소 공위 재개에 응한다면 그 이유와 동기가 어디에 있는지 자넨 짐작이 가는가?"

"모스크바 협정을 이행하는 데서만 조선에 통일정부가 가능하다고 본 때문이겠지. 사실 그밖엔 방도가 없지 않은가?"

"이유는 그렇다고 치고 동기는?"

"지난 2월에 북조선 인민위원회를 만들어 행정권을 조선인에게 넘겼다고 하지 않는가? 그런 만큼 북조선엔 미·소 공위 결과를 받아들일 태세가 되어 있다고 본 거지. 남조선의 좌우익을 백중지세로 보더라도 전국적으로 보아 좌익이 우세하지 않는가? 이만한 정세이면 미·소 공위를 소련 측에 유리하도록 끌고 갈 자신이 생긴 거겠지. 그 말고 다시 동기란 것이 있을까?"

"있지. 작년 12월 이승만 박사가 미국에 건너가 지금 무슨 일 하고 있는지 자네 아는가?"

"내가 어떻게 그런 걸 알겠나? 그러나 그 케케묵은 이승만이 미국에 가서 무슨 짓을 한들 그게 이 나라의 정세에 얼마만큼의 영향이 있겠어? 하지 사령관과 정면으로 대립하고 있다며? 이승만이 미국에서 한 발언을 하지는 일일이 반박하고 있지 않던가? 하지는 미국에서 남조선에 단독정부를 수립하는 일은 절대로 없을 것이라고 성명하지 않았던가? 아무튼 이승만이 미국에서 무슨 짓을 하건 그런 건 무시해버려도 돼."

"그런 태도니까 좌익들의 계산이 하나같이 빗나가고 있는 거다. 우선 성사 여부는 차치하고 미·소 공위가 재개된다면 그 동기는 이승만에게 있다. 남한만이라도 단독정부를 세워야겠다는 이승만의 발언이 소련을 자극한 거다. 자네가 지지하고 있는 조선공산당, 아니 남로당은 무시하고 있지만 소련의 정보망은 이승만을 무시하지 않아. 이승만이 미국에서 발설한 임시정부안이 미국의 정계에 어떤 파문을 던지고 있는가를 소련이 파악했단 말일세. 하지의 반박 따위는 문제도 안 돼. 그래서 소련 측이 미·소 공위 재개를 서두르고 있는 거라네."

"자네의 이승만에 대한 평가는 지나쳐. 보다시피 이승만의 완고에 대해 미국 놈들도 진절머리를 치고 있지 않은가? 미군의 배경이 없어졌을 때 이승만에게 무슨 힘이 있겠는가? 미군, 즉 하지는 김규식 박사를 밀고 있다는 게 사실 아닌가? 자네가 한 말이지? 사실이 또 그렇구."

"남로당 간부들 생각이 자네의 생각과 같다면 남로당은 성공할 가망이 없다. 지금 남로당이 당면하고 있는 최대의 적, 적이란 말도 모자란다. 최대의 문제가 이승만이란 걸 모르고서 무슨 정치를 한다는 건가? 무슨 혁명을 하겠다는 건가?"

"남로당은 이승만을 적으로 보고 있다고 하고 큰 문제로 삼고 있기도 하다. 그러나 자네처럼 과대평가는 하지 않는다. 과대평가할 이유도 없구. 불원간 이승만은 한민당과 등깔이 난다. 왜? 한민당은 미군정과 밀착해 있으니까. 미군정이 달갑게 여기지 않는 이승만에게 끝끝내 한민당이 추종하지 못할 것은 뻔한 일 아닌가? 머지않아 김구와도 등깔이 난다. 그 지독한 한독당 패들이 사사건건 독주하고 있는 이승만을 좋게 보겠는가? 특히 국내의 사정엔 아랑곳없이 훌쩍 미국으로 건너가 엉뚱한 짓, 엉뚱한 소리를 하고 있는 이승만을 말이다. 뿐인가? 김규식과도 등깔이 날걸세. 아니 벌써 등깔이 나 있지. 그때도 자넨 이승만을 과대평가할 건가?"

"내가 이승만 박사를 중요시하는 건 그를 지지하기 때문이 아니고 조선 문제에선 그를 빼놓을 수 없는 가장 중대한 존재이기 때문이다. 만일 좌익이 이승만의 중대성을 정확히 인식하지 못한다면 백전백패할 것이라고 나는 본다. 자네는 미군정과 이승만의 대립을 이승만이 별 볼일 없게 될 근거로 보고 있는 모양이지만 결코 그렇지가 않아. 공산당이나 자네는 소련 점령군과 북조선 정치인과의 관계로서 미군정과 이승만 박사와의 관계를 예측하고 있는 모양이지만 바로 그 점이 큰 착오이다. 미국은 남조선에 대한 정책을 바꾸려고 노력하고 있다. 그리고 그 노력이 성공할 수 있을지 모른다."

"이승만이 하지를 꺾을 수 있다는 건가?"

"그렇지."

"자넨 이승만을 전능한 존재처럼 보고 있는 게로군."

"그런 게 아니다. 이승만은 누구보다도, 아니 미국 사람 이상으로 미국을 잘 알고 있다. 이승만이 괜히 미국에 놀러 간 줄 아나?"

"글쎄. 이승만이 미국을 잘 안다고 하자. 그렇다고 점령군 사령관과 대립하여 무슨 보람을 거둘 수가 있다고 보는 것은 지나친 추측이다."

"자네가 그럴 줄 알고 미국에서 이승만 박사가 무슨 일을 하고 있는가를 보도한 미국의 통신과 신문기사를 정리하여 가지고 왔다. 맨 처음 지난 1월 14일 미국의 방송기자 이튼과 인터뷰한 내용을 읽어보겠다. 이는 전국적으로 방송된 것이다.

이튼=1919년에 한국 임시정부 초대 대통령으로 당선되었고, 1946년에 대
　　한국민대표 민주의원 의장이 되신 귀중한 손님 이승만 박사를 맞이하게
　　된 것을 우리는 대단한 영광으로 생각합니다. 이승만 박사, 귀국민들은
　　한국에 대한 현재의 미국 정책에 만족하고 있습니까?
이승만=만족하고 있지 않습니다. 우리는 미국이 한국민에게 정부를 이양

하지 않는 것을 이해할 수 없습니다.

이튼=귀하는 무슨 이유로 한국이 38선으로 양단되어 북방에 소련 지대(地帶)가 출현하게 되었는가를 아십니까?

이승만=군사적 이유라고 말하는 사람도 있고, 얄타 비밀협정 때문이라고 말하는 사람도 있습니다만, 나는 진상을 모릅니다.

이튼=소련이 한국에 주둔하는 데 무슨 이유가 있습니까?

이승만=한국의 전략상의 위치는 이웃나라의 큰 관심거리입니다. 그러나 우리의 이웃나라들은 세계의 평화를 위해 그러한 호기심을 버려야 할 것입니다.

이튼=현재 미군이 주둔하고 있는 38선 이남의 한국민들이 북한의 풍부한 공업자원을 이용할 수 있습니까?

이승만=양 지역 간에 아무런 통상(通商)도 없습니다. 남한 국민은 북한에서 석탄이 오지 않는 고로 곤란을 받고 있으며 북한 국민들은 남한의 농산물이 가지 않으므로 굶주리고 있습니다.

이튼=귀하는 이 두 지역 간에 어떤 물품도 교환되지 않는다고 말하고 있는 것입니까?

이승만=그렇습니다. 뿐만 아니라 국토의 분단으로 인하여 이산된 가족이 많으며 부부는 서로 떨어져 살며, 학생들은 학자금을 보내오지 않아 학업을 계속할 수가 없고, 고향으로 돌아가지도 못합니다. 줄잡아 10여 만의 이재민이 북한으로부터 와서 남한 각 도에 방황하고 있습니다.

이튼=한국의 자유와 독립은 약속되었던 것 아닙니까?

이승만=그렇습니다. 카이로 회담에서 약속되었고 포츠담 회담에서 재확인되었습니다.

이튼=군사문제는 어떻습니까?

이승만=우리는 미국 정부가 남한의 정권을 한국 국민에게 이양함을 지연하고 있음을 큰 실책이라고 생각합니다. 미국인들은 한국민의 심리를 알지 못합니다. 우리 국민은 과거 일본의 통치를 헌병정권(憲兵政權)이라고 불러왔습니다. 지금엔 미국의 통치를 통역정치라고 말합니다. 미국 군인들은 친절하며 우리를 원조하려고 하나 군정청을 위하는 것보다 자기 자신들을 위합니다. 또 한국민에게 하등의 이익을 주지 않는데, 미국의 납세자들에게 한국을 위한다는 명목으로 매년 3억 2천만 불을 부담시키고 있습니다. 이러한 일이 계속되어선 안 됩니다.

이튼=통일을 원하시지 않습니까?

이승만=물론 원합니다. 그러나 타국의 힘으로 통일시킬 수가 있습니까? 어떤 외국이 미국의 공산주의자, 노동자, 노동조합, 종교단체, 정당 등을 통일시킬 수가 있겠습니까? 한국의 경우도 마찬가집니다. 외국의 정부로선 이런 일을 할 수 없습니다. 그런데 과거 15개월 동안 국무성 영도 하에 귀국, 즉 미국의 군정청은 이런 일을 하려고 노력했습니다. 미군정은 기어코 공산주의자들을 정부에 가입케 하려고 고집했기 때문에 모든 계획이 수포로 돌아갔습니다. 공산주의자들은 자기들이 영도권을 잡지 못하는 한 합작하지 않을 것이며 이와 동시에 우리 한국 국민은 공산주의자에게 정부를 맡기진 않을 것입니다. 이 때문에 임시정부를 수립하려고 한 미군정청의 노력이 실패한 것입니다.

이튼=한국은 자치할 준비가 되어 있다고 생각하십니까?

이승만=준비가 되어 있습니다. 한국은 다른 국민이 통치하는 것보다는 우리 국민이 더 잘 통치할 것입니다. 군정장관 러치 장군도 한국 국민은 자치할 준비가 되었다고 누차 말했습니다. 재작년 10월 귀국 도중 내가 일본 도쿄에 들렀더니 맥아더 장군은 "한국민이 자치할 수 없다는 말은 선전에 불과하다. 나는 한국 국민이 자치할 수 있다는 것을 안다."고 내게 말했습니다. 우리 한국 경찰은 남한의 질서와 평화를 충분히 지키고 있습니다. 최근 공산주의자들이 전국적으로 테러행동을 전개하며 각처에 파업과 폭동을 야기하였을 때도 한국 경찰은 군정당국의 원조를 받지 않고도 그 사태를 처리하였습니다.

이튼=박사, 어떤 정책을 쓰면 모스크바 협정에 의하여 미국과 소련이 타협하고 한국의 정권을 한국 국민에게 이양할 수 있으리라고 생각하십니까? 간단히 종합적으로 말씀해주십시오.

이승만=한국에 어떤 정부를 수립해야 하느냐는 한국 국민의 대표가 결정해야 할 문제라는 것을 미국이나 소련은 알아야 합니다. 그리고 한국 국민으로 하여금 일체의 외부 간섭 없이 그 대표를 선출하도록 해야 합니다. 현재 미국과 소련은 각기의 주둔지대에서 서로 상대방을 의심하고 있습니다. 그러므로 한국 정부를 수립하여 그 한국 정부가 양국과 직접 교섭할 수 있도록 한다면 상호간의 의혹이 일소되어 문제는 화기에 찬 분위기 속에서 해결될 것입니다. 그러면 양국 군대는 동시에 철수할 수 있을 것입니다.


"이상이다."

"그 잠꼬대 같은 소리에 무슨 의미가 있는가?"

"이것을 잠꼬대라고 듣는다면 큰일 난다. 적어도 이상의 인터뷰엔 세 가지의 중요한 포인트가 있다. 그 하나는 현재의 미군정청이 공산주의자들에게 유화정책을 쓰고 있다는 인상을 줌으로써 공산주의를 싫어하는 다대수 미국 시민들을 자극했다는 사실이고, 또 하나는 남의 나라 문제에 끼어들어 막대한 돈을 써가며 인심 잃지 말라고 함으로써 세금 부담을 싫어하는 다대수 미국 시민을 자극했다는 사실이고, 다른 하나는 미군정의 실책을 부각시켜 하지의 발언권을 봉쇄하는 근거를 만들었다는 사실이다."

"그렇게 해서 이승만은 무엇을 노리는가?"

"남조선 단독정부 수립을 노린다."

"그게 될 법이나 한 일인가?"

"자네나 남로당은 불가능한 일이라고 코웃음을 치고 있지만 소련의 정보망은 그렇지가 않다는 것을 알아두게. 소련의 타스통신은 이 인터뷰를 대서특필로 보도했다네. 그 소련에서 대서특필한 사실이 다시 미국으로 들어가 상당한 센세이션을 일으키고 있다. 소련은 남조선에 단독정부 수립을 미국이 승인하지 않을까 해서 걱정하고 있어. 그 때문에 공위의 재개를 서두르고 있는 것이다."

"공위가 성공하면 이승만의 야심은 수포로 돌아가는 것이 아닌가?"

"내가 보기론 미·소 공위는 실패하게 돼 있다. 미·소 공위의 실패를 노리는 게 이승만 박사의 책동이거든."

"1월 16일의 하지 사령관의 성명은 이승만의 그 인터뷰에 대한 반론이 아닌가? 하지의 성명 내용은 미·소 공위를 반대하는 것은 조선 독립을 지연시키는 일이라고 단정하고, 오도(誤導)된 조선 단체들의 경솔한 행동은 장래 국제회의에서 조선 전도에 유해할 것이라고 했는데, 오도된 조선 단체란 것은 분명히 반탁을 주장하는 단체를 말하는 것이 아닌가?"

"그렇다."

"그렇다면 이승만이 아무리 덤벼도 소용없는 것이 아닌가?"

"그럼 자네 의견에 도움을 주는 재료를 제공하지. 미국 국무성이 하지의 성명에 부연하는 성명을 발표했다. 미국 국무성은 '남조선 내에 오도되어 일부 불평을 가진 정당 단체의 행동이 조선의 통일을 지연시킬 가능성이 있다는 사실에 대하여 우려하는 바이다'라고 하고 '그러한 정당 단체는 어떤 종류의 정당 단체인가?'하는 기자의 질문에 대해서 국무성 어느 관리가 '그것은 우익을 말하는 것이지 좌익이 아니다'고 언명했어."

"하지의 태도가 그렇고 국무성의 태도가 그러면 걱정할 것 없지 않은가?"

"그런데 그렇겐 안 된다는 게 정치라는 것을 알아야 해. 국무성의 하지 성명에 대한 부연설명이 있자 이승만 박사는 즉각 다음과 같이 반발했다. 워싱턴 발 AP통신이 25일에 보도한 내용이다.

「이승만 박사의 담화」

미 국무성 내 일부 분자는 조선에 독립을 부여한다는 미국 언약의 실천을 방해하고 있는 것 같다. 미국의 조선에 대한 정책 실천을 방해하고 있는 미 국무성 내의 일부 관리가 누구인지는 지적하고 싶지 않으나 이들은 공산주의에 기울어져 있는 자들이다. 그러나 마샬 국무장관의 취임으로 이들 좌경분자들은 미 국무성으로부터 일소될 가능성이 있다고 나는 듣고 있다.

현재 미 국무성이 채택하고 있는 대 조선정책은 맥아더 장군이 요구하고 있는 바와는 상반하는 것이다. 맥아더 장군은 일본에서 자기에게 부하된 부담이 가중되는 것을 원치 않고 있다. 나는 맥아더 장군이 남조선 우익진영에 대하여 좌익진영에 대해서보다도 많은 호의를 가지고 있다고 생각한다.

한편 남조선 주둔 하지 중장은 좌익에 호의를 가지고 있다. 남조선 미군정 당국은 조선의 공산당 건설에 원조 노력을 계속하고 있다. 조선의 우익진영은 조선 탁치를 수락하지 않을 것이다. 그리고 내가 영도하는 우익진영은 이러한 미군정 당국과 미군정의 공산당 조장책(助長策)에 관하여 견해를 달리하고 있다.

남조선 미군정 당국이 공산당에 대하여 활발한 격려를 주고 있음에도 불구하고 남조선에는 극소수의 공산주의자가 있을 뿐이다. 그리고 소위 좌우합작위원회를 조직하여 하지 중장은 남조선 입법의원 관선의원으로 상당한 수의 공산주의자를 배정 임명하였으나, 민선의원의 선출에선 우익진영이 45의석 중 43석 차지했던 것이다.

"관선의원의 상당수를 공산주의자로서 임명했다구?"

"관선의원뿐 아닌가? 민선의원 선거에 좌익계열 사람들이 입후보라도 했나?"

"이건 완전히 데마고그이다."

"데마이건 아니건 하지는 이승만 박사가 쳐놓은 덫에 걸렸어. 꼼짝없이 하지는 공산주의자를 도운 사람으로 몰리게 되었어. 하지는 조선의 실정을 감안해서 제법 양심적으로 한다고 한 것이 중간파를 걸머들이게 되었고, 좌우합작을 서두르게 되었고, 미·소 공위를 추진하려니 반탁하는 우익들을 다소 견제하지 않을 수 없었고, 좌익진영에 대해 적당한 제스처도 없을 수 없었고…… 등등으로 난처한 처지가 되었는데, 국무성의 관리가 하지가 비난한 정당 단체는 우익진영이라고 해버렸으니 앞으론 하지는 몰락할 수밖에 없게 되었다는 것이 나의 추측이다."

"그건 지나친 속단이 아닌가? 군부가 정치에서 큰 비중을 차지하고 있다는 점엔 미국도 예외가 아닐 줄 안다. 점령군 사령관과 점령지 일개 정객이 맞섰을 때 미국 정부가 어느 편을 들 건가? 어림도 없는 소리 말게."

"점령군 사령관도 중요하겠지만 점령지를 어떻게 요리하는가가 더욱 큰 문제이다."

"그러나저러나 미·소 공위가 재개되기만 하면 성사가 되도록 만전을 다하면 될 게 아닌가?"

"남로당을 비롯한 좌익진영이 이승만 박사의 이러한 동향을 세밀하게 파악하고 유연하게 대응해나간다면 또 모르지만 종래의 태도 그대로라면 결국 이승만 박사의 술수에 빠지는 결과밖엔 되지 않을걸."

"술수에 빠지지 않으려면 어떻게 하면 되겠나?"

"공위의 협의 대상을 반탁 진영에도 개방해주도록 해야 돼."

"좌익이 아무런 실속도 차리지 못하게?"

"욕심을 너무 많이 부리면 못 써. 남로당을 비롯한 좌익진영이 합법

성을 지니고 임시정부 구성에 응하며 시간을 벌어야 해. 그러는 동안
에 당세를 확장하구."

"그렇게 해가지고는 실속이 없어질 텐데두?"

"남조선에 단독정부가 서버리는 사태보다야 낫지 않겠는가?"

"단독정부는 어림도 없는 소리야. 소련이 가만 있겠는가?"

"그거야말로 자네가 모르는 소리다. 미국은 소련이 이북에서 무슨
짓을 해도 가만히 있다. 북한의 공업시설을 운반해 가도 간섭하지 않
았고, 인민위원회를 만들어 행정권을 이양해선 실질적인 공산정권, 즉
북조선만의 단독정부를 만들어도 말이 없다. 앞으로도 그럴 것이고,
그런데 남쪽을 점령한 미국이 남쪽을 요리하는 방침에 소련이 어떻게
간섭할 건가? 대내적으로 공산당을 도와 방해공작이나 하는 것이 고
작이지."

"소련의 엔도스(endorse)만 있으면 남로당은 북로당과 합세해서 반
항한다. 자넨 인민의 폭발력을 몰라서 그런 소릴 하는 거다."

"요 한 달 동안의 사태를 보았지? 요즘 부쩍 우익의 테러가 심해졌
다. 이에 대항한다는 반대대회는 벌써 시들하더라. 한 풀 꺾였어. 이
와 반대로 우익의 세위는 점점 높아만 가. 3·22의 총파업도 한 물 간
느낌이더라. 앞으로 아무리 서둘러 보았자 그 이상의 세위는 떨치지
못할 것이다. 대구의 10·1사건은 좌익이 세위를 과시한 것이 아니
라 좌익의 위축을 초래한 원인이 되었을 뿐이다. 그런데 경찰은 달라
졌다. 경찰이 자신을 갖게 되었다. 군정법령을 믿고 대담하게 검거한
다. 허성택, 이현상, 박문규, 김오성 같은 거물도 주저하지 않고 체포
했다. 남로당 무섭지 않다, 로 되었다. 미군이 주둔하고 있는 남한에
공산정권이 설 수 없다는 자신감을 갖게 되었다. 그런데다 공산정권이
서기만 하면 자기들은 죽는다는 자각을 갖게 되었다. 그 자각이 배수
의 진을 치게 만들었다. 게다가 일부 지식인이 국제정세에 눈뜨게 되

었다. 미군이 점령하고 있는 지역에선 공산혁명이 불가능하다는 것을 알게 된 것이다. 이북에서 넘어온 피난민들이 공산정권의 행패를 알려 주게 되었다. 어제 다르고 오늘 다르다. 지금 합법이라고 하지만 남로당의 공작은 전부 비합법적으로 진행되어야 한다. 비합법에 가장 약한 것이 우리 국민이다. 일제 때를 경험해 보지 않았는가?"

"자네의 말을 들으니까 남로당엔 전연 희망이 없다는 얘기가 아닌가?"

"희망이 없다. 더욱이 지금의 당으로선 어림도 없다. 북로당의 도움을 바라고 있는 모양이지만 미·소 공위를 앞둔 중대한 시기인데도 남로당을 파괴하려는 공작을 전개 중이다. 물론 표면으론 협력하는 척하지. 미·소 공위가 성공한 연후에 대비해서 북로당의 비중을 높이려는 거다. 떡 지을 쌀도 없는데 잔칫상 상좌에 앉으려는 궁리부터 하고 있다. 내가 알고 있는 북로당원으로서 서울에서 움직이고 있는 사람이 꽤 많이 있다. 외부적으로 극히 불리한 처지에 있는데 내부적으로도 엉망이다. 친구로서 하는 말이지만 자네도 공산당에 대한 환상을 버려야한다."

"외부의 사정이 불리한 것만도 아니지 않나? 동유럽 각국에 사회주의 정부가 서고, 중국대륙의 국공내전은 공산당에 유리하게 전개되어 있고, 일본의 좌익세력은 무시 못할 만큼 성장되어가고…… 듣건대 미국 내의 좌익세력도 팽창하고 있다더라."

"그것이 공산당의 공식적인 시국관이란 것을 나는 알고 있다. 동유럽에 사회주의 정부가 성립되어가는 것은 사실이다. 그러나 이건 이렇게 말해야한다. 소련이 점령한 지역에 예외 없이 사회주의 정권이 서고 있다고, 북조선에서처럼. 중국대륙에 공산당 세력이 우세하다는 것도 사실이다. 그런데 이것이 곧 남조선의 좌익세력에게 불리한 조건들이다. 소련이 그들 점령 하의 지역을 공산화하여 그들의 지배 하에 묶어가고 있다는 사실은 미국에 결정적인 자극이다. 미국은 자기들의 점령 하에 있는 지역이 공산화되는 것을 절대로 용인하지 않게 될 것이 명백하다. 비슷한 예가 있지 않은가?

바로 얼마 전 트루먼 대통령은 공산 게릴라와 싸우고 있는 희랍과 터키에 대해 원조하겠다는 적극적인 의사를 보였다. 미국진영 내에 있는 국가가 공산주의자에 의해 지배되는 것을 용인하지 않겠다는 의사의 표명이다. 일단 이렇게 결정하고 나면 그 방향으로 경화되는 것이 종래 보아온 미국의 정책이다. 희랍의 공산화를 원치 않는 미국이 남조선의 공산화를 바랄 까닭이 없다. 급기야는 남조선에 통일정부를 수립하는 문제보다 남조선의 공산화를 어떻게 방지해야 되느냐가 미국의 문제로 될 것은 필지의 사실이다.

만일이 아니라 확실히 그렇게 될 것인데, 그러한 미국의 태도에 남조선의 좌익세력은 어떻게 대처할 것인가? 일본의 좌익세력이 합세해서 항거해줄 것인가? 천만의 말씀이다. 북쪽에서 대거 출동하여 가세해줄 것인가? 어림도 없다. 중공이 도와줄 것인가? 중공은 자기들 문제만으로 벅차다. 소련은 이미 점령한 지역의 관리만으로도 달리 정신을 쓰지 못한다. 결국 남로당을 비롯한 좌익세력이 독력으로 대항해야 하는데, 과연 좌익이 남조선 인민 전체를 일으켜 세워 전 민족적인 항거 태세를 구축할 수 있을까? 설혹 그렇게 할 수 있다고 해도 그 성부(成否)엔 자신이 없다는, 아까도 설명한 바와 같이 남조선의 좌익은 내가 보기엔 이미 바이탤리티(vitality)를 잃었다. 그보다도 지금의 남로당의 조직이나 전략 전술 가지고는 앞으로 전개될 남조선의 사태를 감당하지 못한다. 바꿔 말해 미국의 조선에 대한 정책을 변경하지 못해."

"자넨 남로당이라는 조직, 나아가 남조선의 좌익세력을 깔보고 있는 것 같은데 그건 잘못이다. 훌륭한 지도부가 있고 강철 같은 단결이 있다. 아마 미·소 공위가 재개되기만 하면 그때야말로 남로당의 실력을 알게 될 거다. 3·22사태가 지난 10월사태보다 저조했다고 해서 하는 소리 같지만 그건 앞으로의 비약을 위한 남로당의 전략에 의한 것이다. 남로당을 만만히 봐선 안 돼."

"그것은 자네의 희망적 관측이겠지. 첫째, 남로당이 성공할 수 없다는 것은 문제를 자기들 중심으로만 보고 남이, 즉 적이 어떤 전술로 나올 것인가 하는데 대한 배려가 부족한 데 있다. 폭동으로 실력을 과시하려는 그런 일변도적인 고루한 전술로써 어떻게 복잡한 사태를 풀어나가겠는가?"

"그렇게 말하면서 자네 자신이 자기 중심적인 생각만 하고 있는 것이 아닌가?"

"따지고 보면 그렇겠지. 그러나 나는 희망적 관측에 사로잡히진 않는다. 그런 만큼 사태에 대한 해석이 유연하다. 그리고 나는 내 눈으로써 사태를 보고 내 나름대로 판단한다. 그런데 남로당은 자기들의 눈으로써 사태를 보지 못한다. 소련, 즉 스탈린의 눈으로써 보려고 한다. 아니 스탈린의 마음에 들도록 사태를 보려고 하고, 스탈린의 마음에 들도록 사태를 해결하려고 한다. 요컨대 자기 마음이 아니다. 남조선에서 착실하게 지반을 다져나가기 위해선 양보도 있고 탐험도 있어야 할 것인데, 예컨대 여운형 선생의 인기 같은 것을 중시하여 그 인기를 북돋우어 울울한 거목을 만들고 나아가 국제적인 대인물로 만들기 위해 남로당이 견마지로(犬馬之勞)를 다하는 성실을 곁들인 전략적인 배려가 있어야 할 것인데 그런 게 전혀 없어. 그렇지 않은가? 오늘날 좌익진영에서 세계에 내세워 국제적인 각광을 받을 만한 인물이 여운형 선생을 두고 다시 있을 수 있겠는가? 그런데 공산당은 사사건건 은근히 뒷 공작을 해서 여운형의 인기를 축소하려고 들지 않았는가? 그 꼴이 지금 어떻게 나타나 있는가? 남로당의 골수분자들은 여운형을 무시하게 되지 않았는가? 그런 까닭에 미군정청의 여운형 선생에게 대한 평가가 상대적으로 낮아지고 있다. 여운형 같은 사람을 압도적으로 지지함으로써 미군정이 그 분을 만만찮게 볼 수 없도록 해놓아야 좌익진영의 발언이 통하게 되는 것인데, 여운형 선생은 남로당의 위원장조차도 아니지 않은가? 나는 여운형을 남로당의 위원장으로 모시지 않게 되었을 때 남로당의 한계를 보았다. 그 원인이 어디에 있는가? 송사리 떼 같은 자들이 고래 같은 존재를 시기했기 때문이다. 나아가 사회주의의 지반을 닦는 것보다 미 점령군을 골탕 먹임으로써 스탈린의 호감을 사는 데 중점을 두고 있기 때문이다. 모든 것이 스탈린으로부터 나오고 모든 것이 스탈린에게 귀일된다는 철저한 망상이 신앙처럼 되어 있는 남로당이 미 점령지구에서 성공을 거둔다는 건 산에 가서 물고기를 잡으려는 꼴과 같은 거야."

"자네 얘기를 잘 들었다. 그만하고 술이나 마시자."

"만난 김에 한마디만 더하자. 자넨 공산당에 상당한 자금을 제공하고 있는 것 같은데, 그것이 조선 인민을 위해 플러스가 될 거라고 생각하는가?"

"공산당에 자금 내는 것 없어. 다만 친구 몇 사람에게 대해 용돈 정도의 돈을 주었을 뿐이다."

"용돈 정도인지 자금인지 내가 알 바는 아니다만 군정청의 정보망에 자네의 행동이 포착되어 있는 것은 사실이다."

"공산당 하는 친구라고 해서 용돈도 못 주나?"

"아직은 괜찮아. 그러나 앞으로 사태가 어떻게 변할지 모른다. 조심하는 게 좋겠어."

"내가 좋아 내가 하는 일이니 그런 걱정은 말게."

"자넬 만나면 하는 소리지만 공산주의에 대한 환상을 갖지 말게. 재산의 공유는 결국 국유화로 되는 것이고, 국유화된 재산은 정권을 맡은 자의 관리 하에 들어간다. 재산권을 동반한 정권이란 것은 필시 독재정권이 된다. 독재정권을 뒷받침할 '프롤레타리아 독재'라는 철학이 준비되어 있고 보니 이 독재정권은 그것을 계속 유지하기 위해 못할 짓이 없다. 그것이 곧 스탈린주의가 아닌가? 공산주의는 모두 스탈린주의를 본받게 된다. 그렇게 되지 않을 수가 없다. 스탈린주의는 사회주의조차도 아니다. 감옥주의다. 압제주의다. 이 나라가 공산화되면 러시아의 유가 안 되는 감옥국가가 될 것이다. 자네가 위하겠다는 인민은 노예가 될 뿐이다. 소련의 역사가 그걸 증명하고 있지 않은가?"

"그럼 자네는 공산화가 되지 않으면 이 나라 백성이 잘 살게 될 줄 아는가? 히틀러의 독재는 어떻게 하구?"

"또 다른 독재정권이 나타날지 모르지. 불공평이 있을 거고 착취가 있을 거고, 박해도 있겠지. 부익부, 빈익빈의 현상도 생길 테고, 그러나 그 모든 부조리가 스탈린 독재보다는 나을 거라고 생각해. 무엇보다도 소량이나마 자유는 있을 것이니까. 점차로 개혁의 물결이 일 것이고, 일단 미국식 민주주의를 본 딸 수밖엔 없을 것인데, 미국식 민주주의는 갖가지 주장을 조절할 수 있는 기능을 가지고 있어. 일시에 전 국민이 배불리 먹도록 하는 기적을 부릴 순 없을지 모르지만 국민이 굶지는 않게 할 것이다. 일시에 불공평을 없애진 못하겠지만 그것을 완화할 방향으로 나간다. 요컨대 희망을 앞날에 둘 수 있다는 얘기다. 그런데 스탈린주의는 그게 안 돼. 꽉 막혀버려. 감옥이 되어버리는 거야. 지금 좌우익 어느 편이 우월하다고 결정지을 수 없더라도 좌익이 나가려는 방향이 극악(極惡)이고 우익이 나가려는 방향이 소악(小惡)이라고 나는 생각한다. 우리는 이러한 '극악'과 '소악' 어느 편인가를 선택해야 되게 돼 있다. 슬픈 민족이지."

"우리 민족이 어제 오늘 슬펐나?"

두 사람은 친구들의 일, 요즘 세상 돌아가는 일들로 화제를 바꾸더니 권창혁이 "가봐야겠다."하며 일어섰다. 두 사람의 소리가 멀어져갔다. 2, 3분 지났을까? 기일섭이 장지문을 열고 응접실로 들어오라고 박갑동에게 손짓을 했다. 박갑동은 터질 것 같은 울화통을 참고 있었던 때문에 굳은 표정을 하고 기일섭 앞에 있는 소파에 앉았다. 궁둥이에 느껴지는 온기로 보아 그 자리에 권창혁이 앉아 있었음을 알 수가 있었다. 박갑동은 벌에 쏘이기나 한 것처럼 벌떡 일어나 옆자리로 옮겨 앉았다.

"술 한 잔 하시려우?"

기일섭이 물었다.

"안 하렵니다."

박갑동의 말이 퉁명스럽게 되었다. 보니 기일섭이 상기된 얼굴이었다. 술에 취한 탓만도 아닐 것이라고 짐작했다. 쑥스러운 분위기라서 잘 피우지도 않는 담배를 입에 물었다. 기일섭의 시선을 피할 요량도 있었다. 한순간 지나 기일섭이 착 가라앉은 소리로 입을 열었다.

"박 형. 아까의 우리 대화를 들으셨죠?"

"들었습니다. 그런데 그 사람 권창혁이지요?"

"아는 사람인가요?"

"한 번 인사한 적이 있습니다."

"그런데 그 사람 하는 얘기를 듣고 어떻게 느꼈습니까?"

"그보다도 기 사장께선 그 사람허구 어떤 관계십니까?"

"내가 게이오대학에 다닐 때 그 사람은 외국어학교의 노문과(露文科)에 다니고 있었소. 같은 하숙에 1년쯤 지낸 적도 있습니다."

"그 사람도 한때 마르크스주의를 신봉하고 있었다면서요?"

"그렇소. 조직에 참가하진 않았지만 한때 열렬한 마르크스 보이였죠."

"그러다가 어떻게 저런 반동이 되었을까요?"

"반동이라고 할 것까진 없지. 기억하실지 모르겠습니다. 소비에트 의장 키로프가 암살된 것은 1934년이지요?"

"그 무렵일 겁니다."

"그때 권 군은 소련 체제에 대해 의혹을 품기 시작한 것 같아요. 1929년 추방되었다가 사형을 받은 부하린의 사건을 조사한다고 하고 있는데 지노비에프, 카메네프의 사건이 나지 않았습니까? 스탈린의 숙청작업이 시작된 것입니다. 그때부터 권 군은 공산주의에 흥미를 잃은 것 같습니다."

"거대한 혁명을 수행하는 가운덴 이런 일도 있고 저런 일도 있는 것인데, 그걸 구실로 변절한다는 것은 이해가 가지 않습니다."

"남의 사상을 왈가왈부할 수 있겠소? 그보다도 오늘 그 사람의 의견을 어떻게 생각하시오?"

"한마디로 전형적인 반동이 하는 소리로 들었습니다."

"그 사람의 사태 해석이 전연 빗나갔다는 말씀이오?"

"빗나갔다고 봅니다."

"어떤 점이……?"

"이승만을 그처럼 높이 평가할 것이 못 된다고 봅니다."

"그 사람은 이승만을 높이 평가한 것이 아니라 이승만의 활약이 현실적으로 그렇다는 설명을 하고 있지 않았소."

"그러나 그 모든 해석이 아전인수라고 봅니다."

"남로당에 대한 비판은 어떻게 들었소?"

"반동은 그런 비판을 하겠지요."

"그 비판 가운데 들어둘 만한 것이 없었소?"

"있다고 해도 우리 스스로가 반성하고 있는 것이니 하필이면 그런 자의 입을 통해 귀담아들을 것까진 없다고 생각합니다."

"남로당은 자신의 판단으로서가 아니라 스탈린의 마음에 들게 판단하고 행동한다는 대목은 날카롭다고 생각했는데……?"

"다소 그런 점이 있을 것이지만 우린 지금 남조선에 살고 있다는 사실을 잊은 적이 없습니다. 스탈린의 마음에 들도록 보고 판단한다는 것은 우리가 사물을 볼 때, 사태에 대처할 땐 언제나 국제적인 유대관계를 중시한다는 것을 그런 식으로 헐뜯는 얘기일 뿐입니다."

"박 형은 스탈린주의를 어떻게 생각하시오?"

"사회주의 혁명이 밟아야 할 필연적인 과정이라고 생각합니다. 사방을 제국주의 세력에 둘러싸인 나라에서 사회주의를 건설하려면 그러한 비상수단이 불가피합니다. 그걸 비난한다는 것은 사회주의 혁명을 포기하자는 것과 조금도 다를 바가 없습니다. 소련을 감옥국가라고 한다면 그건 반동들에겐 감옥국가일 수밖에 없다는 얘기일 뿐입니다. 소련을 감옥국가라고 하는 것 자체가 자기의 반동성을 내보이는 증거입니다. 사회주의는 좀 더 인간적으로 인간이 잘 살 수 있도록 하는 제도입니다. 그것이 뜻하는 바대로 실현되지 못한 것은 주변의 반동세력, 소련 국내의 반동적 요소 때문입니다. 사회주의 자체에 원인이 있는 것은 아닙니다."

"권 군은 이 땅에서 남로당이 성공할 까닭이 없다고 하던데……?"

"그야말로 그의 희망적 관측이겠지요."

"남로당이 위축해있는 것만은 사실이 아닌가요?"

"전술의 잘못으로 그렇게 되었다는 건 솔직히 인정합니다. 지금 가장 효과적인 전술을 구상 중에 있으나 깜짝 놀랄 사태가 곧 나타날 것입니다."

"남로당이 여운형 선생을 위원장으로 모시지 못했다는 건 유감스러운 일이 아닌가요?"

"유감스럽지만 한편 다행한 일이기도 합니다. 그 어른을 위원장으로 모셨다간 당의 조직이 해이해지지 않을 수가 없었을 테니까요."

"그러나 융통성 있는 투쟁을 전개하기 위해선 여운형 위원장이 필요해. 미국과의 관계에도 여운형 선생을 큰 인물로 만들 필요가 있었어. 이를테면 조선의 상징적 인물로……."

"바람직한 일이었긴 합니다. 그러나 지금은 늦었습니다. 좌익진영 내의 기회주의 세력을 대표하는 인물처럼 되어버렸으니까요."

"그 책임이 공산당에 있다고 보지 않소?"

"어째서 공산당에게 책임이 있습니까? 본인의 책임이지요."

"사정은 다르지만 인도에 국민회의파란 것이 있지 않소? 국민회의파는 마하트마 간디를 상징적 지도자로 모시고 있소. 그런데 간디는 당신들 말을 빈다면 기회주의적인 행동을 하는 사람이오. 무저항, 비폭력을 내세우고 있으니까요. 그러나 간디는 그래서 국민회의파에 신축성과 유연성을 주고 있소. 정치운동에서 신축성과 유연성은 극히 중요한 것이오. 당신들은 여운형 선생을 기회주의자라고 하지만 그게 곧 그 분의 폭이오. 남로당이 성공하려면 여운형 선생의 폭을 당의 폭으로 해야 할 것인데…… 나는 바로 그 점을 유감스럽게 생각하오. 건국사업은 남로당의 독점사업이 아니지 않소. 미국과도 상관해야 할 것이고 우익과도 상관해야 할 것이고……."

박갑동은 시계를 보았다. 10시 반이 지나려 하고 있었다. 기일섭을 상대로 쓸데없는 얘길 지껄이고 있을 필요가 없었다.

"가봐야겠습니다."

박갑동이 일어섰다.

"잠깐."하고 기일섭이 내실로 들어가는 듯 하더니 곧 나와 봉투 하나를 건넸다.

"이걸 김삼룡 군에게 전하시오. 당에 대한 자금은 추후 생각하기로 하겠소. 이걸로 우선 용돈이라도 쓰라고 하시오."

박갑동은 그 봉투의 부피를 짐작해보았다. 너무나 영세한 금액일 것 같았다. 그 봉투에 수표나 어음이 들어 있을 까닭이 없었다. 공산당은 특별한 경우를 제외하곤 주로 현금으로 거래하고 있었던 것이다.

기일섭의 집에서 나오자 박갑동의 머리는 복잡하게 되었다. 아까 기일섭의 앞에선 부정적인 태도를 취했지만 권창혁의 말엔 빈틈이 없었다. 그 반동적인 빛깔에 대한 반감과 반발은 있을 수 있어도 그 내용은 쉽사리 부정할 수 없는 성질의 것이었다. 이승만이 노리는 것은 남조선의 단정이다. 그 목적을 위해서 미·소 공위를 파괴 또는 무기휴회로 몰고 갈 것이다. 이윽고 미군정청이 이승만의 편에 서게 된다. 미 국무성이 그렇게 움직인다. 소련 점령지역에 공산정권 이외의 정권이 설 수 없듯이 미국 점령지역에 공산정권이 설 수 없다는 권창혁의 말을 부정할 만한 근거가 도시 없다.

이런 사태에 대응하려면? 일제히 인민을 봉기시켜 배수의 진을 친다? 남로당이 그만한 힘을 가지고 있을까? 권창혁이 예측한 대로가 아닐까? 진실로 남조선의 공산당은 조선이 공산당으로서 교육과 계몽을 통해 인민 속에 뿌리를 박고선 한 걸음 한 걸음 착실하게 지반을 굳혀갔어야 할 것이 아닌가? 그러나 지금은 너무 늦다. 강경일변도의 길밖에 없다. 생각할수록 암담했다. 그 이튿날 새벽 김삼룡이 충정로의 아지트로 와서 기일섭이 보낸 봉투를 받아들자 혀를 찼다. 당에 대한 자금은 추후 고려할 것이니 용돈으로 쓰라고 하더란 말을 전했다.

"이 녀석 마음이 변했구나. 박 동무, 오늘 밤 한 번 더 찾아가. 당의 사업이 대단히 바쁘다고 해."하고 김삼룡이 담배에 불을 붙이더니 마음의 동요를 가눌 길이 없다는 듯 방금 붙인 담배를 신경질적으로 비벼 껐다. 박갑동은 오늘밤 기일섭을 찾아가도 별 보람이 없을 것이란 예감이 들었지만 그 말을 못하고 이렇게 물었다.

"자금이 급하십니까?"

"급하다 뿐인가."하면서도 왜 급하다는 이유는 설명하지 않았다. 박갑동은 어젯밤 있었던 일을 간추려서 보고했다. 김삼룡은 도중에 질문까지 끼워 가며 신중히 듣고 있더니 그럴 경우, 여느 때 같으면 "개 짖는 소리 하지 말라지."하고 뱉어버리는데 뜻밖에도 그 얼굴이 심각하게 변했다. 그리고 한다는 소리가 "이승만이 그처럼 문제 인물이라면 없애 버려야지." 그러고는 일어서며 김삼룡이 "오늘밤엔 빨리 다녀와요. 내 여기서 기다릴 테니까."하는 말을 남겼다.

박갑동의 예상이 빗나가지 않았다. 밤 여덟 시 경 기일섭의 대문 앞에 서서 벨을 누르자 어제 본 그 장정이 샛문 밖으로 얼굴을 내밀고는 "사장님은 홍콩으로 떠나셨습니다."하고 말했다. '놓쳤군.' 하는 생각이 들었다. 놓쳤다는 것은 자금주를 놓쳤다는 뜻이다. 그것은 불길한 예감이기도 했다. 자금을 대던 '심파'가 떨어져 나간다는 것은 그만큼 자금사정이 어렵게 된다는 뜻도 있지만 당의 장래에 기대를 걸 수 없다는 비관론의 구체적인 발현이기도 한 것이다. 그날 밤 감삼룡은 "당이 위기에 봉착했다."하고 털어놓았다. 날이 갈수록 자금 제공자가 줄어간다는 것이다.

"대중 캄파를 하면 어떻겠습니까?"

박갑동이 제안하자 "가난한 당원들이 캄파를 하면 얼마나 하겠나? 그 캄파가 또 민심을 이탈시키는 원인이 되기도 할 건데."하고 중얼거렸다. 그러다가 번쩍 고개를 들더니 김삼룡이 "새로운 자금주를 물색해야 하겠어. 박 동무는 그 요량으로 인선해보시오."하는 말을 남기고 총총히 밤거리로 사라졌다.

4월 들어 미국엘 갔던 하지 중장이 돌아와 7일 뜻밖의 성명을 발표했다. "미·소 공위에서 소련 측의 적극적이고 성의 있는 협력이 없으면 미군은 조선 문제에 관해 단독행동도 불사한다."는 내용이었다. 박갑동은 이 성명으로 권창혁의 말을 상기했다. 이승만의 작용을 받은 미 국무성이 하지에게 무슨 지령을 내린 것이 확실했다.

4월 21일 이승만이 귀국했다. 박갑동은 이승만이 미국으로 간다고 할 때엔 "그가 가건 말건."하는 기분이었는데 이제 이승만의 행동에 각별한 관심을 쏟게 되었다. 이승만은 미국을 떠나기에 앞서 4월 1일 UP기자와의 회견에서 다음과 같은 요지의 담화를 발표했었고.

나는 조선이 조속한 시일 내에 독립할 수 있다는 가능성을 믿고 돌아가려 한다. 트루먼 대통령은 도처에서 공산주의를 배척하라는 미국의 의도를 밝혔다. 이와 같은 연설이 남조선에서 정부를 조직하려는 조선인에게 좋은 영향을 미칠 것으로 안다. 우리가 조직한 정부는 소련군이 최후적으로 철수할 때 북조선에까지 확장될 것이다. 나는 이와 같은 사태를 국무성으로부터 알아냈다. 하지 중장은 조선인이 자치를 위한 조치를 즉시 취할 것을 약속하였다. 국무성의 공산주의자가 쓴 유화책은 남조선 인민을 통합하려는 하지 중장의 노력에 지장을 주었다. 만일 국무성이 이러한 유화책을 중단한다면 하지 중장은 일을 처리할 수 있을 것이다. 점령지역 관계 국무장관보 힐드링 씨는 조선 정부 수립에 관한 우리의 계획에 충심으로 협력하겠다고 말하였다. 미국 군대는 치안부대로서 잔류하게 될 것이다. 미국은 남조선이 조선인들에게 치안문제를 제외하고는 그들 자신의 정부를 처리케 하도록 희망할 것이다. 이러한 치안문제는 북조선에 소련군이 잔류하는 동안 미국의 관할 하에 두어야만 할 것이다. 나는 미국의 남조선에 대한 경제원조안을 찬양하는 바이다.

남로당은 상임중앙위원회를 열어 이승만이 이같이 말한 진의가 무엇인가를 토의했지만 아무도 이 말을 중요시하지 않았다. "딴으론 남조선에 단독정부를 수립하겠다는 뜻인 듯한데 터무니없는 일이다."하고 이주하가 말하는 바람에 모두가 "그렇다." "그렇다."하는 식으로 넘겨버렸다. 옵서버로 참석해 있던 박갑동은 이승만의 동태를 좀 더 날카롭게 주의해야 할 것이라고 하고 싶었으나 그렇게도 못하고 벙어리

냉가슴 앓듯 잠자코 있었다. 박갑동은 미 국무성의 개입으로 하지와 이승만 사이에 일종의 화해가 이루어진 것으로 보았다. 그렇다면 이승만이 노리는 단정의 수립이 전혀 무망한 구상이 아닌 것이다. 이승만은 귀국 이틀째인 23일 돈암장에서 첫 성명서를 발표했다.

……미국이 전쟁 전후 소련과 협상진행을 주장한 고로 공산분자를 포섭하여 중립태도를 표시하느라고 동서 각국에 이 정책을 지켜왔다. 이 정책 때문에 고통을 당한 것은 우리만이 아니다. 그런데 3월 12일 트루먼 씨가 국회에 보낸 통첩에 의해 이 정책이 전적으로 변경되어 동서 각국 문제에서 소련이 미국에 협력하지 않는 경우엔 미국이 단독으로 진행할 것과, 공산세력의 확대를 어디서든지 제지해야 될 필요성을 주장하여 세계에 선포하였나니 이것이 모든 나라에 서광을 비추게 된 것이다.……워싱턴에서 하지 장군과 나와 협의된 것이 더욱 중요하다. 입법의원을 통하여 총선거 제도의 통과의 필요성을 역설함으로 나의 귀국이 심히 긴급함을 느꼈다. 기왕에 하지 중장은 미국의 유화정책 하에 공산분자와의 합작을 부득이 주장하여 왔으나 지금은 이 정책이 변했으므로 하지 중장도 정말 우리와 합작할 것을 확실히 믿으며 우리도 이 방면으로 노력할 것이니 군정당국 내에서도 기왕에 혹 공산분자와 대하여 동정한 사실이 있다고 할지라도 지금부턴 그런 폐단이 없어지길 바란다.

이것은 명백한 단정수립에 대한 의사표명이다. 남로당과 민전은 합동 간부회의를 열었다. "이승만이 노골적으로 그런 의사를 표명한 이상 우리도 사생결단을 해야 한다."하고 이주하가 역설하자 모두들 이에 찬성하고 "공위의 재개에 즈음하여 당과 인민의 일치를 과시하여 기어코 공위가 성공을 거두도록 만전을 기해야 한다."며 그 구체적 방법 검토를 일부 인사에게 위임하기로 했다.

5월 16일. 공위의 소련 대표 선발대가 서울에 왔다. 남로당은 잔칫

집처럼 분주히 움직였다. 내일 공위 소련 대표 스티코프 이하 전원이 입경하게 되어 있어 남로당과 민전은 그 환영방법을 토의하고 있는데 이승만이 돌연 "미·소 공위엔 불참하겠다."는 성명을 발표했다. 그 의도가 어디에 있는지를 정확하게 파악하지 못한 좌익진영은 "거 편하게 되었다."하고 박수갈채했다.

처음엔 순조롭게 진행되었다. 5월 21일에 재개된 미·소 공동위원회는 6월 7일엔 공동성명 11호를 발표했다. 이 성명은 「남북조선 제 민주주의 정당 및 사회단체와의 협의에 관한 규정」이었다. 이 규정은 12항목으로 되어 있었다. 그 가운데 6항은 "공위에 참가하길 청원한 민주 제 정당 및 사회단체의 명부와 각 당 및 단체대표의 명부가 공동위원회에 의해 승인되면 남조선에 소재하는 상기한 정당 및 사회단체의 대표를 초청하며 공동위원회는 1947년 6월 25일 서울에서 합동회의를 개최한다. 이와 동일한, 북조선에 소재하는 민주주의 제 정당 및 사회단체 대표의 합동회의는 1947년 6월 30일 평양에서 개최한다. 소련 수석대표가 서울 합동회의를 사회하고 평양 합동회의는 미국 대표단 수석이 사회한다."고 규정하고 있다.

11호 성명에 따라 각 정당과 단체는 청원에 나섰다. 마감인 6월 23일 현재 청원한 정당 사회단체는 모두 4백63개 단체였다. 그 가운데 이남이 4백25개, 이북이 38개 단체였다. 남조선에서의 청원단체 중 민전 산하 단체는 불과 25%, 우익 및 중도계가 70%를 넘었다. 남로당은 참가 비율을 최소한 5 대 5쯤으로 잡고 있었다. 그렇게 하면 북조선의 민전 단체가 합세해서 자기들 2, 우익계열 1로 되어 임시정부 수립에 주도권을 갖게 되는 것이다.

6월 25일의 서울 합동회의를 마치고 미국 측 대표단 일행 80명은 29일 하오 7시 30분 특별열차편으로 평양을 향해 서울을 떠났다. 예정대로 평양 합동회의는 6월 30일 북조선 인민위원회 회의실에서 개최되었다. 회의실 정면엔 태극기를 중심으로 좌우에 미·소 양국기가 걸려 있었다. 이때 수행한 신문기자 장동일은 회의장에 들어서자마자 미·소 공위는 실패로 끝날 것이라고 짐작했다고 서울로 돌아오자 박갑동에게 말하고 그 회의 광경을 다음과 같이 묘사했다.

김일성이 한가운데 버티고 앉았다. 그 오른편엔 북조선 정당 단체 대표들, 왼편으론 김두봉 등 인민회의 의원들이 앉았다. 정각 2시, 소련 대표들과 미국 대표가 입장하여 스티코프의 환영사와 브라운의 폐회사가 있었다. 그 시간 약 2시 50분.

하오 4시 30분부터 인민위원회 앞 광장에서 '소·미 공동위원회 경축 평양 시민대회'가 있었다. 회장 전면엔 김일성과 스탈린의 초상화가 걸려 있었다. 한 시간 후 경축대회는 끝나고 가두행렬이 시작되었다.

「민주주의 임시정부는 인민공화국으로 선포되어야 한다」「김일성을 수반으로 하는 임시정부가 수립되어야 한다」「민족반역자, 친일분자 김구, 이승만, 안재홍, 김성수, 장덕수 등을 임시정부에서 제외하라」는 등의 플래카드가 눈에 띄었다. 이날 평양 인민대회에서 채택된 선언서의 요지는 다음과 같다.

① 조선을 반드시 민주주의 인민공화국으로 선포되어야 한다. ② 임시정부는 조선의 애국자만으로 구성되어야 한다. ③ 임시정부 수반으로는 민족해방 운동에서 민주건설 실시사업에서 인민의 지지와 신뢰를 받는 지도자가 되어야 한다. ④ 임시정부는 북조선과 같이 토지정책, 산업국유화 등을 전 조선에 실시해야 한다.

합동회의를 마친 미·소 공동위원회는 7월 2일 3일 양일간 본회의를 가진 다음 미국 대표단은 소련 대표단보다 하루 앞서 4일 상오 4시 10분의 특별열차편으로 서울로 돌아왔다. 공위 11호 성명이 있은 직후 남로당은 전국의 세포에 당원 5배가(倍加) 지령을 내렸다. 당원 1백만 돌파를 목표로 한 캠페인이었다. 미·소 공위의 강력한 협의대상이 되려면 그만한 당세가 필요하다고 남로당 중앙위원회가 결정한 것이다.

그 무렵 전옥희와 박갑동이 다방 '북풍'에서 만났다. 전옥희는 옥색 모시 치마에 흰색 모시 저고리를 입고 있었다. "학생이라기보다 귀부인 태가 나는데."하고 박갑동이 황홀하게 웃자 "하두 마음이 스산해서 한번 꾸며보았어요."하며 언제나처럼 화사하게 웃었다.

"슬슬 시집가고 싶은 생각이 나는 모양이지?"

박갑동이 비아냥거렸다.

"아닌 게 아니라 시집이라도 가버렸으면 해요."

전옥희가 장난스럽게 웃더니 돌연 표정을 바꾸었다.

"박 선생님, 이번 공위는 성사되는 건가요?"

"꼭 성사를 시켜야죠."

"무슨 기술로 성사시켜요?"

"우리의 성의와 열성으로."

"성의와 열성을 다하자는 게 당원 5배가 운동인가요?"

"그것도 포함되겠지."

"박 선생님, 한 가지만 가르쳐주세요. 무엇을 미끼로 5배가 시키죠? 눈깔사탕 사주겠다구? 아이스크림 사주겠다고 꾈까요?"

"인민의 양심에 호소하는 거지 달리 도리가 있겠소?"

"내가 양심을 가지고 있지 않은데 누구의 양심에 호소해요? 아무리 생각해도 나는 속수무책이에요. 나 하나의 생명을 바치는 건 수월하겠지만 당원 하나 권고할 자신이 없어요. 박 선생님에겐 있어요?"

"사실 나도 고민이오."

"몇이나 모았어요?"

"아직 한 사람도……."

"그것 보세요. 남로당원이다 하면 붙들려가는 판에, 이미 당원이었던 사람도 탈락해가는 판에 5배가 운동이란 게 도대체 뭐예요? 중앙위원들은 도대체 뭣 하는 사람들입니까? 그들은 이 땅에 살지 않는 사람들인가요?"

사실 박갑동이 할 말이 없었다.

"정말 정이 떨어졌어요."

어느덧 전옥희의 얼굴이 싸늘하게 긴장되어 있었다. 처연하다는 표현이 꼭 알맞은 전옥희의 맵시이며 얼굴이었다.

"박 선생님!"

"말해 보시오."

"미·소 공위가 성공할 것으로 믿으세요?"

"성공해야 할 것 아니오."

"절대로 안 될 거라고 그래요."

"누가 그런 말을 합디까?"

"버치 씨가요."

"버치가?"

"군정청 관리들 가운덴 미·소 공위의 성공을 믿는 사람이 하나도 없답니다."

"……"

"그러니까 5배가 운동이구 10배가 운동이구 집어치우라고 하세요. 창피하기만 해요."

# 제18장

# 여운형의 피격과
# 그 언저리

미·소 공위의 성공 여부는 남로당의 명운이 걸려 있는 문제였다. 전옥희는 당원 5배가, 10배가의 지령에 반발하면서도 이 사실만은 인식하지 않을 수 없었다. 박갑동의 충고도 있었다.

"이것을 당에 대한 마지막 봉사라고 생각하고 최선을 다하시오."

전옥희는 이윽고 결심을 했다. 자기 휘하에 있는 세포 7명에게 "이웃집 또는 친척집의 가정부라도 좋다. 당원으로 포섭하라."고 이르고 자기 자신도 이모집의 가정부와 옆집 동장 댁의 가정부를 끌어들이는 등 활동을 시작했다. 순진한 그들을 상대로 한 공작은 뜻밖에도 잘 진척되었다.

"언제나 가정부 노릇만 하고 있을 것이냐?"

"남로당은 당신들의 권익을 위해 싸우는 정당이다."

"여성의 권리는 여성 스스로가 쟁취해야 한다."

"당신들에게 잃을 것이 무엇 있느냐? 잃을 것이 있다면 가정부라는 굴레뿐이다."

"지금 당신의 사회적 지위는 맨 밑바닥이다. 우리 당이 성공하는 날엔 당신들의 지위도 최고로 된다. 자본주의 사회, 즉 지금의 상태에선 부자, 중류 가정, 기술자, 농민, 노동자의 순서로 되어 있지만 사회주의 사회의 서열은 노동자가 최고이고 그 다음이 농민, 기술자, 중류 가정, 부자, 이런 순서로 된다."

"가만히 있다고 해서 당신들이 잘 사는 사회가 올 줄 아느냐? 당신들이 서둘러야 한다. 당신들에게도 밸이 있다는 것을 보여주어야 한다. 참고 견디는 건 구더기가 할 짓이다. 지렁이도 밟히면 꿈틀한다. 그런데 왜 당신들은 잠자코만 있느냐?"

"당에 가입한다는 것은 백만의 동무를 얻는다는 것이다. 앞으로 당신이 무슨 일을 당하면 백만의 친구들이 당신을 위해 후원한다. 우리 당원은 당원이 당하는 고초를 그저 보아 넘기진 않는다."

"당원이 된다는 것, 이것은 영광이다. 천한 식모가 아니다. 시답잖은 가정부가 아니다. 당당한 혁명 여성이다. 언젠가는 영예를 차지할 수 있는 기막힌 신분이다."

이런 말을 늘어놓고, 내일에라도 유토피아가 출현할 것처럼 설명을 보태놓으면 열에 아홉은 눈동자를 반짝거리며 입당원서에 도장을 찍는 것이다. 여대생들을 상대로 할 땐 말이 구구해야 하고 더러는 토론이 일기도 하여 귀찮은 일이 한두 가지가 아니었는데, 이처럼 식모와 가정부를 상대로 하고부턴 만사가 호박에 대못을 치듯 수월했다.

전옥희는 밑바닥 사회가 혁명의 소지(素地)라는 것을 새삼스럽게 느끼고 용기를 얻었다. 당이 조금만 잘하면 밑바닥에 있는 대중들을 물이 소금을 녹이듯 할 수 있을 것이며, 성냥만 그어대면 일시에 불이 붙는 가솔린으로 화할 수도 있을 것이었다.

한편 남로당은 당원의 10배가 운동과 더불어 미·소 공위에 대한 진정운동을 전개하고 있었다.

① 정권 형태는 인민위원회를 바란다. ② 구금된 민주 애국투사를 즉시 석방토록 하라. ③ 공동위원회의 협의대상과 앞으로 진행될 정부 조직에서 친일파, 민족반역자, 파쇼분자 등 반탁 집단을 제외하라. ④ 박헌영에 대한 체포령을 취소하라.

이러한 내용의 진정서를 각 단체원의 연서로, 또는 지구별로 서명 날인해서 미·소 공위에 보내는 것이다. 이것은 인민의 의사가 이렇다는 것과 남로당을 지지하는 세력이 이만큼 강하다는 것을 미·소 공위에 반영하기 위해서였다. 이렇게 해서 미·소 공위에 전달된 진정서는 1947년 6월 27일분만으로도 서울시 3백35통(인원 5천9백32명), 경기도 1천3백54통(8만9천1백95명), 충북 3백48통(1만4천3백74명), 충남 1백79통(3만96명), 경북 1천3백29통(11만3천1백98명), 경남 33통(3천2백36명), 전북 38통(2천57명), 전남 2백97통(8천3백22명), 도합 3천9백13통(26만6천4백10명)이었고, 그때까지의 누계는 약 20일간 6만7천5백78통이었다.

남로당은 이처럼 조직을 확대하는 동시에 공위를 추진하기 위해 대대적인 선전공세를 감행하여 반탁진영을 공위의 협의대상에서 제외하려 하였다. 그런데 바로 이것이 미·소 공위를 성사시키지 못한 원인이 되었다. 미·소 공위는 협의대상 문제로 해서 교착상태에 빠진 것이다.

이 상태를 남로당이 안타깝게 여긴 것은 당연한 일이었다. 그런데 그 의도는 물론 다를 것이지만 공위의 교착상태를 유감으로 생각하고 있었던 것은 하지 사령관이었다. 그는 자기의 열망을 다해 미·소 공위를 통한 임시정부 수립을 바랐다. 그렇게 해서 금의환향하고 싶었다. 공위가 실패할 경우에 대비하여 미국의 국무성이 별도의 안을 준비하고 있다는 것을 그는 알고 있었다. 그렇게 되면 그가 2년 동안에 걸쳐 힘써오던 것은 전부 수포로 돌아가는 것이다.

그러나 공산당이 주장하고 있는 대로 반탁진영을 공위의 협의대상에서 제외할 수는 없는 일이었다. 마찬가지로 남로당의 그런 주장을 포기하라고 할 수도 없는 일이었다. 이 딜레마를 풀기 위한 유일한 방법은 우익진영, 특히 이승만과 김구가 이끄는 세력의 반탁 기세를 완화하게 하는 일이었다. 이승만과 김구의 그 맹렬한 반탁 기세만 완화되면 소련 측을 납득시켜 협의대상 문제를 해결할 수 있을 것이라고 하지는 보았다. 그런 심정이 6월 28일자 하지 사령관의 이승만에게 보낸 서한으로 되었다.

귀하의 정치기구의 상층부에서 나온 줄로 짐작되는 보도에 의하면, 귀하와 김구 씨는 공위업무에 대한 항의수단으로서 조속한 시기에 테러행위와 조선경제 교란을 책동한다 합니다. 고발자들은 이와 같은 행동엔 몇 건의 정치적 암살도 포함되어 있다고 합니다. 이러한 성질의 공연한 행동은 조선독립에 막대한 저해를 끼칠 터이므로 사실이 아니기를 바랍니다. 조선의 애국심 전부가 건설적 방향으로 발휘되기 위해선 조선 대중에게 유혈, 불행, 재변(災變)을 의미하는 그런 일이 있어선 안 될 것으로 압니다. 그것은 곧 조선이 독립할 준비가 아직 안되었다는 것을 세계에 보여주는 결과가 될 뿐입니다. 나는 귀하의 정치적 의욕이 그런 케케묵은 방식을 통하여 발현되지 않기를 과거에도 바랐고, 또 계속하여 그렇게 바라고 있습니다.

이 서한에 대해 이승만은 30일 다음과 같이 회신하면서, 왕복서한을 공개했다.

피해자 김구 씨와 내게 테러 및 암살사건에 간여하고 있다고 의심하는 6월

28일자 귀함(貴函)은 귀하가 한인들과 그 지도자들을 이해하고 있지 못하다고 우리가 생각했던 바를 한 번 더 깨닫게 한 것입니다. 귀함을 받고 처음 생각에는 위신 소관으로 이런 글에 대답하지 않으려 하였으나 이 관계가 가장 중대한 것이니 만치 경홀(輕忽)히 볼 수 없는 터입니다. ……귀함에 이른바 나의 정치기구의 이면에 있는 자가 그 같은 고발을 하였다고 하는데, 그 인사의 성명을 지체 없이 내게 알려주시기를 요청합니다. 내가 유죄한 경우에는 벌을 받아야 하겠고, 그렇지 않으면 이런 중대한 죄명을 내게 씌운 자가 벌을 받아야 합니다.

귀하께 언명코자 하는 바는 한인들이나 그의 지도자들이 귀함에 이른 바와 같이 테러행동을 계획하거나 고대적(古代的)인 유혈방식을 사용하는 일이 없다는 것입니다. 실로 테러와 암살과 방화하는 자는 반미(反美)하는 공산분자 중 근일에 은사(恩赦)로 석방된 69인의 대다수 죄범들인데, 그 결과로 일반 민중 특히 경찰관들의 생명과 가정이 위태케 될 것입니다. 귀함을 김구 씨에게 보내니 직접으로 회답이 있을 줄 믿습니다. 나의 품행 상에 관계가 되며 따라서 민중에 영향이 미칠 사정이므로 이 왕복서한을 발표하는 것이 나의 책임으로 알고 귀함과 나의 답함(答函)을 동시에 공개합니다.

**그러고는 곧 이승만은 하지를 반박하는 맹렬한 성명서를 발표했다.**

소위 해방 이후로 작년 겨울까지 우리가 노력한 것은 하지 중장의 정책을 절대 지지해서 한미 협동으로 정부를 조직하여 우리 문제를 우리가 해결하기를 바라는 것이다. 하지 중장은 우리 협의를 얻어 시험하여 본 것이 5, 6가지의 계획인데 다 실패한 것은 공산지도자들의 협의를 얻지 못한 까닭이요. 이것을 얻지 못할 동안까지는 무슨 계획이나 다 무효로 만들자는 것이 하지 중장의 유일한 정책이다.

우리가 이 정책이 성공될 수 없는 것을 알고도 협조한 것은 하지 중장이 필경 가능성 없는 것을 파악하고 새 정책을 쓰기를 바라고 기다려온 것이다. 그런데 작년 겨울에 와서는 하지 중장이 그 계획을 고칠 가망이 없는 것을 확실히 인식한 나로서는 하지 중장에게 우리가 더 지지할 수 없다는 이유를 설명하고 이제부터는 김구 씨와 나는 우리의 자유보조를 취하게 된 것이다.

내가 미주(美洲)에서 하지 중장을 만났을 때는 씨는 절대로 입법의원을 통하여 보선법안(普選法案)을 세워서 총선거를 진행하겠으므로 한국 임시정부를 한국인들이 원하는 대로 수립할 것이라고 내게 말하고 또 공개로 선언한 것이다. 그때 이후로 내가 바랐던 것은 하지 중장이 워싱턴에서 선언한 것을 진정으로 준행함으로써 우리와 하지 중장 사이에 협의적으로 일이 진행될 것을 믿었던 것이요, 또한 국무성의 힐드링 장군과 도쿄의 맥아더 장군이 다 나에게 희망을 주고 이 계획을 지지하였던 것이다.

현금에 와서 보면 입법의원에서 하지 중장이 임명한 의원들이 이것을 오늘까지 장해(障害)해서 심지어 입법의원을 파괴시키게까지 이른 것을 우익진영에서 모든 것을 양보해서 이름이라도 유지하는 것은, 우리 민족의 자주할 능력에 대하여 불미한 감상을 세계에 주기를 피하려 한 것이다. 지금에 와서 부득이 보선법을 통과하였다 하나 공위의 결과를 기다리는 하지 중장의 의도 하에서는 총선거를 진행할 희망이 아직 망연하고 우리의 정세로서는 앉아서 기다릴 수 없는 경우이므로 우리는 부득이 우리의 자율계획을 진행하지 않을 수 없는 터이니, 동포는 다 이를 양해하고 각 정당이나 사회단체나 오직 이 정신하에서 합심 용진할 것이다.

우리가 하지 중장과 협동이 못 되는 것은 부득이한 경우이며 개인의 친분이나 정의엔 다른 것이 없고 오직 정치노선에 차이가 있을 뿐이니, 언제든지 하지 중장이 정책을 변경하여 우리가 참아온 주장을 지지해주기까진 다른 도리가 없는 터이다. 하지 중장의 정책은 미국 민중이나 정부에서 행하는 바와 위반이므로 우리는 미국의 주장을 우리도 주장해서 한미 동일한 민의를 행하려는 것뿐이니, 일반 동포는 이를 철저히 인식하고 언론이나 행동에 일체 악감정을 표시하지 말고 오직 정치상 우리 주장하는 바만 가지고 정당히 매진할 것이다.

이 성명이 발표되었을 때 김삼룡, 이주하, 김형선 사이에 다음과 같은 말이 오갔다. 그 장소에 박갑동이 동좌하고 있었기 때문에 그들의 정담을 들을 수가 있었다.

"도대체 이승만은 무엇을 믿고 하지를 묵사발로 만들었지?"

이주하가 한 소리다.

"무슨 꿍꿍이속이 있겠지."하고 김삼룡이 받았다.

"그저 억지를 쓰는 것 아닐까? 공위는 진행되고 있고 자기들은 협의 대상에서 제외될 게 뻔하니 한번 덤벼본 것이지."

김형선의 의견이었다.

"그렇게 간단하게 생각해선 안 될 것 같아. 아무리 똥배짱을 가졌다고 해도 하지의 정책이 미국 정부의 정책과 위반된다는 말을 어떻게 하노?"

김삼룡이 조심스럽게 나왔다.

"그러나저러나 미·소 공위를 꼭 성사시켜야겠다는 양심이 하지에게 있는 것일까?"한 것은 이주하.

"그건 있다고 봐야죠. 사사건건 물고 늘어지는 이승만의 꼴이 보기 싫어서라도 하지는 공위를 성가시키려고 하겠지."

이것은 김형선의 말.

"이승만이 미국 가서 무슨 언질을 받아온 게 분명해. 그렇지 않고서야 현지 사령관을 그렇게 몰아세울 순 없을 것 아닌가?"하고 김삼룡이 담배를 피워 물었다.

"그런 것이 있는 척하고 우익진영을 걸머들이려는 거지 별 게 있을 턱이 있소? 미국의 정책은 현지 사령관의 의도에 따라 움직이는 겁니다."

김형선이 제법 자신 있게 말했다.

"아무튼 이승만의 동태에 대해선 별로 신경 쓸 것 없을 것 같소. 하지가 공위에 대해 성의를 가지고 있다는 것만 알면 그만 아니겠소?"

"그러나 하지는 공위의 협의대상에서 우익진영을 제외하는 덴 동의하지 않을 거란 말이야."

김삼룡이 담배를 비벼 끄고 말했다.

"한 번 민중의 의사를 보여주는 거야. 이번 인민대회에서 전체 인민을 총동원해서 실력을 과시하면 하지라도 결심할 밖에 없겠지."

이주하가 힘주어 말했다.

"결국 그 방법밖엔 없을 겁니다. 한번 본때를 보여줘야지."

김형선이 찬성의 뜻을 표했다. 이때 김삼룡이 박갑동을 돌아보고 물었다.

"미·소 공위에 전달된 진정서의 수가 얼마나 된답디까?"

"어제 7월 3일 현재로 10만 통이 넘었다고 아까 민전 사무국에서 연락이 왔다고 합니다."

박갑동의 대답이었다.

"당원 수는 얼마나 불었소?"

이주하의 질문이었다.

"2백만 명을 돌파했습니다."

박갑동 대신 김삼룡이 대답했다.

"한 5백만쯤으로 만들어버렸으면……."

이주하가 중얼거렸다.

"그렇게 되면 남조선 성인 인구의 반을 차지하게 되는 겁니다."하고 김형선이 웃었다.

"현재 2백만이면 인민대회가 있을 때까진 3백만을 채울 수 있겠지. 그런데 얼마가 당원 구실을 제대로 할 수 있을는지."

김삼룡이 얼굴을 찌푸리며 한 소리다.

"지금은 양이 문제니까. 양의 변화가 질의 변화를 가져온다. 이게 변증법 아닙니까?"

김형선은 어디까지나 낙천주의였다.

이 무렵 이화장(梨花莊)에선 한민당 수뇌부가 모여 있었다. 그 가운데 경무부장 조병옥과 수도경찰청장 장택상이 끼어 있었다. 조병옥의 보고가 있었다.

"하지는 어떻게 하건 미·소 공위를 성사시켰으면 하는 의도인 것 같습니다. 소련 측이 반탁 진영을 협의대상에서 제외해야한다고 그만큼 서두르고 있으면, 미군 측은 단호히 거절하고 휴회를 하든지 공위의 문을 닫아버리든지 해야 할 것인데 그러질 않아요. 어떻게든 시간을 끌면서도 미군 측은 소련 측의 양해를 얻으려고 하고 있습니다."

"소련 측이 양보할 기세가 보이나?"

이승만이 물었다.

"전혀 그런 기색 없습니다."

"그럼 된 거야."

이승만이 반눈을 감고 고개를 끄덕였다.

"뭣이 됐단 말씀입니까, 박사님?"

장택상이 물었다.

"소련이 양보하지 않으면 곧 공위는 문 닫게 돼."

이승만이 뚜벅 말했다.

"만일 하지가 양보하면 어떻게 되겠습니까?"

장택상이 재차 물었다.

"창랑(滄浪)은 진정으로 그런 걸 걱정하는가?"하고 빙그레 웃고는 이승만은

"하지로선 우리를 배제하는 공위엔 찬성할 수 없어. 그런 배짱이 없어."

"우리 대신 약간의 민족주의 정당을 협의대상으로 하는 조건이면 어떻게 되겠습니까?"

장택상의 말이었다.

"기회주의자가 민족주의자가 될 수는 없지. 그보다도 내 걱정은 공산당이 우익정당을 협의대상으로 해도 좋다고 떠들고 나올 경우야. 그렇게 해서 소련 측이 미국의 제안에 찬성해버리면 우린 속수무책이거든. 공위에다 임시정부 수립을 맡길 수밖에 없게 될 것 아닌가?"

"그럴 걱정은 없습니다. 남로당은 사생결단하고 공위의 협의대상에서 우익진영을 제외하려고 혈안이 되어 있으니까요. 그 점은 염려 마십시오."

"그럼 됐어. 어때 유석(維石), 공산당이 그 초지를 관철하도록 성원을 해주지 그래."

"그러지 않아도 이번 7월 27일로 예정하고 있는 그들의 인민대회가 성황을 이룰 수 있도록 협조해줄 작정입니다."

"역시 유석은 총명하군. 공산당이 사람을 모아 떠들썩하면 군정청도 놀랄 것이야. 자칫 잘못하면 남한을 소련에게 넘겨주게 되겠다고 미국 친구들이 겁을 먹을 수 있도록 대대적인 행사가 될 수 있도록 해주어."

"그렇게 하겠습니다. 그리고 박사님, 이번 인민대회를 통해 공산당 동조자들을 세밀하게 파악할 예정입니다. 이 기회에 공산당은 남김없이 놈들의 일꾼들을 노출시킬 겁니다. 경찰을 총동원하고 애국 청년단체, 애국 학생단체도 활용할 작정입니다. 놈들을 노출시켜 파악만 해놓으면 필요에 따라 이 잡듯 할 수 있을 것이니까요. 그런 까닭에 그들의 군중 동원엔 일체 간섭하지 않을 것입니다. 완전한 자유보장을 할 방침입니다."

"됐어, 됐어."

이승만의 얼굴에 회심의 미소가 어렸다. 공산당이 그들의 총력을 다해 준비하고 있는 인민대회를 이승만은 역으로 이용하려고 하고 있는 것이다.

"양의 변화가 질의 변화를 가져 온다."는 김형선의 변증법은 남로당의 인민대회가 성황일수록 이승만이 이끄는 우익진영에 유리하게 된다는 계산 앞에선 이지러진 변증법으로 되고 만다.

박갑동의 나날은 바빴다.

김삼룡의 비서 역할을 하면서 남로당 기관지 〈노력인민〉의 기자 노릇을 해야 하고 서울 핵심부에 있는 세포의 캡(세포책) 7명을 거느리는 책임도 다해야만 했다. 그러니 전옥희와 만나 한담할 시간이란 전혀 없었다. 전옥희의 사정도 마찬가지였다. 당원의 포섭, 진정서 서명운동, 게다가 7월 27일로 예정된 인민대회에 되도록 많은 사람이 참가하도록 선전선동에도 힘써야 했다.

그날도 전옥희는 친구 셋과 더불어 아현동 산동네를 헤매고 있었다. 밑바닥 서민들과 접촉하게 된 이래 그 성과에 재미를 붙이게 된 전옥희는 날로 혁명의식의 앙양을 느꼈다. 아현동을 호별 방문하다시피 하고 해가 저물 무렵 전옥희는 동행한 친구들과 함께 산을 내려 전차를 타려고 하는데, 문득 전신주에 붙어 있는 벽보를 보고 깜짝 놀랐다.

「여운형 씨 괴한에게 피살! 오늘 오후 1시 혜화동 로터리에서!」

전옥희는 벽보가 붙은 전신주 앞에 멍청히 서버렸다. 발을 떼어 놓을 수가 없었다. "세상에 이럴 수가!"하고 친구 하나는 엉엉 울기 시작했다. 백광순이라고 하는 그 친구는 자기 아버지가 여운형 선생의 열렬한 지지자라고 하고서 가끔 여운형에 관한 이야기를 즐겨 하는 아가씨였다. 언제까지나 그곳에 서 있을 수는 없었다. 전옥희와 그 친구들은 서대문 십자로까지 나와 어느 다방에 들렀다. 맥이 풀려 더 걸을 수 없었던 것이다. 다방 안엔 여운형 암살이 화제로 올라 있었다.

"그 놈이 어떤 놈인지 광화문 네거리에 끌어내어 능지처참을 해야 한다."하고 흥분하는 사람도 있었고, "우익이 한 테러다."하고 이를 가는 사람도 있었다. "도대체 어떤 놈이길래 감히 그 어른을 향해 총을 쏠 수 있었던가 말이다."하며 탁자를 치는 사람도 있었다. "원수를 갚아야 한다."며 청년 하나가 일어섰다.

"아직 범인이 누구인지는 모르지만 그 놈이 어떤 부류에 속하는가는 짐작할 수가 있다. 악질 반동단체의 무리일 것은 틀림없는 사실이다. 우리는 그 반동놈들을 타도함으로써 위대한 애국자이신 여운형 선생의 원수를 갚아야만 한다. 여러분, 우리 모두 돌아가신 선생님을 위해 묵도를 올립시다."

청년의 선창에 따라 다방에서 음악이 사라지고 일시 숙연한 침묵이 흘렀다. 전옥희와 그 친구들도 일제히 머리를 숙여 묵도를 올렸다. 묵도를 올리면서 전옥희는 '해방의 의미'라는 것을 생각해보게 되었다.

'여운형 선생의 암살! 이것이 해방의 의미인가?'

여운형이 괴한의 흉탄을 맞고 쓰러졌다고 듣고 흥분한 것은 그 다방에서만이 아니었다. 그것은 서울에서나 지방에서나 커다란 충격이었다. 여운형을 지지한 사람도 반대하는 사람도 이 사건을 통해 민족의 암담한 앞날을 굽어보는 심경이 되었다. 전옥희가 서대문 어느 다방에서 '해방의 의미'를 생각하고 있었을 때 박갑동은 〈노력인민〉의 편집실에서 '우리 민족에게 여운형은 무엇인가?'를 생각하고 있었다.

당의 방침에 따라 여운형에게 대해 비판적인 태도를 지니고 있긴 했으나 박갑동은 나름대로 여운형에 대한 애착을 느끼고 있었다. 그 애착이 절실한 것이었다는 것을 흉보를 듣고서야 비로소 깨달은 것이다.

그런데 〈노력인민〉 편집실 전체의 분위기는 뜻밖에도 냉담했다. 범인의 정체를 모르기 때문이기도 했겠지만 여운형과 남로당의 미묘한 관계의 반영이라고 할 수 있었다. 여운형의 사망을 지나치게 슬퍼하거나, 그 사건으로 해서 충격을 받았다거나 하는 감정의 노출을 삼가는 것이 남로당 당원으로서 취해야 할 도리처럼 생각하는 사고방식이 있었던 것이다. 박갑동은 그러한 분위기에 적이 반발을 느꼈다. 지도자의 죽음에 대해 어째서 솔직한 감정의 표출을 삼가야 하는가의 까닭을 알 수 없었기 때문이다.

그 사건에 관한 사설은 정태식이 집필하기로 되었다. 우익 반동단체의 소행으로 추정하고 격렬한 성토문을 써야 한다는 방침도 결정되었다. 범인의 정체를 알기 위해 사방으로 흩어진 기자들로부터 아직 아무런 소식이 전해오지 않았다. 박갑동은 혹시 세계통신의 권창혁이 진상을 알고 있지 않을까 해서 그리로 전화를 걸어보았지만 통화중 신호만이 울렸다.

박갑동이 시계를 보았다. 7시가 넘어 있었다. 7시 반까진 충정로 아지트에 가 있어야만 했으므로 그는 자리에서 일어섰다. 편집실을 벗어나 계단을 내려오는데 계단을 올라오는 다니엘 정을 만났다. 다니엘 정은 소련 타스통신의 기자로서 공위의 소련 대표단에 수행해 온 조선계 소련인이었다.

그는 "당신을 찾아오는 길입니다."하고 박갑동의 손을 잡았다. "무슨 용무로 찾아왔소?"하면서도 박갑동은 계단을 내려갔다. "부탁이 있습니다."하고 다니엘 정도 같이 계단을 내려왔다.

"나는 지금 바쁜데요."

박갑동이 시계를 보았다.

"그럼 걸으면서 얘기합시다."

다니엘 정은 박갑동과 어깨를 나란히 하고 황혼이 깔리기 시작한 거리를 걸으며 낮은 소리로 물었다.

"아직 범인을 체포하지 못했지요?"

범인이란 여운형 암살범을 뜻하는 것이었다.

"잘은 모르지만 아직 체포하진 못한 것 같소."

"백주에 한 범행인데, 그 자리엔 경호원도 있고 많은 시민들도 있었을 것인데, 어째서 체포하지 못했을까요?"

"그걸 내가 어떻게 알겠소."

"혹시 미 군정청의 경찰이 개입된 사건이 아닐까요?"

"글쎄요."

"그건 그렇고 내가 박 선생을 찾아온 것은 여운형 씨의 짤막한 전기(傳記)를 써주었으면 해서입니다."

"전기?"

"원고지로 백 장쯤 되는……."

"그걸 내가 어떻게 씁니까?"

"타스통신 본부의 명령입니다. 그것을 일주일 내로 써서 보내라는 겁니다."

"누구에게 대한 명령입니까?"

"물론 저에게 대한 명령입니다."

"그걸 나더러 어떻게 하라는 거요?"

박갑동은 말이 퉁명스럽게 되었다.

"아무래도 박 선생이 가장 적임자일 것 같아서 부탁드리는 겁니다."

"그걸 쓸 적임자는 여 선생이 이끈 근로인민당의 당원 가운데서 찾는 게 좋을 겁니다."

"근로인민당 당원이면 사정이 다르지 않겠습니까? 시각이라는 게 있지 않겠어요? 공산당, 아니 남로당에서 본 전기가 필요한 겁니다."

"그렇다고 해도 나는 적임자가 아니오."

박갑동이 이렇게 잘라 말하자 다니엘 정은 약간 무안하다는 기색이 더니 "나는 박 선생이 타스통신에 협력하여주실 줄 알고 찾아왔습니다."하고 따지고 들었다. 지난번 공위가 시작하기 직전의 일이었다. 타스통신 기자가 〈해방일보〉로 박갑동을 찾아와서 〈해방일보〉에 실리는 박갑동의 글을 타스통신에 전재(轉載)하는 것을 양해해달라고 한 적이 있었다.

"비슷한 얘기는 있었지만 당으로부터 그런 명령을 받은 적은 없소."

"명령이 꼭 문서로 되어 있어야 하는 겁니까? 명령이다 하고 단서를 붙여야 하는 겁니까? 우리 타스통신에선 당신을 우리의 통신원으로 지정하고 있고 당 고위층의 승인을 받고 있기도 합니다."

"나는 그런 계약한 적이 없소."

"아니죠. 협력을 바라는 겁니다. 부탁하는 겁니다. 거절하신다면 도리가 없지요. 정식으로 당 기구를 통해서 명령이 내려가도록 하지요."

"구태여 나를 붙들고 늘어질 게 뭐요?"

박갑동은 불쾌감을 감추지 않았다.

"여운형 씨에 관한 기록, 아니 신상조사서가 조선공산당에 비치되어 있고 그 사본이 〈해방일보〉 조사부에 있었는데, 그런 관계의 서류를 박 선생이 보관하고 있다고 듣고 있습니다. 그래서 부탁하는 겁니다. 나로선 당 기구를 통해 그 신상조사서의 사본을 요구할 수도 있지만 그런 기밀에 속하는 서류를 요구한다는 건 예의상 뭣하고 해서 박 선생에게 전기를 부탁하는 겁니다. 당의 입장을 고려해서 재료를 취사선택할 수도 있지 않겠습니까?"

다니엘 정의 말이 설득조가 되었다. 모스크바대학을 우수한 성적으로 졸업했다는 다니엘은 타스통신에선 민완기자로 알려져 있었다. 그만큼 소련공산당 내부에서도 높은 평가를 받고 있을 것이었다. 원래 타스통신의 기자는 능력도 물론 있어야 하는 것이지만 여간 당성이 강하지 않고서야 채용될 수 없는 신분인 것이다. 한마디로 타스통신의 기자는 KGB의 요원이나 다를 바가 없었다. 다니엘 정의 비위를 거스른다는 것은 박갑동의 장래에 어떤 지장을 초래할지 몰랐다. 자기 자신의 장래보다도 자기 때문에 남로당이 무슨 오해를 받게 될지 몰랐다. 그래서 박갑동이 다음과 같이 말했다.

"당원이 당의 승인 없이 문장을 발표할 수 없는 일 아니겠소? 오늘 밤에라도 당의 상위자(上位者)에게 의논해서 가부간 내일 대답하겠소."

"타스통신에 기고하는 것이라고 하면 상위자도 승인할 거요. 만일 그 전기를 보내게 되면 박 선생의 서명이 든 원고로서 다루라고 본부에 요구할 참이오. 상당한 보수를 기대해도 좋을 겁니다."하고 다니엘 정은 자기 숙소의 전화번호와 시간을 일러놓고 서소문 근처에서 어디론가 사라졌다. 다니엘 정이 서두는 품으로 보아 소련도 이 사건을 중대시하고 있는 것이 틀림없었다. 그러지 않고서야 1백 장 가량의 전기가 필요할 까닭이 없었다.

그날 밤 김삼룡을 만난 자리에서 다니엘 정의 제안을 말해보았더니 즉석에서 그렇게 하라는 승낙을 하고, 그 원고를 타스통신에 넘기기 전에 자기에게 보이라고 일렀다. 이렇게 해서 박갑동은 뜻하지 않게 여운형의 일생을 회고해보는 기회를 가지게 되었다. 조선공산당은 적과 동지를 망라하여 중요한 인물에 관해선 제법 소상한 조사기록을 가지고 있었다. 언제 누구로부터 공격을 받을지 모르고, 오늘 동지였던 사람의 내일 적으로 변할지도 모르는 정세에 대비하기 위한 자료였다. 그런 만큼 정확한 정보수집을 목적으로 한 것이라기보다 스캔들 수집을 목적으로 한 것이었다.

아무튼 여운형에 관한 자료는 비교적 소상했다. 박갑동은 그 자료를 뒤지면서 태도 결정을 해야만 했다. 존경하는 지도자라는 데 초점을 두고 초당적인 시각에서 그의 생애를 경건하게 기록해야 할 것인가?

공산당 제일주의의 시각에서 보면 여운형은 많은 부정적 면을 가지고 있는 것이니 그런 방향으로 초점을 맞출 것인가?

경건하게 기록을 하면 김삼룡의 심사를 통과하지 못할 것이 뻔했다. 당장 당원으로서의 자각이 모자랐다는 비판을 면하지 못할 것이고, 이런 센티멘털한 작문 같은 것이 〈프라우다〉나 〈이즈베스티야〉에 실리게 되었을 때 조선공산당의 체면이 어떻게 되겠느냐는 등의 비난을 받을 것이었다. 그렇다고 해서 박갑동은 비판적으로 쓸 순 없었다. 고인에게 대한 그의 감정이 용서하지 않는 것이었다.

자료를 챙기는 도중 박갑동은 새삼스럽게 여운형의 위대함을 발견했다. 동시에 그가 공산주의자가 될 수 없다는 것을 알았다. 여운형이 기독교에 입신한 것은 지각이 들대로 든 24, 5세 전후의 일이었다. 그는 아버지의 3년 상이 지나자 집안의 신주를 불사르는 등 일대 혁신을 단행하고 그 대소가를 모두 기독교도로 만들어 버렸다. 그의 기독교는 방편으로 믿는 그런 것이 아니고 전심전력을 다한 귀의이며 입신이었다. 공산주의와 기독교는 사회실천의 극히 일부분에서 합치되긴 해도 근본적으론 상반되는 사상인 것이다. 여운형이 좌익진영에 섰다는 것은 인민대중의 편에 섰다는 의미 이상도 이하도 아니었다. 공산당에서 보면 끝내 숙청 대상이 되어야 할 인물이었다.

그러나 그의 독립운동의 규모는 컸다. 1차 대전 직후, 상해에서의 활약이라든가, 모스크바에서의 활동이라든가, 일본 도쿄에서의 담대한 의견발표라든가, 개인 개인을 놓고 볼 때 조선의 독립운동에서 여운형 이상으로 중대한 의미를 가진 사람은 아마 없는 것이 아닌가 하는 생각을 박갑동이 가졌다. 우익은 우익대로 경화되고 좌익은 좌익대로 경화되어 있는 정치풍토에서, 여운형이야말로 민족통일을 이룩할 수 있는 능력을 가진 유일한 사람이 아니었을까 하는 생각에 이르자, 박갑동은 여운형의 죽음을 참으로 엄청난 민족의 손실이라고 결론지을 수밖에 없었다.

박갑동은 원고 마지막에 "우리는 위대한 인물을 잃었다. 몽양 62세의 생애는 우리 민족사에서 가장 빛나는 부분이 될 것을 나는 의심하지 않는다. 그런 만큼 우리의 슬픔은 절실하다. 그 원대한 포부와 깊은 동포애의 결실을 보지 못하고 죽어야 했던 몽양의 한을 생각하면 땅을 치고 통곡하고 싶다. 러시아 인민들은 레닌을 잃었을 때를 상기하면 몽양 여운형을 잃은 조선 인민의 슬픔을 짐작할 수 있을 것이다."하고 썼다.

사건의 경위는 다음과 같았다.

7월 19일 여운형은 명륜동 186의 18에 사는 친구 정무묵(鄭武默)의 집에서 점심을 먹고, 근로인민당 당사엘 가려고 〈독립시보〉 주필인 고경흠(高景欽)과 같이 자동차를 탔다. 경호원 박성복도 동승했다. 종로를 향하여 자동차가 혜화동 로터리를 막 돌려던 참이었다. 우체국 앞 커브에서 자동차의 속력을 늦추었을 무렵 돌연 자동차 뒷 유리창을 뚫고 총탄 세 발이 차 안으로 날아들었다. 그 한 발이 여운형의 바른편 어깨에, 또 한 발은 여운형의 후두부에 맞아 관통되었다. 이것이 치명상이었다.

때마침 그곳에 출동 중이던 성북경찰서 최 경위가 달려들었다. 그때 범인은 성북동으로 가는 샛길로 도망치고 있었다. 최 경위가 추적했다. 범인과의 거리 20미터쯤으로 되었을 때 최 경위 뒤에서 권총을 발사한 사람이 있었다. 자기를 쏘는 것이라고 짐작한 최 경위는 멈칫 뒤돌아보았다. 권총을 발사한 사람은 경호원 박성복이었다. 이러는 사이 범인을 놓쳐버리고 말았다. 경찰은 즉시 전 시내에 비상경계망을 펴고 범인 체포를 서둘렀지만 20일, 21일은 무위로 끝났다.

23일 범인을 체포했다고 24일 수도경찰청의 발표가 있었다. 그 발표에 의하면 범인은 19세의 한지근(韓智根)이었다. 평안북도 영변 출신, 영변 용문(龍文)중학을 나온 그는 약 반 달 전에 월남하여 기회를 보아 여운형을 암살하고 범행으로부터 만 4일 만인 23일 체포된 것이다. 한지근은 월남 후 한현우(韓賢宇)의 집에 있었다고 했다. 한현우는 고하(古下) 송진우 선생을 암살한 범인으로서 복역 중이었다.

(소설의 줄거리와는 관계없는 한지근에 대한 검찰의 조서를 다음에 옮겨본다. 이 조서를 통해 1947년의 정치상황을 대강이나마 짐작할 수 있다. 그리고 젊은 테러리스트의 면모를 그 단편이나마 발견할 수 있다는 것도 흥미로운 일일 것이다.)


피의자 한지근 신문조서 (제1회)
검찰관: 조재천, 서기: 최만행, 일시: 1947년 7월 31일, 장소: 동대문경찰서 서장실


문=성명, 연령, 직업, 주소 및 본적을 말하라.
답=본적은 평남 평양부 불당동 33번지, 연령은 19세(1929년 3월 10일생), 직업은 무직, 주소는 서울시 성동구 신당동 304번지의 243호 한형우 방.
문=훈장을 받았거나 은급을 받은 사실은?
답=없습니다.
문=형벌을 받은 적은?
답=없습니다. (이때 검사는 사건에 관하여 미리 할 말이 없는가를 묻자 정직하게 답하겠다고 함.)
문=성명과 생년월일은 호적상의 그대로인가?
답=그렇습니다.
문=일견 19세 이상으로 보이는데?
답=19세가 틀림없습니다.

문=가족관계를 말하라.

답=조모: 김씨 당 77세, 모친: 최치걸 당 55세, 장형 한지원 당 50세, 제:
　　한지병 당 14세, 매: 한영숙 당 18세, 형수: 선우씨 당 55세, 조카: 2명.

문=모친은 생모인가?

답=생모입니다. 장형만은 다른 어머니에게서 출생했습니다.

문=부친은 별세한 모양인데 성명과 별세한 연월일을 말하라.

답=한재모인데 본인이 11세 때 별세했습니다.

문=가족의 현주소는?

답=본적지에 있습니다.

문=가족의 직업은?

문=농업입니다.

문=학력은?

답=평양 기림소학교를 14세 되는 3월에 졸업하고 영변의 용문중학에 입학
　　하여 18세 되던 해, 즉 작년 7월 졸업했습니다.

문=졸업 후의 경력은?

답=농사에 종사하다가 작년 10월 중순, 평양 소재 혁명단체인 건국단에 입
　　단하여 금일에 이르렀습니다.

문=건국단의 소재지는?

문=평양에 있고 단장은 김인천(당 20세)이나 비밀결사로서 지하공작만을
　　하고 있는 관계상 단의 소재지도 모르고 단장의 주소도 모릅니다.

문=그러면 연락이나 협의는 어떻게 하는가?

답=우리가 하는 일이 탄로되더라도 희생을 최소한도로 하기 위하여 세포
　　조직으로 되어 있어서 단원 상호끼리도 모르는 형편입니다. 그러므로
　　일정한 장소에서 회합하는 일이 없고 연락이나 협의할 일이 있으면 세
　　포가 본인의 집에 와서 연락 협의하기도 하고 가두에서 하기도 합니다.

문=한 군의 세포회원은 누구누구인가?

답=김인천과 백남석(당 25세) 뿐입니다.

문=김인천, 백남석의 주소는 알겠지?

답=동(東)평양에 살고 있다는 것은 알지만 동명은 모릅니다.

문=그럼 입단은 어디서, 누구의 추천에 의하여, 어떠한 수속으로 하였는가?

답=백남석을 평양 화신 앞에서 우연히 만나 얘기를 한 끝에 본인의 집을 알려주었더니 2, 3차 내유하는 동안에 그가 열렬한 애국자이며 본인과 공통된 사상의 소유자임을 알았습니다. 어느 날 백씨가 "당신과 수차 얘기를 하는 중에 당신이 동지라는 것을 알았는데 평양엔 우리 동지가 조직한 건국단이란 비밀단체가 있으니 가입하는 게 어떠냐?"고 권고하므로 승낙한즉 4일 후 김인천 씨와 같이 우리 집에 왔기에 그때 입단한 것입니다. 별로 입단 수속이라고 할 만한 것도 없이 구두로 입단하여 "조선의 완전 자주독립을 위하여 일심을 희생하겠으며 단의 명령에 절대복종하고 단의 비밀을 절대 엄수하겠다."고 맹서하였습니다.

문=단의 지도정신과 강령은 어떤 것인가?

답=특별히 그런 명칭을 붙인 것은 없고 다만 조선의 완전 자주독립을 촉진시키기 위하여 민족의 분열을 초래하는 행동을 하는 자는 좌우를 막론하고 숙청한다는 것이 단의 유일한 목적입니다.

문=완전 자주독립의 방도는 뭣인가?

답=자당 자파의 이익과 정권 야욕에 현혹되어 민족분열을 초래하는 자를 숙청함으로써 그런 도배를 반성시켜 민족통일을 기해야 할 것이라고 생각합니다.

문=그 민족통일의 기준을 어디다 두고 있는가?

답=양심적인 민족진영에 두고 있습니다.

문=그러면 남북조선을 통하여 구체적으로 어느 정당이 표준이 될 양심적 민족진영이라고 생각하는가?

답=그 점에 관해선 본인은 정치가가 아니니 모르겠습니다. 우리는 다만 민족분열의 책임자를 숙청할 뿐입니다.

문=그럼 파괴만 생각하고 장래의 건설엔 생각이 없는가?

답=그렇습니다. 숙청만 하면 사태는 자연적으로 사필귀정하리라고 생각합니다.

문=민족분열의 책임자라고 건국단에서 규정한 사람은 누구누구인가?

답=현재까지 규정한 사람은 여운형, 박헌영, 허헌의 3명이나 우익 중간파 중에서도 장차 규정될 사람이 있을지 모르며 목하 정보수집 중입니다.

문=전기 3인은 어떤 민족분열을 초래했다고 생각하는가?

답=그들은 처음엔 반탁을 맹렬히 주장하였으나 수 일 후에 찬탁으로 돌변하여 이를 열렬히 지지할뿐더러 모략적 선전으로 "찬탁만이 우리 민족의 살 길이니 지지하라."고 강요하고 있습니다. 우리 민족이 외국의 경제 원조를 받는 것은 좋으나 우리의 주권을 침해할 신탁통치는 절대 수락할 수 없습니다. 그럼에도 불구하고 이를 무조건 찬성할 뿐 아니라 조선을 소련에 연방화 시키려고 하고 있습니다. 전 민족이 일치하여 반탁을 하였다면 조선을 민주주의 국가로 독립시켜주겠다는 국제적 공약은 벌써 실현되었을 것입니다. 그런데 찬탁을 열렬히 지지하고 이를 선전하는 당파가 있기 때문에 민족이 분열되어 아직 독립을 이룩할 수 없습니다.

문=전술 3인이 조선의 소련 연방화를 기도하고 있다 하는데 무슨 근거에서 하는 말인가?

답=북조선의 현실을 보면 태극기를 올리지 않고 적기(赤旗)를 올리며, 애국가를 부르지 않고 적기가를 부르며, 조선 지도자의 만세를 부르지 않고 스탈린의 만세를 부르며, 조선에 착취 없는 사회를 만들어준다고 말하면서 현물세로 받은 식량 기타를 소련으로 가져감으로써 그 자신이 조선을 착취하고 있으며, 남조선에서도 인민공화국이니 무어니 만들어가지고 동일한 행동을 취하고 있습니다. 이런 점에서 보아 그 사람들의 의도를 알 수 있습니다.

문=여운형 씨는 중간노선이라고 볼 수 있는데 그 사람 역시 조선을 소련의 연방화하려는 사람으로 보고 있는가?

답=중간노선인 척하는 것은 정치 야욕에서 나온 것이고, 본인이 인민공화국의 부주석을 사수한 점, 전면적 찬탁을 하는 점 등을 보아 그렇게 규정합니다.

문=찬탁, 즉 모스크바 3상회의 결정의 총체적 지지만이 조선 독립의 유일한 국제노선이며, 신탁통치가 아니고 원조라고 보는 견해도 있는데 어떤가?

답=어떠한 미사여구라도 쓸 수 있으나 현실을 볼 때 북조선에선 소련 연방화를 기도하고 있고, 남조선에서도 미국은 양과자 양담배 등 기타 조선의 경제재건에 불필요한 물질을 가져와서 조선 경제에 부담을 가하고 있습니다.

문=이승만 박사, 김구 선생에 대해서는 어떤 생각을 가지고 있는가?

답=북조선에서 들은 말에 의하면 호평, 악평이 있어서 확실히 알 수 없을 뿐더러 금번 남조선에 와서 정확한 정보를 얻으려고 할 정도이므로 무어라고 말할 수가 없습니다.

문=건국단의 단원 수와 성명을 아는가?

답=단원 간에도 비밀이므로 알 수 없으나 50명쯤은 되지 않을까 추측되며, 성명을 아는 사람은 아까 말한 김인천, 백남석 뿐 입니다.

문=지난 7월 19일 혜화동 로터리에서 권총으로 여운형 씨를 저격한 사실이 있는가?

답=있습니다.

문=무기의 출처는?

답=평양에서 김인천에게 받았습니다.

문=언제 서울에 도착하였는가?

답=6월 26일 아침 평양을 출발하여 7월 1일 오후 9시 서울역에 도착했습니다.

문=동지 몇 사람이 같이 왔는가?

답=본인 혼자 왔습니다.

문=서울엔 동지가 몇이나 있는가?

답=건국단은 평양에 있는 관계상 남조선에는 동지라고는 없습니다.

문=정치요인을 암살한다는 중요한 범행을 혼자 결행할 수 없는 것인데?

답=그러나 혼자 결행하지 않았습니까?

문=서울에 도착한 지 만 17일간에 어떻게 혼자 정보를 수집하여 결행할 수 있었겠는가?

답=김인천 단장이 작년 12월에 서울 왔다가 금년 5월에 평양에 귀환하여 본인에게 여씨의 사진을 주고, 여씨 댁은 계동에 있고 근로인민당은 광화문 네거리 근방에 있고, 혜화동 로터리 근방을 자주 다니며 그 승용차의 특징은 상자형이고, 헤드라이트 유리가 평면 유리이고 보조 타이어를 전면, 좌우, 양측에 달고 전면에 붉은색 원형(原型) 마크가 붙어 있다는 설명을 해주었고, 계동 자택, 근로인민당 및 혜화동 로터리의 약도를 각각 주었으므로 서울에 온 후 그 이상의 정보를 수집할 필요가 없었고, 따라서 단시일 내에 본인 혼자 충분히 결행할 수가 있었습니다.

문=그 사진과 약도는 지금도 가지고 있는가?

답=약도는 각 현장을 실지로 본 다음 7월 3, 4일경 한현우 선생 댁에서 소각하였고, 사진은 당 사무소 앞에서 여운형 씨의 얼굴을 본 다음 7월 7일경 한 선생 댁에서 소각하였습니다.

문=여씨를 암살할 것을 언제, 어디서, 누가 결정하였는가?

답=작년 10월 입단 후 김인천 단장과 본인 사이에 민족분열 책임자이고 매국노인 여운형을 숙청해야겠다는 말이 오간 적이 있는데 12월경 김 단장이 행방불명이 되었습니다. 본인은 혹시 남조선에 간 것이 아닌가 생각했는데 금년 5월 말경 평양에 나타나서 "나는 서울 가서 여운형의 죄과 유무를 조사해 보았는데 사실이 틀림없으며, 권총 1정과 탄환 8발을 구했는데 여비가 떨어졌으므로 일단 돌아왔다. 여비 준비가 되면 다시 서울에 가서 결행하겠다."고 했습니다. 그때 본인은 "단장이 그만한 정보와 무기를 준비한 것만 하여도 큰 성과를 거둔 것인데 나는 입단 이래 아무 활동도 한 것이 없으니 그 결행은 나에게 시켜주시오."라고 했습니다. 단장은 거절했으나 3, 4차 요구하자 승낙했습니다.

문=단장은 서울 누구 집에 기숙하고, 사진과 무기는 어떤 경로로 입수했다고 하던가?

답=그런 말은 하지도 않았고 묻지도 않았습니다.

문=권총 사용법은 언제부터 알았으며 그 권총을 시사(試射)하여 보았는가?

답=김 단장에게 사용법의 설명을 들었고 탄환 없이 발사하는 연습을 하여 보았습니다.

문=김 단장으로부터 결행 승낙을 받은 후 어떤 준비를 했으며 어떠한 경로로 상경하였는가?

답=백남석 동지를 보고 "서울로 정보 수집하러 가겠다."고 한즉 "서울에 아는 사람이 있느냐?"고 묻기에 없다고 하니까 "그러면 신당동 한현우 선생 댁에 가라."고 하면서 한 선생 댁 약도를 그려주었습니다. 그래서 본인의 소지금 3천5, 6백 원을 가지고 6월 26일 아침 가족에게도 아무 말 하지 않고 자택을 출발하여 보행으로 사리원까지 왔습니다. 기차를 타면 편리하나 특수한 사람은 검사를 하는 관계로 소지한 권총의 발견을 피하기 위해 보행으로 간 것입니다. 26일 평양을 출발하여 보행으로 와서 27일 오후 사리원에 도착하고, 즉시 화물자동차에 편승하고 해주까지 가서 동중학(東中學) 근방 민가에서 일박하고, 28일 오후 해주를 출발하여 보행으로 읍천(邑川)이라는 곳에 가서 민가에서 일박하고, 30일 새벽 월경하여 내성(內省)이란 곳에 와서 민가에 일박하고, 7월 1일 오전 7, 8시경에 출발하여 보행으로 청단(靑丹)까지 와서 11시경 기차를 타고 그날 오후 4, 5시경 토성(土城)에 도착, 약 30분 후 서울행 기차를 타고 밤 9시경 서울역에 도착하여 대합실에서 1박하고, 2일 아침에 보행으로 약도를 가지고 신당동 한 선생 댁을 찾아가서 백남석 동지가 한 선생 부인에게 보낸 편지를 전달하고 그 집에 유숙하게 되었습니다.

문=그 편지 내용은 어떤 것이며 약도는 어찌 하였는가?

답=편지는 개봉하지 않았으므로 내용은 모르고 그것을 한 선생 부인께서 어떻게 했는지도 모릅니다. 약도는 집을 찾은 후 찢어버렸습니다.

문=상경 시 갈아입을 의복 기타 행구를 가지고 왔는가?

답=갈아입을 옷이며 행구는 아무것도 가지고 오지 않았습니다.

문=어떤 옷을 입고 왔는가?

답=목면으로 만든 일본 군복인 국방색 양복 상의와 흰색 광목 바지, 흰색 컷 셔츠, 백색 팬티를 입고 흰 지카다비(地下足筏, 작업화)를 신고 모자는 안 쓰고 왔습니다.

문=그 하이칼라 머리엔 기름을 바르는가?

답=언제든지 바르지 않습니다.

문=저격 당시 어떤 옷을 입고 있었는가?

답=이제 말한 그대로 입고 있었습니다.

문=그 옷은 어떻게 된 건가?

답=상하의와 지카다비는 경관에게 압수당하고 셔츠 상하는 현재도 그대로 입고 있습니다.

문=지금 입고 있는 흰 바지는 어떤 것인가?

답=저격의 익일인가 다음다음 날엔가 신당동에서 거기 있는 신동운에게 내 양복을 세탁해야겠으니 당신의 양복을 좀 빌어달라고 했더니 이 흰 바지와 지금 유치장에 두고 온 일본 군복 국방색 상의를 빌려주었습니다.

문=한현우 부인과 만나 어떤 이야기를 하였는가?

답="나는 평양에서 온 한지근인데 백남석 씨 편지를 가지고 왔습니다."라
고 말하고 편지를 준즉 읽고 나더니, "당신은 백남석 씨를 어떻게 아
오?" 하기에 "평양서 친하게 지낸 사람입니다." 했지요. 그랬더니 "무
엇 하러 왔습니까?"하고 물었습니다. "이북에선 살기가 어려워 취직하
러 왔습니다. 서울에 아는 사람도 없고 하니 취직이 될 때까지 댁에 두
어주었으면 좋겠습니다."고 했지요. 부인은 싫어하는 기색을 보이더니
"그럼 며칠간만 있으시오." 했습니다.……

**피의자 신문조서 (제2회)**
문=한현우 집에 있게 된 후 매일 어떠한 일을 하였는가?
답=7월 2일 오전 10시경 한 부인과 만나 유숙의 승낙을 얻고 그날은 피곤
해서 휴식을 취했습니다. 7월 3일엔 오전에 쌀 두 말을 사다드리고 오
후엔 휴식했으며, 4일엔 평양에서 가져온 약도에 의하여 근로인민당
본부, 계동의 여씨 자택, 혜화동 로터리 등 현장을 보고 돌아와 그 약도
를 소각하고 5일부터 7일까진 매일같이 근민당, 계동, 혜화동 로터리
세 군데를 돌아다니며 여씨를 만나려고 했습니다. 비가 심하게 오는 날
은 종일 집에 있었는데 그런 일이 4, 5회 되고, 또 전날 밤의 꿈과 당일
의 기분에 따라 어느 때는 권총을 가지고 나기기도 하고 어느 때는 권
총을 안 가지고 가기도 하여 매일별로 그날의 행동을 기억할 수 없으나
기억에 있는 중요점을 말하면 다음과 같습니다.
7일경 권총을 가지지 않고 인민당 앞에 가본즉 상자형 자동차가 있었
으므로 자세히 보니까 김인천 단장으로부터 들은 특징과 부합하였으
며, 거기 있으니 오전 11시경(시계가 없었으므로 짐작으로 말하는 시
간입니다) 사람들이 나와 자동차를 타고 본인 앞을 지나가는 것을 본즉
사진에서 본 여씨가 뒷좌석 좌편에 앉아 있었습니다. 평양서 김 단장으
로부터 여씨는 항상 뒷좌석 좌편에 탄다는 말을 듣고 있었는데, 그날도

역시 그 자리에 탄 것을 확인했습니다. 그래 귀가하여 사진을 다시 보니 틀림없었으므로 증거를 남기지 않기 위해 소각하였습니다. 8, 9일경 돈화문 옆에서 무기를 휴대하고 있노라니까 오전 11시경 구름다리 쪽으로 여씨가 탄 차가 와서 우측으로 꼬부라져 경찰서 옆으로 가는 것을 보았으나 거리가 멀고 기분이 결정적으로 나지 아니하였으므로 저격치 않고 다시 차가 나오길 기다렸으나 오지 않으므로 오후 4, 5시경 귀가했습니다.

18일 아침엔 기분이 좋지 않아 권총을 안 가지고 돈화문 앞에 가서 기다리니까 여씨가 탄 차가 오전 10시경 종로 쪽에서 와서 구름다리 쪽으로 가더니 약 반 시간 후 여씨를 태우고 와서 경찰서 옆으로 들어가는 것을 보고 집으로 돌아와 총을 가지고 여씨 댁에 가본즉 자동차가 없으므로 혜화동 로터리에 가서 무슨 중학교가 있는 쪽에서 기다렸으나 오지 아니하므로 귀가 도중이었는데, 창경원 담 옆 고개에서 여씨가 탄 차가 오는 것을 보았으나 그땐 조금 어두워지고 속력이 빨랐으므로 저격지 않았습니다.

19일 오전 9시에 권총을 가지고 혜화동 로터리에 가 있은 즉 오전 10시경 여씨가 탄 차가 돈암동 쪽에서 파출소 앞을 지나 우편국 쪽 항상 다니던 길로 들어가는 것을 보았으나, 본인은 중학교 쪽 로터리에 있어서 거리가 멀었던 관계로 저격을 못하고 그들이 간 길가에까지 가서 나오기를 기다리고 있었더니 11시경 여씨는 안타고 다른 2, 3인이 탄 차가 와서 창경원 방면으로 갔다가 약 1시간 후 빈 차로 와서 그길로 들어가더니 오후 1시경 여씨가 탄 차가 나오기에 차를 따라가면서 혁대 안에 찼던 권총을 끄집어내어 엄지손가락으로 안전장치를 아래쪽으로 인하하여 푼 후 로터리에 들어간 자동차 후부에서 좌변에 앉은 여씨의 배후를 향하여 3발을 연속 발사하였습니다. 2발을 발사한 즉 여씨가 오른쪽으로 쓰러졌는데, 명중하여 그랬는지 피하기 위해 그랬는지 모르며 제1발을 쏘았을 때 유리가 깨어지는 것을 보았고, 도망하려 할 때 철판에 구멍이 뚫어진 것을 보았으나 2발 쏘았는지 3발 쏘았는지 확실한 기억이 그 당시엔 없었습니다.……

문=저격 장소는 미리 예정하고 있었던가?

답=근민당 근처, 자택 근방, 로터리 근방, 그 외에 우연히 만난 장소를 막론하고 언제든지 기회가 있는 대로 저격할 생각이었습니다.

문=저격 후 도망할 준비로 당, 자택, 로터리 근처의 지리를 잘 조사하여 두었던가?

답=저격 성공을 확인하면 권총을 내던지고 대한독립 만세를 고창하고는 현장에서 자진 체포당할 결심이었으며, 만일 확인하지 못하고 도망할 땐 권총으로 위협해놓고 골목을 2, 3번 꼬부라지면 어디 간 줄 모를 것이며, 또 어느 장소에서 결행하게 될지 모를 형편이었으므로 도망할 지리를 조사하지도 않았고 그럴 생각도 없었습니다.

문=저격 후 어떻게 하였는가?

답=로터리에서 발사하고 인도에 나서본즉 그 근방 사람들이 몰려오므로 권총을 휘두르면서 쏠 것 같은 태도를 보이자 가만있기에 여씨가 잘 다니는 길로 조금 들어가다가 우측으로 들어가는 작은 골목으로 들어가려고 한즉 또 사람들이 몰려오므로 권총을 겨누고 "오면 쏜다!"하고 고함을 지르니 또 가만있기에 뛰어가다 후방에서 "뛰면 쏜다!"하는 소리가 들리기에 돌아보니 정복 경관이 추격하여 오기에 그대로 뛰면서 골목을 둘인가 꼬부라져 담을 3, 4회 넘어서 길로 나가 우측으로 꼬부라져 전차 길에 나와 보니 로터리에 사람들이 많이 모여 있는 것이 보였습니다. 전차 길을 타고 고개를 넘어 우편 소로로 들어가 성벽을 끼고 얼마를 가니 호박밭이 있었습니다. 호박밭에 권총을 놓고 돌로 싸서 감추었습니다. 그리고 성벽을 끼고 산을 넘어 조금 내려오니 샘물이 있기에 손과 얼굴을 씻고 전차 길로 내려왔습니다. 바로 집으로 가면 본인이 흥분하여 얼굴이 붉은 것을 보고 수상히 생각할 것 같아서 사람 많은 곳을 찾아 정처 없이 헤매 다니다가 종로에선가 어디에선가 여운형 씨 피살이라고 쓴 벽보를 보고 더 돌아다니다가 집으로 돌아갔습니다. ……

문=도망 당시의 심리는 어떠하였는가?

답=전차 길에 나오니 이젠 추적은 면했다는 생각과 저격의 성공 여부를 알고 싶은 생각이었습니다.

문=한씨 집에 돌아간 후 체포될 때까지의 경과는 어떠했는가?

답=19일 밤엔 집에 있었고 20일엔가 21일엔 양복을 빨기 위해 신동운의 양복을 빌어 입고 우선 바지를 세탁했고, 22일경엔 김이합을 만나러 자유신문사 뒤 유풍상회 2층에 갔다가 귀가하였고, 23일엔가엔 집에 있기도 하고 장충단공원을 산책하기도 하였고, 24일엔가 어느 날인가 형사에게 체포당하였습니다. ……

문=북조선 인사 중 건국단에서 민족분열의 책임자, 또는 매국노로 규정한 사람은 없는가?

답=김일성이가 규정되어 있는 모양입니다.

문=가까이에 있는 김일성은 숙청하지 않고 남조선에 있는 여씨를 먼저 저격한 이유는 뭔가?

답=김일성은 외출도 잘 하지 않고 외출하더라도 교통을 차단하고 삼엄한 경계를 하므로 불가능한 모양입니다.

문=청년의 애국심은 좋으나 민족 최고 지도자의 한 사람을 암살하는 것은 애국심 발로의 방법에서 큰 과오를 범한 것으로 생각하는데 어떤가?

답=병도 보통의 방법으로 치료할 수 없을 정도에 이르면 수술을 해야 하는 것과 마찬가지로 여씨도 보통 방법으로는 반성시킬 수 없는 정도에 이르러 있으므로 그런 방법 외엔 다른 방법이 없습니다.

문=이 외에 하고 싶은 말이 없는가?

답=금번 일로 민족적 양심이 있는 사람이면 다 잘했다고 생각할 것으로 믿
　　으며 권총 발사 연습도 아니 한 본인이 실패 없이 매국노를 숙청할 수
　　있었다는 것은 하느님도 옳은 일이라고 보고 도와주신 것으로 생각합
　　니다. 그러나 본인은 기독교 신자는 아닙니다. 다만 여운형 씨의 유가
　　족에 대해서는 인간적으로 충분히 동정하며 미안하게 생각합니다.

(검찰조서 끝)

여운형이 암살된 사건은 좌우를 막론하고 대사건이었다. 남로당과
민전은 이 사건을 계기로 그날 좌익진영의 자위권 보장이란 명분을 내
세우고 '조국대책위원회'를 조직했다. 이 위원회는 다음과 같은 주장
을 내걸었다.

① 여운형에 대하여 최대의 조의를 드리기 위해 전 민주정당 및 사회단체의
인민장(人民葬)으로 할 것. ② 여운형을 암살한 범인을 즉시 체포할 것. ③ 테
러단의 수괴 이승만, 김구를 단호히 국외로 추방할 것. ④ 테러단의 실제 조종
자인 친일파 한민당, 한독당, 독촉을 즉시 해산하고 그 계열을 공위에서 제외
할 것. ⑤ 테러사건을 방조한 경찰 책임자를 파면할 것. ⑥ 군정기관 안의 모
든 친일도당을 즉시 구축할 것. ⑦ 인민의 구국 자위에 대한 법적 보장을 받아
인민 자신으로써 민주주의 질서를 유지하고 법률을 수호케 할 것.

한편 미·소 공위 소련 측 대표 스티코프는 여운형의 피격사건을 애
도한다는 성명을 발표했고, 하지 사령관도 같은 뜻의 성명을 발표했
다. 남로당은 "……인민의 선두에서 투쟁하는 우리 당 중앙위원회는
전 당원의 이름으로 진정한 애국자이며 민족의 지도자이신 몽양 여운
형 선생의 전사를 무한히 애석히 여기며, 앞으로 민주독립 투쟁에서
기어코 승리하여 인민공화국을 수립하여 원수들을 물리칠 것을 맹서

한다."는 조사를 발표하게 되지만 7월 19일, 그때의 상황에선 여운형과 남로당과는 거의 절연상태에 있었다. 대대수 당원들은 여운형의 서거를 슬퍼했지만 박헌영을 비롯한 남로당의 간부들은 그의 피격에 대해 그다지 관심을 쓰지 않았다. 관심을 썼다면 어떻게 그 사건을 효과적으로 이용하여 민족진영을 골탕 먹여 공위의 성공을 거둘 수 있을까 하는데 있었을 뿐이다.

피격사건이 있은 얼마 전만 해도 남로당은 여운형을 우익 기회주의자라고 몰아세웠고 〈문화일보〉의 지면을 통해 김남천 등은 여운형이 이끄는 근민당을 쁘띠 부르주아 근성의 집결체이며 미제의 앞잡이란 비난을 퍼붓고 있었다. 특히 김남천은 천도교 기념관에 대중이 모인 자리에서 여운형을 "허울 좋은 지도자가 미 제국주의의 품 안에 안겨서 알랑거린다."고까지 조롱했다. 서울의 한 곳에서 여운형의 피격으로 인해 곡성이 진동하고 있는데, 바로 그 순간 한쪽에선 7월 27일을 기해 열리게 될 이른바 '미·소 공위 경축, 임시정부 수립 촉진 인민대회'의 준비위원회를 구성하고 있었다.

준비위원장: 허헌, 부위원장: 김원봉 유영준, 위원: 홍남표 성주식 김창준 정노식 김광수 김남천 이인동 현우현 김태준 정칠성 조복예 최원탁 성유경…… 등.

드디어 7월 27일 서울 남산공원을 비롯하여 전국 주요 도시에서 인민대회가 열렸다. 서울에서만도 6만여 군중이 모였다. 지방대회에서 모인 군중을 합산하면 50만 명을 넘었을 것이라고 추산되었다. 이 인민대회에서 채택한 결정서는 다음과 같다.

① 통일적 민주주의 임시정부를 단시일 내에 수립하자면 모스크바 3상회의 결정을 정확히 실천하는 미·소 공동위원회를 성공시키는 이외엔 없다. ② 미·소 공위 속개를 위해 노력해온 소련 외상, 미국 국무장관, 남북주둔 사령

관에게 인민적 영광을 드린다. ③ 미·소 공위는 이승만과 김구 일파의 파괴 공작 때문에 위기에 봉착했다. 때문에 어느 때보다 공위사업에 협조하는 임무가 제기된다. 죽음으로써 수호하여 성공시켜야 한다. ④ 인민 자위의 법적 승인을 강경하게 군정당국에 요청하는 동시에 여운형 참살을 계기로 전개된 구국운동을 힘 있게 추진할 것을 결의한다. ⑤ 공위를 수호하기 위하여 한민당, 한독당, 독촉계열의 수백 유령단체를 공위에서 단호히 제외시키는 투쟁을 전개한다. ⑥ 남조선에서 민전 단체가 협의대상의 50%를 가져야 한다는 것을 강력히 주장한다. ⑦ 수립된 임시정부는 인민위원회 정부 형태인 조선인민공화국으로 할 것을 요구한다. ⑧ 임시정부는 토지개혁, 산업국유화, 남녀평등권 제도 등을 실시한다. ⑨ 미군정의 군정기관에서 친일파 제거, 테러단 해산, 이승만과 김구의 국외추방, 한민당, 한독당, 독촉 계열의 해산, 투옥된 좌익 인사의 석방, 박헌영 체포령 취소, 인민적 자위운동의 법적 승인을 강력히 요구한다.

이러한 결정서를 발표하고 서울의 인민대회는 하오 1시에 끝났는데 그 결정서의 내용을 윤치영 비서로부터 전해들은 이승만은 "좀 더 강력한 결정서를 발표하라고 권할 것을 그랬군."하고 회심의 웃음을 웃었다. 그리고는 미국 측 공위 대표 브라운 소장이 그 대회에 참석했다고 듣자 이승만은 소리를 내어 크게 웃었다.

"그 사람, 점잖게 앉아서 무슨 생각을 했는지 뒤에 물어보아야겠군."

사실 남로당으로선 그 대회가 스스로 묘혈을 파는 것으로 되었는데, 그때 그들은 그 사실을 알 까닭이 없었다. 이른바 '7·27대회'는 대성공이라고 남로당은 자체 평가를 했다.

"인민들의 공위 성공을 원하는 열의를 이만큼 보여주었으면 미국 놈들도 깨달은 바가 있겠지."하고 이주하는 흐뭇해했고, 김삼룡 또한 "그 세를 8·15경축대회까지 밀어붙여 우리가 목적하는 바를 달성해야겠다."고 재빨리 '8 · 15기념 군중대회'의 준비를 서둘라는 지령을 내렸다.

한편 조병옥, 장택상이 영도하는 경찰은 '7 · 27대회'를 통해서 남로당의 전모를 한결 소상하게 파악할 수 있었고, 남로당의 정치력이라고 할까, 전력(戰力)이라고 할까의 한계를 알았다. 뿐만 아니라 '7 · 27' 전후를 통해 경찰의 회유 전술이 주효하여 많은 남로당원을 경찰의 스파이로 포섭할 수가 있었다. 정확한 숫자를 밝힐 도리가 없는 것이긴 하지만 그 당시 남로당원 10명 가운데 1명은 경찰의 스파이였다고 해도 과언이 아니다. 경찰의 전술이 교묘했던 탓도 물론 있었겠지만 남로당의 당원 5배가 운동, 10배가 운동이 그런 현상을 있게 한 원인의 하나로 꼽을 수 있을 것이다.

남로당 경기도 위원이자 청년부장, 그리고 경기도 민전의 부위원장이었던 박일원(朴馴遠)이 박헌영의 노선을 비난하는 성명을 내고 전향하여 수도경찰청 사찰과 정보주임이 되어 좌익인사의 체포에 앞장서게 된 것도 이 무렵의 일이다. 박일원은 지주의 아들이었다. 경성대학 재학 중 공산주의 지하 서클에 참가한 적이 있어 공산당 재건과 동시에 당원이 되었는데, 일제 말기 학병에 재빨리 지원했다는 경력으로 해서 처음엔 당의 신임을 얻지 못했다. 그러나 영리하고 활동력이 강했기 때문에 당 청년부장이란 요직을 차지하게 되었다. 그런 만큼 그는 당의 비밀을 많이 알고 있었고 당의 인적 상황에도 통해 있었다. 그런 자가 적으로 돌았다는 것은 남로당으로선 큰 타격이었다.

김삼룡이 그 소식을 듣자 김형선을 불러 "무슨 수단을 쓰더라도 박일원이란 놈을 제거하시오. 청년부의 핵심당원을 알고 있는 그 놈을 그냥 살려둔다는 것은 당으로 보아 지극히 위험한 일이오."하는 지령을 내렸다. 남로당은 '8 · 15기념대회'의 명목으로 군중을 동원하여 그 위력을 과시하고 미 · 소 공위의 결정적인 영향력을 행사할 작정을 세웠다. 그래서 다음과 같은 진용으로 준비위원회를 구성했다.

대회장: 허헌 박헌영 김원봉 김창준, 부대회장: 성주식 이기석 이주하 유영준 홍남표 최원택 정노식, 위원장: 이승엽, 부위원장: 김광수 윤증우, 위원: 구재수 홍증식 오영 송성철 성유경 최태룡 한지성 이인동 고찬보 정칠성 변상억 유금봉 김태준 김남천 박경수 김정홍 오쾌일 민화조 장기욱 김기도 현훈 이구훈 김기갑 정홍석……

전평, 전농, 여성동맹, 민애청 등의 외곽단체도 각각 위원회를 열어 '8·15대회'를 준비하기에 분망했다. 이러한 움직임을 알게 된 군정청은 대책을 강구하지 않을 수 없었다. 1947년에 들어서만도 3·1운동 기념일에 남대문에서 좌우충돌 사건이 있었고, 3월 22일엔 총파업 소동이 있었고, 5월 1일 시위 때에 불상사가 있었고, 잇따라 7·27의 소동, 8월 3일 여운형 인민장에 따른 소란이 있었다.

그랬는데 또 '8·15대회'를 열게 되면 어떤 사건이 생길지 예측할 수 없었다. 미·소 공위의 협의 대상 문제로 좌우익의 대립이 극한에 도달해 있기 때문에 어쩌면 감당 못할 유혈사태가 빚어질지도 몰랐다. 군정청으로서는 그 기념대회를 못하게 하는 것이 상책이었지만 그 금지로 인해 더욱 큰 불상사가 나지 않을까 걱정이었다. 이때 조병옥과 장택상이 단안을 내렸다.

"우리는 남로당, 즉 좌익들의 힘의 한계를 파악했소이다. 우리 경찰력으로서 능히 감당할 수 있으니 좌익이 획책하고 있는 8·15기념대회는 단연 금지하도록 합시다."

이 진언에 따라 군정청은 민정장관 안재홍의 명의로「행정명령 제5호」를 발표했다. 그 요지는 "8·15기념행사는 행정관서의 주관 아래 옥내에서만 할 수가 있다. 정당 및 사회단체에서 발기하는 기념대회는 어떤 명목으로서도 허가할 수 없다."는 것이었다. 민전 산하의 각 단체로부터 즉각 항의투쟁이 전개되었다.

"인민의 자유로운 행사를 금지시키는 것은, 첫째로 민주주의 역량이 웅위장대(雄偉壯大)한 것과 반대세력이 지극히 미약한 것을 미·소 공위에 보이기 싫어함이오. 둘째로 미·소 공위 성공을 위하여 친일파 한민당을 공위에서 제외하라는 인민의 요구가 미·소 공위에 반영되는 것이 두려워서이고, 셋째는 반동 테러단을 공평하게 제재할 보안기관을 가지지 못하였으므로 치안과 질서유지에 대한 자신이 없기 때문이다. 8·15기념 준비위원회는 단호한 결의로써 당국자의 반성과 행정명령 제5호의 즉시 철회를 요구한다."

이어 민전은 집회장소와 시위의 코스를 허가할 것을 요구하고 좌익 계열 단체들은 집회의 자유를 요구하는 성명을 발표했다. 남로당은 ① 박헌영의 체포령을 취소하라. ② 공위의 협의대상에서 친일파를 제외시켜라. ③ 지방정권은 인민위원회에 넘겨라. ④ 무상몰수 무상분배의 토지개혁을 실시하라는 등 60가지의 8·15기념 구호를 발표하고 그 실천을 위해 용감하게 투쟁할 것을 당원에게 호소하고, 8·15기념 대회를 강행하도록 선동했다.

그러나 군정청의 경찰이 가만있지 않았다. 8월 12일 민전 사무국장 홍증식과 김광수, 오영의 대회준비위원 세 사람을 체포 구금해버렸다. 8월 11일부터 8월 14일까지 수천 명을 검거했다. '8·15 좌익폭동 미연방지'란 이유로서였다. 이와 때를 같이 하여 우익청년들의 실력행사로 민전, 전평, 전농, 민애청 등의 중앙위원 사무실이 폐쇄되고, 공산당 기관지인 〈우리신문〉, 〈노력인민〉 등의 인쇄공장이 폐쇄되었다. 조병옥의 판단이 옳았다. 남로당이 대중의 지지를 과시해도 결정적인 단계에 이르면 경찰력을 이겨내지 못했던 것이다.

8·15대회가 수포로 돌아가자 남로당 안에 침통한 공기가 감돌았다. 8월 20일은 장택상 수도경찰청장이 앞으로 좌익인사의 검거는 전국적

으로 확대될 것이라고 발표한 날이었다. 이날 밤 충정로 김삼룡의 아지트에서 김삼룡, 이주하, 김형선, 이승엽, 이현상의 5자회의가 열렸다. 이를테면 남로당의 간부회의라기보다, 남로당 안의 조선공산당 수뇌부의 회의였다. 이 자리에 박갑동이 감삼룡의 비서의 신분으로 기록 책임자로서 끼었다. 먼저 김형선으로부터의 전체 상황보고가 있었다.

그 골자는 "지금 체포되어 있는 좌익 가운데 남로당의 핵심당원만도 2천 명이 넘는다. 앞으로 더 많은 당원이 체포될 것으로 보아야 한다. 그런데 어떻게 그처럼 쉽게 핵심당원이 체포될 수 있었는지 그 점이 의심스럽다. 당원 가운데 경찰의 스파이가 상당수 끼어 있다고 보아야 하겠다. 시기를 보아 숙당(肅黨)할 필요가 있다."는 것이며, "여운형이 암살된 후 일반민중의 좌익에 대한 관심도가 현저하게 줄어든 느낌이 없지 않은데, 대중적인 인망이 높은 사람을 민전의 대표로 하는 배려가 있어야 하겠다."는 것이었다. 그밖에 국내외 정세에 따른 몇 가지 구체적인 이야기가 있었다.

미·소 공위의 전망에 관해서도 말이 나왔다. "현재의 교착상태를 어떻게 풀어야 하느냐?"가 의제로 되었다. "대중동원으로 공위에 압력을 가하는 방식은 8·15대회의 유산으로 가망이 없게 되었는데 무슨 방법이 없을까?"하고 김삼룡이 물었지만 아무도 대답하는 사람이 없었다.

"우리 당이 이렇게 무력해졌다는 사실에 나는 충격을 느꼈다."며 이주하는 "어느 지역을 골라 당의 총력을 집중하여 폭동을 일으켜서 당의 활력을 되찾도록 하는 것이 어떨까?"하는 제안을 했다. "핵심당원이 다수 체포되어 있는 이 판국에선 가망 없을 겁니다."한 것은 김형선이었다.

"당원을 보호할 방책을 세우지 못하는 한 당은 앞으로 쇠퇴일로를 걸을 뿐이오."하고 이현상은 한숨을 쉬었다. 당원 보호의 방책에 대한 의견이 나왔다.

"당원이 체포되었다고 하면 체포된 당원을 탈환할 능력이 있어야 할 건데 우선 그 능력이 없지 않소?"

이승엽의 말이었다.

"그게 안 되면 체포한 경찰관에 대한 보복이라도 있어야 할 건데, 이건 어항 속에 들어 있는 물고기처럼 되어 있으니……."

이주하가 혀를 끌끌 찼다.

"어떻겠소?"하고 이현상이 정중하게 시작했다.

"해방구를 만듭시다. 군정청의 경찰이나 군대가 접근하지 못할 데를 골라 해방구를 만들어야 합니다. 급하면 그곳으로 피신하고 그곳에서 영기(英氣)를 가꾸어선 투쟁에 나서고 할 수 있도록 말이오."

"그 안 좋소."

김삼룡이 눈을 반짝하고 말했다.

"공위의 결과가 어떻게 될지 솔직한 얘기로 오리무중이오. 이런 상황 속에 인적인 손해만 보고 있으니 앞날이 암담하기만 하오. 장·단기 계획을 병행할 필요가 있을 것 같소. 그런 뜻에서 이현상 동지의 제안은 참으로 중요하오. 이 동지, 해방구를 어디에 설치하면 좋겠소?"

"우선 산악지대를 택할 수밖에 없겠죠. 태백산, 소백산 사이의 양백지간(兩白之間)도 좋고 남쪽 지리산도 방불한 곳입니다. 안전한 근거지를 전국 몇 군데에 만들어놓고, 면 단위, 군 단위의 야산대를 조직하는 겁니다. 노출되지 않은 당원은 도시 게릴라가 되고, 노출된 당원은 야산대가 되어 출몰하다가 사태가 위급하면 해방구로 들어가는 거죠. 나는 이 방법 외엔 당원을 보호, 보진하는 방법이 없을 것이라고 생각합니다."

"결국 무장당원이 되어야겠구먼."

이승엽이 말을 끼었다.

"장기적인 계획을 세우려면 언젠가는 전 당원은 무장당원이 되어야 할 겁니다. 공위가 성공해서 임시정부가 우리 마음대로 서게 되면 몰라도 그게 여의치 않을 경우엔 결국 무력투쟁으로까지 발전해야 된다고 보아야 하지 않겠습니까?"

이현상의 말이었다. 방안에 숙연한 공기가 돌았다.

"이 동지의 제안을 중대한 숙제로 해둡시다. 해방구를 만든다고 해도 맨주먹으로 할 순 없는 일이니 해주에 연락해서 박 위원장의 의견을 들어보고 결정하도록 합시다."

김삼룡이 이렇게 말하고 "경찰에 대한 대책을 세워야겠다."며 의견을 물었다.

"경찰에 있는 우리 당 프락치가 대략 얼마나 되지?"

이주하가 되물었다.

"그걸 어떻게 알 수가 있겠소?"

김삼룡이 씁쓸하게 웃었다.

"나는 상당한 수라고 듣고 있었는데,"하고 이주하는 "지금까지 경험해본 대로는 경찰에 투입된 프락치의 이용가치는 전연 없는 것 같다."며 불쾌한 얼굴을 지었다. "그런 건 아닙니다."하고 김형선이 "우리가 경찰 프락치로부터 빼내고 있는 정보는 일상적으로 이용할 수 있는 그런 게 아닙니다. 결정적인 단계에 가서 결정적인 의미가 있는 그런 정보이고 행동입니다. 그런 까닭에 경찰에 있는 프락치는 보통 경찰보다도 더욱 충실한 경찰관이라야 합니다. 뿐만 아니라 경찰 프락치는 우리 당내의 적을 판별하는 데에서 중대한 역할을 하고 있습니다. 경찰 프락치를 성급하게 이용할 생각은 말아야죠."하자 이주하는 "그렇더라도 경찰 대책에만은 그 프락치들을 이용해야만 할 것 아니오?"하고 신경질적인 반응을 보였다.

"서툴게 경찰 대책을 세웠다간 안 세우는 것만도 못합니다. 경찰은 적 제1호라 치고 철저하게 대항할 자세가 필요할 뿐입니다."

이러한 이승엽의 말에 김삼룡은 타이르듯 말했다.

"이승엽 동지는 경찰이 하는 짓을 속수무책으로 보고만 있자는 겁니까?"

"폭동이라도 일으켜 때려 부수지 않는 한 도리가 없잖소?"

"악질로 구는 경찰관에게 따끔한 맛을 보여주는 그런 방법이 없을까?"하고 김삼룡이 "수류탄 같은 것을 입수해서 악질 경찰관의 집에 투척하는 방법은 가능할 텐데……."하고 말했다.

"그건 안 됩니다."

이현상이 손을 저었다.

"노리는 경찰관은 다치지 않고 무고한 사람들만 희생당할 염려가 있으니 그건 안 됩니다. 민심을 잃을 원인을 만드는 겁니다."

이런 시답잖은 말이 계속되고 있는 것을 볼 때 박갑동은 속에 두드러기가 일고 있는 기분이었다. 명색이 남로당 중에도 공산당의 엘리트라고 할 수 있는 사람들이 모여 앉아 하는 소리들이 뭔가 말이다. 박갑동이 만일 발언권을 가졌더라면 "지금이 어떤 때인데 이러고 있습니까?" 하고 호통이라도 치고 싶었다. 마침 김삼룡도 그렇게 느꼈던지 "지금부터 중대한 문제를 제기하겠소." 해놓고 "미·소 공위에 대한 우리의 요구를 변경할 필요가 있지 않을까?"하는 의견을 말했다.

"구체적으로 말해 보시오."

이주하의 청이었다.

"우리가 공위에 요구한 것은 반탁 진영을 제외하라는 것 아닙니까?"

김삼룡이 이어 남로당과 민전이 공위에 요구한 것을 조목별로 들었다. 그리고는 "우리의 요구대로 하려다간 이 교착상태를 풀 수 없게 되었다, 이 말입니다. 그래서 그 요구를 약간 변경하자, 이겁니다."

"어떻게요?"

이주하가 물었다.

"그걸 의논하자는 겁니다."

김삼룡이 일동의 면면을 두루 살폈다.

"의논해볼 만한 일이지."하고 이승엽은 한민당과 미군정은 떼려야 뗄 수 없이 밀착된 관계로 있는데, 그걸 협의대상에서 제외하려고 하니 공위가 교착할 밖에 없지 않느냐는 내용을 구구하게 설명했다. 그러자 이주하가 버럭 언성을 높였다.

"이승엽 동무, 당신 무슨 말을 하는 거요? 그렇다면 한민당을 공위의 협의대상에 넣어야 한단 말이오?"

"사정이 그렇다는 얘길 뿐이오."

이승엽의 말은 풀이 죽어 있었다.

"김삼룡 동지의 제안이 있었으니 하는 말입니다만 참으로 신중히 고려해볼 문제입니다."해놓고 김형선은 "다소 이편의 요구를 수정해서 공위의 교착상태를 푸는 것이 옳은가, 종전대로 밀고나가 이판사판 결단을 내는 게 옳은가부터 검토해봐야 하지 않겠습니까?"하는 의견을 내놓았다.

"이대로 가면 공위가 무기 휴회로 들어갈 것은 뻔하오."

김삼룡이 한 말이다.

"무기휴회로 들어가면 이승만의 술책에 걸려드는 결과가 되지 않을까?"

이것은 이승엽의 말.

"이승만과 하지는 극도로 사이가 나쁜데 설마 이승만의 술책대로 정세가 움직이기야 하겠소?"한 것은 김형선.

"아닙니다. 미·소 공위가 휴회로 들어가면 미국이 별도의 안을 내놓고 움직일 것입니다."

이현상이 묵직하게 말했다.

"어떤 안을 낸단 말이오?"

이주하가 물었다.

"여러 가지 정보로 보아 미국은 조선 문제를 유엔에 상정시킬 움직임을 보이고 있는 것 같습니다."

"유엔에? 당치도 않는 소리 하지도 마시오. 유엔 안보이사회 회원국으로 소련이 있소. 모스크바 3상회의의 결정이 있는데 그럼 그 결정을 백지로 돌린단 말이오? 어림도 없는 일이오. 소련이 거부권을 발동하면 그만이오. 이곳저곳에서 부스러기 정보를 모아 와서 정세판단에 혼란을 일으키지 맙시다."

이주하의 말은 언제나 이처럼 위압적이다. 그래도 이현상은 "정세판단을 혼란시키기 위해서가 아니라 올바르게 하려고 하는 의견이오. 이승만을 얕잡아봐선 안 됩니다. 그는 공위를 파괴하려고 하고 있소. 공위가 휴회하면 그로써 이승만의 목적이 1단계 성공하는 것이오. 그런 연후엔 하지가 이승만 노선을 따르지 않으리라곤 누구도 장담 못합니다. 이승만을 얕잡아봐선 안 됩니다."하고 힘주어 말했다.

그러자 이승엽이 용기를 얻은 모양으로 "어떻게든 공위를 성사시켜 그 테두리 안에서 임시정부를 만들 수 있도록 우리의 요구를 수정하는 게 옳을 것 같습니다."하고 말했다.

"한민당을 협의대상에 넣자구?"

이주하가 냉소했다.

"한민당과 이승만 계열을 협의대상에서 제외하는 것이 우리들의 이상안(理想案)이지만, 그것을 안 넣겠다고 버텨 공위가 휴회하여 끝내 해산이라도 되면 그것은 우리에게 최악의 사태이오. 최선의 안을 고집하다가 최악의 사태가 된다면 곤란한 일 아닙니까? 그들을 협의대상에 넣는다고 하더라도 이편엔 소련이 있으니까 최악의 사태는 되지 않을 것이오. 이주하 동지께서는 한번 신중히 생각해보시오."

"나는 생각하나마나요. 친일파, 민족반역자, 반탁한 놈들은 제외해야 한다구 3천만 국민 앞에 외쳐 대놓고 지금 와서 그 방침을 고친다면 당의 꼴이 뭘로 되겠소? 나는 반대외다."

"우리가 직접 나서는 게 아니라 소련 대표들에게 내의(内意)를 전해놓고 우리는 달갑지 않지만 그 결정에 따르는 것처럼 할 밖에 없지요."

김삼룡이 타이르듯 말했다.

"비굴하게끔."하고 입의 침을 다시더니 이주하가 김삼룡에게 물었다.

"지금 이 자리에서 우리가 그런 결정을 한다고 해서 그게 그냥 통하겠수?"

"우리가 이 자리에서 결정할 순 없죠. 의견이 그렇게 통일되면 해주에 있는 위원장의 승인을 받고 북로당과도 보조를 맞추어 공위의 소련 대표들과 상의를 해야지요."

이어 갑론을박이 계속되었다. 울며 겨자를 먹어야 한다는 의견, 초지를 관철해야 한다는 의견 등으로 장시간 떠들어댔는데도 결국 통일된 결론을 얻지 못하고 말았다. 그 자리에서 결론을 본 유일한 안건은 해방구 설치 문제를 박헌영에게 보고할 것과, 그 문제에 관한 연구 책임을 이현상에게 맡기겠다는 것이다.

회의가 끝나고 해산한 후 박갑동이 김삼룡에게 "공위에 대한 문제는 중요합니다. 저는 김 선생님의 의견에 전적으로 동의합니다. 미국 기자들로부터 들은 얘기지만 이번 공위가 실패하면 미국은 다른 수를 쓸 겁니다. 물론 그들 마음대로 다 될 순 없겠지만 여긴 미군의 점령지역 아닙니까? 소련의 발언권을 남겨두는 뜻으로서도 설혹 성공하진 못할망정 공위는 존속시켜야 합니다. 그런 뜻에서 교착상태를 풀기 위한 돌파구로서 우리 요구를 수정할 필요가 있습니다. 일보 후퇴 이보 전진이란 레닌의 가르침이 있잖습니까? 선생님이 옳다고 생각하신다면 오늘의 회의에 구애될 것 없이 해주의 위원장에게 알리는 게 어떻겠습니까? 제가 해주에 다녀와도 좋습니다."하고 애원하듯 했다.

"회의에 걸지 말았을 것을……"

김삼룡은 한탄하듯 말하고 "일단 회의에 걸어 통일된 의견을 얻지 못했는데 어찌 내가 독단적으로 행동할 수 있소? 이런 일은 우리 모두의 의견이 합해진 것이라고 해야 위원장께서도 용기가 날 것이오. 그런 의견 하나 통일하지 못했다고 하면 위원장이 섭섭할 것이고, 나 또한 동지들의 의사에 반하여 단독행위는 하기 싫어."하고 처량한 표정을 지었다.

미·소 공위의 소련 측 대표와 항상 상종하는 것은 정태식이었다. 정태식이 어느 날 박갑동에게 이런 말을 했다.

"소련 대표의 속셈은 공위의 시일을 끌대로 끌어 북조선의 터전을 공고히 하는 데 있는 것 같다."며 현재 북조선에서 진행되고 있는 사실을 다음과 같이 간추렸다. 북조선에선 1945년 12월 3상회의 결정이 발표되자 미·소 공위 개최를 며칠 앞두고 '북조선 임시 인민위원회'라는 과도정권을 만들었다. 소련인이 앞장서서 하는 것보다 조선인을 앞장세워 하는 것이 훨씬 효과적이란 사실을 안 것이다. 공장을 뜯어가는 것도, 식량을 모아가는 것도 소련인이 직접 하는 것보다 조선인이 그렇게 해주는 것이 낫지 않겠는가?

그러는 한편 3월 5일 토지 개혁령을 발표하고 1개월 사이에 무상몰수, 무상분배의 토지개혁을 단행했다. 이어 남녀 평등권 법령, 노동조합, 중요산업 국유화 법령 등을 발표하여 공산화의 기초작업을 서둘러 놓았다. 그리고 1946년 11월엔 지방 인민위원회의 선거를 통해 1947년 2월엔 '임시'란 꼬다리를 떼어버린 '북조선 인민위원회'를 조직하고, 5개년 계획을 비롯하여 사회주의 과도기 과업을 추진 중이었다. 북로당은 미·소 공위완 관계없이 공산정권 수립을 목적으로 지난 2

월 4일 도, 시, 군 인민대회를 소집했다. 이 대회에서 2백37명으로 된 인민회의를 구성했는데, 그 규정에 의하면 그 인민회의가 '조선민주주의 임시정부가 수립될 때까지 북조선에서의 인민정권의 최고기관'이라고 했다."

이렇게 설명하고 나서 정태식은 "말하자면 공위의 소련 측 대표는 김일성에 의한 지배체제를 공고히 하기 위한 시간을 벌고 있는 셈이오. 남조선은 미국에게 내맡길 작정인 거라. 공위를 성공시킬 의사 같은 건 전연 없어. 미국을 남조선에서 몰아내는 건, 자기들이 북조선을 포기할 수 없는 것처럼 당연하다고 생각하고 있는 거라. 우리 남로당은 어떻게 되는 거지? 미 · 소 공위가 성공해보았자 별 수 없을 것 같아."하고 한숨을 쉬었다.

"그럼 그런 얘기를 당 고위 간부에게 했어야 할 것 아닙니까?"

"누굴 보고 그런 소릴 해. 나는 북쪽으로 갈 생각밖에 없어."하고 정태식은 입을 다물어버렸다. 박갑동은 수재로 알려져 있는 정태식의 그런 태도를 어떻게 해석해야 할지 알 수가 없었다. 그러나 그때만 해도 박갑동은 개인적인 세력다툼이야 없을 수 없겠지만 북로당과 남로당은 하나라고 생각하고 있었다. 그리고 김일성의 개인적인 야심으로 무슨 장난이 있을 수 있다고 짐작할 만한 증거가 없었던 것은 아니지만 언젠간 북로당과 남로당은 하나로 되어야 할 것으로만 생각하고 있었다.

그런데 박갑동의 주변에 이상스런 일이 진행되고 있다는 사실을 전옥희를 통해서 알았다. 9월에 들어서였다. 전옥희의 연락을 받고 박갑동이 다방 '북풍'으로 나갔다. 전옥희의 표정이 그늘져 있었다.

"무슨 일이 있었소?"

박갑동이 물었다.

"아아뇨." 하고 조용히 커피를 마신 뒤 전옥희는 박갑동의 얼굴을 정면으로 보며 "박 선생님은 이혁기(李赫基)란 사람을 알지요?"했다.

"국군 준비대를 하던 사람인가?"

박갑동이 되물었다.

"그 사람이에요."

"그럼 알지."

"그 사람 지금 어떻게 돼 있는지 아세요?"

"형무소 수감 중에 있다고 들었는데….."

"소식이 깡통이군요. 지난 6월에 출감했어요."

"아아, 그랬겠군."

지난 6월 미·소 공위의 건의로 많은 정치범이 출감했었다. 그 속에 끼었던 것이로구나 하는 직감이 갔다.

"헌데 옥희 씨는 그 사람을 어떻게 알죠?"

"제 친구의 친척이에요. 얼마 전 우연한 기회에 알게 되었죠. 나는 우연이었지만 저편에선 의도적으로 접근했는지 모르지만……."

"그래 무슨 말을 합디까?"

"그보다 앞서 제가 박 선생님에게 물어볼 게 있어요."

"뭣이건 좋습니다."

"이혁기 씨는 공산당의 당원이었습니까?"

"글쎄요."하고 잠깐 생각한 결과 박갑동은 이혁기가 당원이 아니었을지 모른다는 짐작이 갔다. 이혁기는 학병동맹 관계로 죽은 박진동, 즉 박갑동의 4촌 동생의 친구였으나, 박진동과 같이 행동하지 않고 국군 준비대를 조직하고 스스로 총사령이 된 사람이다. 경성대학 영문과에 다니다가 학병으로 나가 일본 나고야(名古屋)의 포병부대에 있었다던가. 그리고 휴가로 일시 귀향하여 그길로 탈출했다고 했다. 해방 직후 여운형과 접촉하여 국군 준비대를 만들어 건준의 재정적 후원을 받았다. 1945년 11월 군정장관으로부터 국군 준비대를 해체하라는 명령을 받았다는데, 이에 불응하여 미군 CIC에 체포되어 군정청 법령위반으로 징역 3년인가의 언도를 받았다. 박갑동은 〈해방일보〉의 기자였기 때문에 그러한 등속의 사건은 비교적 소상하게 알고 있는 것이다.

그러한 기억을 종합해서 박갑동은 "이혁기 씨는 공산당 당원이 아니었을 겁니다."하고 단언할 수가 있었다.

"어째서 그렇게 단언할 수 있죠?"

"여운형 선생과 밀접한 사람이니까요."

"그렇다면 배신한 사람이라고 할 순 없겠네요?"

"그것 무슨 말입니까? 이혁기 씨가 무슨 사건을 일으켰나요?"

"이혁기 씬 북로당의 지령에 따라 움직이고 있습니다."하고 전옥희는 다음과 같은 이야기를 했다.

"이혁기 씨는 내가 남로당의 열성당원이란 것을 알고 찾아온 모양이었어요. 물론 내 친구의 얘기를 들어서 알았겠죠. 그는 이렇게 말했어요. 어느 길을 가나 로마로 통하는 건 마찬가진데 목적지가 로마라고 하면 가장 빠른 길, 가장 정확한 길을 선택하는 것이 현명하지 않겠느냐구요. 그리고 말하길 그들은 남조선 내의 군인 출신과 해안 경비대원을 포섭 망라해서 비밀 군사단체를 조직하고 있다고 했어요. 그 조직엔 여성도 필요하니 나더러 가담해달라고 했어요. 점과 점을 연락하는 덴 여성이 제일이고 혁명전쟁이 일어나면 여성도 무기를 들어야 할 것이니까, 나더러 그 조직에 들어와 여성 군사반의 총책임을 맡아달라는 것이었습니다."

전옥희는 여기서 일단 말을 끊었다. 박갑동의 반응을 보기 위해서였다. 박갑동은 너무나 뜻밖의 말이어서 얼떨해 있다가 가까스로 물었다.

"그래 대답을 뭐라고 했소?"

"나는 당의 명령에 충실할 뿐이니 당 기구를 통해 명령만 한다면 따르겠다고 했지요."

"그러니까?"

"남로당엔 군사부가 있긴 하겠지만 실질적인 군사조직까진 갖추고 있지 못할 거고, 그런 조직이 있어보았자 혁명전쟁을 수행할 실력을 갖추지 못할 것이라고 하면서, 그러니까 남로당 조직관 별도로 군사조직을 만들 수밖에 없다는 거예요. 그래서 내가 말했지요. 당신들이 만든 그 조직을 갖고 당으로 들어가든지, 당의 지휘를 받아 조직을 완성하든지 해야 할 것 아니냐구요. 당과 별도로 만든 군사조직은 사조직일 수밖에 없는데, 당원으로서 그런 사조직엔 들어갈 수 없다고 했어요. 그랬더니 이혁기 씬 그들의 군사조직은 북쪽의 인민군과 직결되어 있는 조직이라고 말하더군요. 인민군과 직결되지 못할 땐 남조선의 군사조직은 맥을 쓰지 못할 것이고, 그런 만큼 자기들의 군사조직이 공산당이란 큰 규모 내에서 정통적인 것이니 남로당에 구애됨이 없이 가담하라는 거예요."

　"그 사람 공산주의의 ABC도 모르고 있군."

　박갑동이 분통을 터뜨렸다.

　"내 말을 끝까지 들어보세요. 그래 내가 넌지시 말했죠. 당원이 당에 구애되지 않고 행동한다는 건 상식 밖의 일이니 당에 보고해서 승인을 받아보겠다고 했지요. 그랬더니 그건 안 된다는 거예요. 그리고 자기들의 조직이 인민군과 결부되어 있는 증거를 보여주겠다고도 하고, 현재 남로당원이 비밀리에 그 조직에 가담해 있는 실례를 보여주겠다고도 했어요. 또 말하길 결과적으로 남로당을 위해서도 큰 공적이 되는 것인데, 미리 말해 놓으면 아무 것도 안 된다는 거예요. 남로당의 편협한 종파성을 들먹이기도 했어요. 긴 안목으로 사물을 보지 못하고 소아병 환자처럼 날뛰다가 실패만 하고 있는 게 남로당의 작태가 아닌가 하는 말도 있었어요. 그 말엔 나도 동감이었어요. 남로당이 해온 일이 사실 뭡니까? 공위에 대한 대책만을 갖고도 남로당의 방침이 틀렸다는 걸 알 수 있지 않아요? 7·27만 해도 그래요. 그 대회를 통해 당장에라도 공위를 성공시킬 것처럼 떠들어놓았는데 그 결과는 아무것도 아니지 않아요? 이혁기 씨의 남로당 비판은 따끔한 게 있었어요."

"이혁기의 남로당 비판은 그만두고 그래 얘기가 어떻게 되었소? 그 사람 요구를 승낙했단 말인가요?"

박갑동이 자기도 모르게 흥분해 있었다.

"내가 뭐라고 말했겠는가 알아 맞춰보세요."

전옥희는 처음으로 웃음을 보였다.

"사람 감질나게 하지 말구 시원시원 얘기나 해요."

"당신들의 군사조직이 북쪽의 인민군대와 직결되어 있다는 증거부터 보여달라고 했지요. 보여주겠다고 하던데요."

"그래 그 증거를 보았소?"

"아직요."

"무슨 증거를 보여줄지 모르지만 조심하시오. 그리고 그들과 관련된 남로당원이 누군지 한 사람 이름만이라도 확인해두었다가 내게 연락해 주시오."

"알았어요. 그런데 이런 얘기는 안 하기로 되어 있었는데, 박 선생님에게만 말씀드리는 겁니다."

"당원으로선 당연한 일 아닙니까?"

"그렇게 나오면 싫어요."

"어떻게 나와야 합니까?"

"내 호의에 감사할 줄 알아야죠."

"감사합니다."

"엎드려 절 받기네요. 그러나저러나 이상하지 않아요?"

"뭣이 말입니까?"

"이혁기 씨쯤 되는 사람이 남로당을 따돌리고 북로당과 손을 잡는다는 게 말입니다."

"이혁기는 여운형 선생의 심복이었으니까 자연 남로당을 기피할 심정이 있었겠지요. 그런 점, 당에서도 반성해야 합니다. 여운형 선생의 심복이었다고 하면 현 간부진은 다소 색안경을 쓰고 대하게 되었으니까요."

"그런 종파성을 불식할 수 없을까요?"

"그게 바로 고질입니다. 지금 벌써 당은 비합법적 상태에 있는데 비합법적 상태에서 활동해야 하는 당이 종파성에 사로잡혀 있으면 될 일도 안 되는 거거든요. 사실 걱정입니다."

"나도 북로당으로 옮겨버릴까?"

"농담이라도 그런 말 마시오."

"이혁기 씨 말대로 모든 길은 로마로 통할 테니 마찬가지 아닐까요?"

"마찬가지라면 기왕 걷던 길을 걷지 길을 바꿀 필요 없잖습니까?"

"좀 더 빠르고 좀 더 정확한 길이라면……."

"혁명의 길에 좀 더 빠른 길은 없습니다. 북로당이나 남로당은 같이 성공해야 성공이 되는 거지 따로따로 일 수가 없으니까."

"이혁기 씨 말은 그렇지가 않던데요. 북로당은 현재 성공하고 있고 남조선 문제 해결은 그 성공의 배가(倍加)가 될 뿐인데, 남로당은 현재 실패하고 있고 아무리 앞으로의 정세를 낙관한다하더라도 성공의 확률은 반반이라고 했어요."

이 말에 박갑동은 반박할 수가 없었다. 사실 그대로인 것이다. 북로당은 북조선에 정권을 수립해놓고 있었다. 전체 인민을 장악하고 있었다. 북로당에서의 남조선 문제는 남로당에서의 남조선 문제완 전혀 달랐다. '그러나'하고 박갑동은 정색을 했다.

"편한 길이라고 해서 동무를 버리고 간다는 건 의리에 어긋난 것입니다."

그러자 전옥희는 입을 박갑동의 귓전에 갖다 대고 나직이 속삭였다.

"공산당에도 의리라는 문자가 있나요?"

"그럼 동지애란 말로 바꿉시다."

"걱정마세요. 난 북로당으로 가진 않을 거니까요."

전옥희로부터 들은 이혁기에 관한 사항은 박갑동이 김삼룡에게 보고하지 않을 수 없었다.

"북로당의 움직임은 수상해. 그런 정보가 한두 가지가 아니다. 그런데 곤란하단 말야. 맞서 싸울 수도 없구, 그렇다고 해서 방관할 수도 없구."하더니 김삼룡은 감찰부장을 시켜 이혁기의 행동을 추적해보라는 지령을 내렸다. 그 결과 알려진 내용은 다음과 같은 것이었다.

북로당은 언제부터인가 남로당과는 별도로 대(對) 남조선 특별 공작 기관으로서 '북로당 남조선 특별정치위원회'란 것을 설치했는데 그 부서와 멤버는 이러했다.

총책임자; 강진, 남북연락책; 서중석, 청년특별지도부책; 김일광, 노조 책임자; 윤희보, 전평 책임자; 김태한, 민정 책임자; 김종한, 정당 관계 책임자; 서진

이 멤버 중 강진과 서중석은 조선공산당 내부에서 끈질기게 박헌영을 반대해오던 거물들이다. 이로서도 이 조직의 성격을 알 수가 있었다. 그런데 이 조직의 핵심은 김일광(金一光)이란 사람이 쥐고 있었다. 김일광이 책임자로 되어 있는 '청년특별지도부'는 일종의 비밀 군사단체였다. 북조선 인민군과 지휘계통을 같이하여 남조선에서 혁명군을 조직하는 데 그 목적이 있었다. 그 조직 기반은 군정청 산하에 있는 국방경비대, 해안경비대인데 여기에 불법단체로서 해체된 국군 준비대를 규합한 것이다.

조직편성은 (가) 국방경비대, 해안경비대, 경찰을 내선(內線)으로 하고 (나) 남로당에 포섭되지 않은 좌익 및 기타 청년단체 계통을 외선(外線)으로 하고 (다) 군사공작의 최고기관으로서 중앙에 청년특별지

도부를 두고, 각 지방에 지방청년지도부, 그 배하에 단(團), 분단(分團), 반(班)의 3단계의 조직을 만들었다. 그 규모는 5, 6명을 1개 반으로 하고 3개 반을 1개 분단, 3개 분단으로서 1단, 3개 단으로서 1개 지도부를 형성하는 꽤나 치밀한 구성인데, 이것이 곧 인민혁명군으로 발전할 것이었다.

김일광의 활약상은 이러했다. 김일광은 북경 보인대학(輔仁大學) 정경과 2학년을 중퇴하고 21세 때 중국 보정군관학교(保定軍官學校) 간부훈련반에 들어가 졸업한 후 국민정부의 중앙군에 편입되어 1946년 3월까지 종군했다.

1946년 7월 귀국하여 1947년 2월부터 조선통신사 사회부 기자로 일하면서 본격적으로 군사공작에 투신하게 되었다. 그는 조선통신사에 입사하기 전 1946년 9월 이미 북로당 남조선 특별정치위원회 총책인 강진과 접선해 있었다. 강진과 접선하게 된 데는 김일수(金一洙)의 소개가 있었다. 김일수는 월북한 후 북조선 인민위원회의 산업국장이 된 사람이다. 그 후 김일광은 강진으로부터 군대 편성안을 만들어보라는 지령을 받았다. 김일광은 ① 부대 편성법으로서 정규군 편성법과 유격대 조직법 ② 전략, 전술, 부대의 수송, 지형지물 이용법 등을 만들었다.

그 후 김일광은 김일수의 소개로 강진의 부하로서 북로당과의 남북연락책을 맡고 있는 서중석을 알게 되었다. 이윽고 강진으로부터 북로당 대남 군사공작에 전념하라는 지령을 받아 조선통신사를 그만두고 김일광이 북로당 산하 남조선 군사공작체인 '남조선 청년특별지도부'의 최고책임자가 되었다. 1947년 7월 김일광이 받은 군사 공작지령은 다음과 같다.

A. 군 공작에서 남로당 선(線)을 이용하는 것은 인정하지만 남로당의 종파

성은 부인한다. (즉 남로당 노선에 따르진 않는다는 뜻) B. 남로당에 포섭되지 않은 일체의 혁명세력을 포섭하라. (즉 반박헌영 세력을 모으라는 뜻) C. 북조선에는 인민군이 있고, 남조선에는 미군정 하의 반동 군사단체가 있다. 이로부터 장차 남북을 통일한 군사문제가 제기될 것인데,

ㄱ) 국토통일에서나, 남북의 군대통일에서 인민군이 우위를 차지하기 위해선 이 조직이 강화되어야 한다. ㄴ) 남북에 유혈투쟁이 벌어질 때엔 남조선의 군 혁명세력이 집결 봉기해야 한다. 그런데 남조선의 군대는 미군정 하에 있기 때문에 남로당으로선 군 문제를 제기할 수 없다. 그러니 남조선의 군인 출신과 국방 및 해안경비대에 있는 혁명세력을 집결하여 혁명군을 조직하는 임무는 우리가 맡을 수밖에 없다.

이 지령에 따라 김일광이 움직이기 시작했다. 첫째, 동지 획득 공작이 있어야만 했다. A. 김일광은 남로당원 박대식(朴大植)을 통하여 전국군 준비대 총사령이었던 이혁기와 조영원, 이택종을 만나 원칙 문제에 합의를 보았다. B. 강진, 서중석의 소개로 김상진(金相鎭)을 동지로 맞이하고 대전 민청원(民青員) 약 40명을 포섭했다. C. 김상진의 소개로 육군사관학교 재학 중인 박xx를 만나 동지로 포섭했다. 박xx는 대단한 열의로써 동지 획득을 약속하는 한편 통위부(統衛部) 군기대원(軍紀隊員)인 특무상사 이승권(李承權)을 소개했다. 이승권은 동지가 되길 승낙하고 경비대 내의 동지 획득 공작을 약속했다. D. 김일광은 이혁기를 동지로 포섭함으로써 대단한 힘을 얻게 되어 연백지구의 민청원 약 1백 명을 포섭하는 등 활발한 활동을 전개하게 되었다. 이혁기는 전국군준비대 시절의 동지를 규합할 수 있어 순식간에 이 조직의 핵심적인 인물로 부상했다.

남로당으로선 실로 아연실색할 일이었다. 같은 노선을 밟고 있는 혁명단체가 남로당을 외면하고, 아니 남로당을 부인하는 방침 아래 남로

당의 조직을 잠식하기도 하면서 활발한 공작을 펴고 있다는 사실은 중대한 일이 아닐 수 없었다. 소격동에 있는 이주하의 아지트에서 감찰부가 입회한 폭넓은 간부회의가 열렸다.

"북로당이 이럴 수가 있는가?"하는 흥분이 주제처럼 된 회의였지만 아무런 결론을 내리지 못하고 해주에 있는 박헌영에게 이 상황을 보고하고 그 결정에 따르자는 데 의견을 모았을 뿐인데, 정태식이 분연히 다음과 같은 말을 했다.

"김일광을 난 모르오. 이혁기만은 내가 잘 아오. 그 사람에 관해서 나는 몇 번인가 이주하 동지에게 말한 바 있고, 김삼룡 동지에겐 한 번 말한 바 있소. 그가 서대문형무소에 수감되어 있을 때인데, 앞으로 소중한 사람이니 면회라도 해서 출옥한 후에 서로 연락이 되도록 당의 의사를 전달하는 것이 어떻겠느냐고 했습니다. 이주하 동지, 들은 적이 있지요?"

이주하는 묵묵부답이었다.

"그때 뭐라고 하셨소? 당원도 아닌 사람에게 그럴 것까지 없다고 했지요? 내가 그런 진언을 한 것은 이혁기의 옥중생활 상황을 듣고 있었기 때문이오. 그는 서대문형무소 제3보철공장에 출역하고 있었는데, 같이 복역 중인 국군 준비대원 몇 사람(박용국, 기철구, 오영주)과 이번에 출옥하면 전 국군 준비대원들을 수습하여 비합법 군사단체를 만들자고 하고 전원이 출옥할 때까진 개별적 행동이나 정당에 가담하지 말자는 약속을 했다는 겁니다. 이혁기가 이끌어온 국군 준비대는 학병동맹 같은 그런 어수룩한 단체가 아니었습니다. 하나하나가 투사였죠. 그래서 나는 그들을 중시했고 그들을 장차 우리 일꾼으로 만들자고 한 겁니다. 그들은 출옥하자 '민족해방청년동맹'을 만들어 민전 하의 돌격대가 될 계획을 세웠답니다. 민애청으로 들어가자는 의견도 있었고, 민전과 직결하자는 의견도 있었던 모양인데, 모처럼 김오성(金午

星) 동지에게 연락을 했는데도 우물쭈물하고 있는 사이에 북로당이 선수를 친 겁니다. 나는 이것을 대단한 실수라고 봅니다."

"이혁기와 그 일당이 그리로 갔다고 해서 정세에 큰 변화라도 있단 말이오?"

이주하가 매섭게 받았다.

"큰 변화가 있지요. 이혁기의 세력이 없으면 강진, 서중석이 주동이 된 조직은 아무것도 아닙니다. 김일광이란 똑똑한 사람이 있다지만 그 사람에겐 배경이 될 만한 세력이 없어요. 이혁기가 있기 때문에 그 조직은 만만찮은 게 되었어요. 북로당으로선 성공한 거지요. 게다가 남조선의 청년들 마음도 매력을 느끼지 않겠습니까? 자기들의 조직이 북조선 인민군과 직결되어 있다고 하면 든든한 큰 배를 타고 싸우는 기분으로도 될 테니까요. 우리 당도 비슷한 군사조직을 가져야 할 것 아닙니까? 그런데 그런 인재를 빼앗겼으니 통탄할 노릇입니다. 앞으로 사람을 포섭할 땐 능력에 중점을 둘 필요가 있습니다. 듣건대 북로당의 대남공작대는 당성도 당성이지만 능력 본위로 포섭하는 모양입니다."

이렇게 흥분하는 정태식의 말이 못내 불쾌했던지 이주하는 "강진, 서중석이란 놈들은 뻔한 놈들이고 그들에게 포섭되었다고 하면 놈들도 별놈들 아닐 거요. 정 동지는 이혁기를 대단한 인물처럼 추켜올리고 있지만 여운형에게 홀딱 빠져 있는, 기회주의적인 소질이 다분히 있는 놈이오. 국군 준비대를 포섭하기 위해 우리는 노력하지 않은 줄 아슈? 건준의 지령을 받아도 공산당의 지배 하에 들지는 않겠다고 합디다. 그때 공작에 나선 사람이 안영달 동지요. 안영달 동지가 이 자리에 없는 게 유감이구먼. 안영달 동지는 학병 갔다 온 사람이오. 그래서 박헌영 위원장, 김삼룡 동지와 의논한 끝에 안영달 동지를 공작 책임자로 내세운 거요. 안영달의 말에 의하면 이혁기는 전형적인 소영웅주의자라고 합디다. 3, 40명의 일군(日軍) 출신들을 모아놓고 총사령이 뭐요? 총사령이란 명칭을 쓰도록 허락한 여운형도 여운형이지. 그때 우린 그 사람을 규정해버렸소. 형무소 내에서의 이야기도 나는 들었소. 그 자는 군사단체를 만들 생각만 했지 당에 대해 충성을 하자는 말은 한마디도 없었다고 합디다. 여하간 자기 지배 하에 군사력을 모아가지고 장차 발언권을 얻겠다는 배짱이지 뭐요, 그게? 정 동지는 하나만 알고 둘은 모르오. 자기 의견만을 옳다고 내세우지 마시오. 나나 김삼룡 동지가 바지저고린 줄 아시오?"

"요는 우리도 방불한 군사단체를 조직해야 할 게 아닙니까? 그러자면 능력 있는 영도자가 있어야 할 게 아니오? 그래서 내가 하는 소립니다. 소영웅주의니 소시민 의식이니를 들먹여 사람을 경계하다간 아무 일도 못 해요. 당원은 당내에 들어와서 당원으로서의 수양을 완수하는 거지. 사람이 나면서부터 완전한 당원이 될 수 있는 겁니까? 소영웅주의면 어때요? 소영웅주의는 기백 있는 인간으로서의 증거일 수도 있는 게 아닙니까? 그걸 당의 규율을 통해 교정하면 되는 게 아닙니까? 혁명은 영웅주의로서 시작되는 겁니다. 개개인의 영웅주의를 흡수하여 전력을 만들어나가는 것은 당이 할 일입니다. 우리의 실수를 솔직하게 반성할 줄 모르고 문제 된 대상을 부인해버리는 것은 옳지 못합니다."

정대식의 이론이 전개되자 이주하도 가만있지 않았다.

"당신이 내게 당원의 수양을 가르칠 작정이냐?"는 막말이 나왔다. 정태식의 응수도 매서웠다. 정태식은 경성제대를 나온 데다가 공산주의를 이론적으로 배운 사람이고, 이주하는 지하운동을 통해 공산주의자로서 단련을 받은 사람이기 때문에 그 토론은 팽팽히 맞섰다. 이윽고 김삼룡이 "왜들 이러는 거요?"하며 비집고 들었다.

"두 분의 의견엔 모두 일리가 있소. 그러니 서로 싸울 것이 아니라 건설적인 의견을 만들어내도록 해야 할 것이 아니오? 이 문제에 한해 두 분의 발언권을 앞으론 인정하지 않겠습니다."하고 다른 사람의 발언을 청했다. 이현상의 발언이 있었다.

"군사단체를 만드는 데에서 북로당에 선수를 치인 것은 유감스러운 일입니다. 선수를 치였으면 이에 대한 대책이 있어야 할 것 아닙니까? 군 경험이 있는 사람이 그들에게 전부 포섭된 것은 아닐 것입니다. 동지 가운데 얼마라도 찾을 수 있을 겁니다. 뿐만 아니라 진실로 열성당원이면 언제라도 군대화할 수 있습니다. 문제는 당성이지 군사경험이 아닙니다. 군사경험은 익히면 되는 겁니다. 소총의 조작과 사격법은 한 시간이면 배울 수가 있고, 기관총은 두 시간, 대포는 세 시간이면 배울 수 있어요. 전투의 방법은 실전경험으로 얻을 수밖에 없는 거구요. 그러니 방침을 세웁시다. 군사단체를 만들겠다는…. 그 방침이 서고 나면 전문가를 물색해서 계획을 세웁시다."

"이현상 동지의 의견에 나는 찬성이오."

김삼룡이 말하자 모두들 동의했다. 이어 김삼룡은 전문가를 물색하는 임무와 계획을 만드는 임무를 이현상, 정태식, 김형선, 이승엽, 이 자리엔 없었지만 안영달 등에게 맡겼다.

군사단체를 만드는 계획이 어떻게 진행되었는지를 박갑동은 소상하게 모른다. 아니 그 문제에 신경을 쓰고 있을 겨를이 없었다. 미 국무장관 대리 로버트 로베트의 명의로 소련 정부에 다음과 같은 서한이 전달된 것은 8월 29일이고, 그것을 국내에서 알게 된 것은 9월 1일이었다. 그 서한의 요지는 다음과 같은 것이었다.

1) 조선의 장래를 결정하는 데에 약간 수의 정당을 공위의 협의대상에서 제외하는 것은 몰로토프와 미 국무장관 마샬 사이에 합의를 본 사항에 위반될 뿐 아니라 자유의사의 표현을 존중하는 민주주의적 원칙에도 위배되는 일이

다. 2) 미국 정부는 거의 2년간이나 조선에 관한 모스크바 회의에서 합의된 사항을 실천하기 위하여 노력을 다하여 왔다. 3) 현재 미·소 공위가 그 최초의 업무조차 달성하지 못하고 있는 것은 조선의 정당, 사회단체의 협의문제에서 양국 간의 의견이 맞지 않는 데 있고, 그러한 지연이 조선을 조속히 독립시키겠다는 모스크바 협정을 좌절시키고 있다는 사실은 세인이 주지하고 있는 바이다. 4) 조선에 임시정부를 수립할 목적으로 현재 진행 중에 있는 미·소 공위의 정돈상태는 이 이상 계속될 수 없는 것이며, 미국 정부로서는 양심적으로나 도의적으로 조선 독립에 대한 책임을 수행하는 데에서 그 지연의 책임 당사자가 될 수 없다. 5) 그러므로 미국 정부는 모스크바 협정에 참가한 4대국 즉 미, 소, 영, 중이 모스크바에서의 합의사항을 조속히 실천하기 위한 방책을 강구하기 위해서 회담을 개최하기를 제안하는 바이며, 이 회담은 9월 8일부터 시작할 것을 제의한다. 6) 동시에 미국 정부는 조선의 장래에 관하여 다음과 같이 제언하는 바이다.

가. 남북 각 점령지역을 전적으로 대표할 수 있는 임시 입법관을 선출하기 위하여 미·소 양 점령지역에서 선거를 실시 할 것. 단 보선제(普選制)에 의거하여 각 정당이 가담하는 비밀투표로 할 것.

나. 선출된 임시 입법관은 양 지구의 인구 비율에 의하여 조선 임시정부 수립을 위해 서울에서 회합할 국민입법의원 대의원을 선출할 것.

다. 수립될 임시정부는 미, 소, 영, 중 4개국 대표와 합의하여 조선 독립을 경제적, 정치적으로 공고한 토대 위에 확립케 하도록 필요한 조치를 강구할 것.

라. 유엔은 양 지구에서 거행되는 선거와 조선 중앙정부 수립에 관하여 감시의 권리를 행사할 것.

마. 조선 임시정부와 4대국은 조선에서 점령군이 철퇴할 기일에 관하여 협의할 것.

바. 양 지구의 입법의장에게 조선 헌법의 기초가 될 임시헌법을 기초할 권

한을 부여할 것.

사. 조선은 유엔 및 기타 공식 국제회의에 옵서버를 파견할 수 있도록 할 것.

그리고 이 서한은 소련의 몰로토프가 미군정이 좌익을 탄압하고 있다고 한 비난에 관하여 다음과 같이 반박하고 있다.

남조선 주둔 미국군은 민주주의적 권리에 간섭함이 없이 남조선에서의 질서와 치안을 유지하는 책임을 가지고 있다. 이러한 책임을 수행하는 데에 미국 측이 성공하고 있다는 사실은, 미군이 점령하고 있는 지역에선 각색 정치적 의견이나 그 포부를 발표할 수 있는 자유가 보장되어 있다는 사실로써 증명할 수가 있다.

이 서한이 발표되었을 때 정당색에 물들지 않은 중립적 지식인들은 국토통일과 통일정부를 세울 수 있는 유일한 방안이라고 생각했다. 양심적이라고 할 수 있는 일부 좌익인사들도 결국 이런 방도 이외엔 국토통일이 무망하다는 생각을 가졌다. 전옥희는 버치로부터 들은 얘기가 있기도 해서 "미국이 하자는 대로 하면 어떨까?"하는 의견을 말했다.

박갑동도 전옥희의 의견에 동조하는 기분이 없지 않았으나 "아마, 아니 틀림없이 소련은 이 제안을 거부할 겁니다. 만일 소련이 이 제안을 받아들인다면 그들이 북조선에 닦아놓고 만들어놓은 모든 것이 수포로 돌아가니까요. 북조선에선 벌써 인민정권이 수립된 거나 마찬가집니다. 그곳에 유엔감시단을 끌어들여 선거를 하겠습니까? 소련이 거부할 것은 확실합니다."하고 잘라 말했다.

"버치 씨의 말로는 미 국무성이 그런 서한을 낸 것은 앞으로 조선문제를 독자적으로 요리하기 위한 일종의 포석이라고 했어요. 만일 소련이 들어주면 그만이고 안 들어주면 별도의 방책을 취하겠다는 거래요. 지금 북쪽에선 소련 지배 하에 인민정권이 섰다고 했지요? 그런 사태를 알고 있으니 미국도 남조선에 그것에 상응할 만한 정권을 세워 야겠다는 생각으로 기울어들고 있는 것 같아요. 그렇게 되면 어떻게 되죠?"

"투쟁할 뿐이죠."하면서도 박갑동의 마음은 석연하지 않았다. 꼭 무슨 파국이 나타날 것만 같았다. 아니나 다를까, 9월 4일 (발표된 것은 9월 8일) 4개국 회의를 열자는 미국 측 서한에 대한 몰로토프의 거부가 있자, 미국은 조선 문제를 유엔총회에 상정했다. 공위의 소련 대표는 적이 당황한 모양이었다. 공위에 자문위원을 설치하자는 안을 제의했다. 자문위원 기관을 설치함으로써 그들이 악착같이 주장하고 있던 한민당 계열의 협의대상 제외 문제를 완화하려고 했던 것이다.

그러나 때는 이미 늦었다. 9월 21일 유엔 운영위원회는 한국 문제를 정식으로 토의할 것을 결정하고 23일의 총회에서 한국 문제 토의를 43대 6으로 가결해버렸다. 26일 미·소 공위는 1948년 초에 양군을 동시 철퇴하자는 소련 측 제안을 두고 논란이 있었으나 무슨 결론이 날 까닭이 없었다. 이미 유엔에 조선 문제 토의를 맡겨버린 이상 미국이 공위를 문제로 할 이유가 없었다. 유엔에서 소련 대표는 한국 문제 토의를 제외하자고 주장했지만 중과부적이었다. 소련 대표 비신스키의 그 독특한 언변도 효력이 없었다.

10월 17일, 이윽고 미국 유엔대표는 조선 독립 촉진안을 유엔에 제출했다. 그리고 바로 그 이튿날 공위의 미국 측 대표는 유엔에서 조선 문제 토의가 끝날 때까지 공위를 휴회하자고 제안하고 회의장에서 퇴장해버렸다. 10월 19일, 유엔에선 조선 문제에 관한 토의가 본격적으로 시작되었다. 소련의 비신스키는 조선에서 미·소 양군이 철퇴하자고 주장했다. 미국 측은 이를 거부했다.

공위의 소련 대표는 서울에서 할 일이 없어졌다. 10월 22일 공위의 소련 대표들은 서울을 떠났다. 남로당의 백일몽은 그 순간 깨어졌다. 그런데도 어느 정도 남로당은 그 현실의 의미를 깨닫고 있었을까?

"이건 이승만의 각본대로 돼 나가는 것 아냐?"

충정로 김삼룡의 아지트에서 열린 10월 22일의 간부회의 벽두에 이주하가 내뱉은 말이다. '이제서 그것을 알았소?'하고 싶은 충동을 느꼈지만 서기 역을 맡았을 뿐인 박갑동이 감히 할 수 있는 소리가 아니었다.

"그 영감, 대단해."

김형선이 중얼거렸다. 이현상은 "이대로 가면 남한에 단정(單政)이 서고 말 것인데 배수의 진을 쳐야 하지 않겠소? 이승만의 실력을 알았고 그의 속셈이 단정 수립에 있다는 것을 안 이상 주저할 것 없지 않소? 투쟁태세를 강화합시다."하고 김삼룡을 보았다. 김삼룡은 묵묵히 무언가를 생각하며 입을 열지 않았다. 이승엽이 호주머니에서 신문의 스크랩을 꺼내어 "우리의 각오를 단단히 하기 위해서 남조선만의 총선거를 주장한 이승만의 성명서를 읽어보겠소."하고 읽기 시작했다.

"나는 남조선만으로라도 총선거를 행하여 국회를 세워야 국권회복의 토대가 생겨서 남북통일을 역도(力圖)할 수 있는 유일한 방식으로 믿는 터이므로 누가 나의 주장과 위반되시는 분이 있다면……"

"집어치우슈."

이주하가 눈을 부릅뜨고 다문 입 사이로 말을 짜냈다.

"그것만은 놈의 각본대로 안 될걸. 남조선만으로 총선거를 한다? 어림도 없는 일이다. 투표소에 가는 놈이 있으면 모조리 두들겨 죽여야해. 그런 방침으로 나갑시다. 어떻소, 여러분!"

아무도 대꾸하는 사람이 없었다.

"왜 모두들 말이 없는 거요?"

"유엔총회의 결의가 어떻게 날지 알 수도 없는 판국에 사람 죽일 생각부터 먼저 해요?"

이기석이 불쑥 한마디 했다.

"그건 무슨 소립니까?"하고 김형선이 부연했다.

"지금 돼 나가는 꼴 보시오. 유엔총회의 결의는 이승만의 의사대로 될 게 뻔하오. 언젠가는 그것을 막기 위한 준비가 지금부터 필요할 겁니다."

"그럼 여러분."

김삼룡이 비로소 입을 열었다.

"이승만이 단정을 고집할 것이고, 미군정청도 그 고집에 동조할 것이고, 유엔총회의 결의도 그런 방향으로 나타날 거요. 비신스키의 설득력 있는 웅변으로도 조선 문제의 유엔 상정을 막지 못했소. 지금 유엔은 미국의 이익을 대변하는 기관이지 우리의 이익을 대변하는 기관이 아니오. 아니 소련의 의견은 일체 통하지 않는 것으로 되어 있소. 그러니 첫째 우리는 유엔을 무시한다는 의사표시를 할 필요가 있고, 그래도 억지를 부리면 그때야말로 우리 인민의 역량을 보여주어야 하겠소. 우리는 작년에 인민항쟁을 지휘했고 7·27대회를 조직했소. 그때의 위력 10배를 만들어낸다면 단독선거를 못 막아낼 건 없을 것이오. 그러니 이러한 순서로 합시다. 유엔을 부인하는 성명을 국내외에서 거듭 발표하여, 유엔이 미국의 대변기관이며 따라서 인민의 적이란 사실을 주지시켜 그 결정이 무의미하다는 인상을 인민으로 하여금 갖게 하고, 단정이 빚어낼 갖가지 폐단을 열거하며, 양심 있는 우익인사와 중간파까지 우리에게 동조하도록 계몽운동을 병행시키고, 투표장에 가는 놈은 민족 반역자라고 위협하는 동시에 선거 운동하는 놈들은 가차 없이 실력저지 할 체제를 만들어야 하겠소. 하여간 단독정부는 결사반대라는 인민의 의지를 관철하는 것이오. 그러기 위해 수 일 중으로 각 도위원장을 소집하여 단합대회를 열어야 하겠소. 여러분들

은 그 단합대회에 제출할 전술전략 등 방법을 연구 준비하도록 바라
오.……"

이 회의의 결과 남로당의 불철주야한 활약이 시작되었다. 이와 비례
해서 경찰의 활약도 활발하게 되었다. 경찰과 남로당의 반목은 극도에
이르러 불구대천의 원수처럼 되어갔다. 경찰을 미워하는 남로당의 태
도는, 남로당원에 대한 경찰의 증오에 불을 붙였다. 경찰은 치안을 유
지하면 된다는 정도를 넘어 순전한 증오심으로 움직이게 되었다. 그렇
게 되고 보니 모처럼 경찰에 침투시켜놓은 남로당의 프락치들은 맥을
추지 못하게 되었다. 한편 남로당 가운데의 경찰 스파이는 날이 갈수
록 불어만 갔다.

남로당 경무부 세포 사건이 터진 것도 이 무렵의 일이다. 경무부 총
무국 경리과에 근무하고 있던 감찰관 김용만(金容晩)을 비롯하여 20명
의 경찰관이 체포되었다. 때를 같이하여 남로당 농림부 세포 사건이
적발되고, 남로당 운수부 세포 사건이 터졌다. 서울 방송국의 적화공
작사건도 폭로되었다. 남로당원, 또는 이의 동조자라고 보이면 경찰은
가차 없이 체포 구금했다. 남로당은 완전히 지하당이 되어버렸다. 이
삼엄한 틈바구니에서 남로당은 활약해야만 했다.

정세는 급박했다. 미국은 조선의 정부수립을 위해 1948년 3월 31
일까지 총선거를 실시하기로 하고 그 선거의 감시목적으로 '유엔한국
임시위원단'의 설치를 제의하여 11월 14일 총회의 통과를 보았다. 8
개국 대표로 구성된 유엔한국위원단이 서울에 도착한 것은 1948년 1
월 8일이었다. 12일엔 미·소 공위의 회의장이었던 덕수궁 석조전에
서 첫 회의를 열었다. 임시의장은 인도 대표 메논이었다.

13일부터 한국인 대표들과 접촉하여 협의를 시작했다. 유엔한국위
원단은 좌익 정치인과의 접촉을 위해 군정당국에 그들에게 대한 신분
보장을 요구했다. 남로당 위원장 허헌과 간부들, 민전의 간부들은 거

개 경찰의 수배대상이 되어 있었다. 군정청은 이들에 대한 불체포 성명을 발표했다. 그러나 이들이 나타날 까닭이 없었다. 남로당은 조선 문제에 관한 유엔 결의와 유엔위원단의 활동은 남조선에 단독정부를 세우기 위한 음모를 목적으로 한 것으로 단정하고 전면적으로 반대할 결정을 이미 하고 있었던 것이다. 12월 11일자 남로당의 성명은 이러했다.

국토를 양단하고 민족을 분열하는 단정, 단선을 반대하며, 소련의 제의대로 미·소 양군의 동시철퇴를 실현시켜, 인민의 손으로 민주 자주정부 수립을 위한 모든 구국운동을 적극 지원한다.

남로당의 저항에 아랑곳없이 유엔 위원단의 활동은 계속되었다. 서울을 비롯한 전국의 거리마다에 골목마다에 「단정 결사반대」「단정은 매국이다」「유엔 한위 물러가라」「미·소 양군 철퇴하라」「민족 반역자 이승만을 죽여라」「한민당수 김성수를 죽여라」「정부는 인민의 손으로!」 등등 수십 종류의 서슬 시퍼런 벽보가 나붙었다. 벽보를 붙이다가 붙들려간 사람으로 경찰의 유치장은 초만원을 이루었다.

"이게 될 일이기나 해요? 당이 하는 일이 성공한 적이 있어요?"하고 박갑동을 만나기만 하면 빈정대면서도 전옥희는 자기 휘하의 세포들을 독려해서 박쥐처럼 서울의 밤거리를 뛰었다. 그러다가 어느 날 전옥희는 덜컥 경찰의 덫에 걸렸다. 아현동 골목을 누비다가 경찰의 추격을 받고 뛰어간 골목이 주머니 골목, 즉 막다른 골목이었던 것이다. 긴 머리채를 휘어 잡힌 채 경찰서로 끌려간 전옥희는 뺨을 맞기도 하고 호되게 옆구리를 채이고 했는데, 견딜 수 없었던 것은 음란스런 모욕이었다.

"꼴은 반반스럽게 생긴 년이 빨갱이 X를 좋아해?" "이년의 X을 한

번 구경하자." 하며 몸뻬를 벗기는 모욕까지 있었다. 벽보를 붙였다는 단순한 범죄로 보고 전옥희는 기소유예로 20일 만에 경찰서 유치장에서 나왔다.

후일 그녀가 박갑동에게 고백한 바에 의하면 전옥희는 그 경찰서 신세를 지고 나서야 진짜 빨갱이가 되었노라고 했다. "증오가 공산주의자를 만드는 거예요. 나는 내가 받은 증오를 잊지 못해요. 이 증오에 대한 보복을 하지 않고선 나는 살아갈 수 없어요."하고 전옥희는 덧붙였다.

"사실을 말하면 나는 단독정부가 수립되기만 하면 그때를 계기로 남로당을 그만둘 생각이었어요."

# 제19장

# 1948년 2월 11일

　수요일이었다. 이날도 박갑동은 아침 열 시쯤에 안암동의 아지트를 나섰다. 만주의 귀족들이 즐겨 쓰는 검은 빌로드의 털모자에 검은 낙타 외투를 입고 금테 안경을 쓰고 단추를 누르기만 하면 90센티 길이의 칼날로 변하는 단장을 짚고 아지트를 나선 박갑동은 그 아지트의 대문에 달린 문패를 확인이나 하듯 쳐다보았다. 그것은 외출할 때마다의 버릇이었다. 문패는 '이종국'이라고 되어 있다.

　박갑동은 그 근처의 사람들에겐 이종국으로 알려진 한지(韓紙) 도매상이다. 마루 한쪽에 의령(宜寧)의 신반(新反)에서 생산된 한지가 수북이 쌓여 있고 대문 옆 창고에도 한지가 재어져 있다. 가끔 지게꾼을 불러 한지를 지워 나르기도 하고 가지고 들어오기도 한다. 이렇게 용의주도한 의장(擬裝)이기에 누구도 그가 공산당을 하는 사람인 줄을 알 까닭이 없다. 집안일을 돌보는 사람은 역시 당원인 중년여성이다. 그런데 이 여자당원의 임무는 박갑동의 아지트를 지키는 일 외엔 하는 일이 없었으므로 보통의 아낙네들과 조금도 다를 바가 없었다.

아지트의 문패는 이종국으로 되어 있지만 그가 접촉하고 있는 세포들에겐 '김진국'으로 통하고 있다. 박갑동은 그의 아지트엔 아무도 접근시키지 않았다. 그런 까닭에 당원 누구도 박갑동의 아지트가 이종국이란 문패를 걸어놓은 안암동의 그 집이란 사실을 몰랐다. 물론 김삼룡과의 비상선은 있었다. 그러나 그 비상선은 3단계로 되어 있었고 마지막 연락처가 종로의 어떤 지물포로 되어 있었다.

예컨대 "신반 한지 18조를 서대문 곽 서방 집으로 보내라."고 하면 급한 일이 있으니 오후 6시까지 김삼룡의 아지트로 오라는 전갈이 되고, "지난번 종이엔 험이 많았다."고 하면 정세가 위태로우니 아지트를 바꾼다는 쪽으로 되었다. 종로 지물포 주인은 내용을 알 까닭도 없이 공산당, 즉 남로당의 심부름을 하고 있는 셈이었다.

박갑동이 얌전히 걸려만 있는 문패를 슬쩍 보는 것만으로 '아직 이 아지트는 안전하다'고 느꼈다. 박갑동은 주변을 살피는 눈으로 되며 천천히 전차 길 쪽을 향해 걸었다. 가슴 한구석에 울적한 것이 있었다. 2·7항쟁이 아무 보람도 없이 진압되어버린 것이 아무래도 답답했다. 당이 노린 것은 줄잡아도 그 여파가 두세 달 동안은 계속되어 단정을 추진하고 있는 세력들에게 쐐기를 박는 데 있었던 것인데, 두세 달은커녕 하루를 견디지 못하고 물 맞은 모닥불처럼 되어버린 것이다.

게다가 2·7항쟁으로 인해 많은 동지들이 검거되었다. 그 가운덴 박갑동의 손발이 되어 민첩하게 움직였던 염주경이 끼어 있었다. 염주경은 박갑동의 아지트를 모를 뿐 아니라 김진국으로만 알고 본명을 몰랐다. 그러니 아무리 고문을 받아도 박갑동 자신의 정체와 거처를 불순 없을 것이었다. 그 점만은 안심할 수 있었지만 위험이 어디에 어떤 양상으로 깔려 있는 것인지 짐작할 순 없다. 한걸음 한걸음이 칼날 위를 걷는 긴장감을 동반했다. 빈틈없이 전후좌우에 신경을 곤두세워 걷고 있으면서도 박갑동은 자기의 상념을 정돈하기에 바빴다.

금년 들어 박갑동이 직접 장악하고 있는 조직에서만도 27명의 체포자를 내었다. 이런 식으로 방관만 하고 있다간 남로당의 조직은 불원분해돼 버릴 것이 확실한데 뾰족한 대책은 없는 것이다. "경찰에 체포된다는 것은 즉 당원으로서의 자격의 상실을 뜻한다. 그러니 결단코 체포되지 말아야 한다."하고 모임이 있을 때마다 강조해왔지만 과업을 수행하다가 보면 부득이 덜미를 잡히게 마련이다.

박갑동은 지금쯤 염주경이 심한 고문을 받고 사상(死相)이 되어 있을 것이라고 짐작했다. 경찰은 법률에 의해 움직이고 있는 것이 아니라 증오에 의해 움직이고 있었다. 그리고 그 증오는 경찰에 대한 남로당의 증오를 반사하고 있는 것이니 솔직한 얘기로 경찰을 비난할 수도 없었다. 증오와 증오의 충돌! 그런데 한편은 미국이라고 하는 세력과 더불어 절대적인 권력을 배경으로 하고 있는데, 한편은 무력하기 짝이 없는 당이라는 배경밖엔 없다. 무슨 수가 터지지 않으면 필패(必敗)의 상황이다.

'그런데 그 무슨 수가 무엇일까?'

기계적인 동작으로 박갑동은 전차를 탔다. 횅한 찻간에 두세 명의 승객이 있었을 뿐이었는데 "제기랄 삼한사온도 옛 이야긴가? 2월 초순부터 추운날씨만 계속되고 있으니……." "아무래도 무슨 일이 날란 개비여."하는 말들을 주고받고 있었다. 아닌 게 아니라 무척이나 추운 날씨다. 박갑동은 형무소와 유치장에 있는 동지들의 얼굴을 눈앞에 그려보았다.

'대대적인 모풀운동을 전개해야 되겠는데'하는 상념이 떠올랐지만 구체적인 방도는 머리에 떠오르지 않았다. 모풀이란 형무소에 수감된 동지들에게 대한 구원조직을 말한다. 남로당이 합법적인 활동면을 가지고 있을 때엔 모풀운동도 활발했다. 돈도 제법 모였고 의류나 담요 같은 것도 푸짐하게 수집되어 그로써 수감자들의 사기를 돋우기도 했지만, 형식만의 합법성은 가지고 있을망정 당의 모든 활동이 지하로 들어가버린 이제 와선 그런 활동도 못하게 되어버렸다.

종로 화신 앞에서 전차에서 내린 박갑동은 화신 뒷골목으로 들어가 '무궁화' 다방을 찾았다. '무궁화' 다방은 장안빌딩 바로 옆에 있었다. 장안빌딩은 해방 직후 이른바 장안파 공산당이 본거지를 두고 있었던 곳이다. 박갑동은 거기서 일본 와세다대학에 다닐 때의 선배인 공춘석을 만나게 되어 있었다. 공춘석은 한때 공산당원이었으나, 박헌영파에 의해 소외당하여 지금은 조직에서 떠나 있는 사람이었다. 그러나 공산주의에 대한 열정만은 잃지 않고 있다는 사정을 알고 있었기 때문에, 꼭 만나보고 싶어 한다는 전갈을 받고 그 시간과 그 장소를 약속한 것이다. 담배 연기 속에서 손을 든 사람이 있었다. 공춘석이었다.

"박 형, 오래간만이오."

공춘석이 박갑동의 손을 잡았다.

"공 선배님, 그동안 안녕하셨습니까?"하고 박갑동도 공손히 인사했다.

"우선 커피부터 한 잔합시다."

공춘석이 레지를 불러 커피를 주문했다. 그 태도가 도쿄에 있었을 시대, 어쩌다 다방에서 어울렸을 때 공춘석이 보인 태도 그대로여서 박갑동이 속으로 웃었다. "브라질 커피라야 한다. 브라질 커피는 향기가 달라. 알겠지?"하는 것인데 일본어와 조선어가 달랐을 뿐 억양과 제스처는 꼭 같았던 것이다.

커피를 마시고 나더니 "여게서 얘기하긴 뭣하구…… 우리 인사동 쪽으로 나가봅시다. 아직 때는 이르지만 점심이라도 같이하며 얘기를 합시다."하며 공춘석이 박갑동의 눈치를 보았다. "특별한 얘기가 아니면…….."하고 박갑동이 시계를 보았다.

"특별하고도 중대한 일이오."

공춘석의 말이 사뭇 심각했다.

"좋습니다."

박갑동이 일어섰다.

인사동 깊숙한 곳에 공춘석의 단골집이 있었다. 아직 이른 시간이라서 손님이 없는 것이 다행이었다. 안방을 차지하고 앉더니 공춘석이 순대와 소주를 주문했다.

"낮부터 술입니까?"

박갑동이 어이가 없었다.

"낭인(浪人) 신세에 밤낮을 가릴 필요가 있습니까?"

공춘석이 자조하는 투였다.

"무슨 얘깁니까?"

박갑동이 재촉했다.

"이름을 들먹이면 박 형도 당장 알 것입니다만 일단 그 이름은 덮어두고……."

공춘석이 소리를 낮추었다.

"한 달 전입니다. 그 사람이 나에게 북로당에 가입하라는 권유를 해왔어요."

박갑동이 잠자코 귀를 기울였다.

"공산당에서 제명된 채 남로당에 가입도 않고 있는 처지니까 그런 권유를 해온 모양입니다. 지금 북로당에선 남조선에 상당한 근거를 장만하고 있는 것 같아요."

"저는 금시초문인데요."

박갑동이 일단 이렇게 말했다.

"박 형이 초문이라면 당에선 모르고 있다는 얘기가 아닙니까?"

"글쎄요."

"갖가지 권위 있는 선을 통해서 북로당이 남조선에 진출하고 있는 것은 사실입니다."

"그 갖가지 권위 있는 선이란 게 뭡니까?"

"이를테면 이정윤의 선, 이영의 선, 서중석의 선, 성시백(成始伯)의 선, 한인식(韓仁植)의 선을 말합니다."

이정윤, 이영, 성시백, 한인식 등은 모두 박헌영의 반대파이다. 공춘석의 말이 사실이라면, 김일성은 이들을 이용하여 박헌영에 대한 반대 세력을 규합하고 있는 것이다. 박갑동이 넌지시 물었다.

"강진의 선도 있겠죠?"

이것은 공춘석이 어느 정도 북로당의 대남공작 상황을 알고 있는가를 시험해 보기 위한 질문이었는데, 공춘석은 "강진은 특히 중요한 존재입니다. 그는 '북로당 남조선 특별정치위원회'의 총책임자이니까요."하고 대답했다. 이렇게 되니 박갑동은 공춘석이 비교적 정확한 정보를 쥐고 있다고 판단하지 않을 수 없었다. 박갑동이 다시 물었다.

"그래서 그 권유를 받고 공 선배는 뭐라고 대답하셨습니까?"

"생각을 할 시간적 여유를 달라고 했지요."

박갑동은 약간 불쾌한 느낌이 들었으나 지금 조직에서 떠나 있는 사람으로선 당연한 태도가 아닐까 하고 고쳐 생각했다. 그러나 말은 이렇게 나왔다.

"그걸 저에게 이야기하는 까닭은 무엇입니까?"

"이유는 두 가지가 있소. 하나는 남로당 수뇌부가 북로당의 공작에 대해 어떻게 생각하고 어떻게 대응하고 있는가를 대강 알아보았으면 하는 데 있고, 하나는 가능하다면 나는 남로당의 당원으로서 혁명과업을 완수하고 싶은데 현 단계에서 그것이 가능하겠는가를 박 형을 통해서 알았으면 하는 데 있습니다."

"두 가지 모두 제가 대답할 수 없는 문제군요. 그런데 공 선배님께선 그들의 책동에 대해 어떻게 생각하고 계십니까?"

"남조선에 전위당(前衛黨)이 두 개 있는 것으로 되니까 그건 마르크스 레닌주의의 조직 원칙에 어긋나는 것이지요."

"그렇다면 생각해볼 필요도 없는 게 아닐까요?"

"그러나 그게 현실문제로서 나타나 있으니까 생각해볼 밖에요."

"공 선배께서 원칙을 알고 계신다면 당연히 그런 공작엔 반대해야 할 줄 믿습니다."

"문제는 그처럼 간단하지 않아요. 내게 권유한 사람의 말로는 북로당, 즉 김일성 동지께서 남조선의 정치 낭인, 즉 박헌영파로부터 소외당한 공산주의자들을 혁명대열에 참여시키기 위한 의도로 시작한 공작이라고 하더군요."

"요컨대 반박헌영파의 세력을 만들겠다는 뜻 아닙니까?"

"그런 목적은 아니라고 해요. 결과적으로 남조선에서 혁명을 성공시키면 되는 거니까, 유능한 인재들을 방치해두지 말자는 데 목적이 있다고 합니다. 사실 그렇지 않소? 북로당의 노선이나 남로당 노선이 다를 게 없지 않소? 그렇다면 한 사람이라도 많이 혁명대열에 포섭해야 하는데, 박헌영파에서 소외시키고 있으니 그것을 북로당에서 포섭하겠다는 거죠."

"바로 그게 불쾌하다는 겁니다."

"그럼 나와 같은 사람은 어떻게 해야 돼죠? 남조선에 단독정부를 만들겠다고 우익들이 책동하고 있는 이 중대한 시기에 대낮부터 소주나 마시며 빌빌거리고 있어야 되나?"

공춘석의 말엔 틀린 데가 없었다. 이 중대한 시기에 혁명적인 포부를 가진 사람이 그냥 놀고만 있을 순 없는 일이며, 그렇다고 해서 무슨 일을 하려 해도 조직을 떠나선 아무 일도 못하게 되어 있는 것이니까.

"사실 북로당에 가담한다는 것은 위험천만한 일이야. 군정청에 발각되면 스파이로서 처단되는 것이구, 현재의 남로당에서 보면 당의 파괴분자가 되구."하고 공춘석의 말이 침울한 빛깔로 되었다. 그러곤 이렇게 말을 이었다.

"권유를 받고 생각해보겠다고 했더니 그 자의 말은 이렇더군. 공 동지, 남로당 북로당은 구별이 없는 거요, 일국일당의 원칙으로서도 일심동체요, 그런데 조선 혁명의 근거지는 서울이 아니고 평양이오, 그런 까닭에 서울에서 평양의 당에 지령을 내릴 순 없지만 평야에서 조선 전역에 지령을 내릴 순 있는 겁니다, 대강 이런 말이었어. 그래 나는 이렇게 말했지. 그렇다면 남로당은 필요없다는 얘기가 아닌가, 언젠가 남로당과 북로당이 합동할 날이 있겠지만 지금 단계에선 남조선 내에 북로당의 하부조직을 만든다는 것은 공산주의의 조직 원칙에 위배될 뿐 아니라 그건 분명히 당을 파괴하는 분파행동이오, 나는 남로당에 참여할 생각을 버리지 않고 있소, 만일 끝끝내 남로당이 나를 거부한다면 내 태도를 밝히지요, 그때까지 생각할 여유를 주시오, 하고……."

"그래 상대방이 뭐라고 합디까?"

"가부간 비밀을 지켜달라고 합디다. 그러나 너무나 절박하고 중대한 일이라서 박 형에게만은 의논하지 않을 수가 없는 심정이 된 거요."

박갑동은 그 심사를 충분히 이해할 수 있었다. 요컨대 공춘석은 당으로 돌아오고 싶은 것이다. 왜 공춘석이 박헌영파로부터 소외당하게 되었는가를 잠깐 생각해보았다. 공춘석은 한 때, 지금은 북쪽으로 가 있는 김수진, 임해 등과 어울려 돌아다녔다. 이들은 박헌영의 이른바 '8월 테제'에 반대하는 글을 쓰기도 하고 연설을 하기도 했다. 박헌영이 한국의 현 단계를 '부르주아 혁명 단계'라고 한 데 대해 '인민민주주의 독재혁명'의 단계라고 맞섰다. 공춘석이 그러한 분자들과 어울려 돌아다닌다는 보고가 있었을 무렵, 무기명 투표 방식을 채택한 결과 그렇게 되어버린 것이다.

박헌영은 그것을 반대 행위자들의 책동에 의한 짓이라고 판단했다. 결국 당 중앙은 그 투표 결과를 비준하지 않고 별도의 세포 회의를 만들었다. 이런 사정으로 불만을 품게 된 공춘석은 박헌영 반대파인 이영, 강진, 김철수, 김근, 서중석, 문갑송, 이명수, 이문홍, 최익한, 이우적, 강병도, 인용우, 고경흠, 최성환, 윤형식, 정백, 이정윤 등에 적극적으로 접근하여 박헌영 반대투쟁에 참가했다. 사실 여부는 어떻게 되었건 당 감찰부의 이러한 보고에 의해 공춘석은 숙당 대상자로 꼽혔다.

사정이 이와 같았으므로 박갑동은 섣불리 공춘석에게 당에 복귀할 수 있도록 힘쓰겠다는 말을 할 수가 없었다. 더욱이 위에 든 사람들이 각기 김일성과 선을 달아 북로당 대남공작을 서두르고 있다는 정보에 당 수뇌부가 신경을 곤두세우고 있는 이 마당에서…. 그런데 원래 공춘석이 김삼룡과는 그렇게 나쁜 사이가 아니었다는 사실을 상기하고 박갑동이 "공 선배가 복당할 수 있도록  힘을 써보겠습니다."하고 경거망동이 없어야겠다는 충고를 곁들였다.

"박 형이 거들면 되겠지. 이런 중대한 시기엔 어떻게든 종파주의를 극복해야 합니다."

공춘석은 술 힘의 작용도 있었겠지만 돌연 웅변조가 되더니 다시 소리를 낮추었다.

"박 형, 북로당에서 공작금으로 2천만 원 가량의 돈이 남조선에 들어왔다는데 그 사실을 아시우?"

"금시초문인데요."

"북조선에서 몰수한 조선은행권을 대남 공작금으로 쓰게 되었답니다. 북조선에선 화폐개혁을 단행한 때문에 그 돈의 쓸모가 없어진 거지요."

남조선에선 아직도 조선은행권을 쓰고 있었다. 있을 법한 일이었다.

공춘석의 말이 계속 되었다.

"북조선에서 회수한 조선은행권은 약 30억 원이랍니다. 그게 모두 김일성의 수중에 있는 거요. 여러 선으로 북로당이 대남공작을 할 수 있는 재원이 된 셈이오. 북조선에서 자금을 가지고 온 사람의 이름이 임인덕(林仁德)이란 것만은 알고 있는데, 당의 조직을 총동원해서 강진의 뒤를 밟아보면 혹시 단서가 잡힐 수 있을는지 모르지."

"강진의 뒤를 어떻게 밟습니까? 소재를 알 길이 없는데."

"그러나 강진의 소재는 꼭 알아내야 할 거요. 그는 북로당 대남기관의 총책이니까."

"공 선배는 대강 짐작하고 있는 것 아닙니까?"

"내게는 숨기고 있어. 내 태도가 애매하니까 경계하는 모양이오."

"북쪽에서 돈이 들어오니까 그들의 활동은 활발하겠군요."

"그것까진 잘 모르지만 그들이 생판 새로운 분야를 개척할 수 있을 까닭이 없으니 결국 남로당의 영역을 침범하는 결과가 되지 않겠소? 나는 그것이 걱정이오."

박갑동은 이에 대해선 아무 말 하지 않았다. 왠지 공춘석에게 동조하기 싫은 기분이었다. 공춘석이 자기에게 접근하게 된 동기를 순수한 것으로만 생각했던 스스로를 뉘우치는 심정으로 되어갔다. 공춘석은 북로당의 위력을 은근히 과시함으로써 이편의 눈치를 살피려든 것이 아닐까?

"바쁜 일이 있어서……."하고 박갑동이 일어섰다.

"점심이나 하고 가지 그래."

공춘석이 만류했지만 박갑동이 방문을 열었다. 등 뒤에 공춘석의 말이 있었다.

"다음 만날 시간과 장소는 약속해둬야 할 게 아니오?"

"1주일 후 그 시간에 아까 그 다방에서 만납시다."하고 박갑동은 뒤도 돌아보지 않고 그 집을 뛰쳐나왔다. 아까보다 햇살은 퍼진 것 같으나 추위는 여전했다. 거리 전체가 추위 속에 움츠러들어 있었다. 박갑동은 다음 할 일을 마음속으로 정리하며 추운 거리를 걷기 시작했다.

북로당의 대남공작이란 게 마음에 걸렸다. 북쪽에서 환수한 조선은행권 30억 원이란 것도 마음에 걸렸다. 그것을 어디다 쓸 것인가? 아직 그 은행권이 통용되고 있는 남조선에서 이용할 것은 확실하다. 남로당은 재원이 다음다음으로 막혀 세포들에게 지불할 교통비에도 쩔쩔매고 있는데, 북로당에서 30억 원을 남조선에 방출하게 되면 그 결과가 어떻게 될까? 타격을 받는 것은 미군정도 아니고 우익도 아니고 오직 남로당이다.

이런 생각을 하고 있으려니까 분통이 터질 지경이었다. 혁명도 완수하기 전에 같은 진영 내에서 헤게모니 쟁탈에 혈안이 되어 있다면 이야말로 심각한 사태인 것이다. 박갑동이 그땐 알 까닭이 없었고 뒤에야 밝혀진 일이지만 참으로 심각한 사태가 남로당 주변에 전개되고 있었다.

이 무렵 북로당의 지령을 받은 이혁기 등은 최고 책임자 김일광, 부책임자 이혁기 지휘 하에 대전 이북 지역을 제1지구로 하여 총책임자: 김일광(겸임), 경기도 책임자: 김철구, 내선(內線) 책임자: 조영원, 대전 이남 지역을 제2지구로 하여 총책임자: 이혁기(겸임), 경북 책임자: 하재팔, 충남 책임자 임혁, 전북 책임자: 오영주, 국방경비대 책임자: 최창율, 대리: 남충열, 해안경비대 책임자: 이조승, 대리 이영석 등으로 조직을 완료하고 다음과 같은 공작을 진행 중에 있었다.

(1) 이혁기는 강원도 책임자인 박용국에게 강원도 지구에 분산되어 있는 동지들을 규합할 것과, 일단 유사시에 피신할 곳을 마련할 것과 산악대(山岳隊)를 조직할 것 등을 지시하고 공작비로 3만4천 원, 생활비로 1만6

천 원을 주었다. 박용국은 1944년 일본 메이지(明治)대학 전문부 상과 (商科)를 졸업하고 학병으로 징집되어 일본 우쓰노미야(宇都宮) 포병대에서 근무하다가 해방으로 귀국하여 이혁기가 이끄는 국군 준비대 제1 대장으로 있었던 사람이다. 1946년 1월 3일 사설 군사단체에 관여하였다는 죄목으로 미군정 재판에서 징역 2년을 언도받고 서대문형무소에서 복역하고 1947년 7월 16일 출옥했다. 그 후 북로당 남조선 특별정치위원회 산하 청년특별부 조직부원이 되어 강원도 책임자로 선임되었는데,

① 1947년 10월 하순 강원도 태백산 일대의 지리 상황을 조사하여 산악부대를 조직할 장소를 선정하고, 앞으로 전개될 투쟁의 근거지와 생활방도를 연구하라는 이혁기의 지령을 받았다. 이때 공작금 1만8천 원을 받아 김형진, 한전수 등과 약 15일간 현지를 답사하고 서울로 돌아와 조사결과를 보고했다. ② 동년 12월 하순엔 공작금 6천 원을 김형진에게 주어 영월에 파견하여 그곳 민애청원(民愛靑員) 김창수를 포섭케 했다. ③ 1948년 1월엔 공작금 6천 원을 김형진에게 주어 김창수와 함께 탄광 1개소를 10만 원에 매수하도록 했다. 그 탄광은 군사조직의 근거지인 동시에 자금 염출의 재원이 될 것이었다. ④ 그는 또한 이혁기의 지령에 따라 전라북도 책임자 오영주를 찾아가서 공작금 5천 원을 지급하는 동시 공작상황을 청취하고 돌아왔다. ⑤ 김일광으로부터 경비대 여단 편성에 관한 정보를 입수하라는 지령을 받고 통위부 소속 자동차 운전사 최길남을 통하여 인사국장 이영섭에 접근해선 남조선 국방 및 해안경비대 대원 명부를 입수하여 김일광에게 건네주었다.

(2) 이혁기는 전라북도 책임자 오영주에게 현재 지리산에 은신 중인 하준수(河準壽)를 찾아가서 그를 인민혁명군 조직에 포섭토록 할 것과 김영식, 권석구 양인을 지리산 부근에 체류케 하여 동지를 획득함과 동시에 산악대를 조직토록 하라는 지령을 내렸다. 이밖에 지리산 중에 피신처

가 될 만한 장소를 물색할 것과 자급자족할 수 있는 생산 방도를 강구할 것과 공작금 염출을 위한 대북 교역자금을 준비하라는 지령도 있었다.

오영주는 1944년 일본 주오(中央)대학 전문부 법과 1학년에 재학 중 학병으로 징집되어 평양 제44부대에 배속되었다가 중국 항주로 전속, 동년 6월에 관동군에 편입되어 함흥에 주둔 중에 8 · 15 해방을 맞이했다. 1945년 9월 조선건국준비위원회 소속 국군 준비대에 입대, 외교부원, 헌병부장 등 직책을 맡아 있다가, 1946년 1월 4일 사설 군사단체 사건으로 군정재판에서 징역 2년을 언도받고 복역하다가, 1947년 2월 25일 출옥해선 이혁기가 영도하는 조직에 가입, 전라북도 책임자 및 지리산 공작 책임자가 되었다.

그는 이혁기의 지령에 따라 1947년 12월 초순 지리산에 들어가 수일간 그곳 머물며 부근 일대를 탐색했으나 하준수를 만나지 못했다. 1947년 12월 말경 김영식, 권석구를 시켜 하준수의 소재를 확인할 것과 지리산의 지형조사를 세밀하게 할 것을 지시했다. 그 결과 구례(求禮)를 중심으로 하여 다음과 같은 지구별로 연락원을 두기로 했다.

A 지구: 화엄사-노고단, 화개-신흥, 신흥-연구칠불, 노고단-토끼봉

B 지구: 잔돌평지(세석평전)

C 특수지구

이렇게 하여 공작원 2, 3명씩을 배치하는 동시에 지리산을 제1, 제2, 제3기로 구분하여 매기 지리산의 상황을 조사하여 산악대 조직의 계획을 세우고 화전(火田), 목재소 등을 매수하여 자활할 방도를 연구했다. 그리고 오영주는 지리산 일대의 지명, 촌락과의 거리, 사찰과 생산기관, 산의 높이, 지형 등을 세밀히 조사해서 만든 약도를 만들어 이혁기에게 제공했다.

(3) 이혁기는 또한 1947년 12월, 서울 시내 중구 충무로 3가 51번지 박용국의 집에서 경기도 책임자인 김철구에게 다음과 같이 지시했다. 서울

시내 동지를 규합하여 반을 편성하고, 3개 반이 형성되면 분단(分團) 지도부를 설치하라. 반 책임자에겐 매월 공작금 2천 원을 지불한다. 고양군 일산에 거주하는 국방경비대원 이용범에게 적당한 임무를 주어 동지를 획득케 한다. 생산지대에 파견될 반은 10명 내지 15명으로 편성하되 3월 10일까지 책임 편성하라. 그러면서 공작비 2만8천 원, 생활비 6천 원을 지급했다.

(4) 이혁기는 전기 박용국 집에서 충남 책임자인 임혁에게 대전 국군 준비대 간부이며 남로당원인 문길환, 강창우를 연락 동지로 포섭하고 3월 말까지 대전지구의 군조직 관계 및 유격대 편성 계획과 예산안 등을 작성하여 제출할 것을 지시하고, 공작금 8천 원을 주었다.

(5) 1947년 11월부터 내선(국방경비대) 공작원 남충열을 양주군 구리면에 있는 이우만의 집에 기식시켜 동지 간의 연락을 담당하게 하는 동시에 "조직의 내선 책임자로서 경비대 내의 동지를 가급적 많이 규합하라."고 지시하고 공작금으로 2만 원, 생활비조로 1만1천 원을 주었다.

남충열은 19세 때 일본서 중학교를 졸업하고 고향에 돌아와 농사를 짓고 있다가 22세 때 징병에 걸려 대전부대에서 복무하고 있었다. 8·15 해방으로 제대하고 상경하여 국군 준비대에 입대하였는데 군정장관의 명령으로 국군 준비대가 해산된 후 반일 운동자 후원회에 가맹하고 있던 중 그 모임의 책임자와 출판노조 위원장의 추천을 받아 1947년 월북했다. 평양정치학교에서 3개월간 공산주의 교육을 받고 월남해선 전평에서 일했다.

이때 남로당에 입당하게 되었는데, 얼마 되지 않아 이혁기로부터 권유를 받아 북로당 계열에서 활약하기 시작했다. 안일철이란 가명으로 영등포 국방경비대 하사관 최영규, 용산경비대 하사관 김원봉, 이영 등을 각각 포섭했다. 남충열은 또한 이혁기의 지령에 따라 통위부 병기국 기사 이강수에게 공작금 1만 원을 주어 조직공작을 추진시켰다.

이강수는 1944년 일본 육군공병학교를 졸업한 사람이다. 중국에서 일본군 장교 후보생으로 종군하고 있던 중 일본이 항복하자 한국 임시정부 광복군 강남(江南)독립지대에 편입되었다가 1946년 3월 통위부 병기국 기사로 취직하여 근무하는 한편 국립 서울대학교 공과대학 기계과에 재학하고 있었다. 1947년 8월 중순 이강수는 이혁기를 만나 그로부터 혁명 군사조직에 관한 이야기를 듣고 이에 포섭되었다. 이강수가 한 일은 다음과 같다.

① 이혁기로부터 공작금 1만3천 원을 대전경비대에 있는 최수암에게 전달하라는 지령을 받고 즉시 그대로 하였고 ② 병기국 내의 병기일람표와 장교 명단을 이혁기에게 제공하고 ③ 같은 직장에 근무하는 이수영 기사와 몇몇 장교들을 동지로서 포섭했다.

(6) 이혁기는 1947년 11월 초순 해안경비대 책임자인 이조승을 남충열과 동숙시켜 연락을 담당케 하였고, '31카파'에 관한 지시문을 인천 해안경비대 하사관 김영대에게 전달하도록 지시하는 동시에 공작금 7만 원과 생활비 1만 원을 주었다.

(7) 1947년 11월경 이혁기는 남로당 경비대 프락치 조영원을 내선 책임자로 결정했다.

(8) 1948년 1월에 들어 경북 대구 책임자 하재팔을 방문하고 대구에서의 공작을 적극 추진하라고 지시했다. 하재팔은 대구에 있는 전 국군 준비대원의 수는 약 2백 명이지만 포섭이 가능한 자는 10명 안팎이라고 했다.

(9) 1948년 초 이혁기는 남충열의 소개로 영등포 국방경비대 하사관 이영을 만나 "북로당 지령에 의한 대남군사조직의 임무를 열정적으로 완수하라."고 격려했다.

(10) 이혁기는 또한 국방경비대 춘천연대 소위 최용국을 춘천 시내 모 여관에서 만나 경비대의 프락치로서 세포조직에 힘쓰라고 지시했다.

(11) 1948년 초 이혁기는 대전연대 전주연대 소위 이문교와 대전연대 하사관 남일주로 하여금 전 대전연대장 김종석 중령의 남로당 자금 조달사건에 관련되어 도피 중인 전 대전연대 하사관 최수암과 대체하며 자금 조달 공작을 계속하도록 지령하고 이 자금공작의 연락원으로서 남충열을 파견했다.

(12) 1948년에 들어 이혁기는 통위부 인사국에 근무하는 김인중을 포섭하는 동시 조영원의 동지인 남로당의 최창율을 회유하기 위해 공작을 시작했다. 이 공작이 성공되면 그를 통하여 육군사관학교, 춘천, 광주, 이리에 있는 각 경비대는 물론 대전부대의 장교인 최창조를 포섭할 작정이었다. 이 계획의 핵심엔 이미 사관생도 시절 포섭해놓았던 박모 소위가 있었다. 그리고 이조승을 통해 부산, 목포의 각 경비대에도 연락선을 설치한 한편 이혁기 자신은 국군 준비대 출신 또는 사상적으로 교분이 있는 통위부 인사국장 이영섭, 군기대장 나학선 소령, 하사관 윤기옥, 육군사관학교 민모 소령, 인천 국방경비대 이모 소위, 태릉 경비대 특무상사 박용식, 수색 파견대장 이원둔 대위, 부산연대 김창풍 중위, 최상빈 소위, 통위부 임주태 중위, 김포 해안경비대 연정 대위, 청주연대 김모 대위, 태릉 경비대 오일권 대위, 대구연대 최창식 대위, 포항 해안경비대 기지사령 이상열 소령, 묵호 해양경비대 기지사령 김석범 소령 등을 포섭 가능한 인물로 지목하고 공작을 전개했다.

뿐만 아니라 이혁기 일파는 선전교양 공작을 활발하게 전개했다. 남로당 산하의 전평 간부인 김봉한을 북로당에 포섭하여 남로당 정치국에서 발행한 『현정세와 우리의 임무』, 『소련 외상 몰로토프의 10월 혁명 30주년 기념 연설집』, 1947년 9월 폴란드에서 『주다노프의 보고』 등을 가지고 오게 하여 그 요점을 발췌해서 교양 자료를 만들어 조직원에게 배포했다. 서중석을 통해 북로당의 기관자와 공산주의 선전 책자를 6드럼 분 반입하여 조직 내에 뿌렸다. 이들의 선전교양 공작은 공산주의를 주입하고 김일성을 숭배하도록 유도하는 한편, 박헌영 영도 하의 남로당이 종파주의로 인해 타락하고 있다는 사실을 기회 있을 때마다 강조했다.

남로당은 북로당의 공작원이 남조선에 침투해 있다는 막연한 사실만 알고 있었지 이와 같은 구체적인 사실은 모르고 있었는데, 엉뚱한 사건이 터졌다.

국방경비대 대전연대장 김종석은 벌써부터 김삼룡에게 포섭된 남로당 당원이었다. 그는 많은 군수물자를 관리하고 있기도 해서 김삼룡은 그에게 자금조달을 지시했다. 김종석은 그 지시에 따라 1백20만 원이라는 거액을 만들어 김삼룡이 지정한 인물 이재복에게 전달하라고 부하 최수암에게 돈을 주었다. 그런데 최수암은 그 돈을 조영원에게 건넸다. 조영원이 열성적인 남로당원이었고 이재복과의 사이에 연락원이었던 까닭이다. 그런데 조영원은 그 돈을 이재복에게 갖다 주지 않고 이혁기에게 주어버렸다. 조영원이 이혁기에게 포섭당하여 북로당원이 되어 있었기 때문이다.

김종석으로부터 자금이 마련되어 이재복에게 전달했다는 보고는 있었는데 돈이 오질 않아 김삼룡이 이재복을 소환하여 물어본즉 이재복은 돈을 받은 사실이 없다고 했다. 그래서 조사한 결과 1백20만 원이란 거액을 북로당에 가로채인 것을 알았다. 그러나 그 사건은 공개할 수 없는 성질의 것이었다. 김삼룡은 노발대발했지만 사또 떠난 뒤에 나팔 부는 꼬락서니가 되었다.

"이혁기란 놈을 그냥 둬선 안 되겠다."하고 그는 이를 갈았다. 그 후 이혁기가 경찰에 붙들렸다. 남로당 측에서의 밀고에 의한 것이라는 설이 있지만 확인할 순 없다. 아무튼 북로당 궁극의 목적은 미군정을 교란하는데 있었겠지만 이에 앞서 곤욕을 치르게 된 것은 남로당이었다.

남로당이 각처에 침투시켜놓은 프락치를 북로당이 가로챈 셈이니 남로당의 공작이 일부 마비될 수밖에 없었던 것이다.

그날 밤 김삼룡의 아지트에서 열린 당 간부회의의 주제는 '2·7항쟁에 관한 자기비판'이었다. 남로당은 유엔, 즉 미국이 남조선에서 총선거를 실시하는 것을 불가능하게 할 의도로 남조선 전역에 폭동을 일으킬 목적으로 그 D데이를 2월 7일로 잡고 구체적인 계획을 세워 각지에 지령을 내렸다. 그리고 "전 인민의 구국투쟁에 총궐기하여 단선을 거부하자."는 구호를 내걸고 민주주의 민족전선의 명의로 선동적인 성명서를 발표했다.

친애하는 인민대중들이여! 일체의 애국자들이여! 어디까지라도 조국의 분열 침략을 강행하려는 외래 제국주의의 계획에 충실한 그 앞잡이 유엔 조선위원단은 드디어 8표 중 4표의 찬성투표로 단선(單選) 단정(單政)을 결정하였다. 제국주의의 심부름꾼 유엔 조선위원단은 이성도 체면도 염치도 아무것도 없이 다만 우리 조선의 반분만이라도 이를 침략하여 식민지화하고 군사기지화하려는 주구적(走狗的) 본질 이외에는 아무것도 없음이 폭로되었다.

국내 국외의 반동분자들이 우리 조선에 대한 강제적 차관과 군사 기지화에 관한 공공연한 토의를 보라! 외래 제국주의의 가장 충실한 종인 필리핀 대표 아란즈의 군사기지화의 필요성을 보라! 조선인이 원한다면 계속 주병(駐兵)하겠다는 교활한 언서를 보라! '통일 없이는 독립이 없다'고 말한, 혓바닥의 침이 마르기도 전에 국토양단과 민족분열의 단선 단정 결정을 한 주역의 놀고 있는 뻔뻔스러운 위선을 보라! 이 이상의 더 완강하고 노골적인 침략의 의도가 어디 또 있으며 이 이상 파렴치한 기만과 위선이 또 어디 있는가?

친애하는 동포들! 조국 조선은 오늘 유사 이래 최대의 제국주의 세력이 우리나라를 강점하려 한다. 우리의 유일한 국토는 허리를 끊으려고 하고, 우리의 단일민족은 팔다리를 찢으려고 하며, 우리의 아름다운 강토는 다시 제국주의의 철제에 짓밟히려 하며, 우리의 전 인민은 통틀어 외국의 노예가 되려한다. 조선 민족의 탈을 쓴 자라면 어찌 이를 가만히 앉아 볼 수 있는가?

여기에 애국의 순열정에 불타는 우리 조선 인민들은 노동자 계급의 총파업을 선두로 위대한 조국투쟁에 궐기하였다. 괴뢰적 단선 단정을 분쇄하고 외제의 앞잡이 유엔 위원단을 국외로 구축하고, 소·미 양군을 철병시켜 조국의 주권을 방어하고 통일, 자유, 독립을 쟁취하기 위하여 성스러운 투쟁에 기립하였다. 정의의 싸움은 벌어졌다. 이 투쟁이 아무리 희생에 찬 투쟁이라 할지라도 우리는 모든 악조건을 극복하고 견결(堅決)하게 싸워 이 투쟁에 승리하여야만 우리의 조국의 주권과 국토는 방어될 것이며 우리 민족의 생명은 보전될 것이다.

그러므로 우리 조선 인민은 그 계층과 당파의 사상의 여하를 불구하고 정의의 구국투쟁에 총궐기하여 우선 무엇보다도 단선 단정을 분쇄하지 않으면 안 된다. 그것은, 단선 단정 분쇄투쟁은 곧 유엔 위원단 구축투쟁이요, 동시에 양국 철병 촉진의 투쟁인 까닭이다. 그리고 단선 단정을 분쇄하는 가장 유력한 투쟁은 소위 총선거라고 지칭하는 단선을 전 인민적으로 보이콧하는 투쟁이다. 전 인민이 일치단결하여 강제적 괴뢰적 단선을 보이콧한다면 우리는 단정 음모를 분쇄할 수 있을 것이다.

친애라는 형제자매들이여! 애국적 열정에 불타는 동포들이여! 외래 제국주의의 주구 이외에는 우리 전국 동포들이 민전 주위에 일치단결하여 전 인민적으로 한사코 단선을 거부하자! 강력한 보이콧 투쟁을 전개하자! 그리하여 외군을 철병케 하고, 통일 조선을 전취하고, 민주주의 인민공화국을 우리 인민의 손으로 창설하자. 남북의 단결된 민주역량은 위대하며 전 세계의 자유애호 인민은 우리를 절대 지지하고 있다. 우리의 위대한 구국투쟁에 적은 동요하고 있다. 승리를 확산하고 전진하자.

선언은 이처럼 서슬이 시퍼랬으나 폭동상황은 시들했다. 우선 서울

시내의 일각에 일부 데모 소동이 있었을 뿐 시가는 평온했다. 영등포의 공장들과 교통기관의 일부 파업이 있었지만 남로당이 기대한 대로의 세위(勢威)와는 거리가 멀었다.

비좁은 방안엔 담배연기만 자욱했다. 모두들 침울한 기분으로 담배만 빨아대고 있었기 때문이다. 김삼룡의 발언이 있었다.

"그러나저러나 지방소식부터 들읍시다. 먼저 경남엘 다녀온 김형선 동무부터 보고를 하시오."

김형선이 메모지를 호주머니에서 꺼내더니 기가 죽은 목소리로 시작했다.

"진주 관내에선 2월 7일 상오 애국청년 수백 명이 진성면 지서를 습격하여 무기를 약탈하고 경찰관을 구타했다고 합니다."

"진주 시내는 어떻게 되었소?"

김삼룡이 물었다.

"일단 진주공원에 인민대중이 모이긴 했으나 별반 행동을 취하진 못한 모양입니다."

"진주가 그래서야……."

김삼룡이 혀를 차고 다음을 촉구했다.

"밀양에선 오전 7시쯤 약 3천 명의 인민대중이 오산 초동의 두 지서를 습격했는데, 1백9명이 검거되고 4명이 사망하고 10명이 중상을 입었다고 합니다. 경찰관 1명, 대동청년단원 2명이 죽었다고 들었습니다."

"3천 명이나 몰려가서 1백9명이 붙들리고 넷이나 죽었다니 그게 무슨 소리요?"

이주하가 한마디 했다.

"사실대로 보고하고 있는 겁니다."

"밀양읍에선 무슨 일이 없었소?"

김삼룡이 물었다.

"워낙 경찰의 경비가 철통같아서 여의치 않았던 것 같습니다."

"그 다음은?"

"함안에선 약 4천 명의 대중이 산서지서를 습격하려 했는데, 경찰의 제지를 받고 약 50명의 검거자를 내었다고 합니다. 경찰관 1명이 죽었다고 들었습니다. 그리고 고성에선 약 5백 명의 대중이 대가지서를 습격했는데, 경찰관 1명이 중상을 입고 동지 5명이 체포되었다고 합니다."

그러고는 김형선이 "대강 이런 상황입니다."하고 끝맺었다. 이주하의 눈이 이글거렸다.

"동무의 고향인 마산은 어떻게 되었소?"

"보고할 거리가 될 만한 사건이 없었습니다."

김형선이 우물쭈물했다.

"부산에서도 아무 일 없었는가요?"

김삼룡이 물었다.

"산발적인 파업과 데모가 있었다고만 들었습니다."

구석에 앉아 이런 응수를 듣고 있으면서 박갑동은 바로 엊그제 8일 서울운동장에서 우익진영이 개최한 '총선거 촉진 국민대회'의 광경을 상기했다. 약 4, 5만으로 추정되는 군중이 모인 그 대회는 엄습한 추위를 누를 만한 열기에 차 있었다. 설혹 그것이 일부 우익진영이 조작한 대회라고 하더라도 그 대회를 대표하고 있는 세력을 쇠약할 대로 쇠약한 남로당이 과연 꺾을 수 있을 것인가 싶으니 암담한 심정이었다.

김형선이 이어 전라남도엘 다녀온 이현상의 보고가 있었는데, 탄광이 있는 화순과 항구도시 목포를 제외하고는 민중의 기세가 별반 오르지 않았다는 비관적인 내용의 것이었다. 남로당에 의해 조작된 2·7 폭동의 내용이 어떠했는가를 경찰 조사에 의해 알아보기로 한다.

서울지구: 철도 종업원의 파업, 경성방직 1천2백 명, 종방 4백 명, 대한방직 6백 명, 용산공작창 6백 명, 조선피혁 1천1백 명, 경성염직 4백 명의 파업, 영등포 각처에서 데모 20건, 출판 계통이 참가한 종로에서의 시위, 남산과 북한산에서의 봉화(峰火).

경남지구: 철도 3천 명, 해원 1천4백50 명, 부두노동자 2천2백 명, 종방 2천 명, 삼화고무 4백 명, 조선중공업 3백 명, 체신 2백 명, 기타 70개소 공장 1만5천 명이 참가한 시위, 동래에서 1만 명의 시위, 양산 7개 면에서 봉화, 진주와 마산 1만2천 명 시위, 함안 3천5백 명 시위.

경북지구: 대구 철도 보선구 2백50 명 철도파업, 45개소에서 5만5천 명 시위, 포항 부두노무자 4백 명 파업, 성주 중학교 2천 명 시위, 청도와 선산에서 6천 명 시위, 경산 8개 면에서 1만5천 명, 문경 2천 명 시위, 달성광산 광부 7천8백 명과 그 가족 2천명 시위.

전주지구: 종방, 조선화물 2천 명 파업, 완주에서 8천 명 시위, 15만 장의 삐라 살포.

전남지구: 광주의 조선운송, 미창, 인쇄공장 노동자 파업, 학생 3천 명 맹휴, 목포해운, 미창, 대동고무 파업, 여수 철도와 조선운송 노동자 3천 명 파업.

충남지구: 철도 기관차 14대 운휴.

경기지구: 고양, 가평, 파주, 포천, 양주, 양평, 광주 등에서 1만2천 명 시위, 개성에서 3개 공장 파업, 수원에서 1천 명 시위.


요컨대 이러한 상태로선 아무런 시위도 되지 않는 것이다. 남로당 간부들은 누구보다도 그런 사실을 잘 알고 있었다. 김삼룡은 "무슨 까닭으로 이런 꼴이 되었는지 따져 봅시다."하고 정색을 했다. "당의 조직이 금이 간 거요."하고 이주하가 중얼거렸다. 이주하의 이 말은 가장 아픈 상처를 건드린 거나 다름이 없었다. 1946년의 대구사건을 비롯하여 무모한 폭동사건으로 핵심적인 당원은 죽었거나 감옥에 있거나 했다. 그 사실 자체도 당의 마이너스인데 그로 인한 당원의 위축이 더욱 심각한 문제로 되었다.

"조직에 금이 간 것은 사실입니다. 이번 2·7항쟁의 실패는 당의 지령이 10분의 1도 실행되지 않았다는데 그 원인이 있습니다. 조직이 튼튼하면 그럴 까닭이 없습니다. 단호한 숙당작업이 필요하다고 봅니다."

김형선의 발언이었다.

"단정 단선의 반대투쟁이 당분간의 과제인데 이 판국에 숙당을 하다니 될 말이기나 하오?"

이주하가 뱉듯이 말했다.

"숙당은 어차피 있어야 할 것이고 그 준비 재료를 모으도록 일러두긴 했습니다. 다만 숙당작업은 당분간 보류해야 될 것입니다."하고 김삼룡이 덧붙였다.

"앞으로의 반대투쟁을 어떻게 전개할 것인가를 토의합시다."

이번 2·7항쟁 때 가장 부진했던 곳의 세포책을 교체해야 한다는 의견이 나오는가 하면 각 지구에 결사대를 조직하자는 제안도 있었다. "이번 기회야말로 배수의 진을 쳐야 할 테니까 무장봉기의 방향으로 반대운동을 이끌고 가야 할 것입니다."한 것은 이승엽의 의견이었다. 이어 무기를 구할 방도에 대한 토론이 있었다. 약탈도 한 방법이지만 그로써 무장시킬 순 없으니 북쪽에 긴급 연락하여 배편으로 무기를 보내달라고 하자는 의견도 나왔다.

"10명에 3명꼴로 무장시킨다고 해도 상당한 무기가 필요할 텐데 국방경비대에 침투시킨 프락치를 이용하는 게 어떻겠소?"

이주하가 김삼룡을 보았다.

"말이 났으니 얘기하지요. 우리가 군대에 침투시킨 프락치의 대부분은 북로당의 앞잡이가 되어버린 것 같소."

김삼룡의 이 말에 모두들 아연실색한 얼굴이 되었다.

"그것 무슨 말씀입니까? 구체적인 설명을 하십시오."

이승엽이 힐문하는 투가 되었다.

그러나 김삼룡은 조용한 말로 "이 문제는 워낙 중요하고 우리들로선 그 대책을 당장 강구할 수도 없는 일이고 하니 동지들께선 들어만 두시오."하고 남로당으로 들어올 자금을 북로당에 가로채인 사실로부터 시작해서 강진, 이혁기의 행적을 간략하게 설명했다. 박갑동은 김삼룡이 북로당의 대남공작을 소상하게 파악하고 있다는 사실을 알고 안심했다.

"김일성이란 자는……"하고 이주하는 김일성에 대한 악담을 늘어놓았다. 무슨 개뼈다귀지 모르는 놈이 소련의 세력을 업고 들어와 하는 짓이 너무나 방자하다는 것이다. "공산당원은 뻴 하나 갖고 사는 것인데 북조선에 있는 자들, 특히 김일성 앞에서 쩔쩔매는 놈들이 아니꼬워 죽겠다."고까지 했다.

"이 선생, 그만들 두시오."

김삼룡은 넌지시 이주하를 견제하고는 다시 아까의 문제 토의로 돌아가자고 했다. 갖가지 의견이 나왔다. 옵서버 자격으로 듣고 있는 박갑동의 귀엔 그 모든 응수가 고양이 목에 방울을 달자는 쥐새끼들의 토론이나 다를 바가 없었다. 박갑동은 회의가 빨리 끝나길 기다렸다. 수요일의 그날 밤 아홉시에 '북풍'에서 전옥희와 만나게 되어 있었던 것이다.

바로 그 무렵 전옥희는 경찰관의 추적을 당해 연희동의 골목을 우왕좌왕하고 있었다. 전옥희는 민전의 성명으로 된 단정 단선 반대선언을 등사한 삐라를 집집마다에 투입하고 있다가 어느 골목에서 경찰과 마주치게 된 것이다. 전옥희는 삐리가 든 보퉁이를 안은 채 냅다 뛰기 시작했는데, 어떤 집의 대문이 살금 열려 있는 것을 보고 무작정 그리로 비집고 들어섰다.

대문이 삐걱 소리를 냈다. 정면으로 불이 환히 켜진 방이 있는데 거기서 "대문 단단히 잠그세요."하는 여자의 목소리가 있었다. 전옥희는 닫힌 대문의 한쪽 구석에 바싹 붙어 서서 숨을 죽였다. "당신 안 들어오고 뭣 하는 거죠?"하는 말과 함께 방문이 열렸다. 전등불 빛이 쏟아져 나왔다. 비좁은 뜰이라서 그 불빛이 대문간에까지 흘러들었다. 두리번거리던 안방 여자의 눈이 대문간 안쪽에 붙어 서 있는 전옥희의 모습을 발견했다.

"누구요? 거기 있는 사람."

놀란 여자의 소리가 날카로웠다. 전옥희는 무턱대고 손을 흔들었다. 잠자코 있어달라는 시늉이었다. 그러나 그게 통할 까닭이 없다.

"뉘라서 이 야심할 때 남의 집에 들어와요?"

여자의 목소리는 여전히 날카로웠다. 이때 대문이 바깥으로부터 밀려 열렸다. 남자가 들어섰다. 남자는 전옥희를 보고 멈칫 서버렸다. 방에서 말이 있었다.

"이상한 여자예요. 조심하세요."

남자는 질린 표정으로 서 있는 전옥희의 아래 위를 훑어보듯 하더니 대문을 닫고 빗장을 질렀다. 그리고 나직이 말했다.

"잠깐 들어오시오."

그런 처지에 남의 친절을 무시할 수가 없었다. 주저주저하면서도 남자를 따라 방안으로 들어섰다. 그러자 남자의 아내로 보이는 젊은 여자의 눈이 악의에 찬 빛깔로 이글거렸다.

"어떻게 하려구 그래요?"

그 여자의 입에서 남편을 핀잔하는 소리가 있었다. 아내의 말엔 아랑곳 않고 남자는 전옥희에게 앉으라고 권했다. 그리고 그 얼굴엔 놀라는 빛이 있었다. 밝은 전등불 밑에서 보게 된 전옥희의 얼굴이 너무나 미모였기 때문인지 모른다.

"홍차나 한잔 주시구려."

남자가 여자에게 일렀다. 여자는 불만이 가득한 표정으로 찬장에서 그릇을 꺼내고 곤로 위에 주전자를 내리는 등 차 준비를 했다. 그동안 전옥희는 멍청한 눈으로 방 한 군데에 시선을 쏟고 있었다. 그곳엔 볼품없는 책상이 있었고 책상 옆엔 조그마한 서가가 있었는데, 영어로 된 책과 일본말로 된 책이 스무 권 남짓 꽂혀 있었다. 그것으로 미루어 나이로 보아 학생일 까닭은 없고 중학교의 교사가 아닐까 싶었다.

말없이 찻잔을 전옥희 앞에 밀어놓고 남자는 찻잔을 들고 후후 불며 한 모금 마시더니 찻잔을 도로 놓곤 담배의 새 갑을 뜯어 담배를 피워 물었다. 그러곤 호주머니에서 삐라를 끄집어내어 방바닥에 펴놓으며 "이것 당신이 뿌린 거죠?"하고 물었다. 전옥희는 잠자코 있었다. 그러자 남자는 덤덤히 말했다.

"당신의 친구는 경찰에 붙들렸소. 담배 사러 나갔다가 우연히 보았소."

전옥희의 가슴이 철렁했다. 붙들린 친구의 이름은 송상희였다. 그녀와 전옥희는 병행(竝行)한 골목 한 개씩 맡아 삐라를 집집마다 투입하고는 골목이 다한 산허리에서 만날 작정이었던 것이다. 30세 안팎으로 보이는 남자는 옆얼굴을 전옥희 쪽으로 하고 그 삐라를 읽었다. 삐라를 마저 읽고는 얼굴을 들었다. 그러고는 뱉듯이 "졸렬하기 짝이 없는 문장이군."하고 물었다.

"당신은 학생인가?"

보일 듯 말 듯 고개를 끄덕이자 "학생이 이런 졸렬한 작문을 뿌리고 다녀?" 이어 "조국 조선은 오늘 유사 이래 최대의 제국주의 세력이 우리나라를 강점하려 한다."는 삐라의 대목을 소리를 내어 읽고는 "우선 어법부터가 틀려 있어."하고 또 한 구절, "그것은, 단전 단정 분쇄투쟁은 곧 '유엔 위원단' 구축투쟁이요……"하고 읽어놓고는 "대중을 일으켜 세워야겠다는 사람들이 이런 몰지각한 문장을 예사로 발표한다고 해서야 그 양심은 알아볼 만하잖아? 뿐만 아니라 이 삐라에 쓰인 내용은 전부 거짓말이오. 내가 한번 지적해 볼까요?"하며 매서운 시선으로 전옥희를 쏘아보았다. 지독한 반동 놈에게 걸렸구나 싶으니 가슴이 떨렸다.

"당신이 학생이라고 하니 말하는 거요? 학생이면 우선 진실이 뭐냐는 것을 알려고 해야 할 것 아니오? 거짓에 대한 민감한 후각 같은 건 있어야 할 것 아니오? 이 삐라의 끝에서부터 시작해봅시다. '적은 동요하고 있다'고 씌어 있는데, 누가 어떻게 동요하고 있단 말이요? 미국이 동요하고 있는가 이승만 박사가 동요하고 있는가? 첫째 이게 거짓이오. 다음 '전 세계의 자유애호 인민은 우리를 절대 지지하고 있다'고 했는데, 천만의 말씀이오. 공산주의자들이 인민에게 자유를 주려고 투쟁하고 있는 줄 아시우? 천만의 말씀. 공산주의의 조국 소련이 지금 어떤 형편에 있는가를 아시우? 2차 대전 때 출전하여 독일의 포로가 된 병사들을 불문곡직하고 강제수용소에 처넣고 있소. 왜? 그들이 자유세계에서 짧은 세월이나마 살았다는 죄 때문이오. 북쪽이 지금 어떻게 되어 가는지나 아시우? 감옥을 만들고 있소. 전 국민을 모두 노예로 만들려고 광분하고 있소. 나는 그것을 목격하고 온 사람이오.

나는 학생 시절 사회주의에 홀딱 반해 있었소. 그런데 소련과 그 앞잡이가 북쪽에서 하는 짓을 보고 정이 떨어졌소. 그것은 사회주의조차도 아니었소. 권력에 굶주린 집단이 사회주의의 허황된 구호만을 내걸어놓고 인민을 우리 속의 돼지처럼 다루고 있소. 무슨 전리품 다루듯하고 있소. 그들이 지식인을 박해하는 것은 지식인은 그들의 의도를 눈치 채고 있기 때문이오. 지식인의 비판하는 눈이 없어지면 인민들은 그야말로 도마 위에 오른 고기처럼 될 것이오. 그런데도 자유애호 인민이 그들을 절대 지지해요?

그 다음을 봅시다. '민주주의 인민공화국을 우리 인민의 손으로 창설하자'고 했는데 어림도 없는 이야기요. 북쪽에선 소련에 의해 지배체제가 짜여졌소. 그 짜여진 체제에서 한 발도 벗어나지 못하게 돼 있소. 그 체제를 김일성에게 맡기고 소련은 후견하고 있소. 인민의 손으로 창설될 아무 것도 없소. 도대체 민주주의가 뭐요? 인민공화국이 뭐요? 지금 당신들은 그러한 북조선처럼 되려고 이런 삐라를 뿌리고 다니는 거요?"

전옥희는 부글부글 가슴이 괴어올라 온몸이 떨릴 지경이었다.

"왜 가만히 있소? 말 좀 해보시오. 독 안에 든 쥐처럼 떨고 있지만 말구. 당신은 독 안에 든 쥐가 아니오. 잠깐 은신처에 몸을 피한 새요. 나는 당신을 경찰에 넘겨주지 않을 것이오. 신변이 위험하면 내가 안전한 곳까지 당신을 모셔다 드리겠소. 내가 오늘밤 시답잖은 소리를 해보는 것은 당신이 우리 집에 들어왔기 때문이오. 그 사실에 나는 무슨 인연 같은 것을 느낀 때문이오. 물론 그것만은 아니지. 나는 이 삐라를 읽고 분격을 느꼈소. 이런 졸렬하고 거짓투성이 삐라 같은 것을 당신 같은 순수한 학생이 뿌리고 돌아다녀선 안 된다는 얘기요.

나도 단독정부를 세운다는 덴 반대요. 그러나 들어보시오. 이북엔 벌써 단독정부가 서 있소. 소련은 그들이 이북에 만들어놓은 그 단독정부 괴뢰 정권에 이남을 갖다 붙일 의도 이외의 아무 것도 가지고 있지 않소. 통일정부가 서기도 전에 그들은 할 짓을 다해 버렸소. 토지개혁도 해치웠소. 지배형태도 만들어버렸소. 그들에게 반대하는 자들은 죽이거나 시베리아로 추방하거나 감금하거나 해버렸소. 나는 이승만 박사에게 전적으로 동조하는 사람은 아니지만 이 문제에 관해선 이승만 박사가 옳다고 생각하는 사람이오. 이 박사는 이렇게 말하고 있습니다. 단정 단선이라고 하나 이것은 이북이 총선거에 응하지 않으니까 그렇게 되는 것인데, 그렇다면 우리는 이북이 반대한다고 해서 선거도 말고 앉아서 공산화되길 가다려야 한단 말인가. 당신들의 성명엔 유엔위원단은 이성도 체면도 염치도 아무것도 없이 다만 우리 조선의 반분만이라도 이를 침략하여 식민지화 하고 군사기지화하려는 주구적 본질 이외에는 아무것도 없음이 폭로되었다고 했는데, 이 말은 바로 소련과 김일성에게 그냥 그대로 합당되는 말이오. 지금 남조선이 단독정부라도 세우지 않고 미국의 군정을 연장하고만 있으면, 형식적으로나마 독자정권을 가진 이북에 국민들이 심정적인 동정을 갖게 될 것은 뻔한 일이 아니오? 골수 공산당원이 아닌 담에야 그런 사태를 원할 사람은 별반 없을 것이오. 내 말이 틀렸소?"

"사람은 누구나 자기 의견을 가질 수 있는 게 아녜요? 틀렸느니 옳으니 하고 남이 간섭할 문제는 아니지 않겠어요?"

대접으로라도 한마딘 해야겠다는 생각에서 한 전옥희의 말이었다.

"바로 그게 민주주의적 발상법입니다. 그런데 이북에선 그 발상법이 통하질 않아요. 당이 결정했다고 하면 그로써 토론은 끝나는 겁니다. 아니 인민들에겐 토론할 겨를도 주지 않고 당이 결정해버리는 거죠."

"그게 전위당의 역할인 걸요."

"그럼 당신은 그걸 옳다고 생각하나요?"

"전 옳다는 이유로 이런 짓을 하는 건 아닙니다."

"그럼 뭡니까?"

"미워서 하는 겁니다."

"누가 미워서요?"

"경찰이, 우익이 미워서요. 옳다는 이유만으론 이 추운 밤에 위험을 무릅쓰고 삐라를 뿌리러 다닐 수 있겠어요? 선생님이 공산주의를 미워하는 거나 제가 경찰을 미워하는 거나 비슷할 거라고 생각하는데요."

말을 함에 따라 전옥희는 점점 대담해졌다.

"미움이 앞서면 진실이 흐려지는 겁니다."

남자는 이렇게 말하고 다시 담배를 피워 물었다.

"피차 마찬가지겠죠."

전옥희가 받았다.

"가능하다면 북조선엘 한번 갔다 오세요. 뭔가 깨닫는 게 있을 겁니다. 북조선이 가고 있는 길은 결코 인민의 행복을 달성할 수 있는 길이 아닙니다."

남자는 그러고도 한참을 생각하고 있더니 뚜벅 말했다.

"밤이 늦었소. 안전한 데까지 바래다 드릴 테니 일어서시오."

전옥희가 일어섰다. 남자도 따라 일어서더니 전옥희가 안고 있는 보퉁이를 가리키며 "그건 여기 두고 가시오. 도중에 불심검문이나 있으면 곤란할 테니까요."하는 충고를 했다. 그 충고를 물리칠 수는 없었다. 옥희는 보따리를 방 한구석에 놓아두고 남자를 따라 나서며 "밤중에 미안했어요."하고 여자에게 고개를 숙였다. 여자는 아무 말도 하지 않았다. 얼굴엔 적의가 가득 찬 채로 있었다. 한길까지 나와 택시를 잡아주며 남자가 나직이 말했다.

"미움을 걷고 진실을 바로 보도록 하시오."

대답 대신 방실 웃어 보이고 전옥희는 택시를 탔다. 달리는 자동차 속에서 전옥희는 새삼스럽게 그 남자의 호의에 대해 감사하는 마음을 다졌다. "미움을 걷고 진실을 바로 보도록 하라."는 말이 감동적인 빛깔을 띠고 가슴에 새겨지기도 했다. 그러나 그 감상적인 기분도 순간적인 일이고 송상희에게 대한 걱정으로 가슴이 뭉클했다.

'아아, 이 일을 어떡하지?'

눈물이 핑 돌았다.

그때 운전사의 말이 있었다.

"손님 어디로 갈 깝쇼?"

"효자동으로 가요."하며 시계를 보았다. 10시가 넘어 있었다. 박갑동과 만날 시간은 8시 30분에서 9시까지였는데, 이때까지 기다리고 있을 까닭이 없었지만 일단은 다방 '북풍'으로 가보아야만 했다. 자동차에서 내려 다방의 문을 들어서자 정면으로 송상희의 얼굴이 있었다. 하도 반가와 소리를 지르려는 찰나, 와락 위험이 느껴졌다. 송상희의 시선이 허공을 향해 있었던 것이다. 되돌아설 수도 없어 태연한 척 꾸미고 송상희 자리를 지나 화장실 가까운 쪽에 자리를 잡고 앉았다. 저쪽 안에서 박갑동이 일어서서 카운터에서 셈을 하고는 곁눈질을 하고 바깥으로 나갔다.

커피를 시켜놓고 주변을 살폈다. 송상희와는 대각선이 되는 좌석에 한 사람, 송상희와 두 좌석을 건넌 곳에 한 사람이 앉아 있는 것을 확인했다. 그밖엔 손님이 없었다. 그 두 사람이 형사일 것이라고 짐작했다. 형사들이 전옥희의 행방을 맹렬히 추궁하자 송상희는 하다못해 다방 '북풍'에서 만나기로 되어 있다고 했을 것이었다. 그런데 사실은 전옥희가 이곳으로 온다는 걸 송상희에게 말한 적은 없었다. 그러나 송상희가 다방 '북풍'에 온 것은 전옥희를 붙들리게 하려는 것이 아니고 형사들의 성화를 피하기 위한 일시적인 수단이었던 것이다.

형사로 보이는 한 사람이 송상희 옆으로 가서 나직이 무언가를 말했다. 송상희는 무표정인 채로 고개를 좌우로 저었다. 형사는 본시 자리로 돌아갔다. 전옥희는 찻잔을 잡으면 손이 떨릴 것 같아 커피가 식는 대로 내버려두고 있는데, 그것이 또한 의심을 살 염려가 되어 심호흡을 하고 마음을 가라앉힌 후 얼른 찻잔을 들어 숭늉 마시듯 해버렸다.

어떻게든 대담하게 행동할 필요가 있었다. 전옥희는 레지를 불러 자주 같이 오던 친구의 이름을 대며 "그 애가 오거든 내가 열한 시 가까이까지 기다렸다 갔다고 하고 송 언니 걱정은 말라더라고 전해주세요."하고 잔돈을 꺼내 탁자 위에 놓고 성큼성큼 걸어 바깥으로 나왔다. 바깥으로 나오니 식은땀이 쫙 흘렀다. 달리고 싶은 마음을 가까스로 억누르고 옆 골목으로 빠져 들었을 때 뒤에서 발자국 소리가 났다. 돌아보지 않아도 박갑동의 발자국 소리란 걸 알 수 있었다.

그 골목을 빠졌을 때 "저 전차를 타라."는 박갑동의 말이 들렸다. 마지막 전차로 보이는 전차가 텅 빈 찻간에 전등불을 담뿍 담고 서 있었다. 전옥희가 전차를 탔다. 뒤이어 박갑동이 탔다. 사람이 둘이 탔다는 것만으로도 구실이 되었는지 전차는 움직이기 시작했다. 전옥희는 맨 앞쪽에 자리를 잡고 박갑동은 맨 뒤쪽에 자리를 잡았다. 차장이 왔을 때 박갑동이 전옥희가 들을 수 있게 '돈암동'하고 소리 높여 말했다.

제20장
# 광란의
# 전야(前夜)

종점에서 전차에서 내렸다. 깡추위가 그냥 얼어붙은 것 같은 공기를 에워쌌다.

"러시아말로 이런 추위를 '말로즈'라고 한다지요?"

턱이 덜덜 떨릴 것 같아 전옥희가 해본 소리였다.

"테러리스트의 밤 같구먼……."

박갑동의 응수였다.

"쫓기는 자의 밤은 아니구요?"

살짝 해본 전옥희의 말이다.

가로등의 불빛에 박갑동의 회중시계가 통행금지 15분 전을 가리키고 있었다.

"이 근처에 박 선생님 집이 있어요?"

박갑동이 애매하게 웃었다. 바로 가까이에 아지트가 있었지만 밝히고 싶지 않았다. 자기 아지트의 소재를 아는 사람이 하나라도 불면 그만큼 위험률이 더해지는 것이다. "아는 사람 집이 이 근처에 있소."하고 박갑동은 전찻간에서 작정한 대로 전옥희를 제2의 아지트로 데리고 갈 참이었다. 박갑동의 제2의 아지트는 이종국이라는 문패가 걸린 본 아지트에서 세 골목 건너에 있었다. 집주인은 군정청 상공부에 다니는 사람이었다. 물론 남로당이 상공부에 침투시킨 프락치였지만 당원의 처지에서보다도 박갑동을 개인적으로 존경하는 사람이었다. 그래서 사전에 제2 아지트로 사용할 경우가 있으리란 양해가 이미 되어 있었다.

대문을 두드리는 박자와 수가 암호였다. 지체 없이 문이 열리고 소리 없이 박갑동을 맞아들였다. 대문이 닫히고 나서야 "불을 지피지 않았는데요."하다가 마중 나온 사람이 먼저 안방으로 들어가더니 그리로 들어오라고 했다. 부인은 옆방으로 피한 것 같고 침구가 걷혀 있었다.

"미안한데요."

박갑동이 말했다.

"천만의 말씀. 얼마나 수고들 하십니까? 우선 어한(禦寒)을 하시죠. 곧 불을 지피겠습니다."하고 주인이 바깥으로 나갔다. 전옥희가 인사할 겨를도 없었다.

"앉으시오."

박갑동은 자기의 방에서처럼 걷어놓은 이불을 밀어붙여놓고 전옥희에게 눈짓을 했다.

"직업 혁명가는 밤중에 남의 부부 침실에 뛰어들어도 될 만큼 뻔뻔스러운 건가요?"

핀잔도 농담도 아닌 소리를 낮게 속삭이며 전옥희가 앉았다.

"전투 중 아닌기요?"

사투리로 이렇게 말해 놓고 박갑동의 눈이 안경 속에서 웃었다.

"전투 좋아하시네요."

위기를 면했다는 의식이 전옥희로 하여금 익살스럽게 만들었다.

"비합법 운동은 바로 전투입니다."

박갑동이 정색을 했다. 이윽고 부인이 쟁반을 받쳐 들고 들어왔다. 유자차가 김을 뿜어내고 있었다.

"밤중에 미안합니다."

박갑동이 자세를 고쳐 앉았다.

"선생님을 도와드리는 게 우리의 의무인 걸요."

부인의 말은 정중했다.

"소개하겠습니다. 이 분은 대학생으로서 열렬한 우리의 동뭅니다."

박갑동의 말에 전옥희가 머리를 숙였다.

"주무시는데 방해를 해서 죄송합니다."

"무슨 말씀을 그렇게 하세요? 우리를 위해서 노력하시는데……."

말투로 보아 부인은 당적(黨的)으로 훈련이 되어 있는 것 같았다.

"이 동무는 오늘 밤 아차 하면 큰일 날 뻔했습니다."

박갑동이 은근히 전옥희의 처지를 설명했다.

"위험하셨군요."하고 일어서며 부인은 밤참을 준비하겠으니 기다리라는 말을 했다.

"신세를 지겠습니다."

박갑동은 당연한 것처럼 말했다. 전옥희로서도 배가 고프지 않은 건 아니었지만 사양하고 싶은 마음이 있었는데, 박갑동이 이처럼 앞질러 버린 것이다. 부인이 나가고 난 뒤 전옥희가 "너무 뻔뻔스럽지 않을까요?"하고 속삭였다.

"당원이 당원의 편리를 보아주는 건 당연한 의무입니다. 그것보다도 오늘 어떻게 되었는지 그 얘기나 하시우."

박갑동이 힐문하는 투가 되었다.

"제가 먼저 묻겠어요. 한 시간 반이나 지났는데 어떻게 그 시간까지 거기 계셨죠?"

"반 시간쯤 기다리다가 일어서려고 했소. 그런데 어떤 여학생이 형사 둘과 들이닥치데요. 순전한 육감이지요. 옥희 씨와 무슨 관련이 있는 사건이라고 짐작했지요."

"그래서 기다렸나요?"

"꼭 그래서라기보다 11시까지 버텨볼 작정을 했지. 그 여학생을 형사들이 어떻게 하는지도 알고 싶었고……."

"그들이 형사란 건 어떻게 알았어요?"

"고양이가 쥐새끼 냄새를 맡지 못하겠소?"

"혹시 고양이와 쥐새끼가 거꾸로 된 것은 아닐까요?"

"우리가 쥐새끼일 순 없지."

"채여 가는 건 이 편인 데두요?"

"그런 말은 말기요. 옥희 씨 얘기나 하시구려."

전옥희는 자초지종을 차근차근 설명했다. 그러고는 자기를 도와준 사람에게 대한 인상을 이렇게 말했다.

"반동이긴 한데 조금 색다른 사람 같았어요. 좌익에 대한 맹렬한 비난을 퍼붓고도 행동은 퍽 신사적이던데요."

"그런 걸 인텔리의 위선이라고 하는 거요."

박갑동이 뱉듯이 말했다.

"위선 같은 인상은 받지 않았는데요?"

"세련된 위선이겠지."

"본인의 말은 일제시대 사회주의에 미친 적이 있었는데요. 그런데 김일성의 작태를 보고 정이 떨어졌다던데요."

"그럼 혹시 '다라칸'의 일종일지 모르지."

"다라칸이 뭔데요?"

"전에 한번 설명한 적이 있었던 듯한데?"

"있었어요."

"공산당 또는 그 유사한 조직에 들어 있다가 탈락한 사람을 일제시대 다라칸이라고 했지. 일본말로 타락한 간부란 말을 줄인 거요."

"그렇게 보이진 않았어요."

"겉만 보구 알 수 있나."

"그런데 박 선생님. 왜 내 말만 듣고 그 사람을 그렇게 단정해버리죠?"

"반동을 그렇게 단정하지 어떻게 단정하겠소?"

"그러나 나는 그 사람을 나쁘게 말하기 싫어요. 나를 경찰에 넘겨주지 않고 택시까지 잡아 보내주었으니까요."

"일말의 양심은 있었던 모양이지."

"양심보다도 뭔가 인간을 느끼게 하는 데가 있었어요."

박갑동은 그 말엔 응수하지 않고 있다가 다음과 같이 중얼거렸다.

"전옥희 씨는 그 감상주의를 버려야 해. 적과 동지에 대한 태도를 명백하게 해야 되겠소."

"누구에 의했건 구원을 받았을 때 솔직하게 고마움을 느꼈다는 것이 감상주의인가요?"

박갑동은 대답하지 않았다. 그 태도가 쌀쌀스러워 전옥희는 다시 한마디 쏘았다.

"인간으로서의 감정을 배제해버려야 당원이 될 수 있다면 나는 당원 노릇 못해 먹겠어요."

"누가 당원 노릇을 하라고 권했소?"

박갑동도 슬그머니 화가 나는 모양이었다.

"무슨 말이죠?"

전옥희가 발끈했다.

"우리는 지금 전투 중이오. 먹느냐 먹히느냐 하는 판국에 있소. 죽느냐 사느냐 하는 결판장에 있소. 인간적이니 인간으로서의 감정이니 하는 것은 보따리에 싸서 농 밑에 넣어두었다가 먼 훗날 우리가 승리하는 날에 끄르도록 합시다."

박갑동이 조용조용 타이르듯 했다.

"승리하는 날이 언제이죠?"

전옥희가 흥분하는 빛이 보이자 박갑동은 '쉬익'하고 손가락을 입에 갖다 댔다. 그리고 나직이 충고했다.

"심파나 하급당원 있는 곳에 그런 말해선 못 쓰오."

계면쩍은 분위기가 돌았다. 미닫이를 열고 집 주인이 들어왔다.

"불을 담뿍 지펴놓았습니다. 곧 따뜻해질 겁니다."

이윽고 부인이 밥상을 들고 들어왔다.

"떡국을 끓였는데 입에 맞으실는지?"하고 밥상을 박갑동 앞에 놓았다.

"수고가 많았소."

박갑동은 지체 없이 수저를 들었다. 전옥희는 박갑동과 마주 앉아, 더욱이 주인 부부가 보는 앞에서 수저를 들 수 없었다. "드시지요?"하고 부인이 권했으나 "전 잘 밤엔 무엇을 먹는 버릇이 아니에요."하고 사양했다.

"배가 고파선 전투를 못 하오. 빨리 드시오."

박갑동의 말이 명령조로 되었다.

"난 안 먹어요."

전옥희의 말도 단호했다. 그때야 눈치를 챈 모양으로 부인이 얼른 바깥으로 나가더니 소반을 들고 들어와 전옥희의 몫을 거기다 옮겨선 전옥희 앞에 갖다놓았다. 부인의 센스에 살큼 감동한 전옥희는 "미안합니다. 전 조금 있다 먹지요."하며 진심으로 감사하다는 표정을 지었다.

"그 봉건적인 관념을 청산해야겠는데요."

농담조로 이렇게 말하고 박갑동은 떡국을 맛있게 먹었다. 마저 먹길 기다려 상공부에 다닌다는 주인이 물었다.

"사업은 순조롭게 되어갑니까?"

"순조롭지 않을 바도 아니죠."

박갑동의 태도에 허세가 보였다.

"곧 선거가 있을 것처럼 항간엔 말이 돌고 있던데요?"하는 주인의 말에 박갑동이 "아무튼 그 음모는 분쇄되어야 하는 겁니다."했을 때 부인의 말이 있었다.

"벌써 선거운동을 하는 사람이 있던데요?"

"떡 줄 사람에겐 물어보지도 않고 김칫국부터 마시는 꼴이지요."

박갑동의 말은 어디까지나 단정적이었다.

"선거를 하겠다, 못한다, 하고 또 한바탕 붙겠지요?"

"약간의 소동은 있겠죠. 그러나 인민의 총의를 집약적으로 동원하면 대단할 것 없겠지요. 한번 생각해 보십시오. 북조선 인민들은 남조선 단정 단선에 일치하여 반대입니다. 남조선 인민의 5분의 4도 단정 단선에 반대입니다. 그러니 전 인민의 10분의 9가 반대하는 셈이지요. 그런데 단정 단선이 이루어질 수 있겠소?"

아까부터 박갑동의 태도에 허세를 느낀 전옥희는 반발할 말을 준비하고 있었으나 발언할 순 없었다. 심파니 하급 당원 앞에선 말을 삼가야 한다는 박갑동의 충고를 상기했기 때문이다. 그러나 전옥희는 박갑동의 태도엔 비판적이었다.

'왜 솔직하게 털어놓지 못할까? 대국적으론 당연히 단정 단선 같은 일이 없어야 하겠지만, 현실적으로 그것을 막기란 힘들게 되어있다는 사정을 왜 솔직하게 말하지 못할까? 당의 방침을 일방적으로 덮어씌우는 것보다 실정을 그대로 말하고 당원의 마음에서부터 우러나는 협

력을 요구하는 것이 당의 단결로 보아서나 실패했을 때의 대책을 위해서 훨씬 유리하지 않을까?'

이런 생각을 하고 있는데 상공부 프락치라고 하는 주인이 뜻밖의 얘기를 꺼내 놓았다.

"한편 반대를 하면서도 별도로 선거에 참여할 수단을 강구하는 게 현명하지 않겠습니까? 만일을 위해서 말입니다. 제방이 터지지 않도록 물론 막아야 하지만 세(勢) 불리해서 급기야는 터질 수밖에 없을 경우에도 대비해야 하지 않겠습니까? 그럴 경우에 대비할 당의 방침이 있겠지요?"

"그건 당의 기밀에 속하는 일이니 함부로 말할 수 없죠. 하여간 현단계로선 단정 단선 반대에 당의 의지와 노력을 집중하고 있는 겁니다. 그럴 도리밖에 없구요."

'그러나'하고 주인이 말하려고 하자 박갑동은 "지금 단계에선 당의 방침에 절대 복종할 수밖에 없습니다. 다른 생각은 금물입니다. 가장 경계해야할 것이 패배주의요."하며 주인의 말문을 막아버렸다. 그러고는 "요즘 주변에 돌아가는 상황이 어떻소?"하고 화제를 바꿨다.

"상황이래야 별게 있습니까? 내가 근무하고 있는 곳에선 선거를 기정사실로 보고 있는 사람들이 태반입니다. 그러니까 자연 아까와 같은 생각을 해보게도 된 것인데. 어쨌든 당의 방침에 따라야죠."

주인은 극도로 말을 절약했다. 말을 절약하는 주인의 태도에 전옥희는 당에 대한 신뢰가 동요하고 있는 그의 마음을 읽었다. 그 뒤 계속된 대화는 박갑동의 권위와 하급 당원의 위축이 그냥 그대로 나타난, 대화라기보다 말의 유희가 있었을 뿐이다. 본심을 나타내지 않는 말의 꾸밈이 노출된 응수를 듣고 있기란 참으로 거북한 심정이어서 전옥희는 팔뚝의 시계를 보았다.

"벌써 한 시 반이네요."

"밤도 늦고 하니 선생님, 옆방으로 갑시다."

주인의 말에 박갑동이 일어섰다. 주인은 박갑동과 같이 옆방으로 가고 전옥희는 부인과 함께 자게 되었다. 자리에 들기에 앞서 전옥희는 "이젠 나도 먹어야지."하고 장난스럽게 웃고는 수저를 들었다. "데워올까요?"하는 부인의 말이 있었지만 "난 뜨거우면 못 먹어요."하고 적당하게 식은 떡국을 간단하게 먹어치우고 전옥희는 화장실을 다녀올 겸 바깥으로 나왔다.

맑게 갠 밤하늘에 음력 스무날께의 별이 있었다. 드문드문 별이 다이아몬드 빛깔로 차가왔다. 옥희는 초저녁에 있었던 모험을 되새기는 기분으로 되며 경찰에 붙들린 송상희를 생각했다. 슬픔을 닮은 뉘우침 같은 것이 가슴 속에 응어리를 지었다. 잠자리에 들고도 부인과의 사이에 얼마 동안 얘기가 오갔는데 부인의 다음과 같은 말이 있었다.

"얼마 전 라디오에서 이승만 박사가 이런 말을 하더군요. 단정이니 단선이니 하지만 이북에서 응하지 않으니까 부득이 그렇게 되는 것인데, 이북에선 소련 조종 하에 공산정권이 들어서있는 판국이 아닌가? 단정 단선이라고 선거도 안 하고 정부를 세워서도 안 된다면 우리는 이대로 앉아 공산화되길 기다려야 한단 말인가? 이 말이 우익이나 일반 시민에겐 쇼크가 되었던가 봐요. 여태까진 단정 단선을 반대하던 사람들이 그 말을 듣곤 대부분 생각을 돌린 것 같아요. 당의 방침대로 단선 반대가 성공할 수 있을는지요? 만일 그렇게 안 되면 앞으로 어떻게 되죠?"

"부인께선 어느 편이 옳다고 생각해요? 단선을 하는 것이 옳은지, 반대하는 것이 옳은지."

"옳은 것하고 세상 일 되어나가는 것하곤 다르지 않아요?"

부인의 이 말이 옥희의 가슴에 남았다. 박갑동 같으면 무슨 말이라도 하여 대응할 수 있겠지만 전옥희는 할 말을 찾지 못했다. 부인의 말이 사실이었기 때문이다. 옳다고 생각하는 방향과 세상이 나가고 있는 방향이 이미 같지 않았고, 앞으로도 같을 수 있을 것 같지 않았던 것이다.

그보다도 전옥희의 마음에 걸리는 것은 박갑동의 태도였다. 자기와 단둘이 있을 땐 말과 태도가 부드러운데 그 집에서 보인 박갑동의 말과 태도는 전혀 딴판이었다. 권위를 뽐내는 허세가 있었을 뿐 아니라 말과 태도가 교조적으로 굳어 있었다. 그런 태도가 공산당적 인간의 전형적 태도인 것일까? 전옥희는 그렇다고 해서 실망했다기보다 공산당 당원으로서 산다는 것이 짐작한 것보다도 몇 배나 어려운 일이란 사실을 새삼스럽게 깨달은 느낌이었다. 전옥희가 잠을 깬 것은 아침 7시였는데, 박갑동은 통금해제 시간에 떠났다고 했다. 전옥희 앞으로 메모를 남겨놓고 있었다.

"당분간 집으로 돌아가지 말고 이 댁에서 신세를 지시오. 15일 하오 5시. 관철동 그 장소로."

관철동 그 장소란 '성'이란 다방이다. 박갑동과 전옥희가 전에 몇 번 만났던 장소이다. 효자동의 '북풍'엔 당분간 나가지 않는 것이 좋다는 뜻이 풍겨져 있는 것이다.


사태는 급격하게 진전되었다. 남로당은 다음과 같은 지령을 내려 배수의 진을 칠 작정을 세웠다. 전국 각지에 유포할 낭설(浪說)까지 준비했는데 그 내용은 "남조선은 국방력이 미약하다. 이에 반하여 북조선엔 강력한 수십만 군대가 조직되어 훈련을 받고 있다. 만일 남조선에서 선거를 강행할 경우 북조선 군대가 남조선을 무력으로 접수할 상태가 생긴다. 그땐 선거를 반대하지 않는 남조선 인사들은 민족 반역자로서 처단을 받을 것이다." 이러한 협박으로 남조선의 민심을 사로잡는 동시에 남로당은 그 지령 하에 단정 단선 반대투쟁위원회를 결성하고 세부적인 지령을 내렸다.

(1) 공장, 학교 및 생산기관에 대하여

　① 수단 방법을 가리지 않고 파업과 맹휴를 선동케 하여 전 기관이 마비상태에 이르도록 하라. ② 10명 이내의 인원으로 하나의 조를 편성하여 시가지, 또는 군중이 모이는 장소에서 책임자의 신호에 따라 3명씩 어깨동무를 하고 급속히 집결하여 예전의 구호를 외치고는 사방으로 분산 도주한다. 그리곤 틈을 보아 재차 행동을 되풀이한다. ③ 5명 내지 20명으로 조직을 편성하여 시가지 또는 미조직 부락에 이르러 징, 꽹과리 등을 쳐서 군중을 집합시킨 뒤 선동연설을 한다. 선동연설의 내용은 미리 시달한 그대로이다. ④ 산업기관의 기계의 일부 또는 중요부속품을 파괴 또는 절취하여 기능을 마비케 한다.

(2) 농촌에 대하여

　① 부락민 대회를 개최하여 유엔을 배격하는 선동연설을 하고 "양국은 철퇴하라!", "정권은 인민에게!"라는 구호를 외치고 부녀자들을 동원하여 관청에 돌입, 식량을 요구하는 등 폭동을 벌이고, 경찰과 대동청년단이 인민대회를 방해할 때엔 철저하게 항거하여 소란을 극대화한다. ② 인민의 기세가 관공서 습격에까지 파급될 땐 책임자는 현장에서 피하되 그 습격을 중지시키지 말 것이며, 끝까지 가는 데까지 방치해야 한다. ③ 습격을 유격적, 게릴라적으로 반복하여 행정관서의 기능을 마비시키는 동시에 치안능력도 마비시켜야 한다. ④ 닥치는 대로 식량을 강탈하여 인민들에게 나눠줌으로써 유대의식을 강화시켜야 한다.

(3) 가두 세포조직에 대하여

　시가지에선 3명, 농촌에선 5명을 한 조로 하여 서로 연락하는 동시에 게릴라 전법으로 구호를 외치고 우익인사들의 사기를 위축케 한다.

(4) 대중단체를 확대하는 기간을 두어 이의 조직을 강화해선 유사시에 적절

하게 동원하도록 한다.

(5) 노동조합은 전노조 기구위원회의 장악 하에 보조조직을 강화하여 노조 신문의 배포망을 강화하고 유사시에 중점 목적을 달성할 수 있도록 언제나 대기하며, 지령이 있을 때에는 신속하게 행동한다.

(6) 학생의 투쟁을 높이 평가하고 정보 활동을 기민하게 하며, 반동 경찰의 비행과 폭력을 벽보 등을 통해 폭로하여 대중의 적개심을 선동한다.

(7) 반동 정책이 격화될 땐 어디까지나 이에 맞서 사건의 극대화를 통해 국내외의 여론 환기에 힘쓴다. 인민 항쟁을 장려 추진함으로써 세계의 이목을 끌도록 노력한다.

(8) 단정 반대를 위하여 농촌에 반을 조직하고, 노총 자위대를 편성하여 경찰과 우익에 대처한다.

(9) 선전, 습격, 파괴 행동을 할 땐 그 지방 사람들에겐 알려지지 않은 다른 지방 사람을 시켜야 한다. 간부는 빈농 출신과 2·7투쟁을 통해 실적을 보인 사람들 가운데서 등용한다. 국방경비 대원을 포섭 또는 매수하여 경찰과의 충돌에서 앞장을 세워야한다.

이 지령과 병행하여 남로당은 당원의 정수분자를 선발하여 '선전 선행대'(宣傳先行隊)라는 것을 조직했다. 이것은 군중 선동의 돌격적 전개와 살상, 파괴행위도 불사하는 폭력투쟁을 감행하기 위해 조직된 것인데, 두 가지 이유가 있었다. 하나는 당의 비밀이 누설되는 것을 막기 위한 것이고, 또 하나는 살인과 파괴행위에 대한 책임을 당이 회피하기 위한 것이다. 그 조직 원칙과 조직 내용은,

① 당의 각급 조직에서 당원을 엄격히 심사하여 추천하면, 그 추천된 당원은 남로당원으로서의 정상 활동을 중지하고 당의 각급 기관과는 관계없이 오로지 선전 선행대의 조직 명령에 의해서만 활동한다. ② 선전 선행대는 전국

적으로 통일된 조직이며, 당의 정상기관과는 상관이 없는 독자적 조직이고, 무장 유격대의 기초 조직이다. ③ 선전 선행대와 당과의 명령 계통은 선전 선행대의 최고기관이 남로당 최고기관의 지령을 받을 뿐이고, 각 지구 선전 선행대는 당해 지구당의 조직 명령 계통과는 관계없고 대원의 보강, 정세의 보고만을 받을 뿐이다. ④ 전국적 규모의 선전 선행대와는 별도로 각 지구당은 보조기관으로서 '백골대', '유격대', '인민청년군' 등의 특수조직을 가질 수 있다. ⑤ 선전 선행대와 특수조직의 투쟁 대상은 다음과 같은 것들이다. 관공서 특히 경찰, 통신기관, 운수기관 특히 기관차와 철교 등, 언론 보도기관, 생산기관, 반장, 통장, 선거위원, 그리고 입후보자, 우익진영의 유력자, 재계 요인, 정계 요인, 요컨대 필요에 따라 방화할 수도 있고 살상할 수도 있는 순전한 테러 조직이다.

이상과 같은 안을 작성할 때 김삼룡을 비롯한 남로당 중앙 상임위원회에선 '단정 단선 반대투쟁위원회'가 망라할 수 있는 인원을 1백만 명으로 보고 유사시에 동원할 수 있는 대중의 수를 미조직 군중까지 합쳐 3백만 명으로 보았다. 그리고 남로당원 30만 명을 다음과 같이 분류했다. 이 30만 명이란 숫자는 공식보고로 들어온 전체의 수가 아니고, 1차의 심사를 거친 것만을 말한다.

정예당원 2만 명, 핵심당원 5만 명, 우수당원 10만 명, 보통당원 13만 명

정예당원과 핵심당원을 어떻게 구별했는지 그 기준은 알 바가 없다. 하여간 이러한 기준 위에 계획이 짜여졌는데, 선전 선행대는 정예당원 가운데서 5천 명, 핵심당원 가운데서 1만 5천 명으로 구성하기로 했다. 총책임자는 물론 김삼룡이지만 실무 책임자로서 김형선이 임명되고, 부책임자로서 안영달이 임명되었다. 이 조직이 장차 군사조직으로 발전할 예상 아래 일제시대 학병으로 간 경력을 사서 안영달이 부책임

자로 지명된 것이다. 선전 선행대에 박갑동이 선발되지 않은 것은 성격상 테러활동을 할 수 없을 것으로 판단된 때문이기도 했지만, 당시 김삼룡으로선 측근에 그를 둬두어야 할 사정이 있었다. 이 안이 통과되고 인선이 끝난 뒤 이주하가 한 말이었다.

"선전 선행대의 일꾼들이 명실공이 정예당원이고 핵심당원이면 우리의 승리는 틀림없다. 줄잡아 1만 개의 반동기관을 파괴하고 입후보자를 포함해서 1만 명의 반동만 말살해버리면 단정이고 단선이고 날아가 버릴 게 아닌가?"

이 말을 듣고 박갑동은 어이가 없었다. 물론 이주하는 농담으로 한 말이겠지만, 농담으로 쳐서도 너무나 실없는 말이었다. 파괴를 위해 파괴를 일삼는 아나키스트가 노릴 일일진 몰라도 테러를 통해 정세의 변환을 노린다는 것은 어불성설이다. 남로당이 무슨 음모를 꾸미고 있건 사태는 단정의 방향으로 치닫고 있었다. 뜻밖에도 남조선 과도정부의 입법의원(立法議院)이 총선거를 촉진하는 결의안을 가결시킨 사건이 있었다. 남로당으로선 원래 입법의원 같은 것을 문제로 삼지 않았지만, 이러한 사태 속에선 그 귀추도 무시할 수 없게 되어 있었다. 뿐만 아니라 입법의원 내부엔 적잖은 단정 반대세력이 있다는 것을 확인하고 필요에 따라선 단정 반대에 관한 범위에서 입법위원을 이용할 생각을 가졌고, 입법의원들과 가까운 박갑동을 중간에 내세워 은근히 접촉을 하려던 참이었는데, 밤중에 홍두깨 식으로 그런 일이 생겨버린 것이다. 그 문제가 얼마나 미묘했던가는 당시의 신문보도로써 알 수가 있다.

앞서 19일(2월), 서상일(徐相日) 의원 외 관선 민선의원 43명이 연서로, 유엔 조위(朝委)에 대하여 소련의 조선 독립 천연공작을 배제하고 우선 가능한 지역에서 선거를 실시하여 달라는 요청안을 내자고 긴급 동의안을 제출한 바 있다. 그러나 김규식 의장은 절대 다수 의원의 의사를 무시하고 그동안의 정식토의를 회피코자 19일 본회의 도중 휴회를 선언해버렸다.

20일엔 김 의장이 본회의를 비공식으로 하여 의견을 들어보자고 선포했다. 그러자 제안자 측은 이에 맹렬히 항의했다. 한편 김돈, 박건웅, 원세훈, 여운홍 등 일부 관선의원들은 의장 김규식의 태도를 지지하여 그 동의안의 통과를 방해하려 했다. 23일 제206차 본회의는 마침내 사력을 다하여 그 동의안의 정식 토의를 저지하려는 김규식 의장 및 이에 추종하는 일부 관선의원과 이를 압도 배제하여 동 안의 급속 통과를 주장하는 다수 의원과의 논쟁으로 시작되었다.

개회에 앞서 사회를 맡은 최동오(崔東旿) 부의장은 김규식 의장의 의견이라면서 이날의 회의 역시 비공식으로 하자고 했다. 이때 홍성하, 이남규 의원은 "비공식 회의로 하여 앞으로 시일을 끌기에는 너무나 긴급한 문제이니 공식으로 토의하자."고 반박했다. 이때 본회의장에 나와 있던 김규식 의장의 답변이 있었다.

"이 문제는 외교문제에 속하니 만큼 입법의원으로선 공식적으로 토의하기 어렵다. 비공식으로 토의할 밖에 없다."

이에 대해 이남규 의원은 입법의원 개원 당시의 선언문을 낭독하고 "이 선언문엔 명확하게 우리 조선의 독립을 성취하는 데에 필요한 여러 가지 문제는 여하한 종류의 것이라도 입법의원으로서 능히 처리할 수 있다고 본다."는 견해를 피력했다. 이어 홍성하, 서상일 양 의원도 "외교에 속한다고 하지만 우리가 반탁 결의를 한 것이나 미·소 공위에 보낸 메시지는 입법의원 명의로 한 것인데, 하필 이 문제만은 정식으로 토의할 수 없다는 건 무슨 까닭이냐?"고 따졌다.

사태가 이에 이르자 전일의 속기록을 조사한 끝에 김 의장은 "그렇게까지 말을 해서 전일의 문서를 조사해본 결과 홍성하, 서상일 양 의원의 말이 틀림없으니 정식으로 토의하기로 한다. 그리고 한마디 덧붙여둘 것은 이 문서를 전달할 때엔 입법의원의 명의로서가 아니라 입법의원 전체 명의로 하게 된 것이다."라며 정식회의 개최를 선포했다.

그런데 이 안의 통과를 방해하려는 여운홍, 강순, 원세훈 등 의원들은 각기 발언을 계속하여 왈가왈부하게 되었다. 이것이 의사 방해라는 것을 간파한 홍성하 의원은 토론 종결의 동의를 했다. 표결한 결과 홍 의원의 동의가 40대 3으로 가결되었다. 김 의장은 "이 문제가 중요하니 3분의 2 이상의 출석인 수와 과반수 이상의 찬동으로 회의를 진행해야 한다."며 홍성하 의원 등의 제안을 견제하려고 했는데, 이 동의는 재석의원 61명 중 36대 15로 부결되고 말았다.

저지 계획이 분쇄된 사태에 직면하자 김규식, 여운홍, 김봉준, 강순, 탁창혁, 김약수, 장자일, 박건웅, 고창일, 신의경, 문무술, 허규, 신숙, 허황용, 정이형, 박용희, 김돈, 엄우용, 황진남, 김지황, 오하영, 정주교 등 24명의 관선의원은 무언 중에 총 퇴진을 결의하고 "이 안의 통과는 남북 분할과 민족 분열을 항구화하여 천추만대에 한을 남길 것이다."라는 원세훈 의원의 고함과 더불어 갖은 폭언과 욕설 방성을 남기고 일제히 퇴장해버렸다.

관선의원들이 퇴장하고 난 후 남아 있던 42명 의원을 대표하여 서우석 의원이 아직 자리를 떠나지 않고 있는 최동오 부의장에게 "현재 재석의원이 과반수 이상이니 회의를 진행하고, 이 문제를 토의하는 데엔 시간의 제한을 없애자."는 제안을 했다. 그리고 이것은 31대 1로 가결되었다. 이어 신익희 의원이 "의장은 무책임하게 떠나고 말았으나 의회는 의장 개인의 것이 아니니 최 부의장은 의원의 총의를 반영하여 달라."고 간청하고 "토론을 종결하고 동의안을 표결에 부치자."고 동의했다.

최동오 부의장은 이 동의의 접수에 난색을 표하고 "의장이 퇴장하고 없는 상황에서 이처럼 중대한 동의를 접수할 처지에 있지 않다."며 사회 담당을 사퇴하고 퇴장했다. 서우석 의원은 "이미 사태가 이렇게 되었으니 지체 말고 임시의장을 선출하여 회의를 진행시키자."고 동의하여 32대 0으로 가결되었다.

신익희 의원이 "의장. 부의장의 유고시에는 제1분과위원장이 임시의장을 담당할 수 있으니 제1분과위원장인 백관수(白寬洙) 의원을 추대하자."는 특청을 하고 만장일치로 가결되어 백관수 의원이 임시의장이 되었다. 그런데 회의에 앞서 의원 수를 조사한 결과 41명으로 과반수가 되기엔 1명이 부족이었다. 그래서 난처한 상황이었는데 뜻밖에도 방승호 의원이 나타난 바람에 환호성이 일었다.

회의는 정식으로 진행되어 긴급동의안의 주문(主文) 일부를 수정한 후 표결에 부친 결과 40대 0으로 통과되었다. 백관수 임시의장은 이 안이 정식으로 통과된 것을 선포하고 이 결의를 유엔 조선위원단에 급전(急傳)하겠다는 뜻을 아울러 발표하고 하오 6시 30분에 폐회했다. 이렇게 통과된 남조선 총선거 촉진에 관한 결의 주문은 다음과 같다.

유엔 조선위원단은 우선 가능한 지역에서 총선거를 감시하여 조선 국민정부로서 승인을 얻도록 하여 국제적 협조 하에 조선의 완전 통일을 기할 것을 요청한다.

이 결의가 있은 지 3일 후인 1948년 2월 26일 유엔 소(小)총회는 조선의 가능한 지역, 즉 남조선에서만이라도 선거를 실시하여 조선 정부를 수립토록 해야 한다는 미국안을 채택하여 통과시켰다. 이승만의 전략이 성공한 것이다. 그러나 이 단계에서도 좌익, 특히 남로당은 그 중대성에 관한 인식이 모자랐다. 선전 선행대 및 남로당 세포에 김구 선생과 김규식 박사를 재평가하는 선전을 잊지 말라는 지령을 내렸다.

이승만의 선거노선에 반대하여 남북협상을 해야 한다는 양 김씨의 주장은 커다란 이용가치가 있었다. 김구 선생의 「3천만 동포에 읍소한다」는 성명은 좌익에 냉담한 일부 층에도 설득력을 가질 수 있었다. 바로 그 점을 최대한으로 활용해야 한다고 남로당 수뇌부는 결정했다. 그런데도 김구와 김규식에게 대한 평가와 찬사가 필요 이상으로 확대되는 것을 경계하라는 주의는 잊지 않았다.

그들에게 대한 칭찬은 "역시 김구 선생, 김규식 박사는 그 나름대론 애국자이다." "우익이라도 양심은 있는 분이다." "이런 분들조차 반대하는 것이니 남조선만의 단독선거가 나라를 위해 죄악이란 것은 너무나 명백하지 않은가?" 등등의 말 이상으로 넘어서선 안 된다는 것이다.

3월 들어 하지 사령관이 5월 9일에 총선거를 실시하겠다는 성명이 있은 즉시 딘 장관은 중앙선거위원 15명을 임명했다. 독촉 등 68개 단체가 총선거에 참가하겠다는 성명이 있었는가 하면 한독당은 선거에 불참하겠다고 하고, 김구는 북조선에 남북회담을 요청하는 서한을 발송했다. 이러한 움직임에 뒤질세라 남로당은 선전 선행대를 독려하여 극한적인 선거방해를 하려고 서두르는데도 소기의 결과가 나타나지 않는 반면, 선전 선행대 서울 본부와 종로, 중구, 마포, 영등포의 각 지도부의 대원 70여명이 검거된 것을 비롯하여 각 지방에서는 적지 않은 타격을 입었다. 이 무렵 박갑동은 김삼룡으로부터 중대한 과업을 받았다. 전국 각지의 중점적인 지구를 돌아보며 단정 반대의 결과에 대한 타진을 세밀하게 하여 객관적 정확성을 띤 보고를 하라는 것이다.

"늦어도 3월 말까지 확실한 전망을 세워야 하겠소."

이렇게 다짐하는 김삼룡의 눈에 핏발이 서 있었다. 박갑동은 우선 다음과 같이 조사 대상지를 선정했다. 전주, 광주, 순천, 진주, 부산, 대구, 대전, 청주의 순으로 돌아보기로 하고 서울은 맨 마지막으로 돌렸다. 필요한 신임장, 여비 등을 장만하여 박갑동이 서울을 떠난 것은 3월 초였다.

전주에선 옛날 중앙고보 시절의 친구를 찾아가 이틀 동안을 묵으면서 정세를 살폈다. 다행히 그 친구는 우익도 좌익도 아닌 기회주의적인 성격을 가지고 있는 사람이었기 때문에 지방의 정세를 아는 덴 편리했다. 물론 상대방은 박갑동이 뭣 하러 전주까지 왔는지 몰랐기 때문에 그저 지나가는 말로 이것저것 물어볼 수 있었던 것인데, 전주지구에선 철저한 좌익이 아닌 사람은 단독선거 반대에 그다지 관심이 없다는 것을 알았다. 특별한 방해가 없는 이상 전주 시민의 대부분이 투표장에 나갈 것이라고 짐작할 수 있었다.

광주엔 아는 사람이 없었기 때문에 신임장을 가지고 그곳 당 간부의 하나와 접촉하지 않을 수 없었다. 의사를 본업으로 하고 있고 박이란 성을 가진 그 사람은 자기가 전면에 나설 수 없는 고민을 토로하면서도 광주와 그 일대에선 선거를 못하게 할 자신이 있다고 했다. 구체적인 방법을 묻자 "그건 우리끼리의 비밀이니까요."하고 애매하게 대답을 흐렸다. 박갑동이 거리를 돌아다니며 목로술집에 앉아 있어 보기도 하고, 같은 여관에 묵고 있는 사람들과 얘기를 나눠보기도 했으나 전주에서와 마찬가지로 단정 반대에 대한 열기를 느낄 수가 없었다.

순천에선 그곳으로 시집간 조카딸 집을 찾아 하룻밤을 지냈는데, 공교롭게 그날 밤 그 집 사랑에 이번 선거에 출마할 의사를 가진 K란 사람이 찾아왔다. K는 일제 때 미국에 유학한 경력의 소유자라고 했다. 박갑동은 바로 이웃 방에서 K와 마을 사람들의 응수를 엿들을 수가 있었다. 단정을 기정사실로 치고 있는 듯 마을 사람들이 앞으로 있을 선거에 대한 관심은 대단한 것이었다. 이튿날 그 집을 떠나며 박갑동은 조카딸에게 은근하게 물어보았다.

"선거에 관해 무슨 말이 없더냐?"

그러자 조카딸은 "곧 대의사(代議士) 선거가 있다며 마을 사람들이 들떠 있는 것 같아요. 아재도 한번 대의사 선거에 출마해 보시지요." 했다. 박갑동이 피식 웃을 수밖에 없었으나 "선거해선 안 된단 소리는 듣지 못했느냐?"하고 물어보지 않을 수 없었다.

　　"그런 소리 하는 사람 없던데예."

　　너무나 천진한 대답이어서 재차 무엇을 물어볼 엄두도 나질 않았다. 무거운 마음으로 읍내로 나와 버스를 타려고 했을 때 건너편 집 벽에 붙어 있는 벽보가 눈에 띄었다. 「남조선 단독선거 결사반대!」「단독정부의 음모를 분쇄하라!」「단정을 주장하는 이승만 일당을 타도하라!」 이른 봄의 햇살을 받고 바래져 있는 그 벽보의 글귀를 보고 박갑동은 자기도 모르게 한숨을 쉬었다.

　　'저 벽보에 과연 얼마만한 영향력이 있을까?'

　　진주로 향하는 버스를 탔는데, 그 버스 칸에 있었던 일이 또한 가관이었다.

　　손님 하나가 "우리 동네 강문수란 영감이 이번 선거에 나선다는디……."하고 시작하자 버스 칸은 온통 선거 이야기로 가득 차버렸다.

　　"당선이 되면 대감이 되는 것 아닌가?"

　　"일제시대 대의사라쿠몬 대신도 앞에선 꿈쩍 못했다고 하던디."

　　"일제시대 조선 사람이 대의사가 되어 보기나 했간디?"

　　"아니 일본에서 말이다."

　　"대의사는 군수나 시장보다 높은가?"

　　"당신 무식한 소리 말게. 국회의원이 되면 도지사보다 높은 기라."

　　씨알머리 없는 소리가 다음다음으로 쏟아져 나오는데도 반발하는 말은 한마디도 없었다. 무지한 농민들은 자기 손으로 도지사보다 높은 벼슬아치를 뽑을 수 있다는 그 사실만으로도 흥분하고 있는 것이다. 박갑동은 차장 밖에 전개되는 을씨년스런 풍경을 바라보다가 말고 눈을 감고 생각에 빠졌다.

'저런 몽매한 대중을 어떤 말, 어떤 극난으로 설득할 수 있을까?'

국토의 분단을 영구화하니까 단선엔 절대로 참가해선 안 된다!

'구구한 설명을 붙인다고 치고 이런 말이 어느 정도 먹혀들어갈 수 있을까?'

남조선에 단독정부가 서면 민족은 영원히 분열된다!

'이 말도 먹혀 들어갈 것 같지 않구나.'

남조선에 단독정부가 서면 이북에서 쳐내려온다. 그때 단정을 지지한 사람들은 민족반역자로서 처단된다!

'이런 말은 죽어도 내 입으로 할 순 없다.'

국토의 분단이 얼마나 슬픈 일인가? 민족의 분열이 얼마나 슬픈 일인가? 어떻게 하더라도 통일을 해야 한다. 통일 못하면 민족은 망한다. 통일하기 위해선 단독정부가 서선 안 된다. 단선이란 있을 수가 없다!

이런 식으로 호소하고 눈물을 흘리면 조금쯤 마음을 움직일 사람이 있을까? 그러나 그때 대안이 무어냐고 물으면 무슨 대안을 제시할 수 있을까? 힘을 모아 인민의 정권을 세워야 한다. 미제를 물리쳐야 한다!

'어떻게, 라고 물으면?'

박갑동은 자기의 사고가 갈래갈래 분열되는 것 같았다. 상대방이 같은 당원이거나, 같은 사상의 바탕 위에 서 있거나 하면 수월하게 말할 수도 있는 것이지만, 전혀 사상의 차원을 달리한 사람들을 상대로 한다고 전제하면 말만이 아니라 사고하는 힘 자체가 위축해버리는 것이다. 혁명가는 적대적 사상을 굴복시켜야 하고 무식한 사람들을 설득시켜야 하는데, 박갑동은 그럴 자신이 없는 스스로를 느꼈다. 당원만을 상대로 하여 세월을 지내다가 보니 어느덧 그렇게 되어버렸다는 반성은 그를 우울하게 했다.

하동읍에서 검문이 있었다. 박갑동은 한지 도매상이란 명함을 제시했다. 검문하는 형사는 명함과 박갑동을 번갈아 보고 있더니 "신분증이 없느냐?"고 물었다.

"한지 장사하는 사람에게 무슨 신분증이 있겠소?"

그래도 납득이 안 가는 듯 명함을 만지작거리고 있더니 형사는 "서울에서 한지 장사하는 사람이 전라도엔 뭣 하러 갔소?"하고 물었다.

"장사를 하자니 이곳저곳 다니게 되는 게 아닙니까?"

박갑동은 말을 부드럽게 꾸몄다.

"요즘 단정 반대니 단선 반대니 하고 수상한 사람들이 드나들기에 물어본 거요."하고 형사는 버스에서 내렸다. 버스가 막 출발할 즈음이었다. 포승에 꽁꽁 묶인 두 사람을 앞세우고 정복의 경찰관 두 명과 사복을 했어도 형사라고 짐작할 수 있는 사람이 타더니 형사는 앞좌석에, 정복 경관은 뒷좌석에 자리를 잡았다. 버스가 움직이기 시작했을 때 뒷좌석에서 고함이 있었다.

"여러분, 단독정부는 절대 반대하시오!"

"떠들지 마!"

"절대로 여러분, 선거를 거부하시오!"

뒤돌아보지 않아도 짐작할 수 있었다. 단정 반대를 외친 사람은 포승에 묶인 사람이고 떠들지 말라고 한 사람은 경찰관일 것이었다.

"단정은 결사반대다!"

"이 자식을……."

"언론은 자유다. 나를 묶었으면 그만이지 왜 말까지 못 하게 하나?"

"조용히!"

"조용 안 하면 어떻게 할 텐가?"

"계속 떠들기만 해봐라 재미없을 테니까."

"재미없다? 이 이상 재미없는 게 뭔지 알고 싶구나."하고 다시 외쳤다.

"여러분 잊지 마시오. 단정의 음모는 분쇄해야 하오. 단정은……."

채 말이 끝나기 전에 "이 자식이 그래도……."하며 경찰관이 사나이를 쥐어박은 모양이었다.

"나를 쳤지?"

사나이가 발악적으로 외쳤다.

"얻어맞기 싫거든 가만있어."

"때려라 때려, 얼마든지. 여러분 반동 경찰의 야만적인 꼴을 보시오. 중인환시 속에 이럴 때 경찰서 안에선 무슨 짓을 못 하겠소? 이 자들은 살인 경찰이오."

"너 진짜 맛을 보고 싶어서 이래?"

"말하는 게 뭐 나쁜가? 말을 해선 안 된다는 법률이라도 있나?"

"놈 법률 좋아하는구나."

"형법 몇 조에 있어, 말하면 때리라는 조목이……?"

"호송 경찰관에게 반항하면 적당한 제재를 가할 수 있어, 임마."

"내가 언제 반항했나?"

"시끄럽게 말라는데도 말을 듣지 않으니까 반항 아니야?"

그러자 사복을 입고 앞좌석에 앉아 있던 형사가 벌떡 일어섰다.

"그 자에게 재갈을 물려. 손님들에게 대해 미안하지 않은가?"하고 허리춤에서 수건을 꺼내 정복 경찰관에게 넘겨주며 명령했다.

"이것을 입에 틀어박고 포승줄로 주둥아리를 묶어."

뒷좌석에서 소란이 났다. 박갑동이 힐끔 돌아보았다. 경찰관은 재갈을 물리려고 하고 사나이는 고개를 이리저리 저으며 발버둥을 쳤다. 버스가 급정거를 했다. 박갑동이 하마터면 앞좌석 모서리에 안경을 다칠 뻔했다.

"이래 갖고는 운전 못 하겠다."하고 운전사가 차에서 내려버렸다. 경찰관 하나가 따라 내려갔다.

"다른 차를 타든지 당신들이 운전해가든지 해요. 내 정신으로는 이런 차 운전 못 하겠다."하고 운전사가 투덜댔다. 뒷좌석에선 여전히 소동이 계속되었다. 청년 하나가 일어서더니 경찰관을 말렸다.

"다신 떠들지 않겠다는 다짐을 받고 재갈을 물리지 마시오. 재갈 물린 사람하고 어떻게 같은 차를 타고 간단 말이오."

"이 잔 여간 악질이 아닙니다."하고 형사는 "죄인인 주제에 반성할 줄은 모르고 지랄이니 재갈이라도 물릴 수밖에 없잖소."했다.

"내가 왜 죄인이냐? 나는 애국자다."

사나이가 외쳤다.

"애국자? 농업창고의 쌀을 훔쳐낸 놈이 애국자라?"

"쌀을 훔쳐내 먹으려고 했나? 가난한 동포들에게 나눠주기 위해 했다."

"꾸며대긴 잘 꾸며대는군."

아까의 청년이 언성을 높였다.

"당신이 애국자면 얼마나 애국자요? 버스에 타고 있는 손님들 방해는 안 해야 할 것 아뇨. 애국은 조용하게 하고 우리 좀 편하게 갑시다. 재갈을 물리지 않도록 부탁을 할테니 조용하게 합시다."

"나는 내 생명이 있는 한 단정 반대를 부르짖을 거요."

사나이의 발악이었다.

"그럼 난 모르겠소."하고 청년은 자기 자리에 돌아가 앉았다. 형사가 순경들을 독려했다.

"두 사람이 대가리를 잡아요. 그리고 코를 눌러요."

중과부적으로 사나이에게 재갈을 물리려고 아랫도리까지 꽁꽁 묶었다.

"운전사, 갑시다. 조용할 거요."

형사가 외쳤다. 운전사가 들어왔다. 이윽고 버스는 달리기 시작했다. 박갑동은 다시 눈을 감고 생각에 잠겼다. 농업창고를 털어 쌀을 빈민들에게 나눠 주려고 했다는 것으로 보아 그 자는 선전 선행대 대원임이 분명했다. 창고를 털어 쌀을 약탈해선 빈민들에게 나눠주라는 지령이 있었기 때문이다. 그건 그렇고 버스 안에 타고 있는 누구 하나 그 사나이에게 동정하는 빛을 보이지 않았다.

'우선 나부터'라는 데 생각이 미치자 아연한 느낌이었다. 버스 안에서 그 자가 하는 것처럼 단정 반대를 외친다는 건 미치광이가 하는 짓인데, 오히려 역효과가 날 뿐이다. 버스 안만이 아니라 지금 단정 단선을 반대하고 돌아다니는 모습이 모두 그런 것이 아닐까 싶으니 우울했다. 진주에 도착하자 박갑동은 재갈을 물린 사나이를 돌아볼 마음이 전혀 없었다. 뒤를 돌아보지 않고 그는 상봉동에 있는 친척집을 향해 걸었다. 김삼룡에게 할 보고는 이미 마음 속에 결정되어 있었다.

"전국적으로 단정 단선 반대는 어림도 없는 얘깁니다."

전주, 광주, 순천을 주마간산 격으로 돌아보았을 뿐이지만 박갑동의 육감과 후각은 예민했다. 부분적인 저항은 있을지 모르지만 당이 노리고 있는 보람을 다하기란 어림도 없다는 결론에 도달한 것이다. 민형준과의 연락은 수월하게 취해졌다. 진주지구에 관한 민형준의 얘기를 듣고 박갑동은 자기가 이미 도달한 결론을 변동시킬 필요가 없다는 것을 느꼈다.

민형준은 2·7사태를 예로 들어 "다른 지방은 모르지만 진주와 인근 지구에서의 단선 저지는 거의 무망한 노릇이다."고 했다.

"그렇다고 해서 당의 지령에 따르지 않을 수 없으니 일꾼들을 노출시키는 결과밖엔 더 될 것이 없지요."

민형준은 이렇게 말하면서도 최선을 다할 각오라고 했다.

"이 비좁은 바닥에서 민형은 노출되지 않고 활동하고 있으니 그 사실만으로도 대단합니다."하고 박갑동은 치사를 했다.

"학생들 덕택이지요. 학생들 가운덴 참으로 우수한 당원이 있습니다. 생각하면 아까워. 그 우수한 당원들을 보람 있게 활용하지 못하고 희생물만 만든게 아닌가 생각하니 말입니다.”

박갑동은 진주지구의 사정뿐이 아니라 전국적으로 당세가 쇠퇴한 이유가 어디에 있다고 생각하느냐고 물었다. 이에 대해 민형준의 대답은 다음과 같았다.

“아무래도 비합법 운동엔 한계가 있는 것 같아요. 민족성의 한계라고나 할까요? 그 원인 가운덴 지정학적인 것이 있겠지요. 일제 때의 운동이 실패한 사정이나 비슷한 거지요. 둘째는 아무래도 당 지휘부의 전략에 미스가 있는 것 같아요. 실력에 알맞게 행동계획을 짜야 하는데, 항상 과다한 계획을 강행하려 하니까 실수가 있는 거죠. 한번 실수를 하면 사기(士氣)를 상하게 마련이죠. 당원의 보호책이 전혀 돼 있지 않다는 것도 중대한 문제입니다. 전부 소모품 취급이니까요. 게다가 사로계(社勞系)와 북로당의 장난이 당을 병들게 한 겁니다. 진주지구에도 사로계가 북로당의 선을 타고 상당수 침투하고 있는 실정입니다. 그런데 예각적으로 적대시할 수 없는 사정 아닙니까?”

“그렇더라도 단정 단선 반대는 명분이 뚜렷하니까 상당한 세위(勢威)를 만들어낼 수 있을 것 같은데……?”

“그 문제에 관해선 내 동창생 가운데 L이란 친구가 있는데 그 사람의 관찰이 날카로워요. L은 반동이지만 단정 단선 반대에선 나와 통하는 사람이죠. 이 사람 하는 얘기는 이래요. 우리 인민들이 유사 이래 언제 선거를 해본 적이 있어요? 경우야 어떻든 자기들 손으로 자기들의 대표자를 뽑아낸다는 사실에 어쩔 수 없는 매력을 느끼게 된다는 거지요. 그런데다 통일선거란 것은 아득한 먼 훗날에 있든지, 아니면 전연 불가능하다는 것을 대중들은 본능적으로 느끼고 있는 겁니다. 그러니 당원 또는 진보사상을 철저하게 가지고 있지 못하는 대중들은 선거 자체에 매력을 느낀다는 거지요. 그리고 사실 당이 인심을 많이 잃었어요. 당에 대한 신뢰가 줄어든 거죠."

"민형은 완전히 비관주의자입니다."

"내겐 비관도 낙관도 없습니다. 주어진 상황에서 최선을 다하겠다는 생각 이외엔 없습니다. 우리가 좋은 세상을 만나지 않으면 후대에 기대를 하고 약소하나마 징검다리라도 되어야 하겠다는 생각 이외엔 전연 다른 생각이 없습니다."

비관적이건 어쨌건 박갑동은 민형준과 같이 있으면서 민형준의 말을 들으면 마음이 편해지는 것이다. 그런 까닭에 둘이 만나면 시간 가는 줄을 몰랐다. 헤어질 무렵 민형준은 다음과 같은 부탁을 했다.

"단정 반대의 결과가 어떻게 될지 모르지만 나는 그 고비를 넘기면 진주에 있지 못하게 됩니다. 마지막 힘을 다 내야 할 테니까요 그러니까 그 고비가 넘어가는 시점에서 나를 다른 곳으로 옮겨주도록 주선을 해주십시오. 죽어도 일 좀 더하고 죽어야 할 테니까요."

"희망지가 있습니까?"

"가능하다면 진해나 마산이 좋지 않을까 합니다."

"무슨 특별한 이유라도?"

"만일 단정 반대가 실패한다고 하면 당원이 갈 길은 두 가지밖에 없지 않겠습니까? 하나는 산으로 들어가 파르티잔이 되는 길이고, 하나는 아는 사람이 적은 도시로 들어가 도시 게릴라가 되는 길 아니겠소? 내 적성은 파르티잔보다 도시 게릴라가 맞을 것 같아요. 군대가 있는 곳이나 군함이 있는 곳. 그런 델 가면 무슨 큰일을 해낼 것 같아요. 이론을 무기로 해서 말입니다. 산에 가선 이론이 필요 없지 않습니까? 체력이 제일이지."

박갑동은 민형준이 말하고자 하는 뜻이 어디에 있는가를 알 것 같았다. 민형준의 희망대로 적극 주선해보겠다고 약속했다. 부산에선 홍이란 가명을 가진 도당 위원장과 온천장에서 만났다. 상사회사의 사장으로 위장하고 있는 만큼 가끔 온천장에서 호유(豪遊)하는 것도 필요한 전술이라고 했다. 그 자리엔 '인민고무' 공장을 경영하는 김복식이란 사나이가 참석했다. 김복식은 진주 문산 출신으로 박갑동과는 알고 있는 사이였다.

도당 위원장 홍은 부두노조를 비롯한 각급 노조를 통해 단선 보이콧을 추진 중이며, 여차하면 경찰 간부 몇을 희생시켜 공포분위기를 조성할 전략을 세우고 있긴 하지만, 2·7사태처럼 흐지부지되지 않을까 걱정이라고 했다. 당에 거액의 자금을 대고 있는 인민고무 사장 김복식은 "단선 반대를 하다가 소기의 목적을 달성할 가망이 없으면 제3선쯤을 동원해서 선거에 참여하여 선거 후에 구성될 국회의 절대다수 의석을 차지해버릴 전술도 필요하지 않겠느냐?"고 했다. 누구나 속으로 생각하고 있으면서도 발설하진 못하고 있던 의견이다. 비교적 자유로운 처지에 있는 김복식이니까 그런 말도 할 수 있었던 것이다. "어림도 없는 소리."하고 도당 위원장 홍이 잘라 말했다.

"당의 강령, 당의 방침, 당의 종래 전술에 전연 위배되는 짓을 어떻게 할 수 있겠소? 자칫하다간 당의 자살행위가 되는 거요."

"단선 반대가 실패했을 경우를 생각하고 한 말이오. 당의 자살행위가 된다면 말아야지."하고 김복식은 술이나 마시자고 했다.

대구의 사정은 또 달랐다. 경찰의 대비가 타 지구에 비해 2배 내지 3배나 강화되어 있어서 선전 선행대의 활약이 지지부진하다는 것이다. 대전과 청주선 박갑동이 도착했을 무렵 검거 선풍이 불고 있어서 당 관계자는 하나도 만날 수가 없었다.

박갑동이 서울로 돌아온 것은 3월 26일이었다. 각 신문마다에 북조선에서 남북 요인 회담안을 수락했다는 보도가 나 있었다. 어쩌면 남북회담이 정세를 전환시키는 계기가 될지 모르겠다는 어슴푸레 한 기대가 솟아나기도 했다. 서울로 돌아온 바로 그날 밤 박갑동은 김삼룡의 아지트로 찾아가 다음과 같은 보고를 했다.

① 선거의 분위기가 대중 속에 일종의 대세를 이루고 있다. ② 이 대세를 꺾기엔 당의 세력이 너무나 미약하다. ③ 곳곳에서 약간의 소동을 일으킬 순 있겠지만 대세를 좌우할 순 없을 것 같다. ④ 단선 반대에 당의 상당 부분이 노출될 것 같으니 그 후의 조치에 대해 미리 검토해둘 필요가 있다. ⑤ 만일 단선 저지에 실패했을 경우 당은 파르티잔이 되어야 하고 도시 게릴라가 되어야 한다는 의견이 있다.

김삼룡은 박갑동의 보고를 주의 깊게 듣고 있더니 물었다.
"요컨대 박 동무의 견해로선 단선 저지가 불가능하다는 것이요?"
"그렇습니다."
김삼룡의 얼굴이 심각하게 이지러졌다. 박갑동은 할까 말까하고 망설이던 말을 기어이 해보기로 했다.
"선생님."
김삼룡이 박갑동을 보았다.
"당의 방침으로서 양면책을 세우는 것이 어떻겠습니까?"
"양면책?"
"단선 반대투쟁과 아울러 만일의 경우를 위해 선거에 응할 태세를 갖추어놓자는 겁니다."하고 박갑동이 김삼룡의 눈치를 보았다. 그 얼굴에 불쾌한 빛이 나타나기만 하면, 말을 거기서 거둬들일 작정이었는데 그렇지가 않았다. 김삼룡은 박갑동의 다음 말을 기다리는 눈치였다.
"레닌도 한때 의회를 이용하는 전략을 쓰지 않았습니까? 그러니 당의 전략으로서 크게 어긋나는 일은 아니라고 생각합니다. 전연 노출되지 않은 당원 가운데서 인선해서 입후보시키는 겁니다. 끝까지 단선 반대로 밀고나가다가 도저히 효과가 없다고 판단되었을 때 지령을 내려 투표에 참가시켜 선정해둔 입후보자를 미는 겁니다. 현재 우리 조직으로서 남조선 전역에 폭동을 일으켜 반동 기관을 마비시키긴 힘들지만 투표에서 승리하긴 그다지 어렵지 않을 것으로 압니다."

김삼룡은 묵묵부답이었다.

"앞으로 구성될 국회의 과반수 이상을 우리가 잡게 되면 그 국회를 통해서 단정을 부인하는 결의를 할 수도 있고, 자진해산을 함으로써 단선을 백지화할 수도 있는 것이고, 달리 그 국회를 이용해서 우리의 목적에 부응토록 할 수도 있을 것 아닙니까?"

"……"

"국회라는 것이 일단 성립되면 만만치 않은 결과가 될 것이 뻔한데, 그 국회를 반동들의 소굴로 만들어선 대단히 불리한 사태가 되지 않겠습니까?"

"박 동무는 뭔가 잘못 생각하고 있는 것 같군."하고 김삼룡이 무거운 입을 열었다.

"단선 단정 반대는 남로당의 의사만으로 하는 게 아니오. 북로당의 의사, 소련의 의사도 합해져 있는 것이오. 우리 단독으로 전략과 전술을 바꿀 순 없소."

"남조선의 상태는 우리가 주도권을 쥐고 처리해야 하지 않겠습니까? 남조선 사태에 관한 한 북로당도 소련도 제3자입니다. 그들이 우리를 돕는다고 해도 한계가 있습니다. 남조선에 국회가 서고 단독정부가 서면 그때부터 우리 당은 그야말로 고난의 길에 들어서게 됩니다. 그러니까 물론 단선을 결사반대해야지요. 그러나 정치도 혁명도 현실문제 아닙니까? 실패할 경우를 생각하고 이에 대비하는 방책도 있어야 마땅합니다. 우리 당은 어디까지나 남조선의 남로당이란 걸 잊어선 안 됩니다."

"남조선의 문제라고 하지만 세계 문제의 일환이오. 우선 소련의 정책 및 전략과 일치되어야 한다는 뜻이오. 단정 반대라는 것은 우리 민족의 이해가 걸려 있는 문제이면서 동시에 미국안을 반대한다는 뜻에서 국제 민주주의의 위신을 높이자는 노력으로 되는 것이오. 소련은 미국안의 실패에 중점을 두고 있소. 그런데 만일 우리가 양면책을 썼다가 단선 반대가 실패했을 경우 어떻게 되겠소? 양면책을 썼기 때문에 실패한 것이라고 지적을 당할 것이오. 그렇게 되면 우리 당은 소련으로부터 신임을 받지 못할 것은 필지의 사실이오. 그럴 때 지금 북쪽에 계시는 위원장의 처지가 어떻게 되겠소?"

"소련의 눈치를 보기 위해 당이 구체적인 전략을 세울 수 없다면 이건 너무 슬픈 일입니다."

"눈치를 본다기보다 소련과 우리의 이해를 일치시키는 방향으로 전략전술을 짜야 한다는 뜻이오."

"선생님은 단선을 저지 못하고 단정이 섰을 경우를 예상이라도 해보고 계십니까?"

"그건 그때 가서 생각할 일이오. 앞질러 패배주의자가 될 필요는 없잖소?"

"패배주의가 아니라 현실주의입니다."

"남북회담이 시작될 움직임도 보이고 하니 그다지 비관할 사태는 아닌 것 같소."

"저는 낙관론과 비관론을 골고루 갖고 낙관론에 대응하는 방책과 비관론에 대응하는 방책을 같은 비중으로 모색하자는 겁니다. 대비만 있으면 비관적 사태도 비관적 사태로 안 되는 것이 아니겠습니까?"

"박 동무의 뜻은 알겠소. 좀 더 정세를 보고 있다가 해주의 위원장과 상의를 해보겠소."

김삼룡이 이렇게 말하는 것으로 보아 박갑동은 자기의 건의가 헛수고만이 아니었다고 짐작했다.

남로당의 나날은 경찰과의 투쟁이었다. 그런데 경찰과 우익진영의 사기는 올라가는데 남로당의 사기는 줄어드는 것이 눈에 보이는 듯했다. 이런 상황이고 보니 김삼룡은 드디어 해주에 있는 박헌영에게 당의 양면작전 전략을 건의했던 모양이다. 김삼룡이 보낸 레뽀(연락원)가 해주에 도착했을까 말까한 시일인데 박헌영으로부터 급사(急使)가 왔다. 박헌영은 김삼룡의 제안을 읽고 대경실색하여 연락원을 급파한 것이다. 박헌영의 메시지는 다음과 같았다.

　김 동지의 제안은 천부당만부당하오. 나는 패배주의를 공인할 수가 없소. 양면전술을 곧 패배주의오. 사생결단 단선 단정의 반대는 관철되어야 하오. 만일 그런 제안이 있었다는 것이 저 자들에게(북로당을 가리킴) 알려지기나 해보오. 혁명을 시작하기도 전에 당은 파멸이오. 위대한 지도자(스탈린을 가리킴)의 뜻은 오로지 미국을 망신시키는 데 있소. 당의 전열을 가다듬고 나태한 당원을 일으켜 세워 단선 반대에 총력을 집결하도록 바라오. 다음 단계의 문제는 국제 민주주의의 전략에 따를 따름이지 우리가 앞질러 구상할 바가 아니오. 동지의 건투를 빌 뿐이오.

　이 메시지를 받은 즉시 김삼룡은 박갑동을 불러 "요전 내게 말한 내용 같은 건 어느 누구에게도 발설하지 말라."고 다짐했다. 이와 때를 같이 한 4월 3일 제주도에서 단선 단정을 반대하는 폭동이 발생했다.
　"그럼 그렇지."하고 이주하는 손뼉을 치고 "전체 당원에게 제주도의 동무들을 따르라는 격려 지령을 내립시다."하는 권고를 김삼룡에게 했다.
　제주도에선 김달삼(金達三:본명 이승진)의 총지휘 하에 4월 3일 새벽 2시 일제히 행동을 개시하여 제주경찰서 관내의 화북, 조천, 함덕, 외도, 애월, 신암, 삼양 등 경찰지서와 모슬포경찰서 관내의 한림, 고삼,

저지 등 각 지서 및 서귀포경찰서 관내의 남원, 성산, 세화 등 14개 지서를 모조리 습격하는 한편 경찰관과 우익인사 다수를 살상하고 도 내의 중요지점을 점령했다는 것이다. 김삼룡과 이주하는 이 사건이 신호가 되어 전국적으로 폭동이 퍼질 것으로 기대했다. 이때 남로당의 격려지령의 내용은 다음과 같다.

친애하는 당원 여러분! 경애하는 애국 인민 여러분! 제주도엔 이미 혁명의 깃발이 높이 걸렸다. 단정 단선 반대의 굳은 결의가 만천하에 공표되었다. 이 제주도 인민들의 혁명의지를 모범으로 하라! 위대한 승리의 날은 바로 목전에 있다. 인민민주주의 만세!

(계속)